野球男孩

東澤 著

Baseball Boy

序曲

所有人都在等待。

屋內的所有人，屋外的上百名記者，還有整個國家的一億兩千萬人民，等待這號稱是寶島合眾國五百年來最重要的一次，抓週。[1]

所有人準備就緒，Live轉播車都已連線完畢，就差兩個人。一個三十二歲，一個則剛滿一歲。

幾乎不能分辨的咔嗒一聲，時針和分針在十二這個位置會合，古老大鐘沉重的悶響開始在客廳迴盪。盪到第五下的時候，最裡面的房間打開了門，一個略顯福態的婦人抱著一名嬰娃走了進來，「別急，來了，來了。」

屋內叫著奶媽的聲音此起彼落。在場的人或多或少都曾經讓奶媽帶過自己的孩子，有些年輕點的，甚至是奶媽幫他們換尿布長大的。

「詹姆士呢？」坐在最角落的老先生開口問道，聲音又輕又緩，卻讓全場頓時鴉雀無聲。老先生看似五十出頭，但實際年齡卻早已超過六十。他戴著一頂棒球帽，上面有隻展翅的金黃老

---

1 抓週就是在嬰兒滿週歲這一天，在他面前擺滿各種物品，看嬰兒抓到什麼來預測他的未來，這在寶島合眾國是十分重要的一項儀式。根據寶島國家研究院調查指出，抓週所預測的未來有百分之九十五的準確度，剩下的百分之五則是因爲後天因素——諸如疾病、意外或經濟問題——所造成的誤差。

鷹，帽簷壓得不能再低，但一雙虎瞳射出的精光，卻完全遮掩不住。

「人呢？」老先生突然大吼，和剛剛的輕柔嗓音完全不同，霸氣十足的兩個字，連門外的記者都聽得一清二楚。這就是兩百年前國家英雄穆特說過偉大投手的必要條件，「若有似無，既霸且剛。」

沒有人敢吭一聲氣，也沒有人知道這個問題的答案。在這千分之一秒，只有奶媽心裡想著和大家完全不同的事情，她心中充滿了訝異與驚喜。因爲她發現那連大人都不禁打顫的狂吼，卻完全沒有吵醒她懷中的孩子。

「叫那麼大聲幹嘛，全國都聽到啦。」屋外一名男子的聲音穿透了百年的玫瑰木大門進到房裡。下一秒，大門推開，上百名攝影記者的閃光燈讓人睜不開眼，一整片人造白光中，站著一道黑色人影。「滾開！」他朝身後的記者大吼，用力甩上大門。

「你還記得要回來？」老先生說，但話裡完全聽不出任何嘲諷的語氣，若要說眞有差別，只有他那雙虎瞳，剛剛瞬間黯淡了一秒。

「怎麼大家都來啦？」詹姆士對老先生的話充耳不聞，隨手一扔，便把手中的空酒瓶丟到長廊底端的垃圾桶裡。他散發酒氣地繞過親戚們，一邊禮貌地對大家微微笑。然後進到餐廳旁的藏酒室，傳來酒瓶互相撞擊的聲音。

全部的人都傻眼了，大家目瞪口呆。老先生嘴角抽動了兩下，但又隨即平復了情緒，閉上雙眼，好像不想再受到任何刺激。只有小兒子世邦知道該怎麼做，很快地閃進了藏酒室。

「哥，不要再拿酒了，爸已經很生氣了。」

「哈囉邦仔，你們怎麼都來啦？」詹姆士兩手各抓了一瓶紅酒蹲在酒櫃前，突然他停下了手中的動作，「該不會……爸今天生日？」

世邦搖搖頭，「爸生日是八月二十三，早就過了，今天是你兒子抓週的日子啊，你忘了嗎？」

詹姆士瞪大眼睛看著世邦，彷彿不敢相信從他口中說出的話。下一秒，他站起身回到客廳。

「爸……」詹姆士看著老先生，老先生緩緩睜開眼，但卻看著別的地方說：「趕快開始吧，他們等很久了，全國的人民……都在等……」

奶媽輕輕地搖醒嬰孩，把他放在地上。小嬰兒睡眼惺忪地揉揉小眼，好奇地看著周圍的人們，偶爾發出一些無法分辨的呢喃聲。

世邦和妻子怡慧熟練地拿出一堆棒球用品，有投手手套、捕手手套、一壘手手套、外野手手套以及不同大小的球棒，圍繞著嬰兒擺了滿滿的一圈。其中最特別的是三顆不同顏色的棒球，金色，紅色，黃色，分別放在三個投手手套裡。

一切擺放就緒後，大家屏息以待。就連老先生也拿下了棒球帽，往前坐得直直地。

雖然擺了滿地的棒球用品，但大家的眼神都不約而同聚集在塞有金色棒球的那個手套。沒有什麼原因，因爲這孩子的爸爸和爺爺當年都抓到了金色棒球的手套，而他們後來都成爲了足以堪當國家英雄的偉大投手。

但這不是絕對，詹姆士的弟弟詹世邦當年就抓了一把烏茲衝鋒槍，現在是一名國家情報員。

大家都心知肚明，偉大棒球才華遺傳的機率是二分之一。不多不少，正好對分。天堂，地獄，各一半的機率。

嬰兒看著四周的物品，慢慢地移動身子。小小胖胖的身軀可愛地爬行，每一步都牽動著在場人士的心，也可以說，牽動著全國民眾的命運。只因爲在這混亂的世代，他是一個備受期待的孩子，一個背負大家希望的救世主。

漸漸地，可以看出來小嬰兒爬行的路線，雖然彎彎曲曲，但卻向著那塞有金色棒球的手套。在場的人士都彷彿鬆了一口氣。老先生也放鬆了身子，坐回沙發裡。

終於，小嬰兒抓到了手套，裡面的金色棒球閃閃發亮，好像在說他的未來注定像這顆棒球一樣，光彩奪目完美無瑕。

下一秒，卻發生了所有人都意想不到的事情。

小嬰兒甩掉手套，金色棒球滾了出來，他推開手套，繼續往前爬行。房裡充滿了大家倒吸一口氣的聲音。所有人現在才看出來，小嬰兒爬行的路線，不是向著有金色棒球的手套，從頭至尾就是向著他的奶媽。

「完了……」老先生不敢相信自己的眼睛，把臉埋進長滿老繭的雙手裡，只是搖著頭。

金色的棒球一路滾，滾到詹姆士的腳邊才停住。但詹姆士完全沒有注意到，他只想著這孩子的未來，還有他已經去世的妻子。他該怎麼告訴妻子，孩子不是他們期待的那一半。想到過世妻子的笑容，詹姆士突然眼前一黑，手裡的酒瓶握不住，摔裂在地板上。

陳年紅酒流得滿地都是，金色棒球瞬間被酒染色，原本耀眼的金光現在被一層酒黑色包裹著，變成了一顆微微發亮的黑球，看起來尤其詭異。

嬰孩被酒瓶摔裂的巨大聲響吸引了目光，一雙大眼睛嚇得直直的。奶媽疼惜地蹲下來，伸出雙手想要抱起她的寶貝，怎麼知道嬰兒卻突然快速地爬起來，讓奶媽撲了個空。他繞過方才裝有金色棒球的手套，來到他爸爸腳邊。

小嬰兒伸出兩隻胖胖的小手，拿起了那顆酒黑色的棒球。接著，他咯咯地笑了起來，笑得好開心，好像那是全世界最好玩的玩具。

詹姆士看著這一幕，彷彿有人用鐵鎚往他頭上匡噹砸下，瞬間千頭萬緒襲捲過來，過世妻子的笑容已不在腦海，他慢慢後退，慢慢後退，離他的兒子越來越遠。

「詹姆士……」老先生這時已站起身來，他也不敢相信這一幕，但他現在更擔心他的兒子。

「不可能……不可能……」詹姆士表情驚慌滿頭大汗，所有人都圍過來想要安撫他，他卻胡亂地揮著手，讓大家無法靠近。下一刻，他突然跑向玄關，打開大門頭也不回地衝了出去。

「記者！」老先生大吼。世邦馬上知道父親的意思，一邊用整個身體擋住他姪子，一邊叫老婆趕緊去關上大門。好險記者們都被突然衝出去的詹姆士吸引了目光，沒有人留意到屋內這驚慌失措的一幕。

「現在怎麼辦？」世邦看著父親說。

「絕對不能讓大家知道孩子抓到了黑球，就算是爲了詹姆士吧。」老先生頹然喪氣，這一刻他臉上的表情才顯現出他該有的年紀，「隨便什麼都好，掰一個東西給他們吧。」

世邦點點頭，表情堅毅地走向大門，要去對付那一群貪婪的野獸。絕對不能讓哥哥蒙羞，他這麼告訴自己。

老先生望向窗外，一路看到寶島國家棒球場頂端的旗幟，旗幟裡有隻振翅飛舞的金黃色老鷹。老先生嘆了口氣，他知道這一幕不會是永遠，他有生之年可能會目睹老鷹旗的殞落，和整個國家榮耀的瓦解。

隔天早報的標題：「寶島十年後最大危機，金色傳人摸到計算機。」

但是，老先生和報社都太樂觀了。

三個月後一場棒球比賽結束隔天，全國各地的金黃老鷹旗都被迫降下，寶島合衆國正式更名爲西科聯邦附屬寶島國。

1

今天是國立野球高級中學的開學日，校園裡充滿著一股熱鬧非凡的新鮮氣氛。二、三年級的舊生在教室裡，聊著兩個月來暑假的回憶。一年級的新生也沒有閒下來，大家忙著認識新同學，還有談論學校裡那些聞名已久的風雲人物。

而一個和風雲人物完全扯不上關係的十五歲男孩，在九點二十三分踏入校門。他是一年級的新生，有個奇怪的名字，卡拉揚。

卡拉揚以十五歲的男孩來說，長得算是十分高大，一百七十八公分的身高在同儕裡特別醒目。只是這運動員的身材，卻十分不協調的配上斯文的臉龐和精緻的五官。那臉蛋雖然不是明星等級，但已足夠吸引青春少女們花痴般地熬夜寫情書了。

遲到快兩個小時的卡拉揚，原本預期會有一些刁難，但門口的警衛只抬頭瞄了他一眼，就繼續看回電視裡的棒球轉播。卡拉揚有點詫異，但也沒有多想。他不知道的是，五分鐘後另一個戴眼鏡的女孩進校門時，警衛卻大聲斥喝她，要她把學生證拿出來登記。

這就是國立野球高級中學，學校裡四分之一的學生是全國最有天分的高中棒球員。他們必須在國二時就提出入學申請，然後接受專業球探一整年的觀察，被球探認可的球員，才有資格參加七月的野球測驗，成爲開學典禮上的一百五十名棒球新生之一。而剩下的學生，則是參加高中指定考試進來的平凡同學。前者一般又稱野測生，後者則爲指考生。

野測生和指考生的待遇天差地別，從遲到時警衛的態度就可以看得出來。只是警衛不知道的是，體格高大的卡拉揚，並非靠棒球入學，而是考試進來的。

要考進國立野球高級中學並不容易，只有當年全國前五百名的學生才有可能念野球高中。這些人雖然沒有棒球才能，在學校裡也只受到二等公民的待遇，但將來只要憑著野球高中的畢業證書，應徵任何工作都絕對沒有問題，可以說是一張無敵的畢業金卡。

卡拉揚從後門踏進教室，老師還沒來，同學們都悠哉地聊著天。卡拉揚環視整間教室一眼，和他想像的差不多，大家幾乎都戴著眼鏡，皮膚蒼白得可怕，那是在小房間裡日夜苦讀之下長出的皮膚。和他們相比，膚色深了一層的卡拉揚，簡直像是另外一個星球的物種。

卡拉揚尋找座位的同時，發現四周漸漸安靜了下來，最後整間教室鴉雀無聲。每個人都看著他，帶點不安和緊張。最後終於有一個同學打破沉默站了起來，「請問……你是不是走錯教室了？」

卡拉揚微皺著眉，他知道他和其他同學看起來不太一樣，而這是他從小到大最不喜歡的。

「小詹？」

卡拉揚背後傳來一個男孩的聲音，這叫喚使他的心跳停了一拍，因為那綽號是他再也不願面對的過去。卡拉揚為了逃避那過去，甚至把名字都改了。只是痛苦回憶就像潛伏的病毒，雖然暫時沒有症狀，但永遠都在血液裡循環，隨時可以給宿主致命一擊。

卡拉揚深吸一口氣，告訴自己一切都沒什麼大不了，然後慢慢轉頭。他看到一個小眼睛的男生，個子不很高，臉上卻有著可以打敗一切的笑容。那笑容十分眼熟，是那種稍微努力一點就可以想起名字的眼熟。

「蛋塔？」卡拉揚用九成的把握叫出了這個名字。

「哈小詹眞的是你欸，好久不見。」叫做蛋塔的男孩開心地走上前來，「他沒有走錯教室啦，他是我國小同學，他完全不會打棒球的。」蛋塔非常好心地向大家宣布這個消息，接著好像什麼事都沒發生一般，所有人又開始嘈雜地聊了起來。

卡拉揚站在那裡，不知道和蛋塔同班該覺得倒楣還是幸運。他只知道，他希望過新的生活，於是他把笑呵呵的蛋塔拉到一旁。

「蛋塔，我要請你幫我一個忙。」卡拉揚小聲地說。

「那麼見外幹嘛，小時候我被欺負你都常常幫我，幫個忙有什麼問題。」蛋塔咧嘴露出大大的笑容。

「那好，我告訴你，我現在叫卡拉揚，不叫詹拉揚，所以你不要再叫我小詹了。」

「咦，爲什麼？」

「你不要問這麼多，反正你記得我現在叫卡拉揚就好了，記得噢。」說完後卡拉揚把蛋塔的手機拿過來，按了幾個號碼，「這是我的手機，我出去晃一晃，等一下老師回來打給我，謝啦。」

留下一頭霧水的蛋塔，卡拉揚走出教室。他也不知道要去哪裡，只是爬上一層又一層的階梯，希望這學校也有一個不受打擾的地方。推開樓梯盡頭最後一扇大門，藍色的天光放肆地灑在天台，周圍一個人都沒有，卡拉揚滿足地笑了。他找到一塊陰涼的所在，就這麼躺了下來，準備好好睡上一覺。

五分鐘過去了，十分鐘過去了，下課鐘聲響起，上課鐘聲也響完了，卡拉揚卻怎麼都沒辦法睡著，和蛋塔的相遇讓他有些意外，那些不願想起的童年片段又活生生地跳了出來，卡拉揚被逼得重新觸摸那些早已冰冷的回憶。

蛋塔的本名叫吳明達，在他滿週歲那年，抓到一支上面印有海綿寶寶的鉛筆，從此以後，他就和寶島國粹棒球斷了關係。但不湊巧的是，他家就坐落在充斥著棒球明星的學區，也就是說，那些擁有傲人才華的天才小朋友們，充滿了他原本平凡無趣但還算幸福的童年生活。

蛋塔身邊為數不少的棒球世家子弟們，卡拉揚是很特別的一個。論家世，他可能是學校三十年來最顯赫的，但論才能，他卻是學校百年來最不幸的傢伙。早在他滿週歲的那天，幾乎全國都知道了他的未來，幸運的話可能當個精算師或會計師，運氣差了點就在櫃檯結帳一輩子或老死在計算機工廠。

兩個出身完全相反的孩子，卻有著一樣的命運，那就是受盡周遭棒球神童的欺侮和嘲弄。卡拉揚總在抽屜裡發現新的垃圾，他走到哪裡背後都有刺耳笑聲。但老師們會特別關心沒有遺傳到詹家金球才華的可憐男孩，卻鮮少有人注意到同樣被欺負的蛋塔。於是蛋塔的悲慘故事，便日復一日在午休時刻上演。

蛋塔媽媽每天中午都會給蛋塔送來愛心便當，菜色千變萬化，而裡面唯一不變的就是一塊好吃的葡式蛋塔，那是小吳明達的最愛，也代表蛋塔媽媽的愛心。只可惜，那塊蛋塔從來都沒進到過小吳明達的胃裡。運氣好的話，蛋塔可能被大家瓜分著吃；運氣不好的時候，可能會砸在小吳明達的臉上身上，又或者夾在他的課本裡，變成一團蛋塔爛泥。

沒人可以忍受這種鳥氣，除了一種人，那就是完全沒有棒球才華的人。於是小蛋塔從一開始的吵架挨揍，到後來的哭泣，最後變成完全的順從。一切是這麼理所當然，就像達爾文的物種演化一樣，是毫無爭議的大自然法則。

直到有一天，發生了一起特別的事件。那天是小蛋塔的十歲生日，蛋塔媽媽花了一整個晚上，親手做了五十個蛋塔給小吳明達帶到班上請同學吃。非常不湊巧的是，那天大家考試沒考好，全班被導師臭罵了一頓，五十個蛋塔於是成了代罪羔羊，一個個砸到小吳明達的臉上，大家還比快比準比誰大力。

小蛋塔憤怒極了，那是他媽媽的愛心啊，卻被這些人滿不在乎地糟蹋。沒有反擊能力的他，只能把砸到自己臉上的蛋塔都吃舔得一乾二淨。但越是這樣，那些欺負人的傢伙越是開心，把愛心蛋塔砸得越是起勁。

小吳明達邊吃邊哭，完全沒有注意到今天的蛋塔怎麼比平常鹹了好幾倍，因爲那裡面都是他不甘心的淚水啊。

就在蛋塔快被砸光的時候，一個小胖子手一滑，把一塊蛋塔丟到了地上。其他神童們紛紛取笑他，笑他跟小吳明達一樣沒用，是個連棒球都握不好的豬。小吳明達沒有理會他們，他早已習慣了這些不堪的言語。他只知道，這是媽媽辛苦熬夜做出來的蛋塔，一塊都不能浪費。於是小吳明達來到碎裂一地的蛋塔旁邊，把黏滿塵土不成模樣的派塊捏起來放進嘴裡。大家看到這一幕，簡直樂死了，爭先恐後地把剩下幾塊蛋塔砸在地上。小吳明達什麼都沒有說，只是繼續吃著地上的蛋塔，眼淚濕了衣服，也濕了心。

「欸欸，你們猜我把蛋塔拿去丟在馬桶裡，他會不會把頭伸進去舔啊？」不知道哪來的小王八蛋想到這麼有創意的點子，旁邊的小兔崽子馬上起鬨大聲叫好。

「你們夠了沒有？」

就在眾人還搞不清楚聲音打哪傳來的時候，一道黑影殺出，伴隨著一招夠勁的飛踢，卡拉揚把剛剛提議的小王八蛋踹倒在地，而小王八蛋手裡原本要去馬桶遠行的蛋塔也掉在地上，摔成一堆金黃派屑。

接著，卡拉揚做了一件他從來沒有想過的事。

他把四散一地的蛋塔拿起來吃，吃得乾乾淨淨。

「這是我吃過最好吃的蛋塔，幫我跟你媽媽說聲謝謝。」

那不是卡拉揚和吳明達講的第一句話，卻是他們彼此之間眞正有意義的第一句話。

從此以後，只要卡拉揚看到蛋塔被欺負，他一定是第一個，也是唯一個站出來挺他的人。大家看到這個樣子，也覺得欺負蛋塔越來越沒意思，最後終於沒人再去找蛋塔麻煩，只暗地裡替他們倆取了個難聽的綽號，棒球殘廢兄弟。

兩個以不同方法被欺負著的男孩，就這麼湊在一起，眞正當起了變相的兄弟。他們一起吃午餐，一起去福利社，中間下課一起玩傳接球，晚上看同一場棒球轉播，隔天狠狠地討論個三、四遍，然後再約定好晚上看另一場棒球賽。他們有個共同的夢想，那就是有天一定要存錢去買海豚喇叭隊比賽時本壘板正後方的球票。只是這個夢想還沒達成，海豚喇叭隊就因爲老闆炒股失利而解散了，明星球員們各分東西，就像他們的夢想一樣，支離破碎。

解散事件過後一個月，蛋塔也因爲家裡工作的關係要轉學了。離去前，他請媽媽做了一盒蛋塔送給卡拉揚。那是一個微風暖陽的中午，卡拉揚拿著蛋塔說聲謝謝，小吳明達說了句掰掰。五分鐘後，小蛋塔坐上父親的賓士離開。他們甚至連聯絡電話和地址都沒有留下，是個十分簡單的道別，畢竟那是個連分離兩字都不太能夠清楚理解的年紀。

只是卡拉揚沒有發現，那個他認爲不會再見面的朋友，確確實實帶給他一些什麼，一些可以說是力量的東西。不論蛋塔被欺負得多麼淒慘，隔天早晨他總會帶著笑容出現在教室，朝氣飽滿地和卡拉揚道早安，一次也沒有例外。那聲早安的感染力，遠遠超過卡拉揚的想像，在蛋塔離開後，依然留在他心中某個角落，久久不散。

蛋塔轉學後一個月，卡拉揚好像就不太想起這個他曾經拚命保護，共度許多快樂時光，或許可以稱之爲朋友的男孩。命運眞是神奇啊，在這麼久之後，完全放棄了人生的卡拉揚，卻遇到他人生中，可以算是最接近夢想中夥伴的男孩，雖然他們相處的時間只有短短半年。

「他叫……吳……明達……吧……」蛋塔的名字和回憶一起，重新被卡拉揚記了起來。然後，比魔術還要神奇那麼一點，卡拉揚的手機響了起來，正是吳明達打來的。

「喂，小詹……」再一次聽到這聲音呼喚自己的名字，卡拉揚突然覺得好懷念。

「欸欸，我告訴你不要再叫我小詹了。」

「喔對不起，那叫你……卡拉揚？唉呦，這樣叫真的很不習慣欸。」

「你以後就習慣啦，怎麼了？老師來囉？」

「不是啦，發生大事情了。」蛋塔的聲音聽起來異常興奮。

「什麼大事情？」卡拉揚完全想不出任何可以讓蛋塔如此開心的事情，「校長宣布今天放假？」

「怎麼可能。」蛋塔的語氣似乎覺得卡拉揚蠢到極點，「反正你趕快到棒球場來就對了。」

「……棒球場？」卡拉揚聲音裡透著猶豫。

「對啊，你趕快過來啦，快一點噢我等你。」蛋塔是如此熱情興奮，讓卡拉揚完全沒辦法拒絕。

「喔……好啦，哪一座棒球場啊？」國立野球高級中學，完全是一所為了棒球而生的學校，校地裡正式的棒球場就有三座，而這還不包括那些沒有草皮、看台和全壘打牆的練習球場。

「李飛鵬啦，你快過來吧。」咔嗒一聲，蛋塔就掛斷了電話。

國立野球高級中學的棒球場，不像其他學校是以數字或顏色來命名，而是以學校的創辦人來定名。當年創辦學校的三巨頭分別為「鬼擊」藍一凡、「萬佛手」吳偉華和「曲魔」李飛鵬，個個都是寶島棒球史上響叮噹的大人物。而其中李飛鵬更是以千變萬化峰迴路轉的大曲球名震一時，是三巨頭中最受歡迎，也是聲勢最高的選手。可想而知，李飛鵬棒球場也是三座球場裡面最大的，四層看台的觀眾席可以容納超過兩萬人，幾乎可以算是一座正式的國際比賽場地。

卡拉揚一開始還擔心找不到正確的球場，但這念頭很快就消失無蹤，因爲他看到好幾群嘰嘰喳喳的學生，興奮地往同一個方向跑去。那裡就是大事要發生的地點吧，卡拉揚心想，趕忙跟了上去。

進到球場後，卡拉揚很快在觀眾席上找個位置坐下，拿出手機打給蛋塔，「我到球場了，你在哪裡啊？」

「我在本壘後面啊，你在哪裡？」

「我在一壘這邊。」卡拉揚看向左方，尋找蛋塔的身影。本壘後方的看台黑鴉鴉一片，好像全校的人都擠在那裡。有人舉著鮮豔顯眼的標語海報，穿短裙的啦啦隊女孩賣力踢著大腿。

「你快過來我這邊吧，我這位置超棒的。」蛋塔必須大聲吼著，否則卡拉揚完全無法聽到他的聲音，因爲觀眾開始在喊些什麼，喊得極大聲，也極整齊。

「李文凱！李文凱！李文凱！李文凱！李文凱！李文凱！李文凱！李文凱！李文凱！李文凱！李文凱！李文凱！」

卡拉揚好不容易才擠到蛋塔旁邊，「欸，這個李文凱是誰啊？」

「你不知道李文凱？真的假的啊？」蛋塔的小眼睛睜得老大，「他是野球高中去年入學測驗的投手狀元啊！」

「喔。」卡拉揚隨口應了一聲，似乎對這頭銜沒有很感興趣。

「他還有個綽號叫JR，就是Junior二世的意思。」卡拉揚順著蛋塔手指的方向看過去，三三兩兩的人分別舉著「JR好棒」、「JR我愛你」的標語搖來搖去，臉上的表情充滿著即將踏入天堂般的陶醉和喜悅。

「你知不知道他為什麼叫二世？」蛋塔臉龐發亮，儼然化身成一名棒球博士，不把他所有的棒球知識傳授給卡拉揚誓不罷休。只是卡拉揚完全沒有感染到蛋塔的熱情，只微微地搖搖頭，還打了個呵欠。

蛋塔博士沒有被呵欠擊敗，他繼續比手畫腳口沫橫飛地說：「李文凱就是李飛鵬隔了兩代後才終於繼承他棒球才華的子孫，二世就是曲魔二世的意思，嚇到了吧。可以證明的就是他那一手摧枯拉朽的曲球功力。據小道消息指出，李文凱的天分甚至直逼當年的李飛鵬，等一下有得瞧啦，一定超精采。」

「嗯嗯。」不等蛋塔說完，卡拉揚已拿出手機玩了起來，似乎這關於棒球的一切都讓他覺得十分無聊。

其實卡拉揚小時候不是這樣的，相反地，小卡拉揚是個極度熱愛棒球的孩子，和棒球有關的任何小事，都可以讓他瘋狂。他和寶島國內其他一千兩百萬個小朋友一樣，夢想著有天可以投出國家冠軍盃最後制勝的那顆好球。

小卡拉揚童年最喜歡的時刻，就是三點放學後到夕陽沒入大地前的這一段時間。他和班上的小朋友們會聚集在球場，打著不成體統的棒球。有六個內野手，八個外野手，十九個棒次要輪。但那對他們來說，一點都不是個問題。大家玩得很開心，每個人都能體會到棒球的樂趣。

那是一個沒有任何壓力的年紀，因為有天分的孩子和平凡的孩子一樣，都只能投出軟弱的直球，都拿不穩和他們一般高的球棒。沒有人會接高飛球，但也沒有人真的打出像樣的高飛球，是那樣一個公平幸福的年紀。卡拉揚就在小學一、二年級時，過了人生至今最快樂的一段棒球時光。

但隨著年齡長大，一切開始慢慢有了變化。有些小朋友打得越來越好，總是需要暫停比賽，去把他們打飛的球找回來。而有些孩子卻總是揮不到球，一上場就注定要被三振。守備方面也是如此，失誤的永遠是那幾個人，有他們在的一隊幾乎很少贏球。

惡魔的獠牙終於慢慢露出，有如童話一般的甜蜜糖果屋開始崩毀融解。大家逐漸發現棒球似乎不再有趣了，有人莫名其妙地越來越厲害，某些人卻無緣無故扯著大家的後腿。

最後，那些沒有天分的孩子，像身上長出和其他人不同電極的磁鐵，漸漸無法融入棒球場上的大家。一切是那麼自然，適者生存，不適者淘汰，最後留在場上的只剩下那些擁有天分的孩子們。

在這場棒球基因的淘汰賽裡，每個小朋友受創的程度不一樣，但絕對沒有一個人可以比得上卡拉揚。

卡拉揚從小就生長在投手世家裡，這是人盡皆知的。但家裡從來沒有一個人告訴過他，他最需要知道的事實，那就是他並沒有像他父親詹姆士和爺爺詹強一樣，摸到偉大的金球。可能是還抱著一絲希望吧，卡拉揚的爺爺每次看著卡拉揚快樂地拿著手套出門時，總是告訴自己，那天或許只是一個錯誤，這麼愛棒球的孩子，棒球之神沒道理不眷顧他的。

於是，爺爺開始對自己最親愛的孫子說著最殘酷的謊言。

「野爺，我將來會像你一樣，投出那麼快的球嗎？」小卡拉揚看著爺爺過去的比賽錄影帶這麼問著。

「當然啊我的小乖乖，你以後一定可以投出比爺爺更快更厲害的直球噢。」老爺爺笑呵呵的摸著小卡拉揚的頭，好像這麼說著，一切就沒問題了。他的乖孫仍然是金球的傳人，而且將會比他自己還要厲害，厲害上許多許多。

只是，這謊言有一個最大的敵人，那就是時間。

「野爺，今天大家都好厲害噢，我投出去的球都被打成全壘打，怎麼辦啊野爺，我好難過喔。」

「小乖乖，那只是你還沒展現出你真正的實力啊，等你再長大一點，你就會投出讓他們碰都碰不到的快速直球了。」

「眞的嗎？」

「當然是眞的啊。」

老爺爺摸摸小卡拉揚的頭，小卡拉揚破涕爲笑，拿著手套又笑嘻嘻地跑出門了。

「野爺，他們說不要讓我當投手了，他們說我只配去玩計算機。野爺，眞的是這樣嗎？」卡拉揚哭著跑回家，連眼淚也沒有擦就衝到爺爺的懷裡。

「當然不是啊，你怎麼可能只配玩計算機呢，那是他們嫉妒你的才華。有一天，你一定會讓他們跌破眼鏡，投出像爺爺一樣棒的球嚇死他們。」

「眞的嗎？」

「當然是眞的啊。」老爺爺繼續說著言不由衷的謊言，只爲了看到孫子的笑容。而小卡拉揚也的確又一次的破涕爲笑，只是，短暫的笑容並不能解決任何事情。

「野爺，爲什麼我的球速始終都沒有變快啊？阿倫和大塊的球我都快看不到了呢。」

「野爺，今天我和捲毛聊天，他說我和你跟把拔不一樣，我永遠都投不出像你們一樣快的球，這是眞的嗎？」

「野爺，今天大家都在笑我，老師也叫我不要再打棒球了，爲什麼啊？爲什麼我的實力一直展現不出來呢？」

「野爺……」　「野爺……」

最後，小卡拉揚終於不再問爺爺任何問題，因爲他看到爺爺無法回答的痛苦表情，還有橫亙在自己面前的那堵現實高牆。種種的失敗和嘲笑，給他上了最痛苦的一課。他知道那牆不只在他面前，也活生生地奔流在他的血液裡，四肢裡，頭腦裡，身體裡，那是名爲先天遺傳的可怕巨獸，沒有人擊敗得了它。

殘忍的是，卡拉揚最愛的棒球不只捨棄了他，也奪走了他的朋友。

那些曾經一起打球的玩伴，如今都帶著迴避的眼神，一個個轉身離去。最後只剩下兩個一起長大的童年好友願意和卡拉揚一起玩，只是他再也無法打心目中完整的棒球比賽了。每當卡拉揚看著房間角落裡的手套，他都會懷疑自己被棒球之神詛咒了，這一切就像一場最恐怖的惡夢，不知哪天可以醒來。

雖然如此，他卻沒有討厭過欺騙自己的爺爺，一次也沒有。因爲爺爺對他來說，是他在這世上無可取代的親人。而原本理應給他更多呵護的爸爸詹姆士，卻還比不上學校的體育老師和卡拉揚來得親密。

好像打從卡拉揚有記憶開始，爸爸就不曾好好地和他講過一次話。詹姆士永遠是醉醺醺的，就算暫時清醒，也是爲了等一下要喝掛在做準備。卡拉揚並不十分難過父親每天喝酒，因爲他可以藉此安慰自己，父親說的都是喝醉時的氣話，並不是有心的，也完全不是事實。

「你過什麼生日，誰是你爸你知道嗎？不知道還過什麼生日，你和你媽都一樣，王八蛋！」卡拉揚七歲生日那天，父親喝到爛醉，不僅砸爛他的生日蛋糕，還把原本買給他的禮物丟到垃圾桶。那是卡拉揚第一次聽到爸爸罵媽媽和自己，也是卡拉揚最後一次和爸爸一起過生日。

從此以後，只要詹姆士喝醉，卡拉揚就會聽到更多有關他母親的事情，多半是不堪的辱罵和指控。而有時父親那恐怖猙獰的嘴臉，會讓小卡拉揚晚上睡覺時渾身發抖，做著一場又一場的惡夢。

「野爺，把拔說的是眞的嗎？馬麻眞的像把拔說的一樣，做出了背叛他和我們家的事情嗎？」小卡拉揚雖然不太懂背叛的意思，但從詹姆士憤怒到要噴火的眼神，他可以知道那是一件非常非常不好的事。

爺爺沉著一張臉，看著年幼的小卡拉揚，眼裡滿是不捨。自從那次生日事件發生後，爺爺就搬過來和他們一起住。有爺爺在，詹姆士收斂了許多，不再對卡拉揚大呼小叫。他在家裡的時候多半都醉倒在睡覺，醒了就出門繼續買醉。但有時候卡拉揚仍會注意到父親以一副看著野狗的眼神盯著他，嘴裡喃喃說著卡拉揚早已聽了好幾百遍的惡毒話語。

「不是的，你要原諒你爸爸，知道嗎？他也是個傷心的人啊。」爺爺摸摸小卡拉揚的頭這麼說。他愛他的孫子，也愛他的兒子，只是他怎麼也搞不懂，過去的美好為何像掉落地上的甜蜜蘋果，一步步在慢慢腐爛。

詹強常常一個人沉思著，到底是從什麼時候開始，這一切都亂了調，那應該屬於他們的幸福，到底消失去了哪裡？

詹強還記得，詹姆士第一次告訴他康晴茵的存在時，就是他宣布他們要結婚的那天。那天爺爺永遠也不會忘記，他們父子倆喝了一瓶又一瓶的紅酒，詹姆士花了一整個晚上告訴他爸爸這個女人是多麼的完美。

「爸，就是晴茵了，就是她了，她可以給我夢寐以求的幸福，絕對不會錯。」爺爺始終沒有忘記詹姆士說這句話的眼神，彷彿他已經看到多年後的幸福風景。

詹姆士那晚講了好多好多，以至於爺爺第二天看到晴茵時，竟然有個錯覺，覺得他們已經是認識很久的老朋友了。

三個月後，盛大的婚禮在國家棒球場舉行，所有報紙都以頭版來報導，那是被譽為當代童話的幸福婚禮。不到半年，晴茵就懷孕了，詹姆士欣喜若狂，比任何父親都還要開心。詹強從來沒有看過兒子這麼高興，詹姆士買了好多寶寶的用品，晴茵總是說夠了夠了，但詹姆士卻永遠也不嫌多。他不像個父親，反而更像個孩子。

晴茵的肚子一天天大了起來，詹姆士雖然仍舊每天準時去球隊練球，但他的心早已不在球場，一切都在那個還未出世的孩子身上。他還沒離開家門就想著寶寶，到球場上也念著寶寶。他用寶寶的襪子當作手機袋，把寶寶的超音波圖片鋪天蓋地的貼滿整間更衣室，隊友們都說他簡直是瘋了。

「如果，我是說如果，如果寶寶沒有遺傳到你和爸的天分，那該怎麼辦？」晴茵看著天天處於狂喜狀態的詹姆士，說出她一直以來擔心的想法。她擔心詹姆士只是期待一個繼承他才能的孩子出生，若事與願違，她怕那結果是詹姆士無法承受的。

「傻子，我才不管他是男是女有沒有棒球才能呢，他是我們的寶貝，就算他只能投出八十公里的小便球，他還是老天給我們獨一無二最棒的禮物。」晴茵聽到這句話，終於放下心中的大石頭。那一刻，他們彼此都相信，一家人將會永遠幸福，誰都無法阻止他們快樂。

就是從這個時候開始的吧。像下錯了命運的交流道，他們開上一條截然不同的道路，未來從此改觀。

常常提早回家的詹姆士漸漸發現有些事情不一樣了，應該待在家裡好好休息的晴茵卻時常不在家。每次詹姆士問她去了哪裡，晴茵總是說她出門散散心，要給寶寶呼吸新鮮的空氣。詹姆士心裡雖然擔心，但還是買了更好走路的鞋子給老婆，再三叮囑她過馬路要小心，慢慢走才不會跌倒。

這樣的日子過了一兩個月，有天練球結束過後，隊上一名綽號阿布的隊友把詹姆士拉到一旁，說有重要的事情要和他講。

「詹哥，我知道大嫂懷孕了，你們都很開心，但這件事我想我還是要告訴你。」

詹姆士聽到懷孕的事情就笑得好開，但阿布接下來講的話卻讓他再也笑不出來。

阿布住在郊區最外圍的地方，每回練球都要開快一個小時的車。兩個禮拜前他的車子故障送去維修，於是他開始坐火車通勤。

「詹哥，我最近總在經過林家庄那站的時候，看到月台上有個很像大嫂的女人。一開始我只是覺得長得很像，也沒有多加留意，但幾乎每天都會看到她，而且她也懷有身孕，所以我想還是跟你講一下比較好。」

晴茵？她去林家庄幹嘛？那是距離他們家有一個小時車程的地方啊。詹姆士開始覺得腦袋裡有什麼東西鈍鈍的，而那東西隨著阿布的話語慢慢成形，越來越銳利。

「詹哥，這件事我猶豫了很久……就是……大嫂她……她……」

阿布吞吐的言語，和晴茵這兩個月來不尋常的舉動，在詹姆士腦海裡漸漸組合拼湊出許多模糊的可能性。此刻，他心中想知道眞相的渴望遠大於害怕眞相帶來的傷害。來吧，告訴我吧。詹姆士在內心大吼著。

「……我總是看到她和另一個男人在一起……」

阿布說完後，好像洩洪的水庫開始不吐不快，繼續說著晴茵和那男人看似親密的舉動。他們偶爾會有爭吵和口角，男人看起來很失望，晴茵就溫柔地安慰他。

「大嫂就坐在他身旁，握著他的手……」

阿布繼續描述他看到的種種，但詹姆士卻什麼都聽不進去了。他被憤怒和絕望的海嘯淹沒。晴茵和另一個男人？怎麼可能？他們都已經有寶寶了，他們不是發誓要三個人一起幸福嗎？那些天馬行空想著寶寶名字的時光算什麼？那些一起佈置嬰兒房的努力和快樂又算什麼？

詹姆士那天很晚才回到家，晴茵懷孕六個月來他第一次喝酒了。

「今天怎麼喝得這麼醉呢？都要當爸爸的人了。」晴茵有點不高興地說，但還是拿熱毛巾給詹姆士，替他泡了一杯熱可可。

詹姆士看著晴茵，她眼裡的溫柔好眞實，但只要一想到那溫柔還有另一個男人共同分享，詹姆士就心如刀割。但他什麼也沒有說，一個字也沒有。

隔天，詹姆士坐上火車，他不相信阿布，他相信他和晴茵的誓言，「死生契闊，與子成說。」一個小時後，詹姆士在火車廁所裡，無助且憤怒的搥打牆壁，眼淚止不住的滑落。因爲那八個字沒辦法欺騙他的眼睛，那的的確確是晴茵，是他最愛的老婆，和另一個男人一起。

詹姆士下車後，在心裡下了一個重大的決定，孩子是無辜的，懷孕的女人需要照顧，一切等到寶寶出生後再說吧。這個決定竟然讓詹姆士異常的輕鬆，他裝作什麼事都沒發生，而最後也好像眞的什麼事都沒發生過一樣。晴茵不再沒事外出，阿布也說後來沒有再看到過大嫂。他們的感情依舊像原來一樣好，甚至可以說變得更好了，在車站的一切彷如無人海上的一道龍捲風，沒有留下任何痕跡。

寶寶健康的出生了，爺爺幫他取名爲詹拉揚。看著懷中的孩子，還有晴茵眼中滿溢的母愛，詹姆士覺得過去都可以摒棄，未來才是最重要的，他要好好愛這對母子，幸福仍舊是可以的。過去的黑暗，雖然很難，但正一點一滴被詹姆士消滅著。

但事情總是出人意料，晴茵生完孩子後很快就病倒了。詹姆士完全沒有當爸爸的喜悅，每天都活在害怕失去心愛妻子的痛苦中。他幾乎遍尋了全國最頂尖的名醫，但晴茵的病情仍是每況愈下。詹姆士天天祈禱，他祈求上帝原諒他的所有過錯，他願意捨棄他最愛的棒球，只要晴茵可以好起來，和他一起陪著孩子長大。

只是詹姆士的請求似乎沒有傳到上帝的耳裡，晴茵才當了一個月的媽媽，就去天國做天使了。

這是詹姆士崩潰的最後一根稻草。他沒辦法繼續愛，也沒辦法繼續恨，像突然下起的暴雨一樣讓人措手不及，一切美好戛然而止。從那天起，詹姆士的靈魂就困在大雨中，沒有離開過。他開始酗酒，喝得越多，就越清醒，只好繼續再喝。喝到神經都被酒精侵蝕，最後連投手的本能都失去了。

有人說，詹姆士的自暴自棄，是因爲他兒子的抓週結果，也有人覺得是那場改變寶島命運的國家冠軍盃，但只有詹強知道，一切早在晴茵過世的那天就開始了。詹姆士告訴父親關於晴茵的種種時那純眞的笑顏，在晴茵走後，被完完全全地拿走了。

最後，詹姆士失去了一個人活著最基本的能力，他無法愛自己，也無法愛他身邊的任何人。卡拉揚或多或少都感覺到了這一點。他仍然盡力想要愛自己的父親，嘗試接近和溝通，但只得到更多的詬罵和永無止盡的無能爲力。漸漸地，他知道很多事情就像他的棒球技巧一樣，無法做任何改變。

於是卡拉揚國小還沒畢業就轉學了，他到了一個沒有酒鬼父親，沒有棒球神童的鄉下，參加了一場沒人認識他的畢業典禮，度過三年只知道念書的國中生涯。他逃避棒球，逃避家庭，遠離一切傷害他不接受他的事物。即使如此，他仍舊時常體會到家族的血液流在自己體內，那熱愛棒球的血液，是他過了多少逃避的歲月都無法否定的。

而如今，看著球場上那即將展開的一對一決鬥，聽著耳邊熟悉的塑膠加油棒敲擊聲響，卡拉揚體內的棒球之血又開始滾滾沸騰。雖然想要裝作不在意，繼續玩手機裡的無聊遊戲，但他的拳頭已不自覺的握緊。喉頭有什麼東西哽著，卡拉揚終於沒辦法再繼續假裝下去。

「媽的蛋塔，李文凱他的球，好猛啊！」

2

巨大的風壓聲，緊接其後的是硬式棒球砸進真皮手套的碰撞聲，最後才是觀衆瘋狂的歡呼聲。比賽還沒開始，這只是李文凱暖身的練投。長達三年沒有親眼看見棒球比賽的卡拉揚，此時的心跳比旁邊的迷妹尖叫還要大聲。

「他的球有多快啊？」坐在本壘後方觀衆席的卡拉揚，正被棒球最美妙的東西，一流投手的快速直球，所震撼衝擊著。他就像初踏入魔法世界的哈利波特一般驚奇，因爲上回他看到的速球，還是國小學生投出來的啊。

「不知道欸，大概一百四十公里吧？」蛋塔說。

「這樣才一百四？」卡拉揚想起錄影帶裡爺爺的球速，都是動輒一百六十公里上下的金黃速球，他不敢相信眼前已經快要看不清楚的球竟然只有一百四十公里，那他的親人又是何等的怪物啊。

「拜託，一百四在高中生裡已經是登峰造極的球速了，而且他最厲害的不是速球，是那有如摩洛哥羚羊彎角一般的大曲球啊。」

突然，風壓聲變小了，接球聲也變小了，但觀衆的歡呼聲卻大了好幾倍。

「看！就是那個！」蛋塔眼裡露出欽佩又羨慕的眼神。

卡拉揚則是張著大嘴，一時間閉不起來。

那簡直是魔術。前一刻還在眼睛高度的球，下一秒卻向外掉到幾乎可以砸起地上劃線的白粉灰。卡拉揚目不轉睛，希望還可以再看到一次，但李文凱卻停止了練投。

「怎麼了？」卡拉揚焦急地問道，他還想再看一眼那不可置信的完美弧度。

「打擊者出來了，比賽要開始了。」蛋塔神情嚴肅了起來，一場大戰山雨欲來。

一名身高體格皆過於常人的男人從休息區走了出來，只看外型完全無法把他和一般的高中生聯想在一起。逆光下，卡拉揚看不清楚他的臉龐，只覺得有股說不出的異樣感覺。好像走在那裡的不是一名人類，而是一匹狼，隨時可以把獵物撲倒撕裂的狼。

「那是誰啊？」

「好像是今年的野手狀元。聽說每年開學第一天都會來這麼一場，學長教訓學弟的震撼教育。哇塞，來念這裡果然是對了，第一天就這麼刺激。」蛋塔又開始興奮了起來。

「野手狀元？」卡拉揚看著背光下男人的背影，只覺得好眼熟，「他叫什麼名字啊？」

蛋塔的答話被全場爆裂而出的歡呼和掌聲所淹沒，比賽即將開始。卡拉揚也感覺到氣氛變了，閉上嘴不再說話，只是專注盯著眼前的決鬥。

下一秒，整座棒球場彷彿被施了石化魔法。上千人的看台，卻沒有一絲聲響，沒有一點動作，全場好似只有兩個人活著。標準有如教科書一般的投球動作，李文凱寫意出手，一個正中快速直球破風進壘，打擊者動也不動。

「好球！」全副武裝的裁判舉手大喊，這兩字有如某種神奇的咒語，全部的人又活了起來，歡呼聲此起彼落。

李文凱看著打擊者，面帶笑容。那是這時代身懷棒球天賦的傢伙都有的笑容，充滿自信和驕傲。打擊者的眼神隱藏在頭盔陰影下，但那抿成一直線的嘴巴，卻讓李文凱看出他的緊張。只是李文凱搞錯了，那緊張不是對投手實力的恐懼，而是高手挑戰高手時，全身細胞同時興奮與期待所帶來的緊張感。

李文凱第二次出手，姿勢完全相同，但球速又快了五公里。

「好球！」一模一樣角度的正中直球，打擊者依然是動也不動。

「李文凱太瞧不起人了吧。」蛋塔雖然這麼說，但臉上完全沒有任何同情的意思，有的只是對強者的絕對崇拜，「這就是學長的魄力嗎？太酷了！」

「對了，這場比賽怎麼決定勝負啊？」卡拉揚問。

蛋塔聽到這問題，馬上又變成有教無類的棒球博士，「三個打席，只要打擊者打出一支安打就贏了。相反的，就算打擊者三次都擊出全壘打牆前面的深遠飛球，但每一球都被接殺，也還是投手贏。」

一般而言，只要打擊率三成以上就算是公認的強打者，所以這是個十分公平的比賽方法。棒球史上記載，這方法爲一百多年前的瑪氏兄弟所發明，他們一個人是投手，一個人是打擊者，據說他們三十年來都用這個比賽決定每次負責修水管的人選。

碗！又是一個好球。

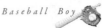

「三振！」裁判誇張的嗓音和拉弓手勢，帶動全場的氣氛，迷妹們又開始尖叫和搖擺。

「難道野手狀元只是虛有其名？」蛋塔微皺著眉，投手丘上的李文凱也是。他不能理解爲何學弟完全不揮棒，就算球速再快，但他投的都是正中直球啊，難道學弟就這麼害怕揮棒落空嗎？

李文凱憤怒地踢了踢土，觀眾看到這畫面更是開心，一起齊聲喊著「三振他」、「三振他」，甚至還有人帶起了波浪舞，外野球場更可以看到三、四十個人排成了一個大大的K字，這裡簡直是曲魔二世的無敵主場。

李文凱把手套高舉過頭，手臂豪邁甩出，一顆劃破空氣的爆裂速球，啪一聲進到捕手的手套，前後花的時間甚至不到零點五秒

「好球！」裁判幾乎是用尖叫的唸出這兩字，而打擊者依舊沒有揮棒，像座雕像，極盡嘲諷的雕像。

李文凱生氣了，手臂青筋爆起，「你不想動，我就讓你不得不動。」一個大抬腿，比之前更加誇張的準備動作，任何人看了都可以知道這球李文凱用上了全力。但站在打擊區裡的男人沒有絲毫懼色，雙眼在頭盔的陰影下盯著投手，好像一匹狼盯著他的獵物。

飽含憤怒的白球才剛出手，一年級的狀元新生就退出了打擊區。零點一秒後，一百四十四公里的硬式棒球像石頭一般飛掠過原本打擊者頭部的地方。全場響起一片譁然，大家議論紛紛。

「哇靠，剛剛超驚險的。」

「李文凱是故意的吧？」

「這算是下馬威嗎？」

休息區兩邊都走出來了一些人，一年級的學弟們顯然很不諒解剛剛那顆近身球，大聲地吼叫抗議，但不等二、三年級的學長制止他們，全場就響起一片噓聲，那是不想比賽被妨礙的噓聲。

「要是他們吵起來，不就沒有好戲可以看了。」蛋塔說完這句話後，繼續大力噓著跟他同年級的抗議者。卡拉揚沒有一起起鬨，他只專注看著那個拿球棒的男人。卡拉揚好像有個錯覺，剛剛彷彿球還沒出手，打者就已經準備移出打擊區了。

也就是說，他知道投手要投觸身球？

卡拉揚對自己這荒謬的推論，只覺得好笑。怎麼可能嘛，這太誇張了，哪有人會事先知道投手要投觸身球的。

差點被球擊中的狀元安撫自己夥伴的情緒，等到左右兩邊的人差不多都走回休息區裡，比賽才終於又繼續開始。

李文凱剛剛一擊沒中，只覺得學弟好狗運，也沒有想那麼多。

「算了，趕快三振你這孬炮，結束這場鬧劇吧。」李文凱小聲地對自己說。

抬腿，揮臂，出手，磅！

「好球！」

抬腿，揮臂，出手，磅！

「三——振！」裁判這次用下體往前快速突出的姿勢來代表三振，真的是很有創意。

「唉，真沒意思。」蛋塔沒好氣的說，「連球棒都不揮，那乾脆不要拿球棒算啦，難看死了。你說是吧小詹……喔不，卡拉揚。」

卡拉揚好似沒聽到蛋塔的話，只是靜靜看著這一面倒的對決。又或者，他其實不是看著這場對決，他只是看著一個男人，一個不動如山的男人。漸漸地，卡拉揚心裡好像有個什麼念頭，那念頭越擴越大，越來越明顯。最後，一直盯著打者的卡拉揚，終於確定了他的想法：不動的男人之所以不揮棒，是因爲在等待李文凱投出他的王牌，大曲球。

沒錯，就是這樣！他想要一舉打垮李文凱最自豪的球種，藉此徹底擊垮這名投手無限膨脹的信心。卡拉揚發現這個事實後，全身打了個冷顫。

這男人，太恐怖了！剛剛他若是把李文凱的正中直球打出全壘打牆外，比賽就結束了。但李文凱還是可以大言不慚地說，那只是因爲我還沒用出王牌。所以打者放過那些可有可無的開胃菜，等待他最甜美的獵物，那顆千變萬化峰迴路轉大曲球。

他要把李文凱身爲投手的一切完全摧毀擊沉，得到比賽的完全勝利。

投手丘上的曲魔二世臉色難看到了極點，他不了解爲什麼他投的是三振，心情卻像是被打全壘打一樣不爽。於是，他在心裡下了一個決定。好，既然你不屑打我的直球，那我就讓你見識你這輩子摸都摸不到的球種。

「要來了。」卡拉揚說。

「什麼要來了？什麼東西？」蛋塔一頭霧水地左右張望。

李文凱臉上的表情逐漸淡去，最終變成一張看不出任何情緒的撲克臉。對少數眞正看懂這場比賽的人來說，球場上的氣氛瞬間一百八十度轉變了。而打擊者的嘴角，也在沒人注意到的情況下悄悄上揚了。

卡拉揚睜大眼睛，絲毫不願錯過任何一個畫面。

就在這一刻，突然傳來尖銳的哨子聲。

「你們在這裡幹什麼？誰准你們私自使用球場的？」三名學校警衛衝了進來，對著大家又是吹哨又是叫罵。

全場所有人同時嘆了一口氣，大家知道比賽是不能再繼續了。學校十分重視球場草皮的保養，沒得到許可無法任意進來使用。這場決鬥雖然算是野球高中第二個開學典禮，但仍是個沒有正名的地下活動，當然不可能申請到什麼正式許可。

「你老師咧，這些警衛真有夠機車。」蛋塔用言語表達出內心的不滿，但他的不爽卻不及卡拉揚的萬分之一。就像A片演到最好看的橋段時，爸媽卻突然回來了一樣，卡拉揚的遺憾已經到了難以言喻的等級。

「走吧，回教室了。」蛋塔拍拍卡拉揚，但他卻動也不動，只盯著球場內的兩個人。打者脫下頭盔向學長致敬，李文凱意思意思揮了個手，然後轉身離去。接著，一年級的狀元朝休息區走去，這一刻，卡拉揚終於把他的臉看得一清二楚。

「固力果？」

卡拉揚驚訝的口氣，把走到出口處的蛋塔又吸引了回來。

「嗯？什麼庫粒果？」蛋塔問道。

「固力果……不……劉士維。」卡拉揚喃喃地說，不像在回答蛋塔的問題，反而像是自言自語。

「喔對啊，他就是劉士維，你也知道他喔？他是去年全國中學生棒球錦標賽最佳打者，他在國小的時候就很有名啦。」講到這裡，蛋塔突然想起了一件他早該想起的事情，「對了，你認識他吧，劉士維跟我們同一個國小，我記得他放學時都會來找你一起回家……」蛋塔看了看球場，指著場上那名捕手，「還有剛剛接球那個，是今年的捕手狀元，你們三個以前不是常常一起回家嗎？我記得你們蠻好的。」

卡拉揚整個人怔住了。

雖然他知道他們兩人一定也念了野球高中，但分別三年後，竟是以球員和觀衆的遙遠身分相遇，他對這改變一時間無法接受。周遭聲音開始模糊，他感覺喘不過氣來。

「怎麼了？你還好吧？」蛋塔看卡拉揚突然臉色發白，擔心得不知道如何是好。

「我沒事。」卡拉揚連續做了兩次深呼吸，提醒自己儘量不要去看球場內的動靜，「對不起，我先出去透透氣。」

說完，卡拉揚快步跑走，一秒也不想繼續留在球場。他一邊跑下樓梯，一邊暗罵自己的愚蠢：你搞什麼？你早知道會這樣了不是嗎？你不就是因爲受不了想念才又考回來的嗎？爲什麼現在又退縮害怕了？不對，我沒有害怕，我只是需要一點心理準備，一定是這樣，沒問題的……

砰！

一聲尖叫，卡拉揚撞到一個柔軟的物體，一頂捕手面罩滾落地上。卡拉揚連忙撿起面罩，只是抱歉都還沒說出口，一團黑影就將他抱住。

「卡拉揚！」

一陣熟悉的髮香味，還有聽了好幾百遍叫著自己名字的溫暖嗓音。不用任何猜測，卡拉揚就知道是誰了。

「哈囉，小美。」卡拉揚打了聲睽違三年的招呼。

女孩放開卡拉揚，對自己剛剛的熱情有點不好意思。卡拉揚注視著面前的她，還是一樣像小學時穿著全套的捕手護具，只是那長髮眼神和笑容，都有了些許不同。那變化讓卡拉揚有點難以直視，有點無所適從。

「嘿，好久不見欸。」小美還是笑得好開，她彷彿有許多話想說，但又好像什麼都不必說。他們就這麼互看著，微風從兩人中間晃過，陽光灑落，卡拉揚注意到小美髮絲上的汗滴，裡面似乎可以看到彩虹。

「小美，妳要走了嗎？」一個低沉的男性嗓音從轉角傳來，接著，劉士維拿著球棒出現了。他看到卡拉揚，愣了一下，然後臉上泛起笑容。

「卡拉揚……」他放下球棒，走過來給卡拉揚一個大大的擁抱，那是和小美完全不同，結結實實的兄弟抱法。

「你這三年去哪了？」他放開卡拉揚後，劈頭就問。但不等卡拉揚回答，劉士維的眼角竟然已先泛起淚光。「靠……」他轉頭用力揉著眼睛，看著一百八十五公分的壯漢真情流露，卡拉揚先前的疑慮都一掃而空。

「你哭屁啊，娘甓了。」卡拉揚笑了，小美在旁更是哈哈大笑，樂不可支。

「你們兩個閉嘴。」劉士維轉過頭作勢要追打他們，小美尖叫地躲到卡拉揚身後。三個人玩成一團，一切就像過去一樣，時光好似完全沒有移動過半步。

□

他們三人在幼稚園的時候就認識了。不只是因爲他們念同一所幼稚園，還因爲他們的父母是共同奮戰了十幾年的國家隊隊友。

卡拉揚的父親詹姆士，連續三屆國家隊王牌投手，和他搭配的捕手就是小美的母親，綽號「女皇」的葉涵菁。

棒球發展了五百多年，性別早已不是問題，有棒球才能的女性陸續崛起，但捕手始終都不是她們擅長的範圍。長時間的蹲捕，防止盜壘的優越臂力，擋下暴力衝撞的完美體格，這些都是阻礙女性成爲優秀捕手的先天障礙。

但被譽爲三大棒球聖地之一的寶島，和其他國家最不同的地方就在於，他們有全世界獨一無二的女性捕手。這個性別方面的奇蹟，早已在體育和學術論壇被討論了不下上百次，許多專家學者都特地來到寶島研究這個現象，最後他們得到一個結論，這些女性捕手擁有全世界男人最害怕的東西，那就是準確無比的第六感。

長時間的蹲捕可以靠練習來克服，但傳二壘的臂力和球速卻是很難後天練成的，以一般優秀女運動員的傳球速度，根本不可能抓到那些職業級的盜壘王。但這對寶島的女捕手們來說卻不是問題，她們的第六感已經恐怖到，可以窺出跑者盜壘的意圖。只要指示投手故意丟好接的快速球，就算以她們的臂力和球速，也可以抓到八成以上的盜壘者。

不過阻擋跑壘者衝撞的能力，的確是她們最弱的一環，過去不乏有女捕手在衝撞下受傷的例子。但第六感極高的女捕手，仍可以在時間充裕的情況下，觸殺跑者而不受到傷害。四十年前的寶島第一捕手葉思瑩，就是因爲屢次漂亮避開跑者的蓄意撞擊而得到「鬥牛士」的稱號。

但這些都不是她們贏過那些偉大男捕手的原因，而是捕手最重要的一項能力，配球的頭腦。無法解釋的第六感，讓她們總在關鍵時刻配出精采絕倫的致勝一球。世界上一半的配球教科書，放的幾乎都是寶島女捕手的例子。

而整個寶島最厲害的女捕手家族，就是號稱擁有史上最強第六感的葉家。這項棒球天分傳女不傳子，所以葉家後代始終都冠母性。而她們最新一代的傳人，就是綽號「神之耳」的葉曉梅，也就是卡拉揚的青梅竹馬，小美。

最近剛滿十五歲的小美，就算和大學的名捕手們放在一起比較，也是相當出類拔萃。尤其是她那卓越的配球功力，幾乎可以用神蹟兩字來形容。國中的校際聯賽，隊上一名資質普通的投手就曾在她帶領下投出無安打比賽。那場不可思議的球賽讓人不禁懷疑她是否可以傾聽到打者的心聲，這也是「神之耳」這個綽號的由來。「女皇」葉涵菁就曾預言，將來的棒球會是捕手掌控比賽的時代，投手影響戰局的分量會越來越輕。除非他們完全無法遵照捕手的指示來投球，那就另當別論了。

每隔五年的國家冠軍盃，是寶島和西科聯邦名副其實的戰爭。國土和人口是寶島五十倍的西科聯邦，生性好戰，百年來不知吞併多少國家，人人聞之喪膽。但面對棒球聖地寶島，殘暴如西科聯邦至少還有著基本的尊重。五十年前的君主菲爾勒八世就曾經宣布，若要拿下寶島，只能用棒球打敗他們。於是，寶島被迫簽訂史上最沒有道理的棒球外交合約。五年交手一回，一次打五場，五戰三勝定勝負。贏了寶島可以繼續保有自由，輸了就要淪爲聯邦的一部分。

詹姆士和「女皇」葉涵菁就這麼經歷了兩次大戰，靠著無敵的第六感和超越一切的金黃速球，保住了寶島一億兩千萬人民的尊嚴。而這其中，還有一名光芒不輸他們兩人的功臣，那就是劉士維的老爸，生涯打擊率三成八六，人稱「狙擊皇帝」劉國威。

劉氏一家也是寶島有名的棒球世家，世世代代皆出外野手，臂力恐怖不說，最讓人害怕的還是他們那有如雷達一般的鷹眼，足以鎖定任何球種，把每顆小白球都像高爾夫球一樣輕鬆地轟出全壘打牆外。「純粹的野性強棒」，這是十三年前劉國威登上時代週刊的標題。而去年，他又上了一次時代週刊，這次是和他兒子一起，標題是「無敵強棒基因＝救世主？」

這是寶島全國最關心的話題，自從十四年前的那場敗仗過後，寶島又連輸了兩屆，現在只要談論到棒球，人人都唉聲嘆氣，有如世界末日。十四年前的系列賽，從第一場全國人民就挨了一記悶棍，十八比零。和葉涵菁三度搭檔的詹姆士，先發三局就掉了十分，徹徹底底的被打爆，那也是他最後一場國家冠軍盃比賽先發。後面的兩場更是兵敗如山倒，維持五十年的棒球強國尊嚴就此掃地，被棒球蠻夷之邦羞辱踐踏。

這十四年來，寶島雖然想要力挽狂瀾，重新升起金黃色老鷹大旗。但是少了王牌投手詹姆士的國家隊，已經無法壓制西科聯邦有如旭日東昇般，日漸強大的恐怖打擊火力。只靠葉涵菁和劉國威的寶島隊，就像拿著雙面都沒有刃的名劍，怎麼使都不對。昔日被稱爲「鐵三角」的勝利保證，在詹姆士徹底崩潰，另兩人年歲漸長之際，已如斷簡殘篇、風中之燭，無法再重現往日的榮耀。

但一切都是有希望的，寶島這幾年從最根本的棒球教育重新著手，培育出許多明日之星和未來好手。其中國立野球高級中學，就是在這樣的背景下轉型的眾多棒球學校裡最有名的一所。學生們不必一邊練球還要同時準備段考，野測生在這所學校的唯一目的，就是不斷變強變強再變強，以拿回比數學公式還有詩詞古文更重要的東西，那就是不被任何人所剝奪的，自由。

雖然許多青出於藍的棒球小神童不斷崛起，但大家最關心的，仍是鐵三角再現國家冠軍盃的可能性，只可惜金黃速球並沒有尋到它的傳人，於是大家也漸漸降低了對他們三人後代的關注。這成為了一個沒有棒球英雄的混亂時代，百家爭鳴群雄競起，人人都想當起「新鐵三角」，幫助國家重返榮耀，讓自己和家族名留棒球青史。

這可以說是不幸中的大幸，讓卡拉揚在上小學之前都沒有受到什麼太大的壓力。他雖然沒有愛他的父親，但有十分照顧他的劉叔叔和葉阿姨。也因此，他們三個小朋友可以說在還不會站起來走路的年紀，就已經一同爬著玩耍好一段時間了。

卡拉揚這外號就是在那個時候小美給他取的，在他們大約四歲的時候。

「詹……拉揚……」小美囁囁嚅嚅地說，「……唔……好難唸噢。我幫你取個新名字，你就叫……嗯……叫卡拉揚好了。」

「誰理妳。」詹拉揚一口回絕，繼續和劉士維拿著兒童棒球手套玩傳接球。

雖然沒有得到本人的同意，但之後好幾年，這成為詹拉揚的唯一綽號。也是他十二歲想要改名時，第一個跑進腦中的名字。

小美則是他們還小唸不清楚名字時，把葉曉梅唸錯的結果。之後索性將錯就錯，而這也成了葉曉梅最喜歡的暱稱。這世界上只有兩個人這麼叫她，而他們都是她這輩子最好的朋友。

劉士維則在六歲的時候，得到他生平的第一個綽號，固力果。那是他當時最愛吃的餅乾牌子，天天都要吃上一包，這也造成他日漸橫向擴展的體格。兩年後，固力果餅乾停止生產。劉士維也開始從小胖子慢慢回復到正常身材，他變得越瘦就長得越高，最後成爲整個年級最高最壯的人，已經不適合固力果這個可愛的外號了。

每當小美或卡拉揚從遠方大叫著固力果的時候，他總是把他們偷偷拉到一旁，要他們別再這麼叫他。尤其在一些他喜歡的女孩子面前，這外號更是讓他臉紅發窘。小美和卡拉揚雖然覺得好笑，但還是點頭答應了，從此這就成了只屬於他們三個人的秘密外號。

他們三人就像所有的兒時玩伴一樣，天天黏在一起。一起上學一起放學，一起上同一家才藝補習班，下了課一起到處闖蕩玩鬧，直到天黑才依依不捨回家。與其說他們是兒時玩伴，不如說他們像三胞胎比較貼切。

同樣的棒球世家成長背景，讓他們瘋狂愛上這個寶島的全民運動。放學後他們的最大娛樂，就是拿著手套去玩傳接球。有時候還會帶上一根球棒，三人分別扮演投手打者和外野手，捕手則是會把球反彈回去給投手的一面灰牆。

他們都不喜歡當外野手，因爲球通常不會這麼湊巧打到外野手面前，常常要跑得臉紅氣喘，去撿一顆掉在草叢裡的小球，一點樂趣也沒有。爲了公平起見，每次開始之前，他們都會猜拳決定，誰要去當那個撿球的倒楣鬼。

小美的運氣最差，十次裡有六次都是她猜輸，剩下四次由兩位男孩平分。

「喔耶，又是小美最輸。」卡拉揚每次都高興得呼天搶地，小美則默默地拿起手套走到外野。

「欸，你不覺得每次都這樣小美很可憐嗎？」固力果看著小美的背影這麼對卡拉揚說。

「不會啦，讓她跑一跑啊。快，我們來猜投手吧。」卡拉揚完全沒有注意到小美落寞的背影，只關心這次能不能當到他最喜愛的投手角色。

「哇靠，小美，一定是有什麼恐怖的怨靈附在妳身上，我們想輸都沒辦法呢哈哈哈！」卡拉揚握著拳頭，看著小美的剪刀大笑著。

最近幾次，小美把把都輸，這已經是第五次了。

卡拉揚邊笑邊把外野手手套遞給小美，固力果則在旁邊著急著，不知道要怎麼阻止卡拉揚那傷人的嘲笑。

下一秒，卡拉揚卻突然停止了笑聲，臉上的笑容也瞬間凍結了。

不是因為他終於看到了小美難過的背影，而是他看到小美轉身之前，那滑落臉頰稍縱即逝的眼淚。

卡拉揚什麼都沒有說。只是那天，他每一球都投得很用力。

隔天，他們正要猜拳時，卡拉揚遮著眼睛，拿起了外野手手套。

「今天眼睛好像怪怪的，我去當外野手好了，你們兩個人猜拳吧。」不給他們任何詢問關心的機會，卡拉揚逕自走到了外野。

往後的好幾天，卡拉揚總有很多藉口。不是肚子痛，手給螞蟻咬到，就是他突然迷上了連續五屆最佳外野手的「捕夢網」林飛。但不論是哪一個原因，他都沒有給小美和固力果任何質疑的機會，就自己一人先走到外野，在那片鳥不生蛋的沙地坐了下來，展現他不可動搖的決心。

有一天放學後，卡拉揚依舊在他們每天約好的福利社前面，等著不同班級的小美和固力果，但等了好久都不見他們兩人，最後只看到小美氣喘吁吁地跑來。

「卡拉揚，固力果剛來找我，他說他爸媽今天要帶他去喝什麼酒，所以他不跟我們去打球了。」

「喔，那妳還要去傳球嗎？還是妳今天想回家？」卡拉揚隨口問問。

「不然……」小美低下了頭，聲音越來越小，「……我們去彩虹大橋那邊玩投球好了。」

彩虹大橋橫跨康南溪，河兩岸有一整片漂亮的草地，他們都曾經夢想在那裡打棒球，只是那距離不是小學生可以到得了的。

「眞的嗎？」卡拉揚一雙眼睛登時亮了起來，「只是，我們要怎麼去啊？」

「沒問題的，我之前和爸媽要到了這個。」說完小美拿出兩張捷運的悠遊卡。

「哇塞，好酷喔。我爺爺都不肯給我這個，他說我還太小了。小美，妳好厲害喔。」卡拉揚接過悠遊卡仔細地端詳了一番，完全沒有發現小美被他稱讚時，雙頰有如水彩上色般瞬間漾紅。

兩個八歲的小學生，就這麼在捷運裡進行了一場偉大的冒險。

「欸，這個卡要怎麼用啊？」小美問。

「我也不知道，應該跟大家一樣，拿著嗶一下就對了。」卡拉揚一點也不擔心，拿著卡就往人潮裡擠，只見他突然想起了什麼事，回過頭來牽起了小美的手。

「跟緊我噢，這裡人好多喔。」卡拉揚給小美一個不用擔心的笑容。

小美什麼話也沒有說，只是輕輕地點了點頭，任由卡拉揚牽著她的手，也牽著她的心。

在他們坐錯了兩班列車，卡拉揚鼓起勇氣問了三個路人後，終於抵達了彩虹大橋站。只是到了他們夢寐以求的草地上時，已經快要天黑了，才投了兩球，他們便發覺這樣不行。

「我看不太到球耶，妳可以嗎小美？」

「我也不行。」小美才剛漏接一球，還跑了好一段距離才撿回來。

「是喔，好可惜喔。」卡拉揚有點失望地說，「不過至少我們知道怎麼來啦，下次可以帶固力果一起來，他一定會很開心。」

「嗯。」

小美走到卡拉揚身邊，拉了拉他的衣角，「我們在那邊坐下來好不好？」

「好哇。」

他們肩並肩坐在一片斜斜的草坡上，才發現面前有片好美好美的風景。

「哇。」卡拉揚不禁讚嘆出聲。那是即將隱沒的夕陽，和夕陽在河中的倒影所組成的美景。那從天空漸層到河面的漂亮紫紅色，是卡拉揚做夢都幻想不到的綺麗圖畫。

卡拉揚轉過身來想要告訴小美他的感動，卻發現另一幅更美的風景。

夕陽餘暉染上小美的臉龐，髮絲汗毛都成了金黃色，眼眸晶亮如寶石，閃著跳動的光芒。但卡拉揚注意到的卻不是這些，而是小美專注安靜的神情，和平常的打鬧模樣截然不同，卡拉揚整個人看呆了。

小美突然發現到卡拉揚盯著她看，一時間羞紅了臉。「你在幹嘛啊？」

「喔，沒有啊，沒事。」卡拉揚趕快把頭撇開，想要喬裝鎮定，卻發現心跳得好快，嘴巴乾澀，腦袋更是一片混亂，什麼都沒辦法思考。

那是卡拉揚第一次體驗到戀愛兩字的魔力，即使他完全沒有意會到這件事。

「欸，我有個東西要給你。」小美輕聲地說。

「喔，什麼東西啊，吃的嗎？」卡拉揚露出期待的笑容。

「不是啦，你就只知道吃。」小美氣呼呼地說。

就在卡拉揚疑惑小美幹嘛這麼生氣的時候，一個小信封遞到他的眼前，「喏，給你，謝謝你爲了我每天當外野手。」

「什……什麼啊……我才沒有爲了妳呢？妳少臭美了。」卡拉揚即使被識破，仍死鴨子嘴硬地撐著，以爲可以掩飾些什麼。

「隨便啦。」小美又生氣了，站了起來往回走，「反正……你回家後才可以打開噢。」

「喔好啦。」卡拉揚追了上去，「等等我啊，妳走那麼快幹嘛？妳生氣囉？」

「我沒有生氣啊，我幹嘛生氣。」小美越走越快。

「騙人，妳一定有生氣，妳好幼稚噢。」

「你才豬頭咧，大笨蛋。」小美越講越大聲，又回復成卡拉揚熟悉的樣子。

「好啊我是大笨蛋，那妳慢走囉，不知道悠遊卡現在在誰身上呢。」卡拉揚停下了腳步，十分機車地吹起了口哨。

「卡！拉！揚！」小美回頭衝了過來。

最後的落日，就這麼照著兩個追逐的孩子，還有一雙被遺忘在草地上的手套。

那天晚上，卡拉揚把沾滿泥土的雙手洗乾淨後，小心翼翼地打開帶有香氣的信封。信封裡有一條幸運帶，還有一張寫著娟秀字跡的紙條。

謝謝你。

這幸運帶給你，把它戴在手上然後許願，等它斷掉的那天，你的願望就會成真了。

小美

歪歪斜斜的幸運帶，看得出來是小美親手編的。藍白線條交錯編成的帶子，上面還有五個大大的紅色英文字。

KARLA。

卡拉揚看著這條幸運帶，傍晚的感受又再次襲來，他閉上眼仔細回想著小美在夕陽下的側臉，有股暖流流遍全身。

最後，卡拉揚在心底許下願望，把幸運帶繫在手上。

繫得很緊很緊。

3

刺激的開學事件過後隔天，卡拉揚和蛋塔馬上就回歸到一般的高中生活，而且還是過分正經的高中生活，那就是充滿考試和念書，以及念書和考試的日子。

雖然這是一所棒球中學，但它也十分重視指考生的教育。學校請來了最好的老師，教導這些全國頭腦最頂尖的孩子們。一週五天，從早上七點上到晚上五點，平均三天就有一場考試，課業重得不像話，一般學生根本很難負荷。但能夠考進野球高中的都不是泛泛之輩，他們要不是某一科目的天才，不然就是背負全家人好幾噸重的希望在念書。簡單地說，雖然他們不會打棒球，但他們用另外一種形式在拚命揮棒著，希望可以打出人生的全壘打。

野測生和指考生平常是不太有什麼交集的。前者都在戶外球場和體育館上課，後者則在明德、新民和至善三棟大樓上課，這三棟建築分別屬於一、二、三年級的學生們。這兩群完全天差地遠的高中生，唯一碰頭的機會，大概就只有在福利社的時候了。

第二節下課的福利社，是最恐怖的戰場。新出爐的大雞排，鮮嫩多汁只賣二十五元，但它也跟著玩起時下最殘酷的遊戲，限量五十個，賣完隔天請早。每到十點鐘聲一響，三棟大樓彷彿地震一般，不需指令便全員進攻，而球場上練球的男子漢們，更是汗也不擦地全速衝刺。在這座偏好棒球學生的學校裡，福利社竟然奇蹟般地處於比較靠近三棟大樓的位置，但這也衍生出另一種文化，那就是棒球流氓。

「什麼是棒球流氓？」卡拉揚大惑不解地問道。開學兩個禮拜了，他還是對學校的一切感到陌生又新鮮。相反的，一直到小學四年級搬家前，都住在野球高中隔壁的蛋塔，對這學校的種種可說像是翻閱自己的日記一般熟悉。

「你看看那些人。」蛋塔和卡拉揚在三樓走廊往下看著有如海潮一般，一波波衝去福利社的人群，「你看那個平頭的，還有那個戴眼鏡的。」

「他們怎麼了？」

「他們本來第二節下課都在教室乖乖念書，但這兩天卻好像餓死鬼般地衝去買雞排，你不覺得很奇怪嗎？」

「嗯，好像有這麼一點。」

「那就是了，他們準是被棒球流氓盯上了。」蛋塔開始說著他從小就聽來的野球高中傳統。

棒球流氓是野測生裡面被淘汰的一群，他們有才能，但卻遠遠比不上那些有才能又無比努力的傢伙們。他們沒辦法選進正式的校隊裡，在球場只能使用二流的設備，做二流的練習。這些人無法接受自己從小到大的光環消失殆盡，最終變得自暴自棄，時常蹺體能蹺晨練。而他們最大的興趣，就是欺負食物鏈唯一低於他們的那一層，也就是那群沒有棒球才能的書呆子們。

「所以你剛剛看到的那兩人，一定就是被他們威脅去買雞排的可憐羔羊。」蛋塔心有餘悸地說，好像只差那麼一點，他就會在下面跟著大家一起狂奔了。

「眞的假的，這學校也太變態了吧。」

「沒錯，不過大家多半都自認倒楣，摸摸鼻子算了，沒有人會眞的和他們槓上，因爲得罪棒球流氓，輕則被勒索霸凌，嚴重的還可能會被退學。」蛋塔知道卡拉揚心中對這些從小欺負他們的棒球神童，有著如同反射動作一般的厭惡，因此特別語重心長地說。

「怎麼會弄到退學，太誇張了吧！」卡拉揚不敢置信。

「絕對不誇張，之前有個不怕死的看不下去，站出來大聲對棒球流氓宣戰……」

「然後呢？」

「然後，有一天晚上野測生的更衣室被人侵入，偷走了好多東西，最後在那名學生的櫃子裡找到。他說他是被陷害的，大部分人也覺得是如此，只是怎麼也找不到證據，最後他還是被退學了。」蛋塔說到這裡嚥了一口口水，「最過分的是，他被退學後的隔天，一群拿球棒的蒙面男子在巷子裡偷襲他，把他打到全身多處骨折住院，休養了整整半年才可以下床。」

卡拉揚默不作聲，好像在想些什麼。

「知道嗎？我們乖乖念書就好了，不要惹上他們，那會吃不完兜著走。」

「嗯。」卡拉揚看著下方空手而歸的人們，隨口應了一聲。

「要上課了，進去吧。」蛋塔在卡拉揚肩膀上搥了一拳，「啊對了，等一下要考什麼啊？」

「好像是默寫課文吧，第二課。」

「真假，我忘記了，慘了！」

「眼睛張大點吧，我會把字寫大一點的。」卡拉揚勾起蛋塔的脖子，笑著把他拖進教室。

這兩個禮拜來，卡拉揚和蛋塔的感情越來越好。可能是小時候的回憶實在太溫暖，雖然隔了許久，他們倆心中仍有一點共通的默契，讓他們做什麼事都會想到彼此，兩人越來越麻吉。

卡拉揚很久沒有和人有如此親密的聯繫。在鄉下的三年，他埋首於書本和自己的小小世界中，對外界的友誼之手總是裝作沒看到，從沒眞正和班上任何一位同學交心。雖然他也努力表現出平易近人的樣子，但只有卡拉揚內心知道，自己始終沒有擺脫過去的陰影。國小時期伴隨棒球而來的人際挫敗，就像一枚不動的地雷埋在心田裡，讓卡拉揚對朋友這兩字，有著發自身體深處的恐懼。

但再次和蛋塔相遇，讓卡拉揚的晦暗靈魂起了微妙的改變。

不同於他，蛋塔對每個人都是眞心相待，眼裡始終洋溢著誠意和熱情。國小被欺負的種種，似乎完全沒有在他身上留下任何痕跡。他隨時都在放肆大笑，彷彿不這樣做就浪費了那些爽朗的笑聲。看著這樣的蛋塔，卡拉揚有點羨慕，而每天和蛋塔相處下來，卡拉揚也不知不覺的慢慢改變了。

卡拉揚自己可能尚未體會到這一點，但他身上那股難以親近的淡漠，已逐漸瓦解崩落了。足以證明的就是，他在心中下了一個決定：無論這些棒球流氓氣焰多麼囂張，只要他們敢惹到蛋塔或是班上的同學，他將會不顧一切要他們付出代價。

□

中午吃午餐的時候，教室的氣氛明顯變得很歡樂，這是因爲下午有開學至今第一次的棒球課，也是野球高中唯一的一門體育課。

「哇，下午終於可以打棒球了耶，爽。」蛋塔大口扒飯，小小眼睛閃爍著亮光，完全不記得他剛剛課文背不出來的慘劇，「卡拉揚你也很期待吧？」

「嗯。」卡拉揚敷衍地說。他心裡其實不是這麼期待。如果說和人相處是卡拉揚潛意識的恐懼，那棒球就像會飛的蟑螂，是活在他現實中的夢魘。國小打球的不好回憶仍像烙印在手上的傷痕一般歷歷在目，他不確定在這個充滿棒球天才的地方打棒球，會不會是一個好主意。

卡拉揚在鄉下的三年，不是沒有同學來找他去打棒球，但他總是找藉口推託掉。他不是不喜歡棒球，相反的，沒有一樣事物可以像棒球一樣，帶給卡拉揚如此巨大的幸福感。就算是在鄉下苦讀的時候，卡拉揚也沒有一天放下棒球。他總是趁著沒有人注意到的時刻，帶著手套來到水壩旁的一片空地，對著空無一人的牆壁投上一球又一球，雖然連個傳球的對象都沒有，但這已讓他心滿意足。

或許，他害怕的不是棒球，而是玩棒球的人。即使如此，他仍然想要再一次和大家一起守備，想要再一次體會等待上場打擊的緊張感，那些和隊友們一起共度九局的時光，比起在教室念書，還要讓他快樂上萬倍。

整個午休他都翻來覆去睡不著，唯一讓他心安的，是隔壁的蛋塔。因爲他很明顯的也睡不著，兩隻手在抽屜裡玩著棒球。卡拉揚知道，無論如何，他都至少會有一個隊友，一個永遠挺他的隊友。

一點鐘聲才剛響起，大家就紛紛從座位彈起，用光速換好球衣衝去球場。上課的地點是野球高中最小的棒球場，說是棒球場，也只是一片荒漠放上三個沙包和一塊五角形木板罷了。雖然如此，這仍然是那些眼中燃燒著小白球的孩子，最完美的天堂樂園。

班上四十五名學生，大約有一半愛死這堂課，剩下的一半只想繼續回教室念書。這在寶島人民熱愛棒球的比例來講，算是偏低的，但也沒什麼好奇怪，畢竟他們都是從小足不出戶的小書呆。有些人甚至誇張到，以爲暴投是一種第一人稱射擊遊戲的死法。[2]

一半的學生，正好可以分成兩隊比賽。但體育老師似乎沒有要讓他們馬上打球的意思，他集合好大家，開始了第一堂課必備的自我介紹。

「我是野球高中第六十七屆的畢業校友，我還記得那時候只收會打棒球的學生。我的同學如今都像黴菌一樣散布在各個職業球團裡，打開電視就像在看同學會直播，只有我因爲實力太爛，只好留在這裡誤人子弟哈哈哈哈哈。」大鬍子的體育老師哈哈大笑地說。

「雖然你們不是靠棒球進來的，但這不代表你們在學校就不能好好打棒球，相反的，我要教你們最紮實的棒球技巧。讓你們可以抬頭挺胸地說，我是野球高中的校友，我的專長除了數學之外，第二樣就是棒球了。」

講到這裡，卡拉揚聽到有些人小聲的歡呼，但也有更多人長長地嘆了一口氣，這股怨氣來自於那些可能打從出生就對陽光和汗水過敏的傢伙。卡拉揚心裡則是喜樂參半，他喜歡棒球，對於有人想認眞地教他打球，當然是高興得不得了。但他也害怕自己差勁的棒球實力，會讓老師覺得他連當個棒球場上的人形立牌都不夠格。卡拉揚始終都忘不了，五年級的級任導師看到他的未來志願塡著職棒選手時，那努力想隱藏的笑臉。

「嘿，好酷噢，這大鬍子竟然要認眞教我們打棒球欸。」蛋塔興奮的聲音瞬間把卡拉揚的擔憂給轟到九霄雲外。卡拉揚看看蛋塔，又看看大鬍子，覺得這一切似乎眞的是和以前不同了。

「嗯，好酷。」陽光下的卡拉揚，有著棒球少年的笑容。

但很快地，他就笑不出來了。

「腿再抬高一點，兩隻腳再動快一點。」大鬍子大聲吼著，中氣誇張的強大。

卡拉揚和蛋塔此時的汗，正有如瀑布般從全身上下的毛細孔狂瀉而出，他們剛跑了十圈球場，現在正在做抬腿跳步練習，等會兒還有三十公尺衝刺和連青蛙都會被嚇死的終極青蛙跳。

「棒球就是體力的運動，想要在烈日下投完一百球，或是用生命防守九局，就要有無與倫比的體力。記住，無與倫比的體力啊！」大鬍子越說越起勁，整張臉漲得通紅，像極了三國時代的一位古人。

一個小時的體能訓練過去後，球場上的大家像天女散花般倒了滿地。有人在吐，有人在哀號，有人抱著抽筋不已的大腿啜泣著，有人則是完全失去意識，已經被學校的醫護人員抬走了。

但只有卡拉揚，臉上掛著大大的滿足笑容，這正是他夢中偉大棒球選手必經的魔鬼訓練啊。他轉頭看著躺在身旁的蛋塔，他嘴巴張得老大正拚命呼吸著，但看到卡拉揚投來的熱血眼光，還是使出僅剩的一點力氣，比出一個豪爽的大拇指。

「好，現在還站得起來的，有榮幸可以跟老師一對一傳球啦哈哈哈。」大鬍子笑得地動天搖，但球場上沒有一個人站得起來，就連卡拉揚也一樣。他雖然努力想要爬起來，但手腳彷彿成

2 第一人稱射擊遊戲裡，用遠距離武器把對手的頭轟成一團肉屑，稱為爆頭。

了四根超重鐵棒，嵌在地上動也不動。

下一秒，一陣暈眩猛然襲來，所有色彩慢慢褪去，卡拉揚的眼前越來越黑，意識漸漸模糊。

但直到最後，他仍喃喃唸著。

大鬍子，等我。

等我。

□

「卡拉揚。」

我在天堂嗎？這是卡拉揚心中的第一個念頭，因爲他聽到了天使的聲音。

但隔了一秒，他就知道他還好好地待在人界，因爲他想起來一件很重要的事，上帝早就把天使派來當了他好幾年的青梅竹馬。

「嗨，小美。」卡拉揚睜開眼睛，床邊坐著一個女孩。

「你終於醒啦，也太誇張了吧，都天黑了。」小美笑笑地說。

卡拉揚環顧四周，發現自己在學校的醫護室裡，旁邊的床上還躺了好幾名班上的同學。窗外天已黑了，卡拉揚看了看錶，六點五十分。

「糟糕了，爺爺一定在等我。」卡拉揚在床邊東翻西找，但怎麼也找不著他要的東西。

「在這裡啦。」小美從身後拿出一個黑色包包和一支手機，「剛剛你爺爺打來，我幫你接了，我跟他說你會晚一點回家。」

「是喔，謝謝妳。」卡拉揚接過書包，把手機放進口袋裡。然後，他想起了他的好朋友蛋塔，「對了，妳有看到我同學蛋塔嗎？一個眼睛小小的男生。」

「喔有啊，剛剛我進來的時候，他就坐在這個位置上。他要我跟你說他先回家了，還有，你遜爆了。」轉述完蛋塔的話後，小美整個人笑了起來，「你真的很遜欸，練個體能就暈倒了。」

「囉、囉唆啦，我是忘記吃早餐了。」卡拉揚羞紅了臉。

「還早餐咧，明明是下午的體育課，別找藉口囉。」小美看他這樣，更是開心。

「吵、吵死了……回家了啦。」卡拉揚從床上爬了起來，揹起書包就走，絲毫沒有要等小美的意思。

「好啊。」小美也不介意，笑嘻嘻地跳下椅子，步伐輕快。

兩人穿過好幾座燈光明亮的棒球場，裡面傳來了練球此起彼落的吆喝聲。

「妳今天不用練球？」卡拉揚問。

「你看我穿這樣，像是要練球嗎？」

卡拉揚這時才發現小美和平常不一樣，鵝黃的長版上衣配合身牛仔褲，還有一雙亮面平底鞋，一時間讓他看傻了眼。

「我知道我很正，但你也不用一直看好嗎。」小美的眼裡都是笑意，卡拉揚連忙把頭轉開。

「妳……今天怎麼穿這樣啊？有約會嗎？」卡拉揚有點口乾舌燥。應該是剛剛昏倒沒喝水的關係，他這麼告訴自己。

「沒有啊，我每天都穿這樣啊。」

「嗯?是嗎?」

「對啊，難不成你以爲我整天都穿著球衣和捕手護具到處亂走嗎?」

卡拉揚沒有答話，因爲他對小美的記憶還停留在國小的時候。那時候的小美，就算沒有穿著捕手裝備，也是全身髒兮兮像個男孩子一樣，卡拉揚甚至不記得小美有穿過裙子。

「對了，妳怎麼會去醫護室啊?」卡拉揚突然想起這個問題。

「我去找你啊。」

「找我?妳怎麼知道我在那裡?」

「哈，我們在另一邊的球場練球，你被操得像個猴子一樣的過程，我全部都看在眼裡了。」

小美開心極了，「後來我看你躺在地上一動也不動的，原本還有點擔心，但很快就出現好幾個醫護人員把你抬走了，眞是笑死我了哈哈哈。」聽到她的笑聲，卡拉揚突然覺得下午的魔鬼訓練好像沒那麼痛苦了，甚至爲了這個笑聲，卡拉揚可以每天都練上這麼一回，暈倒這麼一次。

「看我暈倒妳好像很開心。」

「也沒有很開心啦，只是覺得怎麼有人可以這麼蠢。」

「不開心就好，我怕妳看我暈倒看上癮，以後看不到妳會難過。」

「你確定以後看不到嗎?我可沒這麼確定，你剛剛整整暈了三個小時喫。」

卡拉揚被小美弄到無話可說，只好默默走路。小美看卡拉揚低頭認輸，更是開心地合不攏嘴，一路上不停哼著卡拉揚沒聽過的旋律。

走著走著，他們來到一個十字路口，卡拉揚停下了腳步。

「妳家還是在老地方嗎？」卡拉揚問。

「嗯嗯。」小美點點頭。

「那我們要在這裡分離了，我家也還是在原來那裡。」

「我知道……」小美停了一下，似乎在想接下來的話要不要說出口，終於她還是說了，「……你不在的這幾年，我有時候會路過你家外面，還遇過你爸爸兩次……」

「嗯……」卡拉揚想著小美遇到老爸會是什麼樣的光景，一個喝醉酒的中年男子，應該會嚇到她吧。

「他看起來……好像有點寂寞……」昏黃燈光下，卡拉揚看不清楚小美的表情，只覺得小美說這句話的語氣，好像也有一點寂寞。

「嗯……我到鄉下去念書，爺爺也陪著我去了，所以老爸幾乎都是一個人在家……」

「嗯……」小美好像有話想講，但又突然陷入沉默，兩個人就這麼安靜了好一陣子。接著，兩人同時開口。

「你——」小美。

「我——」卡拉揚。

意料之外的默契，讓小美和卡拉揚又都靜了下來。過了一會兒，卡拉揚開口說：「妳剛剛要講什麼，妳先說吧。」

小美的眼神迎上卡拉揚的目光，下一秒又很快移開。周遭的空氣凝結著，就連遲鈍的卡拉揚也發覺到那股異樣的氣氛，有什麼東西在隱隱醞釀。

只見小美緩緩開口，「你……當初爲什麼，不說一聲就走了？」講完這句話後，小美好像如釋重負，吐了口無形的氣，整個人看起來瞬間縮小了一圈。

卡拉揚反而呆了，他沒有想到在這個時刻，他會聽到這個問題。應該說，他從來就沒有想過小美會有這個疑問。因爲，他以爲小美根本不會介意，根本不會在乎。

「我……」卡拉揚一時間說不出話來。這答案藏了太多情緒，太多卡拉揚不知道如何處理面對的想法和感情，讓他像個啞巴般開不了口。小美的頭偏著一邊，沒有看著卡拉揚，只是凝望著遠方。

接下來，又是好幾噸重的沉默。

本來還嘗試著要說些什麼的卡拉揚，此時也好像放棄了，沒有再說任何一個字，只是安靜望著街口閃滅的號誌燈。所以他沒有注意到小美的手，正緊緊地扭著衣襬，也沒有留意到小美的肩頭，正微微顫抖。

「哈……我隨便問問的啦。」小美突然打破沉默，「沒事的話，我先回家囉，掰掰。」說完，小美就頭也不回地跑走了。

卡拉揚看著小美的背影，心頭好似被人一把抓著，有股說不出來的難受。他不懂本來好好地聊天，最後爲什麼會變成這樣。

小美的背影越來越小，最後終於消失在遠方的轉角。卡拉揚站在原地，回想著前幾分鐘他們的對話，他厭惡自己剛剛爲什麼沒有仔細地看著小美的眼睛，如果有的話，說不定他就可以稍稍知道小美說那些話的眞正心情，說不定他就可以做出回應。

只是，又有誰可以在喜歡的人面前，毫不保留地望進她的眼裡呢？

但卡拉揚也不是什麼都沒有注意到，他仍記得小美轉身離去前的那抹笑容，那是他這輩子看過最哀傷的笑容了。

突然，卡拉揚覺得很生氣，也很想哭。沒有任何原因，卡拉揚開始往小美家的方向前進。起初，卡拉揚只是踩著什麼也沒想的緩慢步伐。但漸漸地，他越走越快，越走越急。最後，整個人竟然是用盡全力在跑著。

他想要追上小美。

他突然有些話想要跟小美說，雖然，他根本不知道要說些什麼，但那一點也不重要。卡拉揚只知道他最不該做的，就是讓小美擁有世上最哀傷的笑臉。

他彷彿用生命在狂奔，兩旁熟悉的街道快速向後捲退，過去的回憶也像漩渦般，在這一刻將他包圍。

剛上小學的卡拉揚、小美和固力果，曾經爲了回家的路線吵了好久。因爲三個小朋友，有三個完全不同方向的家，不管走哪一邊，都絕對沒有順路這兩個字。

「我知道了，你們先陪我回家，然後你們再自己走回家。」小美高興地說。

「爲什麼？」固力果疑惑地問。

「對啊爲什麼？妳家明明就最遠欸。」卡拉揚有點不爽，因爲他家離小美家遠斃了。

「我是女生欸，你們不先送我回家，我要跟叔叔阿姨說。」小美生氣地說，兩隻大眼睛水汪汪，好像下一秒就可以掉淚。

「好嘛好嘛。」固力果很吃這一套，「那卡拉揚我們來決定誰最後回家吧。」

「我才不要咧，這一點都不公平。」卡拉揚對小美吐了吐舌頭，「要馬就猜拳，不然就拉倒。」

然後，眼淚果然就流下來了。

「啊啊啊沒有啦，卡拉揚亂說的啦。」固力果跳起來，笨手笨腳的不知道該怎麼辦。

「誰跟你亂說啊，少來這套。」卡拉揚看也不看小美一眼，轉身就走，留下不知所措的固力果和淚流不止的小美。

那之後的好幾天，他們都沒有一起打棒球，鐘聲響了就各自回家。有一天的下課時間，固力果跑到卡拉揚的教室找他。

「欸欸卡拉揚……」

「怎樣？」

「唉呦，就是……那個……不要這樣嘛……你就讓一下小美啊。」固力果花了好長時間才說完這段話。

卡拉揚裝酷不說話，其實他早在看到眼淚的那瞬間就心軟了，只是從爺爺那遺傳來的硬脾氣，卻教他口是心非。

「那你叫她來跟我道歉。」卡拉揚講出這句話後，馬上就後悔了，心想這樣有點太過分了吧？但只見固力果面有難色地說了聲好吧，站起來就走出教室。卡拉揚來不及攔他，也不好意思攔他。

下午放學後，卡拉揚還在收拾書包，就看到固力果和小美站在教室外面等他。卡拉揚書包收得極慢，因爲他看到窗外兩張凝重的表情，尤其是小美，十足像個做錯事的小女生，等著挨罵受罰。

「卡拉揚……」小美囁囁嚅嚅地說。

「幹嘛？」卡拉揚不假思索地說出這兩個字，但他馬上就發現好像太兇了，因爲小美的眼睛又開始閃著淚光。

「卡拉揚，對——」不等小美說完，卡拉揚馬上打斷她，「走吧，不是要先陪小美回家嗎？還是你們要先去打球？」

「嗯？」小美好像還沒聽懂他話中的意思，一時間說不出話來。

卡拉揚看了小美一眼，塞給她一個手套，「妳沒帶手套吧？用我的好了。」然後勾起固力果的脖子就向前走，完全不管固力果疼得叫痛，反而還用力使出更厲害的摔角招式。

小美在他們身後看到這一幕，嘴角慢慢揚起，接著，她發現手套裡面還有一樣東西。在髒髒舊舊的手套裡，有一包還沒拆封的嶄新面紙，印著花朵的包裝上，潦草地用麥克筆畫了一個笑臉。

從那天開始，他們每次放學打完球都先回小美的家，一次也沒有例外。

只是，凡事總有例外。

年級越來越大的三個人，漸漸開始有自己的生活。而這生活指的就是，棒球。

「對不起卡拉揚，我們今天要去參加校隊甄選，不能和你一起去打棒球了。」固力果說，小美站在他身後，完全不敢看卡拉揚。

「喔……好啊……」卡拉揚拿著手套，揹著球棒，他以爲這還是和之前完全相同的一天，但他仍舊不忘爲自己的好朋友打氣，「那……加油噢。」

「嗯好，我們一定會選上的。」固力果用力點頭，回頭對小美說：「走吧，快遲到了。」小美離去前的眼神，好像在看一隻雨中的小狗，卡拉揚這麼覺得。

其實在這之前，事情早就已經和一開始不同了。隨著年紀的增長，棒球天分的展現，每回放學都和大家一起打球的三人，開始發現沒有天分的人受到其他小朋友明來暗去的排擠。那些人最後都因受不了而離開，只剩下熱愛棒球的卡拉揚還死不放棄，但這也讓他成爲棒球神童們的眼中釘。他們譏諷他打不到球，責怪他每次都害大家輸了比賽，卡拉揚打球的日子越來越難受，越來越不開心。最後，終於有人看不下去了。

「我們自己也可以打棒球啊，才不稀罕他們呢。」小美生氣地說。

「對啊對啊。」固力果在一旁用力附和，因爲生氣整張臉紅通通的。

卡拉揚什麼話都沒有說，只把滿滿的感激放在心底。他知道他有兩個好朋友，要用一輩子珍惜的好朋友。

但即使和兩個好朋友一起玩，卡拉揚也逐漸感覺到自己和他們坐在不同的列車上，開往或許是完全相反的目的地。固力果總是把他的球打到很遠的地方，小美則可以投出比他快上很多的球。只有他自己，球打不到，投也投不好。雖然他們兩人都沒有說過半句話，但卡拉揚打球時的笑聲越來越少，沉默越來越多。

這就是天分的差異嗎？卡拉揚開始怨恨自己，也恨自己的母親，自己的父親。爲什麼就只有他沒有遺傳到天分，爲什麼小美和固力果就可以那麼輕鬆地打棒球，爲什麼爲什麼？

卡拉揚開始自甘墮落。這無法怪任何人，一個十歲的孩子，怎能應付這麼劇烈又難堪的轉變。他開始找藉口不去打棒球，就像當年他找藉口去當外野手一樣。只是這兩種藉口卻有截然不同的出發點，一個是善意的謊言，另一個則淪爲惡毒報復的工具。

「我今天要回家，我爺爺說我根本不會打棒球，叫我不要打球，趕快回家寫作業。」

「我明天要去東部玩，你們的球太快了，我怕受傷明天就不能去玩了，掰掰。」

每次他講完，就頭也不回的走掉。他沒有注意到，他殘忍地製造了兩個和他一樣傷心的靈魂。每個人遭逢不如意時，都有一點點基本權利可以怨天尤人，但卡拉揚卻運用這權利，攻擊他最不該傷害的兩個朋友。

最後，卡拉揚的惡劣已經毫不保留了。

「我要走了，反正我打得這麼爛，你們一定很無聊吧。」

卡拉揚甩開固力果的手，對小美叫他的聲音充耳不聞，像逃離火災現場一樣，跑離他們身邊。從那天開始，卡拉揚便自己一個人回家，到家的第一件事就是打開電視，看他從前不屑一顧的卡通《灌籃高手》。

家裡的電話偶爾會響，他都叫爺爺跟他們說他不在家。他突然發現，原來逃避是這麼簡單且快樂，雖然心裡依舊有塊黑暗沉重的東西甩脫不掉，但只要努力不去注意它，它就眞的漸漸模糊了影子，一點一滴消失了。

學校裡偶爾的碰面，卡拉揚依舊熱情。一切似乎都和以前一樣，唯一的不同是，只要有人提起和棒球有關的什麼，卡拉揚便掉頭就走，一秒也不多作停留。

這是他的保護色，保護了自己，也讓關心他的人找不到他。

傍晚打來的電話越來越少，最後終於一通也沒有。獨處的卡拉揚，臉上才是他最眞實的情感，他因爲不再有電話打來而傷心難過。最後，卡通也不看了，每天回家他便衝上二樓，然後倒在床上，期望自己可以睡過這段應該是快樂打球的時光。

有天，卡拉揚像往常一樣，下午五點半就在床上半夢半醒的翻滾。突然，玻璃破碎的聲音響起，一個東西砰一聲砸到房間的牆壁上。

卡拉揚嚇得跳起來，他發現窗戶破了一個大洞，地板上則多了顆棒球。

「卡拉揚，你給我出來！」一個熟悉但憤怒的聲音。

卡拉揚從玻璃破洞探出頭，小美果然在下面。

「你這膽小鬼，給我出來！」

卡拉揚呆住了，他沒想到小美會過來找他，更沒想到小美忘記他家有門鈴這種東西。但卡拉揚很快就重建了自己的心靈堡壘，他知道不能示弱，即使他眞的無比高興看到小美。

「誰膽小鬼啊，妳才愛哭鬼咧！」卡拉揚吼回去。但小美不像他預期的吼回來，只是睜著大眼睛看著他，眼裡的難過簡直快要凝結溢出。

「妳幹嘛啊……」卡拉揚有點嚇到了。接著小美開始揉眼睛，就算隔了好幾公尺看不清楚，卡拉揚也知道她哭了。

「你這笨蛋……」小美揉眼睛越來越大力，聲音也充滿了鼻音，她開始抽搭地哭了起來，「……笨蛋……嗚嗚……」

卡拉揚嚇傻了，小美在他家樓下哭泣，他不知道該怎麼做。然後他看到手邊的面紙盒，他拿起來就要衝下樓梯。

「卡拉揚！」

一個聲音把他喚回窗邊，小美已經擦乾了眼淚，大眼睛瞪著他，臉上是倔強憤怒的表情。

「你到底喜不喜歡棒球啊？」小美對著他大叫，下一秒，她就轉身跑走了。

留下卡拉揚，和滿地的玻璃碎片，及一顆棒球。

整個晚上，卡拉揚就在房裡，看著那顆棒球。那是他們以前玩遊戲時用過的，一個測試動態視力的遊戲。球上有卡拉揚歪七扭八的筆跡，寫著一個女孩的名字。

隔天開始，卡拉揚放學沒有直接回家，而是偷偷摸摸溜到學校後門的圍牆。

他想要憑自己的努力，讓三個人重新聚在一起。

他在牆壁畫上窄到不行的格子，強迫自己一定要把一百顆球投到裡面才可以回家。一天又一天，不服輸的卡拉揚從來沒有停止過，就算下起傾盆大雨，就算沒有吃飯肚子餓到不行，想要讓大家的棒球時光重拾歡樂的卡拉揚，怎麼樣都沒有放棄過。

一個人用自己的笨拙方式，死命的努力著。

終於有一天，他帶著滿手的繭，出現在他們平常玩棒球的地方，那裡早已有兩個人，彷彿從來就沒有離開過一般地等著他。

「對不起，我還可以跟你們一起打棒球嗎？」卡拉揚低著頭。

「當然啊。」固力果笑得好開心。

「你這笨蛋，罰你去當外野手。」小美也笑了，然後趁沒人注意時揉了揉眼睛。

雖然卡拉揚的球依舊被打得遠到天邊，或許比之前還要更遠，但那已經不重要了。卡拉揚終於了解，一起大笑才是最重要的事。

只是，快樂的時光不會永遠，他才回去打了一個月的棒球，就被迫中止了。

「卡拉揚，告訴你一個好消息，我和小美都選上校隊了，而且我們都是先發噢！」固力果跑到他的教室，開心地和他分享這個消息，小美則完全沒有出現。

「是嗎……恭喜你們耶。」卡拉揚雖然早就知道他們一定會選上，但每天都要練球的校隊，依舊徹底擊潰他剛成形的夢想。

「不過……我們以後每天都要練球，還有禮拜六也是，可能就不太有機會和你一起打棒球了……」固力果有點難過地說。

「沒關係啦。」卡拉揚強顏歡笑地安慰固力果，他不想要別人因爲自己的無能而感到內疚，他不要這種同情。

那天起，卡拉揚練習的時間又更多了。沒有從小到大的棒球時光，也沒有誰先陪誰回家的問題。一下課，卡拉揚就衝去練投，投到天黑才回家。有時候投不好，就算天黑了卡拉揚也不願放手，最後總是爺爺來帶他回家。

「揚揚，走吧，很晚了，回家吃飯了。」爺爺柔聲地說。

卡拉揚彷彿沒有聽見，仍舊用力地把球砸向牆壁，只是又差了五公分，沒有投進框框裡。

「走吧，爺爺做的菜都涼了，趕快回家吃飯吧。」爺爺的聲音還是好溫柔。

「我不要！」又是使盡全力丟出的一球，只是這球偏得更多了。

爺爺也不再說話，就這麼站在一旁，等著他心愛的孫子。那一顆顆軟弱無力的球，彷彿不是扔到牆壁上，而是砸進他的心裡。曾經叱吒風雲的詹強，可以投出一百六十公里以上的王牌投手，如今看著自己孫子的投球，卻暗自心酸難過。

有一次，正在練球的卡拉揚，竟然被固力果看到了。

「嘿卡拉揚，你怎麼在這裡？」固力果說，他穿著嶄新的制服，側揹一個好帥氣的亮面球袋，上面有學校的名字，以及他的背號。

「喔沒有……我在自己投球。」卡拉揚好像偷吃蛋糕被抓到的孩子，一時間手足無措。

「喔喔，要把球投進這些格子裡嗎？好像很好玩，我也來投幾球好了。」固力果撿起地上的球，毫不費力的，把每一球都準確地投進框框裡，分毫不差。

「啊我練習要遲到了，先走囉，改天再出來玩吧。」固力果依舊是那憨厚的笑容，轉身跑走了，他背後制服上繡的名字，竟閃閃發亮讓卡拉揚無法直視。

卡拉揚撿起地上的球，繼續他自己日復一日的練習。只是投著投著，眼淚竟然止不住地流了下來。被淚水模糊的視線，讓他的球更加不準，到處亂飛。

「嗚……」卡拉揚哭泣著，一邊把球投向牆壁。到最後，他只把球亂砸，用力丟在地上，連同他的手套一起。

眼淚好像有自己意識般不停流著，卡拉揚坐在地上嚎啕大哭。

卡拉揚感覺到完全的絕望，他覺得面前一片黑暗，他看不到小美，也看不到固力果。如果說終要分開，那爲什麼一開始要讓他們這麼好。卡拉揚哭到全身顫抖，哭聲嗚咽聲吸鼻子聲夾雜在一起，在學校傍晚的空地上，他終於毫不保留地釋放發洩了。

哭完後，全身癱軟的卡拉揚，繼續投著剩下的球數。那天，他在心裡下了一個重大的決定，他要離開這裡。

卡拉揚並沒有刻意要隱瞞他的好朋友，只是在學校越來越不常碰到面，就算遇到了，他們兩人也常常沒有時間多作停留，可能要趕去練習，也可能正要去參加一場比賽。

卡拉揚每天還是持續練投，只是那投球，已經不抱有任何希望，那純粹是因爲他太愛棒球而投。不爲了任何人，也不爲任何原因。

離開的那一天有如影子悄聲前進，不知不覺就到了。這天，卡拉揚從早到晚都沒有遇到小美和固力果。他決定放學去球場找他們，怎麼知道球場卻空無一人，於是卡拉揚去問球場管理員。

「請問今天球隊爲什麼沒有練球啊？」

「喔喔，昨天剛比完季賽，他們今天放假，大家都回家啦。」管理員伯伯說。

卡拉揚聽完後，便開始拔腿奔跑。他一定要見上他們一面，一定要道別，因爲，他們是他這輩子最好的朋友。

卡拉揚先跑去小美家，在路上，他拚命想著等會兒要和小美說什麼，小美會哭嗎？不知道。卡拉揚想到小美那天哭起來的樣子，心裡突然酸酸的好難過。

然後，卡拉揚停了下來。

他看到遠方有兩個數字，制服後面的背號，印在他最熟悉的兩道背影上，小美和固力果的背影。他們肩並肩走著，不知道在聊些什麼，偶爾傳來小美銀鈴般的笑聲。

卡拉揚怔在原地，腦袋一片空白。

既然沒有練球，怎麼不找我一起回家呢？

然後，卡拉揚發現他的兩個好友，好像越來越靠近，越來越靠近。那距離以青梅竹馬來說，有點太親密了些。兩人的舉手投足，有著十足的默契，他們周遭的空氣，也彷彿暈染上了曖昧的粉紅色。相比之下，另外一位兒時玩伴和他們的距離，已非一個街區，而是整顆心了。

卡拉揚扭頭就走，他不想多作停留。棒球和朋友，都傷透了他的心。

當天晚上，卡拉揚在南下的火車裡，告訴自己這世界上，沒有什麼不能捨棄，沒有什麼足以留念。

他這一離開就是三年。

這三年來，他拚命壓抑想要聯絡小美與固力果的念頭，他在自己的小世界裡活動，除了爺爺沒有人進得來，他不再難受，他覺得徹底滿足。但他卻無法拒絕那些夢。他時常夢到跟小美與固力果一起回家，有時候，甚至只有他和小美兩人。夢中他們的談話內容，在醒來的瞬間就已忘記，但他始終記得一件事，那就是小美的笑聲，在夢裡從來沒有停過。就連虛幻飄渺的夢之國度，那笑容依舊是無懈可擊的完美。

國二的某個中午，卡拉揚和另一個值日生去抬便當，回到教室時他卻怎麼都找不著手腕上的幸運帶。他愣了好幾分鐘，然後像是瘋狂一般，整個午休都在校園各處尋找那條斷掉的小繩。最後他終於在一個樓梯轉角找到了。幸運帶髒黑黯淡，已被經過的同學踩得看不出模樣，就像他當年許的願望一樣。

一點用都沒有嘛，他對腦海裡的小美說，已經斷掉了呢小美，可是，妳在哪裡呢？是不是，一點用都沒有嘛……

他把幸運帶收了起來，放在看不見也碰不著的地方，但他卻沒有辦法眞正收起自己的心情。他有時會突然覺得手腕空空涼涼的，好像少了什麼東西，而更少數的時刻，他會覺得心中一片空闊虛無，像小美和固力果離開後的那片童年空地。

他一直對自己說沒問題的，反覆地說，說到後來他也如此確信了。直到那天下午，級任老師問卡拉揚要不要加入衝刺班，以野球高中爲目標準備考試時，卡拉揚才被自己嚇了一跳——他幾乎是馬上點頭說好。沒有任何疑問，他知道那是他三年來最坦誠的一刻。於是，卡拉揚回來了。

這裡有他的好友，有他從沒放棄過的棒球，以及他自己都沒發現的，初戀。

此刻卡拉揚氣喘如牛，跑在熟悉的街道上。冰冷的空氣被他吸進肺裡，又急速地吐出來，下腹部劇烈絞痛，他感覺書包越來越沉重。但這一切，都沒有減緩他的速度。反而是他想和小美說話的心情，讓他越跑越快，有如一陣青春的風。

卡拉揚以違反所有自然定律的速度和角度轉過街角，鵝黃色的身影出現在眼前，他終於追上小美。卡拉揚正要叫住女孩，女孩卻轉進旁邊的鐵門，咔啦一聲，小美關上她和卡拉揚的聯繫。

要是以前的卡拉揚，一定早就放棄了。但今天的卡拉揚沒有，三年的等待，讓他儲存了一些勇氣。雖然不知道要做些什麼，但卡拉揚十分確定一件事，他可以回答，也必須回答剛剛那個問題。

雖然一切是那麼模糊又不清楚，但卡拉揚可以感覺到，只要給他一個機會，或許可以再回到從前，又或許他們可以有著和以前不同，另一種完全不一樣的關係。

是那種帶有蜂蜜、香草和甜甜圈味道的關係。

小美的家是一棟木造的大屋子，外面有柵狀圍牆和比人高的鐵門，卡拉揚靠著鐵門像隻狗一樣喘著，等待自己的氣息調勻。

再三秒就好，再三秒我就一定要按下門鈴。卡拉揚瞪著門鈴這麼告訴自己，然後，他聽到了門內傳來最熟悉的聲音。

「媽，我等一下要出去噢。」

「還要出去噢？晚飯怎麼辦？」

「我和固力果在外面吃。」

五分鐘後，鐵門嘰乖一聲打開，小美走了出來。

但已不見卡拉揚的蹤影。

而卡拉揚當然也沒有看到，他夢中的女孩，手裡提著晚上友誼賽要用的，全套捕手裝備。

4

那天過後，卡拉揚在學校偶爾會碰到小美。他的招呼依舊熱情有力，沒事一般。只是他心中的某個東西，已碎成一地留在小美家門口，那是他面對感情的勇氣。

卡拉揚感覺自己和小美以及固力果，就像是馬戲團裡的動物和表演者，處在同一個鐵籠裡，卻進行著兩種截然不同的人生。

我當初選擇回來，到底是不是一個錯誤？卡拉揚的心中滿是疑問。

剛開學重新接觸棒球的喜悅，還有和兩位老朋友重逢的溫暖，正在一點一滴慢慢喪失。如今，只有棒球課以及蛋塔，可以讓他短暫地放空，露出屬於夏日的燦爛笑容。

今天，又是一個禮拜一堂的體育課。

「靠，好累喔。」剛跑完球場的蛋塔汗流滿面，頗像表演結束上岸的海獅，而這隻海獅此刻正做著他最不擅長的體前彎。

「是啊，不過我覺得有越來越輕鬆的感覺。」卡拉揚壓著蛋塔有如希臘拱門般的石板背脊，蛋塔則敷衍地摸著自己的膝關節，柔軟度可以說是完全沒有。

「也是啦，幾個禮拜下來，好像體力眞的有變好。」蛋塔的汗滴到地上，紅土瞬間染黑。

「是啊，但爲什麼你的柔軟度始終是這麼爛？」卡拉揚整個人幾乎跳到蛋塔背上，但仍舊無法再壓下半公分。

「我不知道啦，很重欸。」蛋塔突然閃開，原本要降落在他背上的卡拉揚撲了個空，差點跌個狗吃屎。

「換我來幫你壓吧，反正我做再多也沒有用啦，我天生就是個硬漢啊。」蛋塔驕傲地說，卡拉揚只能搖搖頭，他打從心底覺得這個朋友沒救了。

「哇靠，你好像又更軟了耶。」蛋塔驚訝地說。

「有嗎？」

「有啊，你沒有感覺嗎？你的頭都貼到膝蓋了。」蛋塔的雙手在卡拉揚的背上隨性揉推著，因爲根本不需要他幫忙使力，「兩個禮拜前，你不是只能摸到腳趾嗎？你看你現在整個手掌都貼在地上了。」

「嗯，好像吧。」卡拉揚沒有很認眞在聽蛋塔說話，他的心思此刻已被遠方野測生球場傳來的吆喝聲完全佔據。小美在做柔軟操的時候，放在她背上的會是誰的手呢？是固力果的嗎？一定是吧……

突然，哨音響起。

「好，暖身操結束，大家打球囉。今天可以單手做伏地挺身五下的人，有榮幸可以和老師一對一傳球，體驗球速兩百公里的暢快震撼喔哈哈哈！」大鬍子爽朗地說。做仰臥起坐的女同學們紛紛站起，三五成群地到樹下休息哈啦。

「嘿，打球了啦，還一直彎著幹嘛，女生都在笑了。」蛋塔踢了卡拉揚屁股一腳。卡拉揚才突然發現，大家早就衝到球場上了，只有自己還像個白痴一樣維持體前彎的動作。卡拉揚感覺臉上一陣熱辣，趕忙拿起自己的手套追上蛋塔，還不忘還他一個飛踢。

「今天一定要贏啊。」蛋塔的笑容幾乎快要咧到耳朵。

「那還用說。」卡拉揚朝球場飛奔，剛剛的不愉快想法此刻已被他遠遠拋在腦後。

雖然只是簡陋粗糙的球場，三不五時還風沙滿天睜不開眼，但那上面有願意跟卡拉揚一起打棒球的朋友，這對卡拉揚來說，已經夠了。

已經太棒了。

□

「好啦，今天就打到這吧，各位熱血的傢伙我們下週見囉！」大鬍子老師揮手和大家道別，眼角閃爍著淚光，他真的太愛棒球了。

卡拉揚和蛋塔坐在樹下，看著大家三三兩兩收拾球具，準備回家。

「三局那一球，真的好驚險喔，差一點就被穿過去了。」蛋塔說。

「對啊，那時多虧有你，不然就要失分了。」卡拉揚心情十分愉快，今天他猜拳贏了，當了三局的投手。

指考生的體育課本來就是打好玩的，所以大家總是用猜拳決定守備位置。其中投手是最熱門的選擇，也是最殘酷的。常常有人興高采烈的站上投手丘，最後卻連一局都投不完就被迫換人。

「看不出來，你控球蠻好的嘛。」蛋塔臉上浮現一個意味深長的笑容，「平常有在練喔？」

「還可以啦，還過得去。」卡拉揚不解蛋塔臉上的笑容是怎麼回事，但還是很高興有蛋塔的肯定。

「欸，說眞的……」蛋塔把他的乾扁屁股挪近卡拉揚，用手肘推了他胳膀兩下，「你是不是平常有在練球啊？」

卡拉揚看著蛋塔，好友的眼神澄淨透明，他連忙把視線轉開。卡拉揚還不知道要不要說實話，還沒決定是否要完整地敞開心房。一個沒有棒球天分的人，卻天天對著牆壁投上幾個小時，任誰來看都會覺得愚蠢至極吧。

但是，眞正的好朋友一定不會這麼想；而且，眞正的好朋友也不應該有秘密。蛋塔不是那種會嘲笑別人夢想的朋友，卡拉揚再清楚不過了。就在他下定決心要卸下武裝的時候，蛋塔先開口了。

「其實……我上禮拜和家人去河堤散步的時候，有看到你。」蛋塔的語氣顯得有點緊張，「我看到你對著牆壁在練投，投了好久好久。」

「嗯。」卡拉揚並沒有很驚訝，假日的河堤人潮本來就不少，被看到也是遲早的事。其實卡拉揚並沒有故意想要隱瞞什麼，只是他的人生已充滿了冷嘲熱諷，不需要再給別人任何機會攻擊他了。

「我那天沒有叫你，因爲……你看起來很開心，我不想打擾你……」

「嗯。」卡拉揚應了一聲，想著蛋塔接下來要說什麼。

「其實，我是想問你……」蛋塔盯著卡拉揚，雙眼突然變得炯炯有神，「要不要和我們一起打棒球？」

卡拉揚被蛋塔的眼神震懾住，但他隨即想到一個無法理解的問題。

「你說的我們……是誰？」

然後，落日餘暉下，蛋塔緩緩講起了一段往事。

小蛋塔四年級轉學後，雖然少了一個好朋友，但也沒有棒球神童再欺負他。新的學校，新的班級，小蛋塔也交了新的朋友。每天上學念書，放學玩耍，倒也不亦樂乎。

只是，這一切好像少了點什麼。

沒有人熱烈地和他談論棒球，沒有人一下課就跟他一起拿著手套衝去操場傳球。大家都做好自己的事，沒有棒球天分的人該做的事，那就是不要奢望和棒球有關的任何夢想。

小蛋塔過著和以前相比幸福數倍的生活，但他卻一點也不快樂。這樣的日子過了好久好久，久到小蛋塔都已經快忘了棒球的滋味，然後有一天，上帝突然聽到了他的願望。

那天放學，小蛋塔沿著每天回家的田邊小徑走著，平常空無一物的泥土地上，卻奇蹟般地躺著一顆棒球。

一顆灰灰髒髒，有著漂亮紅線，被充分使用過的棒球，就這麼出現在小蛋塔眼前，降臨在小蛋塔沒有棒球的日子裡。

「喂，小朋友，你可以把那顆球丟過來嗎？謝謝！」

遠方有個人搖手對小蛋塔大喊，小蛋塔這時才發現，整片田地裡零零落落站著十幾個人，他們的手上都拿著比鑽石還要閃耀的東西，那就是威樂牌棒球手套，每個棒球男孩的夢中逸品。

「你說場上每個人都戴著威樂的棒球手套？」卡拉揚不敢置信，那可是難得一見的奇景。

「起初我眞的以爲是這樣，後來走近看了才知道是威『欒』牌，眞是仿得有夠像。」蛋塔回憶著往事，嘴角從頭至尾都是上揚的。

「哈，那然後呢？」

「然後，棒球之神又重新接納我了。」蛋塔想到這戲劇化的一天，全身不禁激動顫抖。

田地裡的男孩們是附近高中的學生，他們雖然沒有棒球天分，卻極度熱愛棒球，因此組了一個棒球社團，有固定的練球時間，也偶爾和別校的社團舉行友誼比賽。但這都不是重點，重點是，他們邀請小蛋塔和他們一起打棒球。

「你那時不是才國小嗎？」卡拉揚不解的問。

「喔對啊，所以一開始我只是在旁邊撿撿球啦，而且我還拜託我媽烤了很多很多蛋塔。」哈，原來是這樣。卡拉揚印象中蛋塔媽媽做的蛋塔，眞的是一級棒，即使是混著沙土吃也是一樣美味。

小蛋塔就這麼開始玩起棒球，等到他上國三的時候，已經和社團打了五年的棒球了。當初找他一同打球的那群人，早就已經畢業了。小蛋塔也從阿達被叫到達哥。甚至可以說，年紀最小的蛋塔是他們社團裡最資深的社員。

「然後，前幾個禮拜我遇到了社團的現任社長，他正要去打一場友誼賽，問我要不要去看他們比賽，順便敘敘舊，我當然就去了。」蛋塔說到這裡，停了一下，「然後，你絕對想不到，他們友誼賽的對手是誰？」

「是誰？」

「國、立、野、球、高、中、棒、球、研、究、社。」蛋塔一字一字說得斬釘截鐵，要不是他剛剛說了一段以他智商編不出來的故事，卡拉揚真的會以爲他在唬爛。

「棒球研究社？我們學校有這種東西嗎？」卡拉揚仍是半信半疑。他不久前才打聽過校內的所有社團，但沒有一個和棒球有關。畢竟指考生是不被鼓勵打棒球的，而成天打球的野測生也不需要任何棒球社團。

「有。只是，非常機密。」蛋塔左右張望，深怕有人會聽到他接下來講的話，「那天我跟他們打了個照面，隨口講出幾個以前認識，對他們來說大哥級的人物，他們馬上就把我當成麻吉，要我一定要跟他們一起打棒球。」接著蛋塔用有點不好意思的語氣說，「其實，我已經跟他們打了好幾次了。」

蛋塔怕卡拉揚生氣，連忙解釋自己爲何不馬上告訴他的原因。原來是社團十分低調，資訊情報都是口耳相傳，也從來不對外招生。而且他們只接受把棒球當作自己第二生命熱愛的人，沒有足夠覺悟是無法入社的。

「那天我看到你在河堤投球後，就知道我可以找你一起來打球了。」蛋塔對卡拉揚眨了眨眼，「怎麼樣？一起打棒球吧？」

一起打棒球？卡拉揚從來沒有想過這件事。

他早就習慣了一個人對著牆壁投球。可以在體育課玩上一整個下午的棒球，已經是最奢侈的享受了。雖然卡拉揚從不承認，也不願意認輸，但他心底比誰都還了解，棒球是那些擁有天分的人玩的遊戲。他連做夢都不敢幻想，自己有一天也可以加入一個眞正的棒球隊，和夥伴一同打幾場暢快淋漓的棒球賽。

「我不知道……我……」卡拉揚一時間說不出話來，衆多思緒在腦海裡飛轉。其中最讓他在意的是，一個絲毫沒有棒球天分的人，眞的有資格可以加入球隊打球嗎？他們眞的願意跟我一起打棒球嗎？會不會有一天我又拖累了隊友？

「沒關係，你不用馬上決定。後天是他們的練習時間，你有興趣，那天我們再一起去吧。」蛋塔給了他一個充滿勇氣的笑容。

「……嗯。」卡拉揚點了點頭。

□

隔天上午的課，蛋塔都沒有再提起這件事。中午的吃飯時間，蛋塔像往常一樣找卡拉揚併桌吃飯，嘴裡只講著昨天晚上的綜藝節目，還有「魔腕」謝奇璁和麝香咖啡渣隊高價簽約的新聞。卡拉揚知道他是不想給自己壓力，這更讓他決定要好好考慮蛋塔的提議。

下午第一節課，是棒球歷史。整堂課蛋塔都在昏睡，卡拉揚也沒有打算叫醒他，反正老師上的都是熱血棒球迷早就知道的常識。

「寶島是地球三大棒球聖地之一，另外兩處分別爲帕爾朵共和跟努國。這三國除了是最早的棒球發源地外，還各自有獨特的棒球傳統。而我們寶島最著名的，就是抓週。」老師講到這裡停了一下，拿起講桌上冒煙的保溫瓶喝了一口。

「抓週在寶島有著近乎完美的預測率，使得我們的人民，可以在一出生便選擇最適合自己未來的路。也就是說，我們不會浪費任何有棒球天賦的人才，去做醫生或律師這類無聊的工作，而這項傳統是別的國家所沒有的。APNC曾經做過一項橫跨五大洲的實驗，他們在其他八十五個國家進行抓週，並且追蹤這些嬰兒二十五年，但最後發現他們的準確度只有百分之三不到。」老師口沫橫飛，用粉筆在黑板上寫下九五和三這兩個數字，表情非常驕傲，好像抓週是他發明出來的一樣。

卡拉揚看著窗外，想要轉移注意力。但老師的一字一句卻像釘子般直接敲入他的思緒裡，讓他異常痛苦。寶島人對抓週的驕傲，造就他悲慘的童年。卡拉揚多麼希望他可以生在另外一個國家，一個沒有人一出生就被判死刑，指著鼻子說你無法打好棒球的國家。

看似自由民主的棒球聖地寶島，卻極盡諷刺的沒有棒球的自由。一般沒有天賦的孩子想要打棒球，不是面對家裡的阻撓，就是社會歧視的眼光。所以才有那麼多的地下社團，所以才有那些假造的抓週證明。

「現今國家隊的選拔，還有三大職業聯盟的球團選拔，除了現場測試實力外，還有一項最重要的，就是受試者的抓週證明。這一點讓我們可以看到一個球員未來的實力，而不會做出短暫而錯誤的評估。這對寶島始終維持在世界頂尖棒球強國的行列中，有著無可抹滅的貢獻。」

卡拉揚聽到這裡，肚子好似被人用力打了一拳。他此生都無法應徵上任何職業球隊，就算他再怎麼努力練習也不夠。因爲他的抓週證明，上面清楚地寫著計算機三個大字。

卡拉揚突然很想衝出教室，或是拿起一顆硬式棒球，狠狠地砸向老師，但他只是繼續坐著。多年以來承受的一切，讓他學會忍耐，以及比忍耐還要困難一百倍的東西，那就是不抱希望的接受。

老師在黑板上畫了一些抓週會看到的東西，「一般的父母只會擺上一顆棒球與其他跟棒球無關的東西，只有傳統的棒球家族，才會放上各式各樣的棒球用具，例如不同守備位置的手套，不同長短大小的球棒等等。」

一支用粉筆畫的極大球棒在黑板上慢慢成形，老師看著自己的作品十分滿意地點點頭，「這據說是傳說中的強棒金剛當年抓週摸到的東西，他們說才一歲大的金剛，就可以把這支有他兩倍長的球棒拿離地面，揮舞得虎虎生風。」

全班頓時騷動起來，顯然沒有人相信老師這番屁話。坐在最後面的同學甚至噓了起來，老師裝作沒有聽見。

只有卡拉揚知道，老師某一部分來說並沒有騙人。和金剛是好朋友的爺爺曾告訴卡拉揚，那球棒的確被一歲大的金剛揮舞得虎虎生風，只不過那是一支巨大的玩具海綿球棒。

「而抓週最千變萬化扣人心弦的地方，還是，投手的部分啊。」講到這裡老師嘆了口氣，望向窗外，下午的講台被灑進的陽光分成光影兩區，一個落寞的男人就這麼站在陰影中。這一刻卡拉揚突然發現，這世界上擁有無法實現夢想的人，似乎並不是只有他一個。

卡拉揚眨了眨眼，下一秒，老師又變回原來那個棒球宗教狂，繼續講著關於投手的抓週故事。「那些眞正的投手家族，除了會擺投手手套外，還會在各個手套裡放上不同顏色的球。普通的白球代表投手各方面都很平均，黃球代表特別擅長指叉球，綠球是滑球，藍球是伸卡球，紫球爲曲球，紅球則代表火爆的速球。抓到這些顏色的球，可預知投手未來擅長的球路，但這也有例外。最有名的例子就是綽號『嘴人』的林奕宏，他明明抓到綠色球，最後卻是以指叉球揚名立萬。」

卡拉揚聽到這裡，愣了一下。剛剛那句話代表什麼意思？爲什麼他會擅長指叉球？這樣不是和抓週預測的結果不符嗎？抓週不是幾乎百分之百準確嗎？一個念頭在他腦海中悄然成形，會不會抓週其實是可以改變的，只要努力練習，滑球投手也可以變成指叉球投手。而放大一萬倍後同理可證，只要不斷練習，會計師也可以變強棒！

卡拉揚大喜，覺得頭頂彷彿有光芒照下，一切都是有可能的，就算只有百萬分之一也沒關係。

但老師好似看到卡拉揚的希望之光，馬上就開口摧毀這百萬分之一的機會，「不過後來發現，林奕宏其實有色盲，他把綠球看成黃球了哈哈哈。」老師笑得前俯後仰，而正想把蛋塔叫醒的卡拉揚則是呆在原地，不可置信他的希望之火又再一次無情的熄滅。

就在卡拉揚受不了這一切打擊，正準備要和班上過半的同學一同靈魂出竅時，老師開啓了一個他感興趣的話題。

「金球！只有一個家族會在手套裡放上金球，那就是詹家。金球看起來很炫，卻十分簡單，它代表著目空一切無可比擬的快速直球。那它和紅球有什麼不同，有人測速過，它大約比紅球快五公里，但只有五公里，爲什麼卻可以那麼偉大？爲什麼？到底爲什麼？」老師講到這裡，眼泛淚光，像極了少女漫畫裡水汪汪的眼睛，「因爲，差那五公里，正好就超越人類動態視力的極限。也就是說，沒有人可以準確地打中金球這件事，和技術全然無關，已經是人體結構先天障礙的層面了。」

「那西科聯邦的費迪南怎麼說？」後面有個胖子舉手發問，但那聲音態勢更像是和老師嗆聲。

費迪南是西科聯邦十幾年前在一個落後殖民地尋到的一枚棒球鑽石。他在自己的國度裡本來就是最厲害的打擊者，但西科聯邦馬上就發現，他的厲害絕對不只限於那個小國，很可能涵蓋了整個地球。

甚至有人說過，如果其他星球也打棒球的話，那他的強大或許已是宇宙等級。

被殖民地球探發掘的他，很快就被徵召入西科聯邦國家隊，跟其他好幾個同樣被殖民的隊友一起幫他們的敵人打球。但西科聯邦對殖民球員的高規格禮遇——包括他們的家人和所有親朋好友，都可享有終身免稅——讓這些球員雖然不至於傾囊效力，倒也沒有太多怨言。

費迪南的第一次國家隊出征，就是對上日落西山的詹姆士。那場比賽，他面對詹姆士的兩個打席都擊出全壘打，這是前所未聞的事。一個人的一生可以幸運地從詹姆士手中打出一支全壘打，但從來沒有人在同一場比賽的連續兩個打席，都從詹姆士手中打出全壘打。於是大家把原因歸咎到詹姆士精神方面的崩潰，但費迪南往後五年在西科聯邦國家隊的表現，讓大家漸漸覺得那兩個打席，詹姆士可能是眞的輸了。

在費迪南略嫌短暫的職業生涯裡，他的平均打擊率爲驚人的四成八三，上壘率更來到前無古人的七成九，幾乎每兩個打席就被保送一次。最恐怖的是，他的全壘打佔了所有安打的四分之一。

「怪物」費迪南背號十八的球衣，至今仍保存在西科聯邦首府的市政大廳裡。他本人則十分不幸地，在三十歲那年發現胰臟癌，半年之內就走了，留下數不盡的傳說和唏嘘給全世界的棒球迷們。

而「怪物」和「金黃速球」的對決，也在兩方都沒有傳人的情況下，無奈的宣布結案。不敗的金黃速球，最終是被怪物給無情的摧毀了。

「費迪南！費迪南！費迪南！」班上有一群同學開始大聲地喊著費迪南的名字，留下偉大傳說的打者，比起落魄潦倒的前國家英雄，更讓他們崇拜。

尷尬、難過、不解和憤怒在老師的臉上一併呈現，他不知道為什麼同學們喜愛讓自己國家淪為殖民地的老外，遠勝過為他們奮戰的偉大投手。

老師想要大聲斥喝他們，但卻提不起勇氣。一方面因為他只是個溫文儒雅，從沒發過脾氣的歷史老師，二來詹姆士最後被費迪南打敗已經是個公認的事實。於是老師只是無力的搖搖頭，對大家做無言的抗議。

卡拉揚看著這一幕，心中五味雜陳。已經改名的他，原本應該為自己不用捲入這場風波感到高興，但此時的他，卻更厭惡自己沒辦法為父親說幾句話，沒辦法起身維護詹家的名譽。

砰一聲，卡拉揚推開桌椅，頭也不回地跑出教室。他受夠了，受夠了這一切，受夠了沒有希望地活著，受夠了沒有實力的自己。

同一時間，下課鐘聲響起。大家高興的歡呼，老師無奈地收拾課本走下講台。沒有人注意到一個男孩的失控，除了早就醒了的蛋塔。全班只有他知道，剛剛課堂上大家討論的，是教室裡某個人的父親。他很快地追出教室，走廊上擠滿了下課的人群，已不見卡拉揚的蹤影。

□

卡拉揚趁著警衛不注意，一溜煙閃出校門。他平常蹺課會去天台，去球場，但他現在只想回家。

一路上，卡拉揚耳裡都是剛剛同學們的笑聲，腦中想的則是自己任由這一切發生的無能。他踢著路上的空罐子，彷彿那裡面裝的全是他人生的錯誤，只要用力把它踹飛到看不見的盡頭，就不會再有煩惱了。

事情當然不可能如此容易解決，但踢著空罐的卡拉揚，的確多多少少轉移了一點心思，也因爲如此，他沒有注意到，有另一個人從轉角走了出來。

一個搖搖晃晃充滿酒氣的男人。

「詹拉揚！」

卡拉揚不用抬起頭，就可以知道是誰了。現在全世界還這麼叫他的，就只有一個人，那就是他的父親，詹姆士。

「爸。」卡拉揚看著剛剛踢到前方的空罐，不偏不倚被酒醉的詹姆士一腳踩扁。

「揚揚，你在這裡幹嘛？」詹姆士走到他兒子面前，一頭亂髮渾身酒味。卡拉揚記得父親昨天也是穿同一套衣服，前天好像也一樣。

「放學了，正要回家。」

「放學？現在才幾點？」詹姆士抬起手腕來看，端詳了好久才發現自己沒有戴錶，「不要騙我，知道嗎？我知道現在幾點，我知道學校沒有這麼早下課。」

「爸，你喝太多了，我們先回家吧。」卡拉揚很習慣詹姆士喝醉，他從小就是應付醉酒的父親長大的。只是他很意外，爸爸竟然大白天就喝得爛醉，爺爺通常會阻止他的。

「誰喝太多？你跟你媽一樣，都愛管我，王八蛋。」

縱使卡拉揚聽過父親罵他不下一萬遍，但每次聽到仍舊像第一次聽見時一樣心痛。

接著，詹姆士開始呢喃些只有自己聽得懂的話語，卡拉揚知道這時沒別的辦法了，他架起父親的臂膀，半推半拉的把父親帶回家。詹姆士的手臂依舊粗壯，但卡拉揚發現到，父親掙扎的力道已經大不如前了。

在家門前，卡拉揚大聲叫著爺爺，過了一會兒，一個滿頭銀髮的老先生出來開門。

「這小子，趁我睡午覺又跑出去喝酒。」詹強收起臉上的老花眼鏡，幫忙把詹姆士扶進屋裡。

「爸，你好嗎？我要比賽了，在主場對黑手火雞隊，我會完封的，你準備喝香檳慶祝吧。」

詹姆士整個人站都站不穩，十足是個人形爛泥。詹強雖然知道他酒喝多了，但仍不忍心苛責他。

爺孫倆折騰了好一會兒才把詹姆士弄上床睡覺。卡拉揚想回房獨處，卻注意到客廳茶几上散落的剪報。有大有小但邊緣都十分工整，上面的黑白照片透露出這些報紙的年代。

「喔，我剛剛在看以前留下來的剪報。」詹強又戴起老花眼鏡，在茶几旁坐了下來，「你看這張，這是你爸第一場完全比賽，那時你還沒出生呢。」

卡拉揚坐在爺爺身邊，仔細看著那張泛黃的剪報，照片裡是父親投球的英姿。那時候的父親還好年輕，眼神犀利，有著年少輕狂的傲氣和無與倫比的決心，和他認識的父親好似不是同一個人。

爺爺起身到櫥櫃裡翻找，過了一會兒拿出一卷錄影帶。

「這是你爸唯一一卷錄影帶，其他都被他自己丟掉了，只有這場我保留了下來。」爺爺拿著錄影帶的手微微顫抖，「你從沒看過你爸的比賽吧，我來放給你看。這就是剪報上的那場，對黑手火雞隊的完全比賽。」

放入帶子的錄影機開始嘈雜的運轉，卡拉揚緊張的嚥了嚥口水，他看過不少爺爺比賽的錄影帶，但卻是第一次看父親比賽的模樣。

影帶一開始，就已經三局下半了。畫質比卡拉揚想像中好上許多，雖然過了二十幾年，爺爺始終把它保存得很好。

「那時候我原本沒有要錄這一場，是你奶奶堅持一定要錄，我們為此還小吵了一下，所以才從三局下開始。」爺爺講完，慢慢站起來，「揚揚，你自己看吧，我看過好多好多遍了。」

爺爺進臥房前的背影，讓卡拉揚想起某個故事裡蒼老疲憊的巨人。卡拉揚知道爺爺看幾千遍都不會嫌多的，他只是不想在自己的孫子面前流淚。

傍晚的日落橘光，和電視機的人造白光，在卡拉揚臉上融合出一道道迷幻的色彩。他看得十分專注，這是他第一次看到父親著名的金黃尾線，那是爺爺完全沒有的東西。很多人研究它，最後發現那是詹姆士出手後，球上沾黏的黃土因為球快速旋轉被甩開，而在球後產生的不可思議金黃直線。

許多年前教宗還曾經蒞臨寶島接見詹姆士，說他的球是證明上帝存在的神蹟之一，就算後來謎團被科學家解開，教廷仍舊認為那是上帝在這世上數一數二的傑作。

卡拉揚看到呆了，等他回過神來，已經是最後一球了。

好球，三振！

全場的人不論球員還是觀眾，都瘋狂地湧向詹姆士，他笑得像個孩子，被大家擁抱，拋起並且親吻。接著，他看到父親爬上觀眾席，和爺爺緊緊相擁。

卡拉揚聽著父親從房內傳來的打呼聲，一邊看著這一幕。他心底深處對父親的不諒解和怨恨，在這一刻和完全比賽的歡呼聲，竟荒謬地達成某種平衡。卡拉揚知道就算父親以前多麼厲害，看起來是個多麼棒多麼好的人，都無法改變他已是個醉鬼的事實，而他對自己造成的傷害也永遠無法彌補。

雖然如此，看著大肆慶祝，把香檳倒在隊友和自己身上的年輕父親，卡拉揚心中突然深切的體會到，這是他僅有的親人，和爺爺一樣，是他在這世上最珍貴的東西。而就算是最親密的家人，也有犯錯的時候。但不管何時，家人就該站在隨時可以擁抱彼此的位置。即使暫時伸不出手，或是黑暗中看不見對方，也要好好站在那裡。

一個男人把一大坨刮鬍泡抹在詹姆士臉上，半張臉都是白色泡沫的詹姆士笑著接受記者訪問。他說要把這一天獻給過世的母親，他知道她在天上會以他爲榮。

會不會打棒球，根本就不是重點。過去，未來，也都沒有任何意義。卡拉揚第一次發現，生爲詹家人好像並不是這麼糟的事。

然後，他在心底下了一個決定，一個永遠會有人支持他的決定。

5

「嘿，我想跟你們一起打棒球！」卡拉揚一大早就迫不及待告訴蛋塔他的決定。

「啊啊啊啊啊啊啊太好了！」蛋塔一把抱住卡拉揚又叫又跳，但很快意識到左右射來的視線，趕忙放開卡拉揚，「太棒了啦！今天一定要介紹你認識我們的隊長，他超酷的。還有一個二年級的學長，他人超好，每次都很照顧我……」

蛋塔嘩啦嘩啦停不下來地說著，卡拉揚看著他眼神中閃耀的光輝，自己也感覺熱血澎湃了起來。但這熱血的感覺，很快就變成卡拉揚的折磨。他這輩子從來沒有覺得時間過得如此慢，每一堂課似乎都有一個世紀那麼久。他每五分鐘就看一次手錶，甚至連珍貴的下課時間他都希望可以快轉跳過。

終於，五點鐘聲響起。卡拉揚吐了一口濁氣，癱在座位上動也不動。緊繃了一天的身體和心靈讓他疲累不堪，所有的期待此刻反而消逝無蹤。

「嘿，走啦，帶你去見識真正的棒球。」蛋塔仍舊是精力百倍，他把卡拉揚拖出教室，帶他來到校門對面的公車站牌。彷彿是補償卡拉揚一整天痛苦的等待，他們等的車很快就來了，還幸運地坐到最後兩個空位。

「我們要去哪啊？」

「你很快就知道了，保證讓你大開眼界。」蛋塔神秘兮兮地說。

一路上卡拉揚都在問蛋塔關於球隊的事：一共有多少人？他們很厲害嗎？有專屬的球衣嗎？有教練嗎？都怎麼練球啊？

「欸對了，有女經理嗎？」下車的前一刻，卡拉揚問了第二十三個問題。

蛋塔看著卡拉揚，不爽地搖搖頭，「算了，我還以爲你是個熱血的棒球男兒，沒想到你竟然問出這麼膚淺的問題，你以爲我們在漫畫裡嗎？怎麼可能會有溫柔又美麗的經理啊？」

「說的也是，不過，你怎麼好像很氣憤啊？」

「囉唆，下車啦。」蛋塔一個箭步衝下車，卻遲遲不見卡拉揚下來。過了一會兒，車內傳來卡拉揚求救的聲音。

「欸，我悠遊卡沒錢了，幫我刷一下啊。」

蛋塔連忙拿出自己的悠遊卡上車刷，卻看到畫面上顯示著殘酷的零元，「糟糕，我正好用完了，你有零錢嗎？」

「剛剛找過，只有三塊錢。」卡拉揚攤開掌心，難堪的三枚小硬幣。

蛋塔把全身東翻西找一遍，兩人勉強湊出了八塊錢。

「沒辦法了，跟司機求情一下吧。」蛋塔說，感覺全車的視線都集中在他們倆身上。

「只好這樣了。」卡拉揚望向駕駛座，司機從背心中露出的兩條肥胖手臂上，刺滿了各種幻想國度和眞實世界裡最殘暴的動物。

「司，司機大哥……不好意思……」卡拉揚口乾舌燥，因爲他又注意到司機的後頸上，刺了一個大大的殺字。

「小朋友。」司機回過頭來，聲音有著不可隨意唬弄的迫人氣勢。卡拉揚和蛋塔這時候才發現到，他戴了一副全黑墨鏡，是電影裡面飛官戴的那種。

蛋塔微微向前了一步，站到卡拉揚身旁。他知道就算害怕，也要站在夥伴身旁害怕。而卡拉揚則是握緊了口袋裡的棒球，雖然他完全不知道爲什麼，但這麼做讓他好過很多。

「你們打棒球？」司機問了一個他們料想不到的問題，接著，他摘下墨鏡。一個中年男子滄桑的眼神，就這麼安靜地盯著他們，還有他們手裡的球具。

卡拉揚不知道要說些什麼，只好用力點頭。蛋塔則是把手中的錢丟進投幣箱裡，然後大聲道歉，「我們只有這麼多錢，對不起。」

「你們喜歡棒球？」又是一個問句，只是這次卡拉揚和蛋塔幾乎沒有思考，互望了一眼即大聲地說：「非常喜歡！」

「是嗎？」中年發福的司機似乎完全沒有被他們的熱情感染到，「我不喜歡。」他以不帶語調的嗓音說。

卡拉揚和蛋塔彷彿瞬間被人澆了一頭冷水，只得繼續站在原地。公車的引擎聲轟隆隆運轉著，兩人額頭上布滿著緊張的汗滴。

「阿東，你不要鬧他們了。」後座的一個老先生開口說道。叫做阿東的司機看了老先生一眼，露出一抹難以言喻的笑容。接著，他再度戴上和他完全不搭的飛官墨鏡，對已經嚇壞的兩個男孩擺擺手，「下車。」

卡拉揚和蛋塔幾乎是用衝地飛奔下車，足足跑了一百多公尺才停下來。

「媽的，剛剛那是啥啊？」卡拉揚喘著大氣。

「我也不知道啊，爲什麼他們雇用流氓來當司機啊，我絕對要去投訴。」蛋塔一邊講話一邊咳嗽。

「一定要啊，他明明就想開戰鬥機吧，跑來開公車幹嘛。」卡拉揚笑了起來。

「對啊，他以爲自己是《捍衛戰士》裡的湯姆．克魯斯嗎？也不照照鏡子，肚子都一圈肉了，不怕卡到方向盤嗎？靠，我們一定要去投訴。」蛋塔也開始哈哈大笑。

「沒錯，死肥仔，下次不要給我遇到。」

「沒錯，不過……」蛋塔突然想到什麼，「會不會他不是模仿《捍衛戰士》啊，他其實想當……宮崎駿的《紅豬》？」

「喔喔，你說那隻會開飛機的豬嗎？」卡拉揚眼睛一亮，「你這麼一講，他們好像有幾分神似欸。」

「哈哈哈好像眞的是這樣。」

兩個甫從驚嚇中回神過來的男孩，就這麼開始從胖子聊到《紅豬》與宮崎駿。等到話題轉移到《神隱少女》時，卡拉揚才突然發現，他們已經走到一個沒有人跡的地方，四周一片黑暗，連路燈都是壞的。

「這裡是哪裡啊？」

「等越過前面那個斜坡你就知道了。」蛋塔的眼神告訴卡拉揚，即將出現的東西絕對夠屌。

隨著卡拉揚往斜坡頂走去，一整片巨大的光暈慢慢在他眼前升起，那是好幾根高聳的燈柱同時發光所造成的光暈，在黑暗中就像天堂一樣。

越過斜坡後，一座標準的三層看台棒球場出現在卡拉揚面前。但仔細一看卻發現，這不是普通的三層看台棒球場。那入口處的指標木板，遮雨的塑膠頂棚，甚至是燈柱的樣式，都是數十年前的模樣，現在的球場早就不是這樣設計了。就連牆壁上貼著的，也是發黃剝落的舊海報，上面還印著三十多年前某場比賽的交戰隊伍。一切的一切，都像是坐時光機回到過去一般，充滿濃濃的復古風味。

「哇靠，這地方太屌了吧！」卡拉揚不可置信地看著這可說是古蹟的建築，彷彿撫摸一位少女般，他輕柔地碰觸球場的一磚一瓦。

「我跟你說過了吧，來，我們進去吧。」蛋塔領著卡拉揚從觀眾入口走進球場，他們踏上一級又一級的階梯，找尋著最高層看台的出口。地上仍散落著三十年前留下來的紙屑，空氣裡的灰塵彷彿好幾世紀沒有動過，整棟建築瀰漫著鄉下古厝靜謐沉穩的味道。最終等在他們面前的，是一扇半掩的大門，而整座球場迷人的光芒，就從門縫毫不保留地透洩進來。

卡拉揚去看過很多次的現場比賽，他知道那將會是怎麼一回事。只是當他推開那扇古老的木門，踏到觀眾席上時，他還是被眼前的景象震撼住了。偌大的球場以及無邊無際的外野草地瞬間盡收眼底，彷彿心靈的眼睛猛地被打開，無可言喻的衝擊感伴隨極致的心曠神怡朝全身感官襲來。他感覺無比舒暢。

好久好久，蛋塔和卡拉揚都沒有講任何一句話。

三分鐘後，卡拉揚才從海嘯般的震撼回過神來，然後他看到了球場上活動的人們。

「我們下去吧。」卡拉揚說。

蛋塔深深吸一口氣，把看台最頂端的新鮮空氣都吸進肺裡，然後說：「沒問題，準備打棒球了嗎？」

「那還用說。」卡拉揚給他的夥伴一個最棒的笑容。

□

那晚的練球，對卡拉揚來說就像美夢成眞。

親切又充滿歡笑的隊友，完美的復古棒球場，專業的教練，紮實的訓練過程，都讓第一次接觸的他興奮莫名。尤其是練習結束前的小比賽，雖然只有短短三局，但已讓卡拉揚感覺到，他確確實實重回了棒球的懷抱。

就算只是站在外野，什麼事也不做地看著投手投球，都讓他無比興奮。那是一個團隊的感覺，一個他夢寐以求的時刻。

但這些全部加起來，也比不上最後離開前，隊長大熊拿給他的球隊制服。上面繡著數字十七以及三個大字：卡拉揚。

這件制服也是隔天卡拉揚在教室後面罰站的原因，因爲他一直拿出抽屜裡的球衣把玩，根本沒聽到老師叫他站起來回答問題。

過了一會兒，蛋塔也因爲上課聊天被叫到教室後面罰站。而老師當然不知道，蛋塔百分之百是故意的。

「嘿，幹嘛一直看制服啊，很爽吼。」蛋塔完全沒有壓低聲音。

「廢話，爽爆了。我好想現在就去外面打球啊。」卡拉揚也用不是很小聲的氣音回答。

「卡拉揚！吳明達！給我到外面去罰站！」老師生氣到把手中的粉筆都捏斷了，只是她當然也不會知道，此舉又完全正中了兩個小鬼的下懷。

老師一不注意的瞬間，兩個棒球白痴就這麼衝下樓梯，到操場上去玩傳球了。

「對了，你還沒有跟我說，那個棒球場到底怎麼來的啊？」卡拉揚把球輕鬆丟出，清風緩緩，這是一個適合傳球的午後。

「喔喔，那本來是一個很重要的球場，聽說有幾年，還是全寶島最大的一座。只是後來蓋了一大堆更新更漂亮的球場，它就被廢置了。」蛋塔後退五步，拉大他們之間的距離，然後用側投把球傳給卡拉揚。

「然後呢？你們怎麼可以在裡面練球？」

「這就厲害了，你聽過一個叫美洲豹的組織嗎？」

「沒有。」卡拉揚搖搖頭，繼續後退，現在他們之間的距離已經有三壘到一壘這麼遠了。

「我也是最近聽學長講才知道。那是一個非營利機構。主要是一群對棒球有無比熱忱但又沒有棒球天賦的人所組成，他們有許多都是事業有成的大老闆，聚集在一起拿出錢來，提供我們這些孩子打棒球，讓我們可以享受他們從前沒辦法得到的樂趣。」蛋塔用力投出，球稍微偏了一點，卡拉揚移動半步才能接到，蛋塔嘖了一聲。「他們在五年前買下那座廢棄的棒球場，花一年時間整修，現在提供給寶島北部的高中棒球社做練習和比賽之用。聽說寶島各地這樣的棒球場，大大小小整整有十三座。」

「哇靠，十三座，也太多了吧！」卡拉揚驚訝不已。

「是啊，而且我們那天去的是最大的一座，用來當作一年一度的小豹盃決賽場地。」蛋塔用手勢叫卡拉揚把球丟給他，卡拉揚傳了記精準的好球。

「小豹盃？學長那天說的重要比賽就是這個嗎？」

「沒錯，那是我們的開始，也是我們的最終目標。」蛋塔不知道在學哪個漫畫角色耍帥，模樣有夠欠打。

「喔喔喔喔喔喔小豹盃！」卡拉揚不知道在興奮什麼，用盡吃奶力氣把球丟出，整整飛到蛋塔身後三十公尺才落地，蛋塔賞給他好友一根中指，然後認命地跑去撿球。

「對了，我看到教練的衣服上有隻美洲豹的圖案，教練也是他們的人嗎？」卡拉揚一邊對著越來越遠的蛋塔大吼，一邊開始後退，因爲他知道蛋塔等一下也會用盡全力丟。

「對啊，教練也是他們的會員。雖然是業餘教練，但組織都會送他們出國進修，所以並不會比那些專業的教練差。」撿起球的蛋塔看到遠方的卡拉揚，心中一凜，這不就是中外野手回傳本壘的標準距離嗎？現在正是考驗的時刻啊。

蛋塔深吸口氣，向前助跑兩步，然後把全身力道灌注在球上，小白球像投石車的石子一樣發射了。承載蛋塔希望的白色小球，以優美的弧線劃過藍色天空，但最後一刻，小白球卻在卡拉揚面前一步氣力放盡的落地了，蛋塔仍舊沒有完成一個優秀中外野手的使命。

蛋塔和卡拉揚同時罵了一聲靠，蛋塔是不爽自己的臂力，卡拉揚則是不爽沒有第一時間把球接起來，現在他又要跑去後面撿球了。

卡拉揚在草叢中找著球的同時，蛋塔揮舞手臂朝他跑來，嘴裡不知道大叫些什麼。等他終於聽明白的時候，已經太遲了，他看到追在蛋塔身後的教官以及老師。

整個下午，蛋塔和卡拉揚都待在教官室裡，聽著一遍又一遍的「棒球無用論」。

「你們要好好運用自己的頭腦，不要浪費時間打什麼棒球，那不是你們該做的事，要正視自己眞正的才能啊。」教官沒有想像中生氣，反而出人意料的對他們諄諄善誘。

即使如此，剛加入球隊的卡拉揚仍然完全聽不進去。

下午放學鐘聲響起，他們終於被放了出來。

「你覺得下次乾脆蹺課出去投球怎樣？」卡拉揚說。

蛋塔把拳頭伸出來，和卡拉揚的拳頭相碰，代表他完全同意卡拉揚的意見，這是男子漢天生就會的對話方式。

「接下來要幹嘛？」卡拉揚問。

「我媽叫我今天早點回家吃飯。」蛋塔有點無奈。

「喔好吧，那明天見，掰啦。」

「掰。」

和往常一樣，兩人又在校門口分開。離去前，蛋塔告訴卡拉揚明天記得帶球衣球具，因爲他們要和二年級的學長去練球，「球社規定一、二年級的學弟，每個禮拜要多練這一次。」

還有什麼比這更讓人高興的嗎？

沒有，除了女孩。

卡拉揚在回家的路上碰到小美，小美穿著全套愛迪達運動服，看起來像極了愛迪達廣告裡的運動員，唯一的差別只在於，她比她們正多了。

「哈囉。」小美先開口，他說了聲嗨。

上次和小美講超過三句話，已是好幾個禮拜前的事了。那個原本一起開心放學回家，最後卻是糟糕落幕的一天，卡拉揚永遠不會忘記。但他始終都沒有在小美身上看到那天的痕跡，似乎她從沒提過那彷彿帶有某種意義的問句。

「你好嗎？」小美問，笑得很自然，「最近都在幹嘛呢？」

卡拉揚很想告訴小美，他開始打棒球了，是眞正的棒球，不是體育課玩玩的那種。只是蛋塔的話在他耳邊響起，「千萬別告訴任何人，特別是野測生，就某方面來說，他們是我們的敵人。」卡拉揚雖然不太認同蛋塔的觀點，但仍十分遵守和蛋塔的約定。

「也沒什麼啦，今天被叫去教官室訓話了。」不能講球隊的事，講這個總可以了吧，卡拉揚心想。

「眞的假的？爲什麼？快告訴我！」小美顯得很興奮，眼睛裡彷彿有星星在閃。

「哇靠，妳這麼開心幹嘛？我被叫去訓話妳很開心嗎？」卡拉揚看著小美，覺得好氣又好笑。

「還OK開心啊，你快講啦，你爲什麼被叫去教官室啊？」小美抓著卡拉揚的手臂搖晃，完全沒有注意到卡拉揚臉紅了起來。

「就……就是……」小美想聽八卦的臉，離卡拉揚越來越近。卡拉揚感覺手臂上有個軟軟的東西，雖然那其實只是衣襬，並非他以為的東西，但已讓他快要不能呼吸。

卡拉揚某方面來說，是個完全不會應付異性的害羞男孩。從小到大，就只有小美這個女生朋友，原因無他，他對不愛棒球的女孩沒興趣。而童年像個小男孩的小美，讓卡拉揚從沒眞正學會如何和異性相處。但如今，小美已和卡拉揚記憶中大大不同，是個散發濃烈青春賀爾蒙，會讓男孩猛吞口水的漂亮少女了。

就在這個時刻，血壓極速上升的卡拉揚，犯了一個愚蠢的錯誤。不會處理這種情況的他，下意識的甩了甩被抓著的手，彷彿這樣便可以甩開他的尷尬，「唉呦，妳先放開我啦……」

「喔……好。」小美愣了一下，然後慢慢把手放開。兩人中間突然多了一層透明的空氣牆，沉默從牆中現身，在他們周遭蔓延。

遲鈍如卡拉揚，也知道他做錯了。卡拉揚慌了，對自己造成的情況感到後悔且無助。他望著小美，小美卻沒有看他，只凝視著遠方，眼神落在遙遠的地平線。女孩到底在想些什麼？卡拉揚腦袋轟隆轟隆運轉，卻一點頭緒也沒有。但他仍努力想要彌補，試著聊回剛剛的話題。

「呃，就是啊，我今天下午——」

只是，小美很快打斷了他，不給他補救的機會。

「對了，我等一下還要和球隊去聚餐，先走了，下次再聊吧。」小美給他一個淺淺的笑容。接著，她說了一聲掰掰，就往右邊的巷子走了進去。

卡拉揚站在原地。

直到小美的背影消失了許久之後，他才轉身離開。

□

隔天整個上午，卡拉揚都無精打采。蛋塔雖然試著想關心他，卡拉揚卻只是笑笑地說沒事。到了下午，可能因爲接近練球時間，卡拉揚的心情才慢慢好轉。

放學後，蛋塔和卡拉揚來到公車站，已經有一些人到了，只要再等比較晚下課的幾名學長到齊後，就可以一起過去。

就在卡拉揚和蛋塔隨便閒聊著最近新上映的電影時，一個穿著連帽外套的短髮女孩氣喘吁吁的跑進公車亭。

「對不起，我遲到了。」卡拉揚過了幾秒，才發現女孩是在跟他們這群人說話。綽號阿肥的學長對她說：「沒關係，大家還沒到齊。」女孩於是放心地鬆了一口氣。然後，卡拉揚發現他的好友蛋塔，笑容僵硬，全身緊繃，呼吸時快時慢，整個人不自然到了極點。

「喂，你沒事吧？那個女的是誰啊？」卡拉揚瞥了女孩一眼，發現她的頭髮和穿著雖然男孩子氣了一點，臉蛋卻是十分可愛。

「她喔，她、她是我們的經理王子婷，你叫她布丁就可以了。」蛋塔介紹布丁的時候，語氣裡有股說不出的感覺，彷彿他不是在介紹球社經理，而是介紹一位女神。

布丁似乎聽到蛋塔的介紹，轉過來對卡拉揚嫣然一笑。「你好，你是新進的一年級社員嗎？我也是一年級的，你叫什麼名字啊？」

「喔，我叫卡拉揚。」卡拉揚被布丁的大眼睛直勾勾盯著瞧，有點不自在。

「哈，卡拉揚，好奇怪的名字噢。」布丁笑得很燦爛。

「呃，大家都這麼說。」卡拉揚也擠出一個勉強及格的笑容。

下一秒，一個學長把布丁叫去，好像要討論新的比賽記錄表。卡拉揚用手肘推了推蛋塔，小聲地問他，「欸，你上次不是說沒有漂亮的女經理嗎？」

「靠，我只是不爽你那想把女經理的邪惡念頭，所以才懶得跟你講。」蛋塔也不甘示弱地頂回去。只是當布丁轉過頭望向他們這邊時，蛋塔馬上立正站好，儼然一個模範青年。

「哇靠，誰邪惡啊，我看整個球社就你最邪惡，你敢說你不想把她？」卡拉揚看蛋塔這神速的轉變，不禁自嘆弗如。

「欸你小聲點啦！」這句話彷彿踩到蛋塔看不見的尾巴，他整個人跳了起來，馬上把卡拉揚推到布丁看不見的地方，「拜託，下次有人在的時候不要討論這個話題，OK？」

「好啦好啦。」卡拉揚總是無法拒絕蛋塔的拜託。

下一秒，等待許久的公車進站，大家三三兩兩開始上車。蛋塔和卡拉揚趕緊去搬球具，這是一年級社員的工作。

□

這次練習的球場比上次小上許多，位在一所大學裡面，只有簡單的照明設備，和一、三壘側充當休息區及加油席的四條長凳，其他什麼都沒有。開始練習前，甚至要自己畫上白線，並擺上從學校拿來的壘包和本壘板。

儘管如此，這樣的練球對卡拉揚來說仍舊是無可挑剔。

他被安排練習二壘手的位置，一是因爲這個位置比較缺人，二來也是因爲卡拉揚的臂力不夠，游擊、三壘及外野的守備都需要較強的臂力。

蛋塔則是練習中外野手的位置，原因無他，不管是小時候被欺負，或者是和大哥哥們一起打棒球，他都是被叫去外野撿球的那一個，因此他對這項工作特別有心得。而那些過去，反而造就他現今的接球功力，讓他可以快速預測出球的落點，在球還沒落下之前跑到定位。

卡拉揚不像蛋塔有著用歲月累積出來的實力。他這幾年雖然沒有一天離開過棒球，但都只是一個人拿著球對著牆壁上的框框猛投，根本算不上什麼練習。所以卡拉揚開始得很辛苦，也很挫折，但他卻沒有抱怨過一句話。

蛋塔曾經聽見學長的對話，有人懷疑讓卡拉揚加入是否爲正確的決定，但馬上有不止一人站出來替他說話。大家都有目共睹，卡拉揚第一天的練習分量以及他擁有的努力態度，絕對讓他有資格繼續留下來。

很快地，到了休息的時間。大家拿著自己的碗筷，聚集在一壘側，等著領取今天的宵夜。

「今天吃什麼啊？」蛋塔在隊伍裡竄頭竄腦，像極了一隻猴子。

「好像是仙草吧，剛剛我聽到前面學長說的。」卡拉揚愛極了棒球社的這個傳統，七點半一到準時發放宵夜，讓球員們有體力繼續奮戰接下來的兩個半小時。上次的紅豆湯圓讓他掛念至今，一想到都會流下貪吃的口水。

「聽說那都是布丁自己做的耶。」蛋塔說，嘴角一抹上揚的微笑，卡拉揚十分肯定他猜到蛋塔在想些什麼。

「眞的假的，也太厲害了吧。」卡拉揚讚嘆布丁人妻潛力的同時，聽到前面傳來不耐煩的聲音。原來是布丁到現在還沒出現，理當由她拿來的宵夜當然也還沒有半個影兒。

突然，傳來一陣騷動。

卡拉揚看到遠方布丁身影出現，她朝大夥跑來，身後則跟著幾個不認識的男生。所有人瞬間一擁而上，個個都想搞清楚這是怎麼一回事，然後爲自己的經理女神拚命。

大家聚集到布丁身旁，只見她幾乎快要掉淚，「對不起，對不起，今天的宵夜被他們搶去喝了，他們還把剩下的都打翻了。」

正當大家因爲可愛經理被欺負以及宵夜平白無故消失而火大時，突然有人說了一句話，這句話有如噴出的乾冰，瞬間冷卻整個場面。

「他們是野測生。」

之後，馬上又有三、四個人開口同意，說在校園裡見過他們，他們是二、三年級的等等。

「這幾個人我知道，什麼狗屁野測生，他們就是那些棒球流氓，敗類！」蛋塔在卡拉揚耳邊小聲地說。

卡拉揚這時才仔細的看了這群人。總共有五個人，其中幾個穿著野測生都有的野中棒球隊T恤，神情態度十分囂張。若是把棒球流氓前面兩個字直接去掉，一定也沒有人會反對。

「你們來這裡有事嗎？」在場唯一的三年級學長阿肥挺身而出，只是他剛剛的熊熊怒火早已不知跑去哪裡，可見他仍對野測生有幾分忌憚。

「沒幹嘛，找找樂子。」開口的傢伙穿著黑色皮外套和黑色皮褲，裡面搭件彩色條紋背心，一副就是帶頭老大的樣子。

「請你們離開，這裡是我們練球的地方。」阿肥拿出學長的氣魄振振有詞，但他完全沒有提到剛剛被糟蹋的宵夜。

「幹嘛這樣，我們才剛來，何必這麼快趕我們走呢？」皮衣男說完後回頭徵詢夥伴的意見，對啊對啊的聲音此起彼落。

「這個場地是我們租借的，請你們離開。」阿肥絲毫不願讓步。

「唉呦，你們租借這個場地啊，好了不起噢。那我請問一下，你們借用這個場地在幹嘛啊？扮家家酒嗎？」說完，五個人一齊笑了起來，那笑聲在沒有星星的黑夜中，顯得特別刺耳。

「我們在幹嘛沒必要告訴你們，請你們離開，馬上！」說完阿肥一揮手，幾個二年級的學長紛紛上前，有人甚至拿起了手邊的球棒。

棒球流氓五人組見狀，後退了一步，帶頭的臉色也沉了下來，「你們最好知道自己在幹嘛，要是傳出去，你們這個社團還可以混嗎？」

聽到這番話，社員們開始交頭接耳，幾隻拿球棒的手，也漸漸放了下來。阿肥的臉色難看，他知道對方的話有幾分道理，原本學校是持默許的態度看待這個地下社團，要是任何不光彩的事傳出去，以後恐怕就很難繼續打球了。

「卑鄙！」蛋塔小聲地說，他對正義有著莫名的潔癖。

卡拉揚則是靜靜站在旁邊，沒有激烈的言語，甚至連表情都沒有改變。他早已學會把一切情緒鎖在心裡，不輕易隨外界紛擾而動搖。只是當他看到躲在他們身後，像隻受驚小貓的布丁時，仍無法克制地握緊了拳頭。

「不然這樣，我提供一個大家都爽的解決方法。」皮衣男笑著掃視在場所有人一圈，最後把視線定回阿肥身上，「我們想要找樂子，你們想要我們走，不如你們就陪我們打場比賽，我們打完了就自動消失，不用你們麻煩。」

「五個人對五個人的棒球比賽？」阿肥說這句話的同時，瞥到其中一名野測生手裡的塑膠袋，塞著滿滿的手套，原來他們根本是有備而來。阿肥心中的擔憂此時越擴越大。

「當然不是。」皮衣男笑了一聲，彷彿這問題有辱他的智商，「你們照樣派九個人，我們則是五個人就夠了。」

阿肥沉默不說話，其他低年級的社員開始竊竊私語。

「馬的，太瞧不起人了吧。」

「五個人怎麼打啊。」

「不用怕，幹掉他們。」

下一秒，全部的人都安靜了下來，因爲大家看到阿肥舉起的右手。

「說吧，贏了你們想要什麼？」

「不愧是學長，知道沒這麼簡單。」皮衣男笑得更開心了，「也沒什麼啦，我看你們球衣蠻好看的，穿在你們身上也是浪費。如果你們輸的話，就當場把球衣脫下來吧。我幫你們好好利用，剪剪補補給附近的流浪狗穿應該是不錯哈哈哈。」皮衣男的笑聲極盡羞辱，幾個學長看不下去，拿起球棒又要上前，卻被阿肥擋了下來。

「如果我們不跟你們打又怎樣？」

皮衣男收起了笑容，一根手指在空中晃了兩下。後面的T恤男馬上拿出一支手機，上面有著剛剛拍到，幾個學長拿著球棒凶神惡煞的照片。

「明白了吧，識相的就打一場，別搞得大家難看。」說完，皮衣男又綻出他那皮笑肉不笑的笑容，「反正你們也不一定會輸啊，我們才五個人欸哈哈哈。」

阿肥不理會皮衣男的嘲諷，轉身面對大家。他心裡知道雖然對方只有五個人，但三年級的主力球員今天都沒有來，情勢對球社並不樂觀。而且，這一戰將會決定社團之後的命運，任何一個決定都十分關鍵。

球衣沒了可以再買，尊嚴失去了就再也拿不回來了。

阿肥沒有開口和大家討論，相反地，他只安靜地注視每個人的眼神。有些人眼中有著殺氣和鬥志，有些人卻只有恐懼和懷疑。這些眼神的多寡，決定他要如何做出回答。

過了數秒，阿肥轉過身，頂天立地的站在皮衣男面前。

「沒問題，打就打。」

6

沒有人想到會是這樣的一場比賽，出乎阿肥和隊友的預測，也和皮衣男一夥原先想的完全不同。

五局下半，仍然是零比零。

一出局，輪到一名頭特別大的外野手學長打擊，沒有任何巧合，他的綽號就叫大頭。

投手丘上站著皮衣男，他的表情極端不耐煩。投球的他仍舊穿著那身皮褲，只是外套已經脫下，剩件條紋背心。比賽開始至今，他解決了十三名打者，三振其中的十二名，只有一個打者是軟弱的內野滾地球出局。

皮衣男的本名叫做洪輝，並非出身棒球世家的他，卻幸運地得到棒球之神贈與的禮物，無懈可擊的低肩側投才華。從小到大，憑藉這身本事，他過得極爲順利。沒有交女朋友的煩惱，理所當然是學校的風雲人物，野球測驗也是當年的第四高分。論實力來說，他確實可以排進野球高中投手群的前五名，甚至是前三名也不爲過。

但他那長年累積起的膨脹自尊，無法容忍自己不是隊上的第一王牌。於是他用消極的逃避練習作爲抗議，希望換取他認爲應得的重視，只可惜名滿天下的野球高中不吃這一套。漸漸地，他從一開始的自願墮落，到後來真的被放逐，最後只能和一群喪家犬一同鬼混。

現在的他，站在投手丘上，對這比賽感到疲倦。有個他始終沒辦法搞懂的問題，爲什麼？爲什麼還是零比零？

他的完全壓制是可以想像的，畢竟對手連業餘都稱不上。光是要碰到洪輝的球都難如登天，更別說打出安打甚至得分了。這也是他敢以五個人挑戰對方的原因。一個捕手，兩個內野手，一個外野手，這樣的安排在別的投手可能是棒球自殺，但對洪輝來說絕對不是。原因無他，他的低肩側投是貨眞價實的，強。

很快地，他用三球解決了大頭，再用三球解決叫做悟空的刺蝟頭男子。三人出局換場。其他幾個棒球流氓好像是自己三振對手般，鬼吼鬼叫耀武揚威的走下球場。洪輝在心中對他們反覆咒罵，這群白痴，不得分靠我一個有啥屁用。

洪輝回到三壘側的長椅一屁股坐下，瞪著簡陋計分板上用粉筆寫下的比數，百思不得其解：這群白痴前兩局幾乎都要得分了，可惜對方靠著一次幸運的雙殺躲過。二局下半他們的投手甚至扭到了腳。他們應該沒有比他更稱頭的投手了。可是爲什麼換上來的這個，竟然可以撐這麼久，而且甚至比前一個還要厲害。

但洪輝心中的疑問，絕對比不上這位半路殺出的投手。

卡拉揚按捺住心中的驚奇，拿起手套，緩步往投手丘前進。從他在三局上代替先發投手賴打學長算起，已經投了整整三局了。十一名打者裡面，只有兩個人站上一壘，而且沒有讓任何一名跑者進佔到二壘，當然也沒有失分。這對第一次上場的投手，而且是對上野球高中野測生的投手來說，簡直不可思議的好。

卡拉揚還記得二局下，賴打學長因爲跑壘受傷時，大家那副絕望的表情。沒有投手了。雖然很不可思議，但二年級的投手就只有那麼一個，其他人都只是偶爾餵餵球，根本沒辦法上場。

整個球社一、二年級十幾個人，聚集在賴打學長身邊，一面關心他的傷勢，也同時在開小型的作戰會議。

「對不起。」賴打的神情落寞，他知道他不該那麼衝動，不過是僥倖擦到了球，他卻興奮地全力衝刺，現在反而害大家提前被判出局。

「別說了。」阿肥制止賴打。他知道還不到懊悔的時候，比賽還沒有結束。但如果現在認輸，比賽就真的結束了。

「摳比，你能不能投？」阿肥問平常有在幫大家餵球的一年級學弟，他只比卡拉揚早進社團一個月。

「不、不行啦，學長，真的不行啦。」摳比聽到阿肥的問話，整個人慌了起來。一句話就讓他手足無措，這種人是不可能扛起任何擔子的。

阿肥看學弟這樣，心裡並沒有責怪。若說真有的話，那也是怪他自己，怪自己剛剛沒考慮周詳就貿然答應比賽。就算賴打不受傷，也很難投完九局啊，後援投手要派誰呢？阿肥氣自己的莽撞。還是太衝動了啊，他對自己說。

阿肥感受到周遭的視線集中在自己身上，他知道要做決定了。自己捅的漏子自己補，這是男子漢活在世上的不變守則。

正當阿肥要挺身而出，宣布自己來投這場比賽時，一個學弟搶先一步開口，「那個，不如讓卡拉揚試試看吧。」

「什麼？」全場同時驚呼。有人甚至還不知道卡拉揚是哪位，只能偷偷問旁邊的隊友。而最驚訝的，莫過於卡拉揚本人了。「蛋塔，你說什麼啊？別開玩笑了啦。」

「我沒有開玩笑，我覺得你有那個實力，你不是從以前就每天練投到現在嗎？你一定可以的。」蛋塔看著卡拉揚的眼神，堅定又充滿信任，彷彿他是國家隊的王牌投手。卡拉揚看著好友這雙眼睛，一時竟然說不出話來。

阿肥在旁邊觀察著這一切，然後開口，「卡拉揚，你真的可以嗎？」

卡拉揚轉向阿肥，他不知道該怎麼回答。他從一個站在最外圍的旁觀者，突然變成眾人希望的焦點。事情一下子轉變得太快，縱使這可能是卡拉揚夢寐以求的一刻，但他此時完全無法反應。

「我不知道，我……」

「沒關係，你先停下來，好好想一想。」阿肥聽從自己的直覺，給了卡拉揚一些時間。這些時間雖然短暫，但卻十分寶貴。

球場大燈把每個臉孔照得異常鮮明，大家都在等待卡拉揚的回答。四周的呼吸聲清晰無比，摸著手套熟悉觸感的卡拉揚，開始認真思考，思索他站上投手丘的可能性。

那些不分平日假日，日曬雨淋的上千個日子裡，除了對牆壁投球之外什麼事也不做。這段時間，沒有人比卡拉揚還要拚命，沒有人比他懂得何謂犧牲。而那超越常人的堅持，上萬個投進框裡的球，究竟是為了什麼，有著何種意義，卡拉揚比任何人都想要知道。

或許一開始，卡拉揚只是不願認輸，但現在不同，如今的卡拉揚並非想要向誰證明什麼。他只想要了解一件事，那就是無止盡的努力，是否真的仍舊無法戰勝命運。

一個機會。窺見答案的機會，就在眼前。

一分鐘後，卡拉揚從阿肥手中接下小白球，站上這場荒謬比賽的投手板。而他的最後一絲猶豫，也在上場前一刻，被蛋塔的肯定笑容完全瓦解了。

□

一記邊邊角角的球，可惜不對裁判的胃口，一好一壞。

捕手鐵男把球丟回來的時候，讚許地點了點頭，卡拉揚知道這球他投得不壞。

六局上半，已經兩出局了。分別是游擊滾地球以及彷彿做夢般的，三振。

三振耶！卡拉揚到現在還不敢相信自己剛剛投出了生平第一個三振。

那時兩好兩壞，鐵男要他投內角低球。在前面連續三顆外角球攻勢下，打擊者果然受騙上當，棒子揮得歪七扭八，吞下野測生第一個三振。

那一刻，洪輝的表情可以說難看到了極點。現在他的隊友都離他遠遠的，沒人敢和他說話，深怕掃到颱風尾。

投手丘上的卡拉揚雖然沒有表現出來，但他內心卻有如火山爆發般極度興奮。他的手指還因為剛剛出手的絕妙觸感微微顫抖。卡拉揚故意摸了兩次止滑粉，拖延了好些時間，才把心情平復下來。

從三局一路投到現在，卡拉揚的表現早已超出不錯的等級，幾乎可以說是「他媽的棒呆了」。面對完全不同世界的野測生，壓制了快要四個半局，這已經不是幸運兩字可以解釋。現在的卡拉揚，好像脫胎換骨，全身籠罩著一股奇特的感覺。

而這種感覺，似曾相識。

就在半年前，從不間斷練投的卡拉揚，開始感受到有什麼事情不一樣了。他在對著牆壁投球的時候，有某種模糊但是巨大無比的東西，在他抬腿揮臂出手時如影隨形。說不上來那到底是什麼，但又擺脫不掉。

直到現在，那感覺以前所未有的強烈型態衝擊著卡拉揚的這一刻，他才依稀意識到那是什麼。但卡拉揚始終不知道的是，那東西彌足珍貴，珍貴到每個投手都願意用靈魂來交換。

那就是，隨心所欲的控球。

如今，全神貫注的卡拉揚看準暗號後出手，一顆完美削向本壘板邊緣的直球。打者揮也不是，不揮也不是，最後選擇眼睜睜看著球進壘。

裁判高舉右手，好球，三振！

一局就三振兩人，卡拉揚回到休息區時接受了英雄般的歡呼。而最高興的莫過於他的好友蛋塔。

「太神了啦，兩個三振耶。」蛋塔的口水都噴到卡拉揚臉上，不過卡拉揚一點也不介意，

「我就說你一定行的吧。」

「謝啦。」卡拉揚擦擦滿頭的汗水，投手這工作比他想像的吃力許多。蛋塔在旁高興得手舞足蹈，像隻參加香蕉嘉年華的小眼猴子。有人拍拍卡拉揚的肩膀，原來是布丁，她遞給卡拉揚一瓶冰透的礦泉水，「加油噢。」

卡拉揚嗯了一聲。布丁離開後，蛋塔馬上用力推了卡拉揚一下，「你好樣的，還得到布丁親賜的聖水。不過看你今天這麼猛，就不跟你計較啦哈哈哈。」

卡拉揚笑了笑，把整瓶水丟給蛋塔，「我自己有帶啦，這瓶你帶回家收藏吧。」

「喔喔喔喔喔喔。」蛋塔好似如獲至寶，拿著礦泉水一邊歡呼一邊不知道跑去哪了。傻子，卡拉揚在心中暗笑。突然，一個黑影在他身旁坐了下來，原來是捕手鐵男。

「學長。」卡拉揚點了點頭，上半身瞬間打直。

「不要叫我學長，叫我鐵男就好了。」鐵男坐得筆挺，捕手護具還穿在身上。

「喔好，鐵男……學長。」卡拉揚不由自主地又點了一次頭，畢竟像鐵男這樣渾身散發出天然學長氣魄的人實在稀少。

「嗯……」鐵男學長微皺著眉，他似乎不能理解為什麼沒有一個學弟可以直呼他鐵男就好了，「算了，卡拉揚我問你，你以前有當過投手是不是？」

「呃……體育課的算嗎？」

「體育課？那不是玩玩的嗎？」鐵男學長再度微皺著眉，他記憶中體育課打的棒球，還比不上棒球電動來得專業。

「呃，那就沒有了。」卡拉揚想起他在體育課當過的兩次投手，雖然都沒有失分，但球也並非打不到，甚至還被打出好幾支安打。不過卡拉揚沒有注意到兩者有個很大的不同，這次有鐵男學長幫他配球，體育課則是幾乎都投正中直球。

「是喔。」鐵男學長開始沉思，卡拉揚考慮要不要離開一會兒，他感覺自己的呼吸似乎都會打擾到學長。

「你知道嗎？」就在卡拉揚屁股剛離開椅子時，鐵男學長開口了，卡拉揚趕緊歸位坐好，「你的控球很好，應該說，好到讓我有點嚇到。幾乎比我們三年級的學長都要好了。」鐵男這句話有點違心，卡拉揚的控球比社團的王牌投手還要好上至少一倍。但鐵男潛意識裡仍顧及了學長的面子，眞是個爲了貫徹長幼風範而生的男人。

「嗯，謝謝學長。」

「不過，有個問題我始終都無法理解。」鐵男學長又再一次微皺著眉。這個動作持續強化鞏固他的學長形象，給人一種他永遠都在深思熟慮的感覺。

「請問……是什麼問題呢？」卡拉揚小心翼翼地接話。

「那就是，你的控球雖然一流，但是球速卻普通得很。一般人或許可以用控球來制伏，但這些人，他們是野測生啊，沒道理啊。」鐵男學長的眉頭皺得更深了，這讓卡拉揚有種異樣感覺，那就是，如果他無法幫學長解開疑惑，接下來的人生就完全沒有意義了。幸好，這念頭很快就被卡拉揚用尚存的理智和意志力消滅了。

「而且……接你的球，有種很奇怪的感覺……」學長兩眼充滿著智者思索的靈光，卡拉揚過了許久才鼓起勇氣，擠出一句話，「請問……是什麼感覺啊？」

就在鐵男學長又沉思了數秒，正要開口之際，四周的隊員們突然騷動起來，有些人甚至破口大罵，髒話像免費的捷運報一樣大方放送。

卡拉揚把注意力轉回場上，只見阿肥抱著左膝，表情痛苦地倒在地上，投手丘上的洪輝則是一臉平靜，好似沒有發生任何事情。

「輸不起，砸人啊。」

「這樣算什麼野測生，吃我的屎吧。」

鐵男學長站起身表情凝重地看著這一幕，緩緩地說：「以洪輝今天的狀況來看，這觸身球，百分之五百是故意的。」

卡拉揚還來不及上前幫忙，阿肥就被抬了下來。所有人義憤塡膺，七嘴八舌的討論該如何應對。有人主張不要再打了，直接打架算了。有人則用力拍拍卡拉揚的肩，要他等一下也以牙還牙以眼還眼。

「別吵了。」阿肥一吼，瞬間安靜了下來。

「我們跟他們不同，不要用下三濫的手段。」阿肥說，表情依然吃痛。

「可是……」馬上有個二年級學長開口，只見阿肥一揮手制止了他，「這不只是爲了我們自己，也是爲了學校所有喜歡打棒球的人，我們要用棒球幹掉他們，不是用暴力。」

全場安靜下來，空氣中只剩下阿肥因爲疼痛而發出的沉重鼻息，刺耳的提醒他們這的確是一場眞正的硬仗。

「我知道了，學長。」鐵男站了出來，「我們會幹掉他們的。是吧，卡拉揚？」

卡拉揚迎上鐵男學長堅硬如鐵的眼神，接著，他對阿肥用力點頭，「沒錯，學長，我們一定會幫你報仇的。」

「絕對要。」阿肥比出一個大拇指，下一秒，他對最外圈的一個小眼睛男孩大吼，「蛋塔，你代替我上場。」

兩團最炙熱耀眼的火光，轟地在蛋塔眼眸深處閃現，一股熱氣在他胸膛內停不下來地衝撞著。

因為，這也是他的第一戰啊。

□

這場比賽的走向，第二度出乎洪輝的意料之外。

他以為唯一的三年級學長KO下台後，整場比賽就會有一百八十度的大轉變。幹架也好，觸身球大戰也好，怎麼樣都比現在好上百倍。

但他錯了。

他的對手團結起來，不玩小動作，不搞陰招，紮實的團隊默契，將原先的荒唐比賽帶向一個新的高度，一個已經遠離洪輝許久的高度。

現在這比賽成為一場，貨真價實的棒球賽。

不只如此，這還是棒球賽中最緊張的投手戰。七局打完，零比零。

洪輝慌了，他沒有預想過這種比數，他原本的預測應該比較接近十比零或是二十比零。三分鐘的休息時間裡，洪輝花了大半來數落他的隊友，內容多半是「今天晚上到底在搞什麼東西」以及「為什麼打不出安打」。不過他如果靜下心來仔細回想，就會發現前幾局他的抱怨還是「為什麼得不到分數」以及「趕快打爆他們好嗎」。

洪輝的要求降低了。也就是說，他潛意識裡認同了一些東西，而其中一項就是，卡拉揚身為投手的實力。

比賽到了此刻，卡拉揚的投球實力已是無庸置疑了。他連續解決了十名打者。洪輝他們一夥五人，整整兩輪都沒人能夠上壘。

相比起來，連續解決了二十一名打者的洪輝，當然更是誇張得厲害。只是隨著比賽時間拉長，他便像匆忙娶進門的相親對象，開始慢慢現出原形。

六局下時，他總共花了十七球才解決三個打者，其中兩個甚至投到了兩好三壞。七局時更是明顯，每投完一球，洪輝便在投手板上喘氣擦汗許久，甚至出現了整場比賽第一顆捕手接不到的大暴投。

逃避嚴格訓練的洪輝，在這一刻逐漸嘗到了代價。他原本就不多的體力，在七局已下滑到一個新的低點，這一切除了反映在控球外，還有一個最明顯的地方，那就是球速。

國寶教練畢偉風曾經說過，他換投完全沒有準則，但只有一點是確定的，那就是場上投手的球速。只要掉了五公里，投手就不用再掙扎了，準備下場冰敷吧。

洪輝的球速和第一局比起來，已經相差了將近七公里。這是個可怕的數字，而最清楚的人，莫過於洪輝自己。

八局上半，洪輝首先上場打擊。他並不擅長打擊，但他知道機會不多，必須要速戰速決，用最有效的手段擊倒投手丘上的毛頭小子。

洪輝盯著卡拉揚，看進他的眼裡，也進入他的思緒。

同樣身爲投手的洪輝，對卡拉揚此刻的心境可以說是無比清楚：越投越順，似乎沒有什麼事情可以阻擾自己完投，沒有什麼人可以在自己的投球下上壘。這種感覺洪輝經歷多了，而身經百戰的他，知道卡拉揚目前最怕的是什麼。

卡拉揚出手，一顆外角低球，洪輝知道機會來了。他瞬間擺出短棒，下壓棒頭，在絕佳的時刻點了一下，球和棒子發出清脆的撞擊聲。下一秒，小白球不快也不慢地往一壘方向滾去。

洪輝拔腿狂奔。

卡拉揚心中一驚。好似前一秒還在峇里島海灘享受太陽，下一刻卻突然整個人時空轉移到最惡臭的廁所裡。洪輝的偷點讓他措手不及。

沒有受過投手防守訓練的卡拉揚，憑著最基本的直覺，開始追著球跑。他似乎聽到有人在叫他，幾乎可以確定是鐵男學長的聲音。但腦袋無法運轉的卡拉揚，只想要趕緊把球接起來傳向一壘。

終於，球進到卡拉揚的手套，他又多花了一點時間把球抓緊。就在他回頭要傳向一壘的同時，他發現一件意料之外的事情。

一壘沒有人防守。

此刻的一壘手，正站在他身旁，一臉懊惱。

原來剛剛卡拉揚和一壘手同時衝出來接這顆球，導致一壘空掉了。而實際上，這顆滾往一壘的球應該是由一壘手來處理，卡拉揚則需去一壘補位，準備接住傳向一壘的球。三秒鐘前鐵男學長就在大聲對他傳達這件事情。

「沒關係，不要在意。一個人上壘沒什麼大不了的，好好投，加油。」鐵男學長完全沒有責怪他，把球放進卡拉揚的手套，拍拍他的肩後轉身走回本壘。

等到鐵男學長在本壘板後蹲下，卡拉揚才終於意識到發生了什麼事，他失誤了。不是個很嚴重的失誤，但就如洪輝所料，這件事確實且有效的打擊他的心情。就像一早出門踩到一坨大便，雖然可以清洗乾淨但仍會有個心理陰影，一整天都覺得腳上傳來莫名惡臭。

而現在，失誤的始作俑者，站在一壘壘包上露出意味深長的笑容。因為，他的計畫才剛剛要開始。

卡拉揚在投手丘上做了兩次深呼吸，試著穩定自己波動的情緒，並儘量不去理會一壘上的洪輝，儘管這眞的很難。因爲洪輝一直以誇張的姿勢左右小跑動，一副我就是要盜壘的欠扁模樣。

鐵男也發現了這個情況，但他知道卡拉揚沒有接受過正規的投手訓練，所以不敢在此刻貿然打出牽制的暗號，免得造成暴傳反而得不償失。先來顆偏外角的壞球釣釣洪輝好了，看他到底是裝腔作勢，還是眞的想要偷跑。鐵男用暗號傳遞出他的決定。

卡拉揚背對一壘，彷彿可以聽到自己的心跳。

他知道此刻應該要專注在鐵男學長的暗號上，外角低球。但卡拉揚沒辦法控制自己不去想一壘上的跑者。他現在離壘多遠了？他會起跑嗎？還是他已經起跑了？我會不會思考太久了，讓他有機可乘？

一連串的思緒爆炸般衝擊著卡拉揚，他的感官甚至無法辨別時間的流逝。時間到底過了多久，一秒？還是五秒？於是他的最後一個念頭是：再不投不行了。

曾經有人說過，投手投球其實和丟保齡球差不多。不變的投捕距離，就像不變的保齡球道。兩者的練習目標也幾乎相同，那就是練到想丟哪裡都可輕而易舉的境界。而它們還有一個最大的共通點：就算你練習了上萬遍，仍會被臨場的情況打敗。

心緒雜亂貿然出手的卡拉揚，將第一次體會到這個殘酷的事實。

他投出了一顆正中直球，甜度大概和十二罐豐年果糖加起來差不多。

三個字：甜甕了。

再怎麼爛的野球高中野測生，仍舊是寶島萬中選一的棒球好手，絕對不可能放過這天上掉下來的禮物。打擊者在心中暗爽，掄掄球棒，眼睛腦袋雙手腰部同時抓住那稍縱即逝的擊球點，豪放揮擊。

鏘！

球很快消失在卡拉揚的視野裡，往後方不留情的飛去。

這棒好似不是打在球上，而是打在卡拉揚頭上。他迅速扭頭，心跳幾乎停止。只見右外野手鼻孔拚命後退拚命後退，卡拉揚下意識在腦中開始祈禱，祈禱不要出現最糟的可能。

終於，鼻孔退到鐵絲網做成的全壘打牆邊，屈曲雙膝縱身一躍。只可惜，球沒有進到他的手套。

但幸運的是，球也沒有飛過鐵絲網，而是砸在離鐵絲網頂點十公分的地方。

全場的人彷彿都從夢境中回神，開始動了起來。

剛剛以為這是一支全壘打而慢慢散步的洪輝，在罵了一聲幹之後也開始全力衝刺，他的腦中只有一個目標，本壘板。

卡拉揚看著鼻孔把球撿起來，使盡吃奶力氣往內野傳。快呀，他在心中大喊。

「卡拉揚！」鐵男大吼。他此刻已經脫下面罩，站在本壘前方，一臉如臨大敵，「你到我後面去，快！」

這番話點醒卡拉揚，他才突然驚覺自己剛剛彷若球場上的觀眾。這時候投手應該要到捕手後方，防止等一下傳回本壘的球漏到後面。卡拉揚趕緊跑到鐵男身後，準備好迎接任何突發狀況。

球傳到二壘手大頭手上，但洪輝此時也已繞過三壘，往本壘衝了。

接下來的一切只發生在短短幾秒內，但對身處其中的人們，這幾秒卻極度緩慢。而本壘後面的卡拉揚，更是像看慢動作電影般看著這一幕。

大頭的傳球又快又準，鐵男學長把球牢牢接住，而此時洪輝還離本壘有一步的距離。

沒問題了，卡拉揚心想。

鐵男學長扭身準備觸殺，洪輝就像撲向火光的飛蛾，注定滅亡的命運。但洪輝本人卻不這麼想，只見他的表情因爲用力而猙獰，在鐵男學長手套快碰觸到他的那一剎那，洪輝假藉滑壘，使盡全力往鐵男學長沒有護具防備的大腿內側踢過去。

鐵男學長吃痛，身形晃盪一下，洪輝趁這一瞬間，起身撞開鐵男，伸手觸摸本壘板。

塵埃落定後，只見兩人都倒在地上。右手摸著本壘板的洪輝臉上帶著勝利的喜悅，鐵男學長則是表情痛苦地按著大腿，球早已掉出手套滾落一旁。

「Safe!」裁判雙手往外平舉做出判決。

卡拉揚簡直不敢相信這一幕，但更讓他難以接受的是接下來發生的事情。

只見洪輝站起身來拍落衣服上的泥土，臉上隱隱帶著一抹厭惡。然後，他注意到倒在地上呻吟的鐵男學長，臉上的厭惡瞬間轉變爲一種混合著嘲笑和鄙視的勝利表情。接著，他吐出了五個字，雖然小聲但卡拉揚卻聽得清清楚楚。

「好狗不擋路。」

卡拉揚震怒。

他瞪著洪輝，整個身體被憤怒攫住，雙臂因用力緊握拳頭而微微顫動。

大頭蛋塔悟空鼻孔所有人甚至布丁都聚集到鐵男學長身旁，沒有人理會洪輝。剛剛的小動作和那句話，似乎只有站在本壘板後方的卡拉揚一人接收到。

洪輝轉身前瞟了他一眼，完全不用開口，卡拉揚也能輕易讀出他眼中的訊息：廢物，你能奈我何。

卡拉揚站著，耳邊嗡嗡作響。

他看到一拐一拐往鐵男學長前進的阿肥，七手八腳攙扶著鐵男學長的大頭和悟空，表情慌張又害怕的布丁，激動得不知道吼些什麼的蛋塔。還有，鐵男學長和先前堅毅表情截然不同的臉龐。那是一張因爲痛苦而極度扭曲，布滿冷汗的蒼白臉孔。

憤怒在靈魂深處爆炸開來，卡拉揚已無法克制。

「站住！」

洪輝停住了。他緩緩轉身，一個詫異的眼神，然後攤開雙手聳了聳肩，一副不曉得卡拉揚爲何要如此憤怒的神情。

其他人也都停下動作，望向卡拉揚，有幾個人則上前想要試著安撫他的情緒。

洪輝看到這一幕，又露出他那獨特的笑容，讓人不舒服到極致的笑容。接著，好像沒他的事一般，轉身離去。

「你給我站住！」

卡拉揚撿起地上的棒球，對著繼續遠離的洪輝背影，把所有憤怒灌注球上，使盡全力用最誇張的姿勢丟出。

一道撕裂空氣的破風聲，充滿負面力量的棒球以極快的速度掠過洪輝臉旁，最後砸在球場一角的燈柱上，發出巨大的匡噹一聲。

所有人都傻眼了。

洪輝舉起右手摸摸耳朵，手指上有少量的紅色鮮血，接著，熱辣的刺痛感才姍姍來到。

卡拉揚大口地喘著氣。他沒有想要傷害任何人，至少，他絕對沒有想要朝洪輝的頭丟過去。但事實是，那顆球只差了幾公分，就足以造成最恐怖的結果。

這生死一瞬的差別短暫地空白了洪輝的思緒幾秒，但逃過一劫的他很快就重新理解整個狀況，並且得出了一個結論：

我們贏定了。

□

球場的最外圍，一個不起眼的角落裡，坐著一名男子。

他從頭到尾都看著這場比賽。

原本這只是男子例行的休閒活動，利用下班時間來看年輕孩子們打打無傷大雅的棒球。但今天和往常不同，他目睹了一場五對九的有趣比賽，其中還有個男孩深深吸引了他的注意。而在看到男孩把球砸向對方的王牌投手後，男子甚至驚訝地站起身來，為他腦中的推測感到震驚以及不可置信。

最後，用球丟人的男孩，因爲對手向裁判抗議而無法繼續投下去。

男子不禁暗自替九人隊惋惜。因爲低肩側投投手的狀況越來越差，九人隊即使失去一分，仍能保有一線生機。但男孩被迫下場後，比賽就頓時成爲布線簡單的好萊塢電影，任何人都可以猜到結局。

換上來的投手經歷了馬拉松式漫長的兩個半局，終場的比數可以說是慘不忍睹。

不知道什麼原因，結束後穿著隊服的那群人，都把上衣脫下來，忿忿不平地丟給對手。他們可能有某種約定吧，男子心想。

即使隔了上百公尺，男子仍可以看出男孩的情緒低落。男孩最後在另一個較矮男生的陪伴下，拖著沉重的腳步離開球場。

所有人都離去後，男子迅速起身走向燈柱，他要驗證他心中的疑慮。

來到燈柱旁，男子蹲下來仔細尋找男孩投出的球所打中的地方。但除了幾塊不同大小的灰點髒污外，燈柱沒有任何異狀。

男子鬆了一口氣，可能只是剛剛一時眼花吧，他心想。

接著，他直起身來，然後被眼前的景象嚇得差點驚呼失聲。

就在他視線高度之處，鍍鋅鐵質的燈柱，明顯地凹了一塊。

上面還依稀可見棒球紅色縫線壓出的，印痕。

7

卡拉揚接連著幾天都魂不守舍，連可以去復古球場打球的社團練習也沒有參加。

蛋塔知道他始終爲了自己害大家輸球，被逼得要在夜晚的寒風中脫掉球衣感到自責不已。

「要是我沒有那麼衝動就好了……」這句話幾乎已成了卡拉揚的口頭禪。

「沒關係啦，你不用球去砸他，我們始終也是會開扁的啊。」蛋塔。

「……連你也認爲我想用球砸他……」卡拉揚。

「我跟你說，我早就覺得那件球衣很醜了，巴不得換一件新的咧。」蛋塔。

「……那是我這輩子的第一件球衣……」卡拉揚。

「欸，你要不要去看最新一集的007啊？」蛋塔。

「……鐵男學長的背號就是07……」卡拉揚。

蛋塔雖然試了很多方法來逗卡拉揚開心，但似乎怎麼做都不對。蛋塔最後知道，不管他怎麼做，抑或球社的學長怎麼開導，卡拉揚只能靠自己才能走出這陰影。

「卡拉揚，今天是一、二年級的練球時間，走吧，你已經好幾次沒去了，你這樣會被我電爆的啦，你不來不行！」蛋塔用過度活力的聲音隱藏擔心，因爲卡拉揚已經兩個禮拜沒有去參加練習了。

但卡拉揚只給他一個虛弱的微笑，緩緩地搖搖頭。

蛋塔原本還想再說些什麼，但練球時間在即，他只好丟下一句「下次一定要來噢」，就飛也似的跑走了。樂觀的蛋塔完全沒有發現，卡拉揚的情況遠比他想像的嚴重許多。

卡拉揚自從那場比賽後，就不再去練投了。持續了三年多的生活方式，啪嗒一聲地斷然結束。

或許，我根本不應該打棒球。卡拉揚這麼對自己說。

他永遠記得那天比賽結束後，所有人脫下球衣時的哀憤神情。沒有人責怪他，沒有人說一句話，但那些若有似無迴避的眼神，比任何懲罰都還要讓他痛苦。那是和童年時截然不同的挫敗。過去的卡拉揚至少還保有戰鬥姿態，承受攻擊努力不要倒下。但此刻的他卻連立足點都沒有了，他被內心巨大黑暗的自責吞噬。你是一個無用的人，他只聽得見這個聲音。

他走在回家的路上，低頭縮著脖子，雙手擱在外套口袋。冬天死灰色的鬱冷氣息，滿天漫地的枯枝落葉，似乎也反映他的心情，讓他的腳步更加沉重。

突然，一輛公車夾帶驚人的煞車聲，賽車電影般甩動車體停在卡拉揚身旁。巨大的後照鏡，甚至離卡拉揚的耳朵不到三公分。

氣閘門吐氣般地打開，駕駛座上塞著一個墨鏡肥佬。「上車。」他說。

卡拉揚看看公車的號碼，不是他要坐的公車。更何況，這裡到他家只剩下短短五分鐘距離，根本不必坐公車。

「對不起……我沒有攔車……」

「上車。」肥佬再說一遍，不耐煩地推了推臉上的墨鏡。

水滴般的黑色大墨鏡以及手臂上的刺青喚醒了卡拉揚腦中的記憶片段，他想起自己和肥佬有過一面之緣，那是他和蛋塔第一次去復古球場練球時的公車司機。

「……可是……」

「你喜歡棒球嗎？」肥佬問，這個問題來得突然而且似曾相識。只是，才過了幾個禮拜，卡拉揚已沒辦法毫不遲疑的說出答案。

肥佬透過墨鏡盯著卡拉揚，沒有讓沉默持續，「沒關係，我也不喜歡。」

後面傳來了憤怒的喇叭聲，公車擋住了大半的馬路，「快上來。」肥佬已經近乎咆哮。

卡拉揚並沒有任何需要上車的理由，但不知道為什麼，他卻覺得有什麼東西吸引著他，可能是那墨鏡，也可能是那句「我也不喜歡」。

最終，卡拉揚上了車，氣閘門再度吐氣般關上。肥佬大手輪舞方向盤一百八十度逆轉，卡拉揚差點跌倒。接著，公車以絕對違法的速度往反方向開去。

卡拉揚起初站在駕駛座旁，他以為肥佬會和他說些什麼，可能是叫他上車的原因，或者只是單純聊著天氣和政治。但卡拉揚只得到幾句耳熟能詳的問候語，那是肥佬在前面有車必須減速時說的。

大概搖搖晃晃地站了五分鐘後，卡拉揚才了解到肥佬根本沒有要和他說話的意思。於是卡拉揚來到車後找一個位子坐下，也就是在這時他發現第二件事情，這輛公車上沒有半個乘客，除了他自己。

不知道開了多久，也不知道開了多遠。卡拉揚只知道窗外飛逝的風景，從熟悉漸漸變化至不熟悉，最後則是完全的陌生。

卡拉揚就差不多在這時候睡著了。

「欸，起來。」

一隻大手粗魯地搖著卡拉揚。

「……這裡是哪裡？」從夢中驚醒的卡拉揚好似乘坐時光機器，一時間搞不清楚身在何方。

「下車。」肥佬也沒有多作解釋，轉身逕行下車。卡拉揚這時才注意到天已黑了，車內也早已關掉電源，他趕忙跟在肥佬身後下車。

周遭是一片一望無際的泥土地，四散著怎麼長都不會超過腳踝的雜草，稍微過去一點可以看到等距間隔排列的路燈，那裡是一條單線馬路，剛剛公車應該就是從那個地方開來的。

路燈的橙光勉強在野地裡撐出一片可見的視野，視野之外則是全然的黑暗。卡拉揚發現周遭一個人影都沒有，耳邊寂靜無聲，馬路似乎也像被遺棄般，孤單的躺在那裡。他感到一陣寒意從大腿爬上背脊，從小到大聽過的各種駭人社會新聞此時全部冒了出來。

「欸。」背後傳來的叫聲嚇了卡拉揚一跳，他慌張地轉身，但眼前的景象大大出乎他的意料。

只見肥佬不知何時換上了一整套的棒球裝，手裡拽著兩只手套和一顆球。而最讓人詫異的還是他臉上的墨鏡，完全無視於四周的微光，屹立不搖地戴在臉上。

卡拉揚彷彿聲帶瞬間退化，一時間說不出話來。

「接住。」肥佬丟來一只手套。沒看清楚的卡拉揚先被手套打中臉，才狼狽地接住。

「暖身。」說完，一顆白球就砸了過來，還沒戴上手套的卡拉揚大驚。一陣忙亂下，卡拉揚沒有把球接住，滾到後方的小白球一下子就被黑暗吞沒。

肥佬嘖了一聲，把手套扔在地上，轉身走回公車。過了十幾秒，他從公車下來，手裡多了一個塑膠袋，裡面裝滿了棒球。

「不要再漏接了。」肥佬命令道，「暖身。」

卡拉揚就這麼戰戰兢兢地和肥佬傳了十幾分鐘的球，這中間他雖然也曾經想要問問題，但肥佬都不給他任何機會。每當卡拉揚一開口，肥佬就會傳來快上兩倍的球，讓卡拉揚連張嘴的動作都無法繼續。

卡拉揚越投身體越熱，最後終於脫到只剩下一件短袖T恤。

「好。」肥佬停止傳球。他看向卡拉揚，搓著手中的球，露出今天的第一個笑容，「你過來，看他媽清楚點。」

就在卡拉揚還在疑惑到底要看些什麼時，肥佬做出投球的準備動作。

事後卡拉揚回想起這一幕，仍覺得不可思議無法解釋，最終只能將這一切歸咎於當時昏暗的光線。

肥佬在那一瞬間好像年輕了二十歲，瘦了二十公斤，那流暢卻粗暴的投球動作，在黑夜中有如璀璨煙火般，燒亮衝擊卡拉揚的每一吋感官神經。

投球動作結束後，卡拉揚感覺黑夜又重新降臨了一次。

他渾身顫抖，久久不已。

這是人類見識到眞正偉大東西時的正常反應。

肥佬放下手套，又變回一普通的中年男子。他走到卡拉揚身邊，「過來，我有話跟你說。」

「我上次有看到你比賽，你投得不錯。」肥佬拉著卡拉揚並肩坐在一個大石塊上，他厚實沉重的多肉左手親暱地放在卡拉揚膝上，傳來讓人有點噁心的熱度，「雖然你的球像娘們一樣，但仍然可以讓那群囂張的廢物得不到半分……」

肥佬講到這裡停了下來，用他那混濁卻充滿力度的眼神，穿過深色鏡片看進卡拉揚眼窩深處，「你知道爲什麼嗎？」

「呃……」卡拉揚雖然想努力搞清楚目前的狀況，但他只感覺膝蓋好像漸漸被肥佬的手汗濡濕，而肥佬的鼻息斷斷續續地噴在卡拉揚臉上，也讓他越來越坐立難安。

「不知道是吧……」肥佬看卡拉揚不答話，便自顧自地說下去，完全沒有發現他的肢體已造成男孩心理極大的不舒服，「還是你不想知道……」

卡拉揚感覺到肥佬運動過後的身體傳來陣陣熱氣，突然覺得反胃想吐。到底這肥佬想要幹嘛，吞吞吐吐話一直不說明白，還靠得這麼近。爲什麼不把他有口臭的嘴轉開，爲什麼不把那汗濕的手拿起來。

「……沒關係，不管你想不想知道，我先問你一個問題。你喜歡棒球，無論如何都要打下去，對吧？」

「我不知道。」卡拉揚不耐煩的回答。他人生中棒球的地位在經過那場比賽後，第一次跌到了谷底。

「好吧，那換個問題，如果要你這輩子都不再打棒球，你願意嗎？」

「怎麼可能願意。」白痴，卡拉揚在心底暗罵。即使對棒球和自己失望透頂，這個問題卡拉揚依舊完全不用考慮。

「既然這樣……」肥佬突然把左手抽了回來，讓卡拉揚又驚又喜。喜的是肥佬終於把手拿開了，驚的則是卡拉揚的卡其褲上頭，已留下手掌大小的一團深色汗漬。

只是卡拉揚還來不及對汗漬多作反應，肥佬又把手一繞，轉而勾在卡拉揚的肩脖之處，還施了點力把男孩拉近了些。黏稠的熱氣熏上卡拉揚的臉頰及耳朵，肥佬開口，「那你跟我學投球吧，我會讓你體會到你從沒想像過的極致快感。」

卡拉揚倒抽一口寒氣，他幾乎可以確定這個肥佬是個變態。他使盡全身的力氣掙脫，站起身來對著肥佬大吼，「你想幹嘛？」

肥佬也不驚訝，推了推墨鏡站起來，中年啤酒肚還左右晃了一下，「沒幹嘛啊，就只是想教你投球而已。」

變態，卡拉揚在心中大罵。這死胖子分明是垂涎年輕男孩的肉體，拿棒球作什麼藉口，著實玷污這神聖的運動。卡拉揚已經可以想像棒子和球到時會被肥佬褻瀆成什麼東西，「你想得美死胖子。」

「我是死胖子沒錯啊，要不要跟死胖子學投球啊？」肥佬見卡拉揚如此，臉上竟泛出笑意，邁開大步往他走來。

「別過來，我警告你。」被肥佬舉動嚇壞的卡拉揚，完全忘了自己先前才剛目睹那有如藝術般讓他瞠目結舌的投球動作。

「我就是要過來，你怎麼樣，拿球丟我啊。」肥佬笑著，意味深長地說。一步步退後中的卡拉揚聽到這句話，彷彿溺水的人見到救生圈，他趕忙掃視四周，發現那袋球此時就在他腳邊。

「別過來！」卡拉揚一手各抓著一顆球，那威脅的程度大概和凱蒂貓拿水槍指著別人差不多。

「你拿著球又怎樣，你的球慢得連屁都不如我告訴你。」肥佬說罷，竟然開始解起了胸前的鈕子，笑吟吟的看著卡拉揚。

卡拉揚左顧右盼，四周一片漆黑，唯一的逃生工具是變態開來的公車。早知道就不要上公車了，我到底在想什麼啊媽的。冷汗流下卡拉揚的額頭，肥佬已經脫下上衣，露出女人也稱羨的巨大雙乳和汗涔涔的啤酒肚，那模樣像極了A片裡的公車痴漢。

「拿球砸我啊。」肥佬有如催眠般地說，「拿球用力的丟我啊，小寶貝。」說完，肥佬用舌頭舔了嘴唇一圈，那發黃的舌頭上布滿紫色舌苔，和他的肥油有加乘的嚇阻作用。

卡拉揚一面後退一面高舉手中的球，他們的距離逐漸拉大，但肥佬好似一切都在掌握之中，慢慢地走，一點也不急。這樣的舉動反而讓卡拉揚更加恐懼，腎上腺素直線飆升，他的腦袋開始急速運轉：逃跑絕對是可以跑贏肥佬，但卻絕對跑不贏公車。這裡手機又沒有收訊，更何況我連這裡是哪都不知道，要求救也沒有辦法。至於打架，肥佬的手臂好像是我的兩倍，不，三倍……

就在卡拉揚受困於思緒的迷宮時，肥佬一個箭步朝他奔來，雙乳油肚激烈晃動，模樣淫穢猙獰至極，任何一部恐怖電影或AV的主角都相形失色。卡拉揚大駭，前一秒還在運作的腦子登時一片空白，只感覺到手中握著一個什麼，無比堅硬的什麼。

在卡拉揚意識到的同時，他已一邊哇哇大叫，一邊把手中的球擲出。一顆投完還不夠，一前一後，兩顆球以破風披靡之勢向肥佬飛去。

砰！砰！

卡拉揚大喘著氣，心涼了一半，一定是投歪了，因爲肥佬仍好端端地站在他面前十公尺處。但肥佬不再往前移動，臉上也沒有了方才的變態表情。他只抬起手，轉身指著後方。

卡拉揚順著他手指的方向望過去。

那是停在肥佬身後不遠處的公車。公車本身沒有任何異狀，但仔細一看，會發現車身側面的牛仔褲廣告圖案，有種說不出的怪異感覺。

因爲，如今有兩顆白球正死死地嵌在上面。

卡拉揚呆了。

肥佬緩緩地重新穿上衣服，走到公車旁，對卡拉揚招了招手。卡拉揚只遲疑了兩秒，就模模糊糊地往肥佬走去。原因無他，肥佬此刻在墨鏡下的臉龐，比卡拉揚見過的任何人都還要來得認真。

肥佬把球拔下，拋給卡拉揚。卡拉揚看著公車上的凹洞，不敢置信地搖搖頭，「這是……我丟的？」

「沒錯。」肥佬點點頭，心裡還爲了剛剛的驚險情況餘悸猶存。要是他賭錯了，現在凹下去的就不是公車鋼板，而是他的頭蓋骨了。

「怎麼可能……」卡拉揚說完，好似想到了什麼方法，後退幾步，再用力地把手中的球砸向公車。只聽匡一聲，球彈落地，公車卻只有凹下直徑零點五公分不到的小洞，卡拉揚甚至無法分辨那個洞是不是本來就存在那裡。

「你有的是潛力，不是實力。」肥佬對卡拉揚說，「潛力要有人幫你激發出來，不然就一點屁用也沒有。」

卡拉揚點點頭，傻傻地望著那兩個洞，說不出話來。

「讓我教你掌握這力量的方法。」肥佬把手按在卡拉揚肩上，雙眼炯炯有神。說來奇怪，卡拉揚這時竟然覺得肥佬的手在這寒夜，似乎頗爲溫暖。

回程的路上，卡拉揚打開窗戶吹著晚風，心情莫名的好。而想到數十分鐘前還害怕自己的童貞就要葬身這片荒野，不禁覺得可笑。

公車在卡拉揚家巷口前停了下來，卡拉揚和肥佬道別，相互約定下次見面的時間。卡拉揚要離去前，肥佬叫住了他。

「記住，下次沒有我的同意，不准再拿球砸我的車。」

□

卡拉揚的好友蛋塔並非一個特別細膩的男孩，但就連他也發現，卡拉揚和兩個禮拜前有了極大的不同。圍繞在他身上的烏雲好像消失了，他不再談起那次衝動的錯誤，而比賽過後就未曾見到的笑容，也開始逐漸回到他臉上。

只是，卡拉揚還是不願意去練球。

「欸卡拉揚，你今天要不要去練球啊？你已經快一個月沒去了欸。」下課鐘聲剛剛響起，蛋塔就跑到卡拉揚的座位旁。

「呃，可能沒辦法欸。你幫我跟大家說一下，說我肚子痛好了，拜託。」卡拉揚面有難色地說。

蛋塔整個摸不著頭緒。如今的卡拉揚，看似已走出了之前的比賽陰影，但卻還是不想來練球，這讓他完全無法理解。

「爲什麼要說謊啊？你還是在意之前那件事嗎？」蛋塔問。

「嗯……是沒有啦。」

「那你幹嘛不來練球？」蛋塔瞪著卡拉揚，語氣也急促許多。

卡拉揚看著蛋塔，好一段時間沒有開口，似乎在猶豫什麼，最後他終於說道：「那好，我告訴你，只是你不要告訴別人。」

卡拉揚把蛋塔帶到一處沒人的校園角落，一五一十說出那天晚上的一切。

「所以你說，上次那個恐怖的公車司機現在在教你投球？」蛋塔睜大眼睛，對剛聽到的故事感到驚訝不已。

「對啊，他要我叫他東哥。」

「東哥？他都可以當你爸了，他應該叫東叔吧，最少也要叫東胖啊。」蛋塔不敢相信有這麼厚顏無恥的中年男子。

「我哪敢啊。對了，他說他以前是棒球選手。」

「你確定嗎？他看起來一點也不像啊，他在監獄打棒球嗎？」

「我也不知道欸，他很少講自己的事情，除了教我投球的時間外，他都在公車上看色情雜誌。對了，他還要我暫時不要去練球。」

「爲什麼啊？」

「我也不知道，他只說要我答應他，暫時都不能去社團練球，也絕對不能和別人比賽。」

「神秘兮兮裝神弄鬼。」蛋塔頗不以爲然地說。

「好啦，我知道你不喜歡他。不過他眞的很厲害，你看到他投球你一定會嚇死的。」

「眞的假的？」蛋塔仍舊半信半疑。

「眞的啦。而且我現在也進步很多噢。」卡拉揚露出帶著自信的靦腆笑容。

「眞的嗎？所以說他的訓練有用囉？」

「我想應該有吧，我也不是很確定啦。」卡拉揚抓抓頭髮，「不過，我蠻喜歡跟他一起練球的感覺。」

「是嗎……」蛋塔似乎有點落寞，「那很好啊……」

卡拉揚察覺到蛋塔語氣裡的不同，重重地拍了他一下，「唉呦，別這樣啦，我很快就可以回去跟你一起練球啦，眞的。」

「好啦，我相信你就是了啦。」蛋塔又痛又笑地說，「你沒有變強的話，你就死定了，學長都說小豹盃還要靠你呢。」

「眞的嗎？」卡拉揚的臉瞬間亮了起來。

「騙你的啦，瞧你爽的咧。」蛋塔笑著回給卡拉揚一拳，「學長說，你再不來練球就把你退社。」

「靠，眞的假的？」

「好啦，這也是我騙你的啦哈哈哈。」蛋塔笑得很爽。

「你……」卡拉揚一時間說不出話來，只好開始進攻蛋塔的癢穴當作報復，「你再笑啊可惡。」

「哈哈哈哈哈哈哈哈哈哈哈哈哈。」

也不知道是眞的很好笑，還是被搔得停不下來，蛋塔就這麼笑了好久。最後，卡拉揚也跟著笑了起來，「哈哈哈哈你笑屁啊？」

「哈哈哈哈哈哈我不知道啊，你可以不要再搔我癢了嗎哈哈哈哈。」
「我一分鐘前就沒再搔啦你白痴喔哈哈哈哈哈哈。」
「哈哈哈哈眞的嗎，那怎麼還是停不下來啊哈哈哈哈哈。」
「我也是欸哈哈哈哈，怎麼辦啊哈哈哈哈哈哈。」
一個沒人的校園角落，就這麼一直傳來兩道恐怖的笑聲。笑聲裡似乎充滿著青春和友誼，也似乎什麼都沒有，就只是笑啊笑。
或許，就是因爲什麼都沒有，才可以笑得如此放縱吧。

□

一個晴朗而略帶寒意的早晨，野球高中的王牌投手許伯超被自己設定的手機鬧鐘吵醒。他在半夢半醒間找到手機，上面顯示著六點五十分，是他原本應該要出門去學校練球的時間。
只是，今天和平常不同，他不需要這麼早出門，因爲今天是一年一度的新生校隊甄選。
「唉，昨天忘記關掉手機鬧鐘了。」許伯超按掉手機後，又鑽回溫暖的被窩睡回籠覺去了。
新生校隊甄選是上學期期末最重要的一項活動。
野球高中的野測生總共有將近五百人，這些從全國各地來的好手雖然都算是野球高中的校隊，但其實校隊裡還有層級的分別。

最強的二十幾名選手，也就是平常代表學校出去比賽的這群人，稱爲一軍。再下來一個階級則爲二軍，大約有一百人。二軍和一軍的流動性頗大。也就是說，隨著表現好壞，選手隨時可能會被打入二軍，或是升上一軍，或是在一、二軍之間無奈地擺盪著。

二軍之後則是三軍，人數在一百人到三百人不等。這裡的流動性就很小了，一年幾乎只有三十分之一的人會上到二軍，要上到一軍則更是難上加難。

一、二、三軍並非包含全部的選手，有些野測生連三軍都排不進去，他們就是俗稱的野測練習生。他們的工作幾乎都和打雜有關，只有百分之一的人有可能因爲不斷努力而進入三軍，逐漸往自己的夢想前進。但是現實世界裡童話並不常見，這裡比較常見的是棒球流氓，他們多半是沒有上進之心的練習生。

而決定自己是哪一種人才的最初選拔，就是新生校隊甄選。這對新生們來說，是最重要的一項活動，也是最恐怖的。若這天表現失常而進入三軍，那要升到一軍可以說是比登天還難。相反地，若表現優異而選入一軍，接下來只要維持好自己的實力，三年過後進入第一流的職業球隊，就不是痴人說夢了。

野球高中校隊甄選的方式十分特別，是按照不同的守備位置來考試。

例如一個新生投手，會讓他面對校隊的先發棒次，從打擊率最低的開始投起，看能解決幾個人次來判斷這名投手的實力。野球高中的先發棒次可不是隨便唬弄的，就算是第九棒，也有別校第四棒的水準，所以這個測驗常常被視爲虐待性質大於實際意義。因爲很少人可以微笑著走下投手丘，沒有掩面哭泣已經算是十分幸運了。

至於野手的測驗，除了守備外，最重要的就是打擊實力了。這也十分精采。照規定會讓他們對上野球高中的先發投手群，從第五號投手開始。若可以打出安打，便再往上挑戰一名投手，連續打出四支安打的人，就可以對上野球高中的王牌投手。

但這種不世出的奇才，十五年來，半個都沒有。前一個是十六年前一名擁有巨人身材和長相的男孩，他現在是天使泡麵隊的不動第四棒，「巨怪」韓義威。

一般打者能從第五號投手手中打出安打就算厲害了，最常見的情況是吞下三個三振，然後被教練吼下打擊區。

而現在出現一個非常罕見的情況，所有人不管是選手或是教練都暫停了手邊的測驗，聚集到藍一凡球場，這座用「鬼擊」藍一凡命名的球場正在舉行打擊實力的測試。

這時候，許伯超的手機響起了。

「喂……」許伯超的聲音略微沙啞，這是睡夢中被吵醒的人常見的聲線。

「喂，學、學長嗎？我是阿福。」叫做阿福的男孩說。他是球隊裡頗被看好的一名二年級外野手，具備優異的長打實力，只可惜容易緊張。

「阿福噢，現在幾點啊？」許伯超心想，該不會睡過頭了吧。

「呃，學長，現在八點半，有、有件事情——」

「才八點半，那你打給我幹嘛，甄選結束要練球再打給我啦！」許伯超沒好氣的說，這是他今天早上第二次被吵醒了。

「呃不好意思學長，這、這裡發生了一點狀況，我想，呃，我想可能要先跟你說一下……」

阿福結結巴巴。

「什麼狀況？」許伯超不耐煩地說。

「就是，就是，現在李文凱正在投球……」

「……阿凱？」許伯超花了三秒才意識到這句話的含意，他從床上彈起來，腦子像泡進漱口水般瞬間清醒。第二號投手李文凱竟然在投球，這代表有人已經從三、四、五號投手手中擊出安打了。照理來說，李文凱應該也跟他一樣今天早上放假的。「然後呢？」許伯超催促阿福說下去。

「現在，現在一好三壞……所以，所以想跟學長說一下，等一下可能會……」

阿福還沒說完，許伯超就知道他的意思了。

等一下會需要我上場？

十五年來從沒發生過的情況，可能在今天發生嗎？

就在許伯超還在懷疑的同時，電話裡傳來極大的噪音，噪音轉小後，許伯超才辨認出來那是四周群眾的歡呼。

「學、學長，不好了，李文凱被打出去了，二壘安打，是二壘——」

許伯超不等阿福說完，已經掛掉電話，拿了制服就衝出房間。

許伯超從宿舍跑到球場不用五分鐘，這中間他也順便熱身。畢竟，他不敢小覷能連續打出四隻安打的打者。

會是誰呢？許伯超心想，一年級中能有這等實力，難道是開學那天的那個學弟，叫什麼士維的？

一路上，許伯超也看到許多趕去看熱鬧的人往藍一凡球場跑去，有些人看到他後還興奮地竊竊私語。

許伯超才踏進球場，偌大的歡呼聲就爆炸般響起，一萬多人的球場幾乎坐滿了一半，不知道哪裡來的人把球場塡得滿滿的，所有人都在期待這場十五年來難得一見的對決。

許伯超很快就看到了劉士維。

他正站在一壘側的休息區前方，和其他一年級的新生站在一起，臉上同樣充滿著不可置信的表情。

接著，許伯超才發現打擊區裡蹲著一個人。因爲剛剛被捕手擋到，所以許伯超第一時間沒有看見。那是一個滿頭捲髮的男孩，他看到許伯超後，開心地站了起來，對他揮揮手。

誇張的捲髮喚醒了許伯超的些許記憶，那是前幾天有人跟他介紹過的，一個剛轉學來的學弟，叫沈什麼……

「他叫沈大維，上禮拜才轉來的。」柯俊傑在許伯超耳邊說，他是跟許伯超搭檔了三年的當家捕手，「你一定不相信，他面對前面三個投手，都打出了全壘打。」

「全壘打？」

「沒錯，鬍子剛剛還把休息室的門踹爆了，他氣炸了。」柯俊傑拍拍許伯超的肩，「你小心點，他很恐怖。」

許伯超沒有再答話，因爲他已經進入了戰鬥模式。他接過柯俊傑手中的球，踏上投手丘。

沈大維提著棒子站在打擊區，看著許伯超，笑得陽光燦爛。

8

卡拉揚在新生校隊甄選這天，蹺了整個上午的課，爲了幫他的童年玩伴加油。

劉士維面對前兩位投手都打出了二壘安打，只可惜在面對第三號投手胡子淵時，打出的深遠飛球被外野手美技接殺。劉士維最後被編進了二軍，但教練保證只要他繼續努力，很快就會把他升到一軍。

小美在捕手方面的表現非常優異，無論是配球或是阻殺都得到教練團極高的評價。因此雖然她只有打到第二位投手就出局了，仍然被編進了一軍。是多年來第一位被編進一軍的一年級女生。

但小美的這項紀錄在這天竟奇蹟般的沒有得到任何注意，只因爲三個字：沈大維。

沈大維做的最後一件事，就是把許伯超的第三顆球，轟成了右外野的全，壘，打。

所有人都瘋了。包括目睹歷史性一刻而歡騰慶祝的觀衆，因爲難得一見的百年奇才出現而內心振奮不已的野球高中教練團，還有今天被學長狠狠修理的一年級野測生，因爲有人幫他們出了一口鳥氣而在場邊大聲叫好。

唯一沒有和喜悅沾上邊的大概只有野球高中先發投手群，個個都像是被潑了一盆冷水，或是踩到一坨大便，或者，更傳神地，像被潑了一盆大便一樣地臉色難看。

而不知道是故意抑或是神經大條，打出全壘打後的沈大維竟然跑向投手丘，興高采烈地對許伯超說：「你的球眞的好厲害噢，我從來沒有打過這麼厲害的球欸。」

許伯超不愧是野球高中王牌投手，情緒控制是他的家常便飯。據說一直到走回休息室的淋浴間裡，許伯超才罵了第一句髒話。

這些八卦很快就隨著沈大維的四支全壘打在校園裡面傳了開來。到了放學時，沈大維這三個字已經是無人不知無人不曉。

□

「欸你知道嗎？我們一年級裡面有個人在校隊甄選時打到了第一號投手，還從他手中打出全壘打欸。」卡拉揚一上公車就興奮地說。

「嗯嗯很好啊。」東哥敷衍地說。他的雙手變魔術般快速操弄方向盤及排檔桿，一有空隙就超車蛇行。卡拉揚早已習慣東哥的開車方式，一上車就把握把抓得牢牢的。

「劉士維雖然是二軍，但我覺得他一定很快就可以升到一軍了。小美更厲害，一年級就當上了一軍，我早就知道她一定行的。」卡拉揚繼續自說自話。

雖然東哥是個沒認識多久的陌生人，卡拉揚和他說話時他也很少答腔。但卡拉揚總覺得有股熟悉親密感，於是他每次都把最近發生的事新聞播報般說給東哥聽，這些名字都是東哥已經耳熟能詳的了。

突然，一個尖銳的煞車聲，「到了，下車。」

卡拉揚已經來過這裡許多遍，外面有著寫上「寶元建築安全第一」的綠色圍牆，裡面則是雜草叢生的一大片空地，是個還沒動工就胎死腹中的建築用地。

第一次來的時候，卡拉揚曾經問過東哥，「東哥，我們來這裡沒問題嗎？這好像是人家的施工用地欸。」

「沒問題。」東哥只說了這三個字，就不再說話了。不過也就只要這三個字，就足以讓卡拉揚安心。

卡拉揚照例把公車上一整袋的上百顆棒球帶了下去，以及一面像電視上九宮格投球用的站立鐵架，差別只在於這鐵架中間的九宮格都黏上了打不下來的超厚紙板。

一開始卡拉揚以爲這是因爲東哥不想把打落的紙板重新裝上，於是才把它黏得死死的，但他很快就發現不是這麼一回事。

「今天把九號板子打破才能走。」這是東哥第一次練習時對卡拉揚的要求。

「打破九號板子？」卡拉揚驚訝地問，「不是要打掉它嗎？」

「不是。」東哥不屑地搖搖頭，「把板子打掉有什麼難的，我要你把板子打破。」東哥說完就走回公車上，看他的色情雜誌了。

卡拉揚走到九宮格鐵架旁，盯著那足足有三公分厚的紙板，想著這玩笑未免也太過火了。

但卡拉揚稍後就體會到，這絕對不是一個玩笑，至少對東哥來說不是。

卡拉揚那天整整練到晚上十一點半才離開，那還是因爲他向東哥求情，說太晚回家爺爺會擔心，以後可能就不能出來練習了，東哥才勉強同意結束訓練。

當然，卡拉揚當天並沒有打破九號板子，只稍稍磨掉了快要一公分的紙屑。

每次卡拉揚把鐵架搬下公車時，就會發現上次被他投過的磨損板子，又會換上全新的一塊。也就是說，每回合都是全新的開始。

「今天，嗯，七號板子好了。」東哥摸摸下巴，「你不要以爲今天沒投破，我也會讓你十一點半回家。每次都這樣，根本就沒有意義。」

「我知道了啦。」上次卡拉揚要東哥讓他回家的時候，東哥還發了一頓不小的脾氣，說以後他再這樣乾脆不要練了。「今天爺爺去東勢探望朋友了，明天才會回來，所以……」

「很好。」東哥推推眼鏡，「今天打破才能走，七號板子。上吧。」

卡拉揚叫住東哥，「嗯，東哥，那你什麼時候要教我你的投球動作啊？」卡拉揚問了一個他老早就想問的問題。

東哥停下腳步，回頭看著卡拉揚，「你覺得你的投球動作不好嗎？」

「也不是……只是……我以爲你會教我你上次的投球動作……」

「你會想學另外一個人的走路姿勢嗎？」東哥面無表情。

「呃……不會……」

「那就對啦，學我的投球動作沒有任何意義，你自己的動作才是最適合你的。」

「喔……好。」

東哥正要轉身離去，卡拉揚又叫住了他，「那，有沒有什麼技巧可以——」

「沒有。」東哥臉露不耐。卡拉揚知道他最好閉嘴，然後開始投球。

算一算，這已經是卡拉揚和東哥的第五次練球。他們練習的時間極不規律，多半是東哥沒有排班的時候，或是他蹺班的時候，有時候甚至是練習前一個小時卡拉揚才突然接到東哥的簡訊。儘管如此，卡拉揚從沒有半句怨言。因爲，有人願意不計報酬地教導他投球，這是卡拉揚想都沒有想過的事情。

雖然每次都是一成不變的練習方式，卡拉揚也從來沒有打破過任何板子，但四次練習下來，的確讓卡拉揚感覺到他的投球有什麼地方漸漸在改變。

這改變就是東哥在第二次練習時對他說的，「眞正的控球」。

「以前你自己對著牆壁練投時，因爲預料到會投上好幾個小時，所以每一球往往不會用上全力。」東哥一邊看著色情雜誌一邊說，封面有一穿著極暴露的日本女孩，旁邊還寫著許多淫穢的日本字句，那是只要經歷過正常青春期的男孩都看得懂的日本字句，「你這樣練出來的控球，不算是眞正的控球，遇到大場面的時候，根本不堪一擊。」

卡拉揚沒有講半句話，只專心地聽著，因爲這是東哥除了幾號板子之外，難得說出和棒球扯得上邊的句子。

「現在你爲了打破板子，每一球都用盡全力，這樣的狀態下還能保持控球，那才是眞正的控球。那種東西，比賽才拿得上檯面。」東哥說完，又把頭埋進雜誌裡，二郎腿不住地晃動著。

「所以，打破板子這規定只是爲了讓我用全力投球，並不是眞的要打破板子嗎？」卡拉揚露出恍然大悟的神情，不禁爲東哥的深謀遠慮感到佩服。

沒想到東哥聽完，從雜誌後方露出那圓得有點滑稽的大頭，對著卡拉揚大吼，「我聽你在放屁，打破板子就是打破板子，哪那麼多廢話，快投！」

結果那次，卡拉揚還是沒有打破板子。

今天卡拉揚已經撿了兩次球。也就是說，他已經投了大約兩百顆。兩百顆的全力投球，不是一般人可以辦到的。卡拉揚要不是經過好幾年的自我訓練，根本很難撐到這個數目。但即使是卡拉揚，在經過兩百次的猛力甩臂後，也已經全身大汗手臂肩膀痠痛不已。

卡拉揚看看手錶，十一點十分，和之前的速度差不多。前幾次大約就是投了兩百顆左右就回家了。

但今天不一樣，今天我要把板子打破。卡拉揚在心底對自己發誓。

卡拉揚瞪著七號板子，擺出他最熟悉的投球準備動作。那因爲多次被硬如石頭的棒球砸中已變黑磨損的板子，依舊好端端地挺立在那裡，彷彿一座銅牆鐵壁，彷彿永遠不會被擊倒。

「媽的。」卡拉揚暗罵一聲，強迫自己忘記手臂多麼沉重，忘記兩條腿多麼疲憊不堪，牙一咬用盡力氣朝七號板子投出。

砰！

鐵架微微地搖晃一下，球則硬生生回彈。塵埃落定後，可以看到八號板子多了一處摩擦的痕跡。

「啊……」卡拉揚慘叫了一聲。他這球根本就投歪了，砸到了右邊的八號板子。

卡拉揚雖然不願意放棄，但他知道隨著時間過去，力量漸漸流失，要打破板子就更是困難。

於是每一次用盡全力都是一個機會，也都是一個賭注。

最好的情況當然是一球就痛快地把板子打成碎片。但若是力量不夠，至少也要每球都打中七號板，讓力量長時間的壓迫衝擊它。這樣一來，某個未知的時間點一定有機會可以打破扳倒它。最糟的情況就是用盡了力，但卻打到了別的板子。這可說是徹徹底底的白費力氣，對提早回家一點幫助也沒有。

卡拉揚現在正爲自己剛剛的魯莽出手而深深後悔著。色情雜誌和深色墨鏡後的東哥看到這一幕，露出罕見的淡淡微笑。這就是他要卡拉揚學習的，不要浪費力氣，並且有效地投到需要的地方。

當然，也還是要打破板子。

「喂。」東哥放下雜誌，從敞開的公車門叫喚著卡拉揚，「過來。」

「喔。」卡拉揚聽話地走了過去。

「上來，喝紅豆湯。」只見東哥從身邊的保溫瓶中倒了點黏稠的深色液體在紙杯中，遞給卡拉揚。

「嗯？」卡拉揚一時還沒搞懂東哥這是哪招。

「上來啊，喝紅豆湯啦。」東哥又把紙杯往前遞了遞，卡拉揚才趕忙接過紙杯，並且進到公車裡。

「嗯……謝謝。」卡拉揚握著紙杯的手暖和極了，紅豆的香味充滿整輛公車。

「謝屁啊，今天多煮的，喝不完。」

「喔。」卡拉揚也不再答腔，低著頭就喝了起來，早已凍僵的雙手和疲累的身軀，似乎在一瞬間得到最幸福的救贖。

「你知道你爲什麼打不破嗎？」東哥問。

「唔嗯道。」卡拉揚一邊喝著紅豆湯一邊搖頭。

「因爲……唉算了，你自己看。」東哥突然把雜誌扔到一旁，三步併作兩步跳下公車，然後撿起地上的球。接著，一個無比華麗狂野又行雲流水的動作在卡拉揚眼前展開，即使隔著灰濛濛的公車玻璃，卡拉揚仍舊興奮地握緊了雙手，紅豆湯因此灑了出來。

磅！

三號板子應聲飛開，在空中碎成多片，最後不曉得四散何方，九宮格右上角則留下一個正方形缺口。

東哥氣喘吁吁的跑上公車，嘴裡直嚷著好冷好冷，「怎樣，有看到嗎？」

「嗯。」卡拉揚用力地點點頭。

「那你說說看你看到啥？」東哥連忙替自己也倒了一杯紅豆湯。

「就是，很帥……很自然的動作，嗯，我也不知道怎麼說……」

「靠，誰叫你看動作？」東哥彷彿所有心血付諸東流般睜大著眼，「我是要你看我的表情，表情！」

「表情？」卡拉揚無法理解。

「對啊，你不覺得我剛剛的表情，很殺嗎？」東哥驕傲地說。

「嗯……好像……我沒有很注意欸……」

「嘖，算了。」東哥失望地拿起色情雜誌，「反正，你就是要想一些讓自己很憤怒很不爽的事情，讓你的力量跟那些機歪的念頭一起衝出來，知道沒？不然你投到世界末日也一樣啦。」

「喔喔。」卡拉揚恍然大悟的喔了兩聲。

「喔個屁，知道了就快把紅豆湯喝完，然後下去投，你以爲我時間多嗎，快。」東哥不耐煩地揮揮手，然後，他突然注意到卡拉揚腳邊的東西，「等一下，那啥？紅豆湯嗎？」

「呃……對……剛剛不小心……對不——」

「你少廢話。認識你算我倒楣，公車被你砸，請你喝紅豆湯你還灑了滿地。算了算了，你快下去投，投完我們就可以閃了，好嗎老大？」東哥透過墨鏡看著卡拉揚，臉上充滿無奈。

「喔喔好。」卡拉揚一大口喝完剩下的紅豆湯，「我去囉。」

「快上吧大哥。」東哥說完，又繼續看他的色情雜誌。只是這本的封面女郎換成了一群歐美波霸，那些胸部幾乎和籃球差不多大，著實誇張。

卡拉揚再次回到寒風中，但這次他卻覺得信心百倍。不只是因爲剛剛喝了溫暖全身的紅豆湯，也因爲方才是第一次東哥給了他關於投球的建議。

憤怒的事情嗎？卡拉揚開始在心中默想。

接著，一股熱氣湧上喉頭，卡拉揚運勁出手。

球準確地砸上了七號板，發出的聲音和之前微微不同，是種較沉悶的重響。但即使如此，小白球仍舊沒有打破板子，悻悻地彈了回來。

「你在想什麼狗屁東西啊，你的表情有夠娘的。」隔著擋風玻璃，卡拉揚還是可以把東哥的怒吼聽得清清楚楚，「憤怒！我要眞正的憤怒！」

還不夠，嗎？

卡拉揚閉上眼睛。

他在心底把過去的種種都掀了出來，那些讓他傷心難過，在夜晚獨自哭泣感覺寂寞的每個畫面，都像撥開新生痂殼後流出的膿水般瞬間暈染他的腦海。但出乎意料的，這些當時覺得不可接受難以容忍的事情，在經過時間的洗禮淬鍊後，似乎都失去了原本的誇張顏色，只剩下一點點討人厭的氣味。

是時間帶走了太多？還是一開始，所有的事情就不是那麼大不了？

即使如此，卡拉揚仍舊沒有停下。他繼續挖掘內心深處那傷痕累累的所在，希望可以找到一個引信般的什麼，點燃燒出目前他最需要的一團憤怒。

最後，盲目摸索的卡拉揚，終於踏進了禁忌的森林。他開始眉頭深鎖，回憶有如醜陋怪物自黑暗現身，張牙舞爪地凌遲他。過去的每一幕每一句話，都像惡獸毫不留情的攻擊，在卡拉揚癒合許久的心肉上重新刻出血淋淋的傷痕，帶給他難以想像的痛苦折磨。

就連東哥也發現卡拉揚不太對勁。他像赤裸站在雪地中全身不停顫抖，臉龐漲紅且布滿汗珠。東哥很快踏出公車，想要制止卡拉揚。但只見卡拉揚大吼一聲，用完全走樣的投球動作把球暴力丟出。那模樣已經不能說是投球了，比較像是一種發洩。

鏘！

球擊中兩塊板子中間的鐵條，沉重的鐵架像是被人用力推了一把般後移了兩吋。誇張的金屬撞擊聲在空氣中漸漸淡去消失，在這同時，像是延續那聲音似的，卡拉揚開始嗚咽起來。那並非哭聲，而是情緒宣洩後的不知所措。

東哥看了鐵條一眼，被球擊中的地方徹底變形凹了下去，好恐怖的力道！

若是擊中板子，絕對可以把紙板打得稀巴爛。

但東哥現在卻對鐵架和板子完全不感興趣，只因他的心底浮現了許久沒有出現的一種情緒。

東哥快步走到卡拉揚身旁，攙扶住差點要站不穩的男孩，「小心。」

東哥把卡拉揚帶回車上，又倒了一杯紅豆湯給他。卡拉揚臉色慘白，握著紙杯的手還微微顫抖。東哥雖然擔心，卻不知道要說什麼才好。他對自己的建議造成這樣的結果，竟隱隱的感到一絲內疚。

「……你還好嗎？」

「嗯……」卡拉揚拿著紙杯，遲遲沒有往嘴裡送。剛剛美味的紅豆湯現在卻一點也激不起他的食慾。

東哥張嘴想要說些什麼，但話到嘴邊又吞了回去。

接著好長一段時間，兩個人都沒有說話，只聽到卡拉揚剛運動完粗大的呼吸聲。

東哥過去從沒有像此刻這麼坐立難安，面對一個年齡只有自己一半不到，剛哭過的男孩，不擅與人相處的東哥幾乎束手無策，感覺自己像隻懷孕的河馬般笨重無比。

「對了……你那球投得很不錯……」東哥試著想要打破沉默，但話才說出口，他便後悔了。這時候又提起剛剛的事情幹嘛？他在心底狠狠地咒罵自己。

「嗯。」卡拉揚出乎意料地露出一抹極淺的笑容，雖然極淺，但已給了東哥繼續開口的勇氣。

他開始自己隨便講些什麼，希望能讓男孩重新打起精神。他講起公車上的趣事，要怎麼蹺班才不會被抓到，進車站的甩尾技巧，他破紀錄的投訴報告，以及總是搭最後一班車的那個怪人。

他們此刻像是對換了身分，滔滔不絕的人第一次成了東哥，卡拉揚則面無表情的聆聽。但從那一口口的紅豆湯，還有逐漸放鬆的肩膀，可以看出他的情緒已漸漸平復了下來。卡拉揚的轉變就像一種催化劑，讓平常不多話的東哥越說越多，越講越開心。而或許是被東哥講故事的歡樂氣氛感染，卡拉揚的臉部線條也不再僵硬，重新紅潤柔和起來。

不知道過了多久，可能是十五分鐘，也可能是一個小時。等到東哥發現的時候，他們已經因爲怪人小便的故事，笑到前俯後仰停不下來了。

在這樣的一個神奇時刻，已許久沒有和任何人交流的東哥，突然感覺他和卡拉揚似乎有某種親密的聯繫。那種微妙的感覺，說穿了其實只來自於兩道相遇靈魂最基本的信任。但對東哥來說，卻像是冰封千年後乍現的溫暖火光，足以瞬間柔軟他內心最堅硬的角落。

或許是因為這樣的感覺太幸福，像麻藥般接收痛苦也奪走意志，東哥沒有多想，便開口問了一個問題。一個他馬上就後悔的問題。

「對了，你剛剛投球的時候，到底想到了什麼？」

空氣瞬間凝結，卡拉揚的臉暗了下去。東哥無比後悔，但已沒有辦法收回。

就在東哥以為自己搞砸了這一切，男孩可能永遠也無法和他像以前一樣相處時，卡拉揚抬起頭來。

「我想到我爸。」

□

在回程的路上，東哥難得的沒有專心開車，他想著卡拉揚剛剛和他說的話。

「我爸不喜歡我。」

「他會對我罵些難聽的話。」

「他每天就只是喝酒、喝酒，和喝酒……」

「有時候……我眞的會懷疑……我是不是他親生的……」

卡拉揚談到了已去世的母親，還有那些父親對媽媽最不堪的指控。他說得斷斷續續，好幾次，東哥以爲這孩子就要掉淚了，卡拉揚卻總是忍住。直到那句「我也想和父親一起玩傳球啊……」，卡拉揚才第一次用手揉揉眼睛。但他是如此逞強，從頭至尾都沒有讓東哥看到他的一滴眼淚。

但就算沒有眼淚，也已讓東哥震驚不已。這個他以爲毫無煩惱的男孩，竟然有這麼一個歪斜悲傷的家庭。

東哥沒有說任何話，就只是聆聽。雖然不擅長與人相處，但東哥此刻知道，對卡拉揚最好的方式，就是讓他宣洩。悲傷需要出口，這點東哥比誰都懂。

東哥一面打著方向盤，一邊想著男孩，想著他可以爲卡拉揚做些什麼。

卡拉揚在座位上，縮著身子。

窗外一片黑暗，只有等間隔的路燈帶來一絲拖著尾巴的光明。

剛剛的一切，仍舊在他腦海，像新聞台不斷重播的新聞畫面般盤旋不去。

當東哥告訴他力量來自憤怒時，他第一個想到的即是童年受過的傷。那些一步步發生的排擠，從有至無的快樂，脆弱不堪的友誼，照理來說應可以引出他最大的憤怒。

但東哥卻說，還不夠。

或許是那過去太遙遠，就像一瓶已變質的烈酒，早已失去當初的辛辣味道。也或許是這些年讓卡拉揚不知不覺改變了，他逐漸可以放下接受些什麼。

但不管如何，需要憤怒力量的卡拉揚得繼續尋找，像尋找一個能夠爆炸的火山缺口。然後，他找到了父親。

那些帶著憎恨的父親臉孔，那些聽得懂聽不懂的咆哮，超乎卡拉揚預料的，竟激起他的無限怒意。

不是說好要原諒嗎？不是說好家人就該接受彼此的缺點優點嗎？

只是那天看錄影帶時的感動，在隔天醒來，竟只成了一齣荒謬的鬧劇。

卡拉揚的確做出改變。他試著要接近父親，也試著和父親說話聊天。他等待晚歸的詹姆士，把握他酒醒的空檔，懷抱熱情和希望地對父親訴說每天的生活，自己加入球社的事，小美和固力果，重新打球的喜悅。但詹姆士的回應卻冷淡得可怕。他似乎無法理解卡拉揚的舉動，也無法看見其中充滿的溫暖企圖。有時候卡拉揚以為父親認真在聽，但下一秒詹姆士可能就起身離開，留下滿是無力感的男孩，再也沒有回來。

這些畫面以及回憶，像怒濤拍打著海岸，卡拉揚的理智在那一刻全部潰散。他像要擊倒這龐然巨大又無從捉摸的痛苦總和，丟出了那一球。

然後，就是無止盡的傾訴。

卡拉揚從來沒有像今晚一樣，扭開心中旋緊多年的水龍頭，讓一切毫無窒礙的流淌出來。雖然方才東哥沒有說半句話，但卡拉揚卻神奇地感受到一股支持的力量。此刻他看著東哥開車的背影，感覺這個陌生人，已似乎成爲他最親近的人。

東哥用不可能的甩尾技巧把公車停妥。凌晨五點半，氣閘門似乎也打開得有氣無力。

唧——

「到了。」東哥說。

卡拉揚比他應該起身的時間，又多坐了一會兒。不知道爲什麼，這時候他最不想做的事，竟然是離開這台公車。

卡拉揚緩緩走到駕駛座旁，東哥給了他一個安靜的笑容。

「後天晚上有空嗎？」東哥問。

「嗯。」

「那後天再練吧。明天先休息一下，不要想太多。」

「嗯。」

「喏，拿去。」東哥從腳邊拿出一袋東西給卡拉揚，裡面有一個鞋盒般大小的盒子。東哥把它放在車上已經兩個月了，原本是爲了那些可能隨時到來，教人陷溺在過去的夜晚所準備的。

卡拉揚接過來，沉甸甸的。「這是什麼？」

「算是禮物吧，你和你爸……唉算了，你自己看著辦吧。」東哥說，「好了，下車吧，我暫時不想看到你，你哭起來醜斃了。」

卡拉揚聽完微微臉紅，彎腰表示感謝後便匆匆下車。

寒冷的冬天破曉，卡拉揚像尊雕像般站在家門口，看著公車的紅色尾燈越變越小，直到轉彎不見。

回到家裡，累翻了的卡拉揚直接撲倒在床上。睡著前他依稀想起東哥給他的東西，於是起身打開盒子，發現裡面是一瓶年份久遠的洋酒。

卡拉揚想起東哥最後的欲言又止。他把酒小心翼翼地收在衣櫃裡。

9

那天晚上的失控，就如同卡拉揚曾經歷過的其他事件一樣，很快就被他埋進回憶的雜物堆裡。埋得好深好深，深到他自己也找不出來的地步。

然後，寒假啪一聲地來了。

今年除了寶島的習俗過年外，另一項讓卡拉揚無比期待的就是棒球社的寒訓了。在他向東哥要求了許多次後，東哥終於答應讓他歸隊練球。

「但是，你不能用全力投球，記住。」東哥認眞地說，「連八分力都不可以。」

「沒問題啊。」卡拉揚輕鬆地說。「反正我想投也投不出來。」

在把鐵條打凹的那天過後，他們又整整練習了一個月。這中間，卡拉揚也只有少數幾次可以把板子眞正一球打破。多數的情況都是用上百顆球把板子投爛，東哥說這樣只能算是作弊。

即使如此，卡拉揚的確感覺到球速慢慢在增加當中。那種感覺雖然微小，卻像是可以觸摸掌握一般眞實。

即便實力增加了，但重回棒球社的過程，一開始並不十分順利。卡拉揚說來就來說走就走的舉動，讓某些學長十分不能接受。不過在阿肥和鐵男學長的力挺之下，棒球社總算願意給卡拉揚第二次機會。而他也沒有讓學長們失望，幾乎是兩倍的練習分量，總是提早來整理場地和球具，都讓那些反對的聲音越來越小，最後終於一個也沒有了。

隊長大熊甚至曾私下告訴卡拉揚，他的投球已經成為棒球社不可或缺的戰力，不管是先發或是後援，都有上場的可能。要他繼續努力，全力備戰夏天的小豹盃。

「小豹盃啊……」蛋塔仰頭對天感嘆著，「我今年應該沒辦法吧，等明年囉。」

「是啊，有阿肥在，你要上場太難了。」卡拉揚也仰頭看著，他想看蛋塔在看些什麼，然後他發現天空中什麼都沒有，連雲都是最無聊的那種。

「倒是你，你的球速是不是變快啦？」蛋塔仍舊仰著頭，瞇細了眼睛，彷彿為了看清楚遠方的什麼。

自從卡拉揚告訴蛋塔東哥的事情後，蛋塔也開始拉著卡拉揚一起練球。只是他們已不是單純的傳球練習。蛋塔要卡拉揚把他當成場上的打者一般投球，而蛋塔自己也同時練習他的打擊能力。

不過，蛋塔最近揮空的次數越來越多。

「你也這麼覺得嗎，我自己也感覺到了欸。」卡拉揚看著蛋塔，眼睛發亮。

「有啊，不過你不用太高興，我下次就會打出去的。」蛋塔終於把視線從天空拉了回來，改盯著前方空無一人的舞台，納悶著開場時間過了這麼久，為什麼還沒有人出來。

「欸對了，我那天放學看到你在跟布丁說話欸，你們在聊什麼啊？」卡拉揚也盯著舞台，感覺四周似乎擠了點。他們前一個禮拜花了十個小時排隊買票就是為了今天，曼徹斯特聯邦最威的搖滾樂團「綠洲」（OASIS）的演唱會。

蛋塔很快瞥了卡拉揚一眼，「就普通的聊天啊，沒什麼。」

「眞的？什麼事都沒有？」

「眞，的，什，麼，事，都，沒，有。」蛋塔一個字一個字地說，表情幾乎沒有改變，但卡拉揚已捕捉到蛋塔努力控制的抽動嘴角。

「等一下，有發生什麼事吧？」卡拉揚顧不得四周都是人動彈不得，轉過身抓著蛋塔的肩膀。

「就跟你說沒事啊，別鬧囉，演唱會快開始了。」蛋塔的身體胡亂扭動，想要掙脫卡拉揚放在肩上的手，只是他的表情已漸漸藏不住笑意。

「媽的，快說噢，你和布丁怎樣了？」卡拉揚奮力搖著蛋塔。

「沒，事。」蛋塔即使被搖得天昏地暗，仍舊誓死抵抗。

「靠，幹嘛不說，快說啦，是朋友就快說。」朋友這兩個字彷彿戳到蛋塔的某個死穴，他眼神流露出「好吧，誰教我們是麻吉」的認命姿態。

「唉呦，好啦，就是啊，我那天約她出去啦。」蛋塔擺出「這樣你滿意了吧」的嘴臉。

「眞假？她答應你囉？你怎麼敢約她啊？」

「就約她去看棒球啊，不然還能幹嘛。」蛋塔講得泰然自若，臉不紅氣不喘，「她一下就答應了，洲際棒球錦標賽欸拜託，我票買超久的。」

「靠，所以你那天說要買另一場給你爸媽都是騙人的噢，你這傢伙。」卡拉揚放開蛋塔的肩膀，改成猛尻他的頭，「而且你這樣算什麼約會啊，看棒球而已，你如果找她陪你去買表妹的生日禮物還好一點。」

「你懂屁啊，先約出來就有搞頭啦。」蛋塔用左右手輪流把卡拉揚的拳頭架開，「而且我有準備surprise啦。」

「眞假？」卡拉揚尻頭的手停了下來，反正怎麼尻也是被蛋塔卸開，「你準備了什麼鬼surprise？」

就在蛋塔正要開口的剎那，全場響起一陣歡呼，伴隨著最粗暴激烈的推擠，把卡拉揚和蛋塔往舞台擠去。接著，熟悉的前奏有如非洲動物大遷徙般從音響中滾滾衝出，瘋狂震撼在場的每一個人。

「靠，〈Rock 'n' Roll Star〉！」蛋塔和卡拉揚同時說出這首經典歌曲。

接下來的一個半小時，他們沉浸在有史以來最偉大樂團的現場演奏裡。他們的感官浮晃在不斷變幻色彩的音牆之中，時不時有瑩紅和寶藍的銳利閃電打進腦袋，整個宇宙縮成一點竄進他們耳底，在靈魂深處爆炸成千萬束光火。

他們擁抱上帝，上帝唱歌給他們聽。

□

過了三天，餘音繞樑的三天，卡拉揚才再度想起來蛋塔有準備surprise這件事。經過他的重重逼問後，蛋塔終於說出了他精心準備的驚喜。

「也沒啥啊，就我請朋友認識的球場管理員，幫我在中間換場時的大螢幕上打出我愛的告白。」

卡拉揚整整震驚了五分鐘說不出話來。

這件一般人想得到卻很少有人會去做的事情，他的好友蛋塔十五歲就做了，而他還是跟一個有很高機率會打他槍的女孩告白。

卡拉揚突然覺得蛋塔彷彿長高了許多，那是勇氣的高度。

「這不用花錢嗎？」卡拉揚好奇的問。

「要啊，我爲了這個還去我爸公司打了好幾個月的工。」

「要多少啊，不便宜吧。」

「愛情是無價的啊。」蛋塔面不改色的講出這句粉紅色箴言，卡拉揚瞬間驚覺蛋塔已身在另一個他未知的世界。

「那到底是多少啊？」卡拉揚在心中盤算下次也用這招的可能性，而他第一個想到的女孩就是小美。

「三萬。」

蛋塔說完這句話後，瀟灑地轉身離去。留下初窺愛情的巨大模樣，因而感到震撼不已的少年卡拉揚。

□

寒假的最後一次練習，隊長大熊照例在中午結束練球，帶著大夥一群人浩浩蕩蕩前往「東門」吃日式燒肉。

「東門」的店長對於一次湧進二十幾個穿著棒球服裝的骯髒少年，非但沒有驚訝之色，還大大地歡迎他們。而店裡頭除了店長和兩個店員外，竟然一個客人也沒有。

「大熊，好久不見啦，很久沒來囉。」綁著日式頭巾的店長開心地說。

「哈囉店長，最近比較忙嘛。」

「今天衝著你們停業半天了，還是一樣來挑戰大胃王嗎？」

「當然，我們二十八個人都要挑戰。」

大熊說完，全部的人同時喝了一聲，小小的燒肉店頓時充滿了男子漢的味道。

「沒問題，老規矩，一個小時吃完就算你一折。」

「那有什麼難。大家聽到沒？吃完的就社費出錢，沒吃完就代表你們不夠餓，今天不夠操，開學後體能加倍啊。」

大熊說完，全體社員又喝了一聲。這聲比前一次更加響亮，代表著他們的決心，也代表著體能訓練的恐怖。

一個小時的大快朵頤後，所有人又在店裡待了一個小時才走。這中間，店長還好客地拿出日式燒酒請他們喝。

「棒球男子漢，我要一個一個敬你們。」店長拿起酒杯，大聲地說，滿臉通紅。

「欸，他沒問題嗎？他要一個一個敬我們欸。」卡拉揚有點擔憂地問。

「歹揪布～」布丁用日文說了句沒問題，「只是你們要小心不要醉囉，那酒很烈的。」

店長果然沒有食言，不到幾分鐘，就已經喝了二十幾杯。反倒是卡拉揚才喝了一杯就覺得胃彷彿被人丟了火把進去，剛剛吃的肉都快要吐出來。

似乎是看他們兩人不斷讚嘆店長的酒量，鐵男學長低聲跟他們說，店長只有第一杯是眞的燒酒，後面的二十多杯，都是用雪碧蒙混過去。雖然學長們早就知道這詭計，但從沒有人會揭穿店長，反而和店長你敬我我敬你，玩得好不開心。

「你知道嗎？聽說店長是第一屆野中棒球社的社員。」蛋塔對卡拉揚說，臉紅得像隻龍蝦。

「眞的？」

「是啊，只是聽說他以前打得很爛，是萬年板凳，但這從來沒有影響到他對棒球的熱情。」

蛋塔指著收銀台後方的一張裱框照片，穿過燒烤的重重煙霧，卡拉揚依稀看到兩排穿著球衣的大笑男孩在相片中。「那張照片裡面甚至沒有店長，因爲他那天幫大家拍照。」

卡拉揚不禁搖搖頭，但也對這胡亂拉人敬酒的店長更是敬佩，所謂的愛棒球，應該就是這樣子吧。

「喂，你們兩個，別想逃。來，我敬你們一杯。」店長不知何時又殺到他們這桌。

「呃店長，我們剛剛喝過了欸。」蛋塔龍蝦笑笑地說。

「說什麼屁話，我沒敬過你們。喝！」店長又硬塞了兩杯盛滿的燒酒在他們手裡。

卡拉揚第一次知道，原來一個人只要想醉，喝什麼都可以醉。

□

卡拉揚走出燒肉店時，竟異常的神清氣爽，剛剛在他身旁眼看快要醉倒的大龍蝦，此刻也絲毫不見醉熊。

「那特調好厲害啊。」卡拉揚喃喃地說。

「但我絕對不要再喝一次。」蛋塔對自己發誓。

走出店前，大熊規定大家一定要先喝一杯店長特調才能出去。據聞店長特調有神奇的醒酒功用，畢竟讓人看到野中的學生大白天就喝醉，可不是一件有趣的事。

但讓明顯已經神智不清的店長調飲料，也絕對不是一件有趣的事。

「啊你接下來要幹嘛？」卡拉揚問蛋塔，試圖轉開這個噁心的話題。

蛋塔給了他一個微笑，用手偷偷比了比自己身後。卡拉揚回頭，只見布丁在收銀台用社費幫大家付錢。

「布丁？怎樣？」

「你忘了噢，今天是洲際棒球錦標賽的第一場啊。」

「哇靠，所以……」卡拉揚睜大眼睛，後退兩步，「所以……就是今天嗎？」

「沒錯，你等我的好消息吧。」蛋塔說完，給了他一個充滿信心的眼神，和一根很不錯的大拇指。

「嘿蛋塔，要走了嗎？」結完帳的布丁帶著很棒的笑容出現在他們身後，卡拉揚不禁懷疑她有沒有看到那根大拇指。

「好啊，我們先走囉，開學見啦。」蛋塔離去前，還對卡拉揚眨了一下眼。

要不是門票早就已經賣光了，卡拉揚還眞想跟蹤這對未來的小情侶。但可惜門票當天就售完了，他只好訕訕地看著他們的背影消失在轉角，暗自期待蛋塔的告白播出時，布丁不要正好跑去上廁所。

蛋塔到底哪來的勇氣啊？

一個人走在街上的卡拉揚，思考著這道難解的問題。他越想越疑惑，最後終於決定放棄，走進街角的一家唱片行。

唱片行放著西科聯邦出產的難聽嘻哈歌曲，卡拉揚早已習慣。自從十四年前主權轉移的系列賽後，寶島人民的生活就充斥著西科聯邦的產物。西科的音樂電影汽車皆大舉入侵，甚至夜市裡西科聯邦的攤販也總在最顯眼的位置，本土的一切永遠都排在第二順位。這就是殖民，這就是被統治。

十幾年的訓練，已經讓卡拉揚對這些視而不見。他假裝什麼都沒聽到，逕自走去他最喜愛的搖滾專輯區。

架上擺滿了剛結束演唱會的「綠洲」歷年專輯，裡面有幾張單曲甚至是卡拉揚沒有見過的。他把單曲拿起來細細看著，同時驚訝於進口單曲的昂貴定價。突然，有人輕輕拍了卡拉揚的肩膀，他嚇了一大跳，手上的單曲CD跟著掉了下來。

「小心。」一道黑影在卡拉揚眼前一晃而過，只見一隻大手牢牢地把「綠洲」單曲抓在掌心。

「喔謝謝……」卡拉揚一回頭，看見了一個再熟悉不過的臉孔。

「嗨。」黝黑的固力果，那膚色好像比卡拉揚上次看到時更深了。

「固力果……」卡拉揚沒有想到會在學校和球場之外的地方看到童年玩伴。被卡拉揚叫出兒時小名的劉士維，則露出靦腆的笑容。

□

「好巧噢。」卡拉揚喝著果汁，他們來到了唱片行隔壁的一家咖啡店，坐在面對街頭的落地玻璃窗前。

「嗯對啊。」固力果微笑著，「我一開始還有點不確定是你，不過看到你站在綠洲的唱片前面，就知道沒錯了。」

卡拉揚回想著自己曾告訴過固力果多少關於「綠洲」的事，結論卻是完全想不起來，而他也想不起來固力果究竟喜歡聽什麼音樂。不過至少他今天知道了，固力果剛買了一張約翰·梅爾（John Mayer）的現場專輯，此刻就放在他的包包裡。

「你怎麼會穿這樣啊？」固力果看著卡拉揚身上的棒球服。

「喔喔這個啊……」卡拉揚一時間有點手足無措，因爲他想到蛋塔的提醒，還有那些野測生指考生對立的故事，但固力果認真的臉龐讓他完全無法說謊。算了，反正都被看到穿制服了，卡拉揚心想。

卡拉揚說完後，固力果帶著喜悅的眼神看著他，對卡拉揚可以找到一個打棒球的所在，打從心底感到開心。

然後，是一段只有呼吸聲音的沉默。卡拉揚這時才想起來，自己的老友固力果，不是個話多的人。以前就常常是他和小美吱吱喳喳的聊天，固力果在一旁安靜地看著他們。三個人一起走在路上的時候，身材高大的固力果也總是走在他們兩人身後，偶爾才插進一兩句話。固力果那時候的心情是如何呢？卡拉揚猛然發現，自己從來沒有想過這件事，對於固力果永遠走在他們兩人身後，就像是動物園裡有大象一樣自然的接受它。

即使如此，固力果從來沒有抱怨過一句話，也從來沒有試著要搶到小美身旁的位置。在顏色已呈橘黃的回憶中，他就只是那樣微笑著，像一個寡言又溫柔的巨人。

卡拉揚瞥了一眼固力果的側臉，他突然無法控制地想到固力果和小美相伴行走的背影。自己離開之後，那少了一人的三人行，固力果和小美會是什麼樣的關係。固力果的話還是那麼少嗎？還是，他也會和小美打打鬧鬧，就像當年的卡拉揚和小美那樣？

沉默越久，卡拉揚想得越多。但越是告訴自己不要胡思亂想，卡拉揚就越陷入其中不可自拔。想像力此時像是一把鋒利的小刀，在他心上既插又捅毫不留情。

突然，固力果打破沉默。彷彿知道卡拉揚在想什麼般，他開口問卡拉揚，「你和小美最近有聯絡嗎？」

這問題像一道閃電，劃破卡拉揚思緒的夜空。他愣了一秒，再用一秒思索著要怎麼回答，「嗯，偶爾會遇到，然後打個招呼。」

「小美常常問我你的事。」固力果說完後，吸了一口柳橙汁，「只是我也很少遇到你。」

然後，又是一段沉默。卡拉揚思考著方才固力果的話，小美常常問到我的事？小美想知道我的事？

「你記得我們以前常玩的遊戲嗎？」固力果開口。

「嗯？」

「動態視力的那個。」

「喔喔記得啊，怎麼了？」

「沒有，只是有時候會很懷念。」固力果看著窗外，「那時候我們像白痴一樣，把各種字寫在球上。我還記得有一次我寫無敵鐵金剛，結果根本沒人看得出來。」

「嗯。」卡拉揚也進入回憶中。那是他童年發明的一個棒球小遊戲。大家輪流在球上寫字，然後開始傳球。規定拿球時都不能去偷看球上的字，誰先說出來球上寫什麼就贏了。這個遊戲對沒有棒球天分的卡拉揚來說，實在太難了。每次卡拉揚都要趁傳球前的瞬間偷看，才可以知道答案。但小美和固力果卻不用作弊就可以答對，玩到後來卡拉揚一點樂趣都沒有，很快就提議另一個新的遊戲。

「你記得有一次換你寫字，然後小美哭了的事嗎？」

卡拉揚呆了一下，低頭想喝口果汁，卻發現果汁早已見底。

「嗯……記得啊。」八歲的小美哭泣的臉龐，在卡拉揚面前模糊地浮現出來，回憶就像一首老歌，此刻輕聲播放，「我那時候寫她的名字，結果把美寫錯，少寫了一橫。她就生氣得哭了，哭到整張臉紅得像番茄一樣。」

「對啊，你才剛把球丟給我，小美就哭了，嚇了我一跳。我都還沒看出上面寫什麼呢。」

「我也嚇了一跳，我還以爲寫她的名字，她會很開心。」卡拉揚突然發覺自己無意間道出了當初心裡的想法。

「後來還是我發現你美寫錯了，叫你趕快跟她道歉，小美才停止哭泣。」固力果微笑繼續聊著，似乎沒有發現。

「哈是啊。我那時棒球不好，國文也不太好。」卡拉揚隨口自嘲一番，固力果卻沒有跟著笑。氣氛像電視頻道般瞬間切換了，難堪和沉默相擁而來，彷彿可以聽到時間走動的聲音。一台選舉造勢車從窗外緩緩開過，偌大的喇叭聲像一尾有生命的魚，從他們面前滑溜過去，然後消失無蹤。卡拉揚此刻最大的願望就是收回剛剛那句話。對認眞到有點固執的固力果開自己棒球天分的玩笑，實在很愚蠢，而且殘酷。

那段歲月不是誰的錯，至少絕對不是固力果的錯。

固力果嚥口水的聲音傳進卡拉揚耳裡，他開始懷疑自己的心跳是否也會被聽到。「我一直以爲……」固力果聲音沙啞，雙眼直直看進卡拉揚眼底。卡拉揚想要閃開卻沒有辦法，那視線如此眞摯，幾乎要望進他的靈魂。

「……你和小美有天會在一起。」

卡拉揚不敢相信他聽到的話。

「我不知道，或許是棒球，就像你剛說的……也或許和棒球一點關係也沒有，你們就這樣一直……」固力果的眼神中有著卡拉揚無法解讀的什麼，而他的口中說出卡拉揚從來沒有想過的話。

「什……什麼啊……」卡拉揚用盡全身力氣，才勉強吐出這幾個字。

「啊對不起……」固力果突然像洩了氣的皮球，他把眼神轉開，和卡拉揚道歉，「我知道不該說這些，只是，這麼多年——」

「等一下，」卡拉揚打斷他，「你為什麼要跟我說這些……」

「我為什麼要跟你說……我也不知道，只是，我覺得好像應該要說……」

「什麼叫好像應該要說？你們現在這樣不是已經很好了嗎？」

「……什麼我們很好，我不懂？」固力果慌張地睜大著眼。

「你和小美啊。」卡拉揚幾乎是握緊了兩隻拳頭才不讓自己吼出來。

「……我和小美？」固力果喃喃重複這幾個字，彷彿這是他從來沒有聽過的語言。卡拉揚別過臉去，他不知道要用什麼態度面對固力果，這個在他棄權離開比賽後自動獲勝的選手，如今卻說著卡拉揚根本不應該離開比賽之類的屁話。

接著，一個不再慌張的聲音傳進卡拉揚耳裡，「該不會，你不知道我已經有女朋友了吧，我們已經在一起三年了。」

卡拉揚緩緩轉頭，看到害羞微笑的固力果。

「你有女朋友？不是小美？」

「當然不是。我和女朋友是在書店認識的，她叫蔡宇涵。下次有機會介紹你們認識。」最後一句話，固力果說得很小聲。

卡拉揚不知道要說些什麼，三年了，自己竟然完全不知道。

「你、你怎麼從來都沒有提過？」

「我沒有嗎？我記得小六你離開前，我還有跟你說過我遇到她的事情。」

「是嗎？」卡拉揚有點心虛。關於小六的記憶，卡拉揚只剩下那面灰牆，和最後小美及固力果的背影。

莫名的誤會解除了，固力果向後靠著舒服的沙發椅背，「不過我一點也不意外。你從小對任何事情都沒有興趣，生活就只有棒球而已。我們三人裡面，你一直都是最徹頭徹尾的棒球瘋子。」固力果挪動一下身子，把雙手放在頭後。放鬆心情的他，話也突然多了起來，「那時候每天都堅持要去投球的就只有你了，有時候我眞的會懷疑你那永遠用不完的動力是怎麼來的。」

卡拉揚第一次聽到別人對自己的看法，還是來自於少數自己眞正認同的朋友，心頭突然漾起一股異樣的感覺。

「所以，你沒有跟小美在一起？」

「當然沒有。」固力果笑著說。

卡拉揚看著固力果的笑容，突然想到另一個問題。

「那、那小美有男朋友嗎？」卡拉揚的心猛烈地跳。該不會，該不會小美也有一個交往三年還是五年的男朋友了吧？

「沒有啦。是有很多人追她，不過都被她拒絕了。」

「喔是喔。」卡拉揚感覺全身的精力都一次放盡了，也向後倒進沙發裡。好險，好險小美還不是任何人的。不是固力果，也不是其他任何一個可惡的棒球天才。

「小美說，他們都不夠熱愛棒球。」固力果說，眼神安靜地看著卡拉揚。

卡拉揚也安靜地看著固力果。

固力果移開視線，彷彿下定決心般深吸了一口氣。

「或許你和小美都沒有發現，但我從小就覺得你們是一對……」卡拉揚心頭怦怦怦地跳，他沒有打斷固力果，就這樣聽著。「我不知道，你們爲什麼一直錯過……有時候，我會覺得……」

接下來，一個長到幾乎難以忍受的空白，兩個人都沒有開口。窗外人來人往，雨飄了下來，天漸漸暗了。

終於，固力果說出了他今天一直想對卡拉揚說的話。

「或許，小美一直在等你。」

□

接下來好幾天，卡拉揚都魂不守舍。

固力果的話始終在他腦裡，徘徊不去。他起床的時候想到，吃飯的時候想到，上廁所的時候想到。現在，就連練球的時候也會想到。

「欸，你今天是怎樣，很不準噢。」東哥難得練到一半就從車上走下來。他走到板子前面搖搖頭，「你是每一格都瞄還是怎樣，我怎麼看不出你要打哪一塊。」

「對不起。」卡拉揚剛才的確是亂投一通，他腦中想的都是那天和固力果的對話。

「但你今天的球，很有生氣喔。」東哥墨鏡下的雙眼閃出一道光芒。

「嗯，這只是個感覺啦，只是個比喻。有時候我會覺得，她一直都沒有男朋友，會不會是因為你。」固力果說。

「小美在等我？」

因爲我？有可能嗎？卡拉揚沒有說話，他知道就算固力果的想法沒錯，但橫亙在他和小美之間的巨大障礙，是他無法改變的，最愛的棒球。

只要小美的棒球始終都是這麼厲害，那每天在她身邊的就不會是我。

「你離開後，我就很少看到小美大笑的模樣。」

卡拉揚沒有聽進固力果剛剛的話，因爲他似乎想到了什麼，很重要的一個什麼。

他想到一場比賽。他對野測生的比賽。

棒球的定義和過去已經不再一樣了。卡拉揚知道自己就算沒有天分，也可以投出很棒的球。

他可以讓小美對他刮目相看。

砰！

「唉呦，一球比一球不準，不過，球倒是越來越快囉。」東哥嘿嘿地笑，「你今天是吃錯了什麼藥啦？」

卡拉揚敷衍地嗯了一聲。

「不過你可別想這樣蒙混過去。」東哥把墨鏡摘下來，用力瞪著卡拉揚，「以後要投球之前，先報出你要投的號碼，僥倖打破的我可不承認。知道嗎？」

卡拉揚沒有答話，他的腦袋此刻已完全被小美佔滿了。

「我覺得……你可以試著約約看小美。」固力果說。

卡拉揚自從想到自己也有可以讓小美認同的棒球實力後，興奮得不得了，拚命和固力果討論追小美的事。

「那要約去哪啊？吃飯好嗎？她喜歡吃什麼啊？是不是第一次不要吃太貴啊？還是要去看電影？」

卡拉揚一連串的問題讓固力果皺起眉頭，他本來就不是擅長這種事的人，「我也不知道，你問別人好了。」

「還有誰比你和小美更熟，你一定知道的啦。她喜歡愛情片嗎？還是喜劇片？還是恐怖片？」卡拉揚苦苦哀求固力果給他更多情報，但固力果卻一個問題都答不出來。

「唉你真的很遜欸。」卡拉揚像吵不到糖果的小孩，悻悻然地放棄了。

「對不起。」老實的固力果認真的道歉，臉上更是真的很對不起的表情，卡拉揚看了不禁笑了出來。

「沒關係啦，你不用跟我道歉啊。這種事本來就要靠自己。」卡拉揚笑容滿面，他覺得今天遇到固力果是他這輩子最幸運的事了。

「不過，你要約要快一點。」

「嗯？你不了解啦，這種事是急不來的。」卡拉揚看著固力果木訥的臉笑著說。

「我是不太知道這種事要怎麼樣，不過，我說的是另外一件事。」固力果的表情突然多了層擔心。

「什麼事？」

「你知道沈大維嗎？」

砰！

「喂，我叫你要報號碼啊。」東哥站在鐵架旁扠著腰說。

咻！

「靠！」

雷霆萬鈞的一球掠過東哥臉旁，離他的棒球帽帽簷不到三十公分。

東哥衝到卡拉揚眼前大吼大叫，卡拉揚卻完全沒有聽到。他的腦中除了小美外，現在又多了一個人：沈大維。

「我知道沈大維啊，把先發投手群打爆的那個，他超威的，怎樣？」

「他現在都跟我們一起練球，而且每次都有一大堆女生在旁邊圍觀，叫來叫去的。」

「喔是喔，他是長得蠻帥的啦。怎麼說呢，輪廓很深，笑起來也很不賴。」突然，卡拉揚腦中浮現一件很恐怖的事，「等一下，該不會，小美喜歡上他了吧？」

「這倒沒有。」固力果說得斬釘截鐵，卡拉揚吁了一口氣，差點沒被自己嚇死，「不過，小美上個禮拜跟我說，沈大維約她出去。」

「什麼？」卡拉揚大叫一聲，從座位上跳了起來，還撞翻了桌上的兩個玻璃杯，幸好果汁都已經喝完了。

「你不要這麼激動啦。」固力果把卡拉揚拉回座位，「大家都在看。」

「你、你說清楚一點。」卡拉揚驚魂未定。

「我也不太知道詳情，總之小美上個禮拜跟我說沈大維約她去看電影。好像是跟狗有關的那部？」

「《戀之犬》？」

「嗯嗯就是那個。」固力果用力地點頭。

「靠。」卡拉揚罵了一聲。那是現在最紅的電影，由小說改編而成。幾秒鐘前還排在卡拉揚準備約小美看的電影順位第一名。

「那小美答應他了嗎？」

「呃……好像吧。」固力果說得面有難色，似乎不想讓朋友傷心。

晴天霹靂，卡拉揚頓時覺得眼前一黑。

「你還好嗎？」固力果關心地問。

還好？豈止還好，簡直是棒到快要失禁了。可能是野球高中有史以來最強的巨砲成了我的情敵，我再強一百倍也沒得比啊。卡拉揚在心中暗幹。

「不用在意他啦，之前多少人追過小美，還不是都失敗了。」固力果認眞地分析起來，「我覺得你有很大希望，她一定是在等你的。」

是啦，之前是很多人追過小美沒錯，但有沈大維這種等級的嗎？卡拉揚還記得沈大維當初面對許伯超時臉上的笑容，那並非睥睨一切的高傲笑容，而是好不容易遇到高手而興奮愉悅的陽光笑容。卡拉揚甚至在那一刻就成爲沈大維的球迷了。

「嗚……」卡拉揚抱著頭痛苦呻吟。

啪。

卡拉揚把手套丟在地上，衝回公車裡。

「欸，你今天是怎樣？很反常喔。」東哥慢慢地跟了上來，他也看出卡拉揚的不對勁，深怕和上次的父親事件有關，態度突然變得小心翼翼。

「沒事。」卡拉揚躺在公車最後一排座位上，看起剛剛順手摸來的色情雜誌。

「喂。」東哥一把搶回他的寶貝雜誌，「毛還沒長齊，看這個沒有好處，會陽痿三十年噢。」

卡拉揚坐起身來，滿面愁容。

「怎樣？說吧。」東哥掀起身旁的座墊，把雜誌隨手丟了進去，裡面依稀還可以看到四、五本謎樣的書籍。

「東哥，我、我真的可以變強嗎？」

「當然可以。」東哥在他身旁坐下來，「你不相信我？」

「不是，只是，我可以變多強？」卡拉揚的眼神充滿了渴望，渴望知道答案。

「如果我想的沒錯，你可以變得很強，前提是你要照我的規定充分練習。」

「很強？是多強？」卡拉揚的眼神依舊飢渴，剛剛那不是他要的答案。

「唉。」東哥嘆了一口氣，「現在告訴你，沒有好處，這道理就像你剛剛看的雜誌一樣。」

「我想要贏一個人。」卡拉揚的眼神變了。

「誰？」

「沈大維。」卡拉揚從小到大，沒有像現在這麼希望贏過一個人，徹底擊倒一個人。

東哥的雙唇抿得很緊，他知道沈大維是哪號人物，卡拉揚之前都告訴他了。

「很難。」東哥拍拍屁股站起身來，肥大的身軀在卡拉揚身上籠罩下一大片陰影，那彷彿是預測卡拉揚未來的不祥暗影。接著，他緩緩轉頭，漆黑的墨鏡後方，卻可看到雙瞳射出的兩道精光，「但不是沒有可能。」

卡拉揚霍然拔起，身上猛地爆出一股鬥氣。

「喂，別激動。」東哥被卡拉揚嚇了一跳，墨鏡都歪了一邊，「是有可能，但可能性很小很小，可能不到百分之一。」

「夠了！」卡拉揚衝下公車，撿起地上的手套，球已握在手中。

「六號！」卡拉揚大吼。

砰！

板子碎飛在空中。

愛情使人盲目。

愛情使人無敵。

10

「嘿，最新消息，現在全校都知道沈大維在追葉曉梅了。」第二節下課的掃除時間，卡拉揚和蛋塔躲到球具室裡，談論著比把窗戶擦到看不見還要重要兩萬倍的事情。

「怎麼會這樣？」卡拉揚不敢相信。

上禮拜和固力果的巧遇，讓卡拉揚知道為了自己未來的幸福，他必須有所行動。而他也知道，每天發瘋似的練球，是無法追到女孩子的。毫無經驗的自己，此刻還需要一個愛情顧問。於是卡拉揚把蛋塔約出來，告訴蛋塔他人生中最重大的發現，他喜歡上了自己認識十幾年的青梅竹馬。而卡拉揚也接著說出他人生至今的最大危機，風雲人物沈大維非常不湊巧的和自己喜歡上了同一個女孩。

「哇靠，你比我還慘欸。」這是蛋塔聽完後的第一個感想。

話說蛋塔上次花了三萬塊的告白作戰，最後只得到一張三萬人同場見證的好人卡。而沒有心理準備就在大螢幕上看到自己驚慌失措臉孔的布丁，到現在還氣得不肯跟蛋塔講話。

「我有這麼慘嗎？」卡拉揚不敢相信。

蛋塔默默點點頭，「就連慘絕人寰也沒辦法形容你。」

「靠，那怎麼辦？」

「如果你們是比棒球，我會說你去自殺比較快。但這不是棒球，這是連上帝也搞不懂的愛情啊。」蛋塔露出笑容。卡拉揚有時會懷疑蛋塔是不是腦袋有病，不然怎麼會這麼樂觀。

「這我知道，但他是沈大維欸，現在全校有一半的女生都想嫁給他吧。」卡拉揚怎麼樣都樂觀不起來，他懷疑自己如果是gay，搞不好也會想嫁給沈大維。

「沒問題的。」蛋塔舉起大拇指，「我相信你一定沒問題。」

卡拉揚不知道爲什麼，內心好像有點感動。「那接下來我要幹嘛？」

「三個重點。」蛋塔伸出三根手指，「情報，情報，還是情報。」

「情報有這麼重要嗎？」卡拉揚還以爲是棒球實力，還是長相之類。

「絕對重要。我就是因爲不知道布丁討厭在公衆場所被人注視的感覺，才會落得失敗的下場。」

「我了解了。」卡拉揚這輩子從來沒有聽過這麼具有說服力的例子。

「所以我們現在要做的就是，儘量蒐集情報，不管好的壞的都蒐集過來。到時，我們就會知道下一步怎麼做了。」

「嗯好。」卡拉揚點頭。

接下來的幾天，卡拉揚和蛋塔都在四處蒐集情報。小美的練球時間，最喜歡的歌手是誰，最愛吃哪種蛋糕。蛋塔不知道用什麼方法，總是可以弄來這些問題的答案，讓卡拉揚感到敬佩不已。

「葉曉梅喜歡懶懶熊。」蛋塔興奮地告訴卡拉揚昨天聽到的消息。懶懶熊是太陽國SAN-X公司出品的卡通小熊，只要印有此熊圖樣的東西皆瘋狂熱賣，可以說是十分厲害。

「眞的假的？我一直以爲她不喜歡那種可愛的東西。」卡拉揚有點錯愕。

「不會啊，我還聽說她家裡有一整套便利商店的Hello Kitty，不過這來源不太可靠，所以我一直都沒有告訴你。」

卡拉揚漸漸發現，他認識的小美，好像只是葉曉梅的一小部分而已。

情報的蒐集進展順利，蛋塔甚至還幫卡拉揚擬出了一套戰無不勝的攻克法，這讓卡拉揚感動到幾乎快要掉淚。而就在卡拉揚終於鼓起勇氣要約小美的那天，發生了他們想都沒有想過的事情。

「全校都知道了？怎麼可能？」卡拉揚在球具室裡大叫出聲。

「喂，小聲點啦。」蛋塔打開門看了一眼，確定沒有人被怪聲吸引過來。「一點也不誇張，沈大維追葉曉梅這件事，現在已經變成一個校園傳說了。」

「傳說？爲什麼？」球具室沒有空調，卡拉揚感覺額上一滴冷汗流了下來。

蛋塔把身體移近卡拉揚，用氣音小聲地說：「據說他有次打擊練習的時候，和葉曉梅打賭，若是他可以連續打出十支全壘打，葉曉梅就要跟他去看電影。」

電影？就是固力果上次說的《戀之犬》嗎？卡拉揚心想。「然後呢？」

「然後，他在前面九球都打出了中外野方向距離最遠的全壘打。」

「這太誇張了吧。」

「我承認這眞的有點誇張，我也不太相信。不過接下來發生的事情，才眞的叫誇張。」蛋塔神秘兮兮，卡拉揚已經滿頭大汗。

「快說。」

「聽說葉曉梅在九球打完後，自告奮勇上去當捕手配球……」蛋塔講到這裡停了下來，「你不覺得這邊很有趣嗎？說不定她並不想和沈大維去看電影。」

可是他們最後還是去了，固力果都告訴我了。所以，到底發生什麼事了？「然後呢？」卡拉揚心急的催促蛋塔。

「然後，葉曉梅果然厲害，連續幾球都配得沈大維出不了手。眼看打擊練習的時間就要結束了，沈大維逼不得已，出手打了一顆外角偏低的球。」

「結果……還是中外野方向的全壘打？」卡拉揚猜著結局，心涼了大半。

「不是。」蛋塔緩慢地搖著頭。

「那是……右外野全壘打？……左外野？」

「都不是。」蛋塔嘴角露出賊笑，卡拉揚有不好的預感。

「那是什麼？」

「沈大維打偏了，他把球打成一壘方向的界外高飛球。」蛋塔還在賊笑。

「所以，葉曉梅是因爲同情他才去的嗎？」

蛋塔繼續重重地搖著頭，臉上還是那讓人討厭的笑容。卡拉揚在心底發誓，要是蛋塔再搖下去，他就要把他的頭塞到全寶島最骯髒的馬桶裡。

「那一球高高的飛起……」蛋塔從球籃裡隨手拿起一顆棒球，把球慢慢高舉過肩，試圖重現當時的情景，「越飛越高……」蛋塔手中的球劃著漂亮的拋物線，往球具室的角落飛去，「接著，球垂直的落下，然後……」

咚。

蛋塔把球丟進角落的一個鋁製水桶裡。

「然後咧？」卡拉揚不太了解這是怎麼一回事，「沈大維打的球掉到一個水桶裡？」

蛋塔終於不再搖頭，他滿意的對卡拉揚點頭，贊同他說的最後一句話。「沒錯，只不過那不是一個普通的水桶，那水桶外面已經被人用黑色麥克筆寫了三個大字……」

全，壘，打。

卡拉揚腦中一片空白，重心一個不穩，差點跌倒在地，好險蛋塔及時過來扶住他。

「你是說……他是故意把球打到水桶裡的？」卡拉揚倒在蛋塔懷中結結巴巴。

「沒錯。」

神啊，快告訴我這是一場夢吧，卡拉揚在心中祈禱。

「這件事的真假已經不重要了，重要的是，全校現在都把他們當成是一對，而且是傳奇的一對。」蛋塔看著神智渙散的好友，希望可以重新拉回他的鬥志。「所以，我們已經不能在旁觀望，該是戰鬥的時候了。」

「戰鬥？」卡拉揚喃喃唸著這兩個字，聲音裡沒有任何鬥志。

「沒錯，戰鬥。」蛋塔用右手重重地拍上卡拉揚的肩，差點又讓他再跌倒一次。

「那，要怎麼做呢？」卡拉揚感受著從蛋塔手心傳來的熱度，還有勇氣。

「現在已經不能打情報戰了，一旦他們在一起，一切都完了。現在是學魯夫用出三檔戰鬥的時候了。」

「三檔？我也有三檔嗎？」聽到海賊王魯夫的名字，卡拉揚突然熱血沸騰。

「有。」蛋塔把左手也搭上卡拉揚的肩膀，兩股無形的暖流灌進卡拉揚全身，卡拉揚比誰都清楚，這是友情的力量。

「告白吧，卡拉揚！」

□

禮拜天的爽朗午後，卡拉揚站在車站圓環前面，這輩子第一次緊張到手心冒汗。

兩天前，他打了通電話給小美，小美聽到卡拉揚的聲音顯得非常愉快，似乎還有點驚訝。

「哈囉。」小美。

快。

「嗯，哈囉。」卡拉揚雖然已經排練過千百遍，但在手機接起來的那刻，還是不自覺心跳加

「最近還好嗎？」小美的語氣十分自然。

「嗯還好。」卡拉揚腦中似乎有一萬個小人在演奏打擊樂，鏗鏗鏘鏘搞得他幾乎無法思考，但他知道有些話非說不可，「呃，妳這禮拜天有空嗎？」

「嗯你等我一下噢。」話筒裡傳來翻閱書頁的聲音，小美查著她的記事本。短短五秒鐘的時間裡，卡拉揚已經想出了十幾種小美可能拒絕他的理由。

「唔，有空啊。」聽到小美的回答，卡拉揚眼前的景物瞬間亮了起來，世界彷彿重新上色。

「那，妳要不要去看電影，我們可以——」

「好哇。」不等卡拉揚說完，小美就爽快地答應了。卡拉揚拿著手機愣了好一會兒，才意識到現實已和夢想咔嗒一聲接在一起。

「喔，那……那妳有想看什麼嗎？」

「嗯，我想看《戀之犬》欸，聽說很好看。」

卡拉揚沒有想到會是這個答案，沉默了好一陣子，想著是否要問小美關於沈大維的事。

「怎麼了？你不想看嗎？」

「喔，不會啊，我也很想看。」

「那就好。」手機傳來小美高興的語氣，卡拉揚幾乎可以瞧見那個笑容，他慶幸自己在最後一刻忍了下來，儘管他真的很想知道小美和沈大維究竟看了《戀之犬》沒有。

「那禮拜天下午兩點，在車站圓環可以嗎？」卡拉揚問。

「可以啊，那到時候見囉。」

「喔，好。」

「掰掰。」

「掰。」

掛上電話，心跳依舊像夜店的大鼓震動著身體和鼓膜。卡拉揚在房裡振臂高呼，像一個完全比賽的勝利投手。

儘管已經過了兩天，那通電話的感覺依舊鮮明，卡拉揚似乎每一刻都活在夢境裡頭。而如今他站在車站圓環前面，這種感覺只有更加明顯，因爲他看到小美穿過人群朝他走來。

小美穿了一件可愛的牛仔吊帶裙，頭髮綁了個清爽的馬尾。午後的陽光照著她全身發亮，連髮絲都看得清清楚楚。卡拉揚第一次發現，小美笑起來的酒窩好深好深。

「哈囉。」小美歪著頭和卡拉揚打招呼，永遠都是小美先打招呼。

「嗨。」卡拉揚微笑，他感覺全身僵硬。

「我們要走了嗎？」小美的眼睛閃閃發亮，卡拉揚無法直視。

「嗯，好啊。」

從車站到電影院的路程只有十分鐘，卡拉揚卻感覺似乎有五個小時。

他第一次發現自己在小美身邊竟然會如此不自在，每個動作都小心翼翼，說話也結結巴巴。

深怕說錯一個字，就搞砸了這唯一的機會，小美就會成為別人的女孩。

好險這異樣的感覺並沒有持續太久。卡拉揚慢慢發現，就算小美穿著打扮和以前多麼不同，就算他如今對小美有了一份特殊的感情。但小美那充滿活力的講話方式，難以捉摸的笑點，滔滔不絕談論棒球的樣子，都和卡拉揚印象中的小女孩一模一樣。

於是，彷彿喝下一杯再熟悉不過的溫暖咖啡，卡拉揚逐漸放鬆了下來。

「好期待噢。」小美拿著剛買到的電影票，笑著對卡拉揚說。

「嗯。」卡拉揚用力點頭，他心中也充滿期待。和小美的第一場電影，絕對是他上百種夢想裡最幸福的一個。

不過在電影院裡，卡拉揚又不自覺緊張起來。

卡拉揚發現自己沒辦法集中精神在面前的大銀幕上，三不五時就想要偷瞄小美的側臉。小美專心的模樣，小巧挺直的鼻梁，微翹的嘴唇，以及隨著劇情露出的笑容，都讓卡拉揚神魂顛倒。

「欸，好好看噢。」小美走出電影院時，興奮得像個孩子，「好久沒看到這麼好看的電影了，後面的劇情轉折超酷的。」

「嗯對啊。」電影演到後半段時，卡拉揚也被意料之外的劇情給深深吸引，沒有再分心到小美身上，「看到最後才知道戀之犬是什麼意思。」

「嗯嗯沒錯。」小美微笑點頭，馬尾似乎有自己的生命，在她頭後優雅地律動著，「欸，那我們現在要去哪裡？」

「去喝咖啡好不好？我知道一家店蠻酷的，叫池袋西口公園。」

「嗯好哇。」小美微笑，太陽在那一刻似乎也失去光彩。

□

池袋西口公園並非坐落在公園旁邊，而是位在鬧區的都市叢林裡。池袋西口公園這名字來自於咖啡店老闆最喜歡的一本小說，描寫一個不良少年在池袋西口公園替大家解決紛爭的故事。

推開貼滿各種樂團活動文宣的小門，首先映入眼簾的是牆上的一面大旗，上面寫著I.W.G.P.，即Ikebukuro West Gate Park（池袋西口公園）。右手邊的牆上擺滿了上百張專輯，有一半是寶島的地下樂團，另一半則是老闆偏愛的後搖滾樂。

「好酷噢。」小美站在入口處發出驚嘆。

「對啊，我第一次來的時候也嚇了一跳。」卡拉揚幾天前才和蛋塔來探過路，畢竟帶女生去一家自己也沒去過的店，實在不是很帥氣。

小美在店裡四處逛著，她在角落的書櫃前停下腳步。裡面放的全是漫畫，從最經典的《海賊王》、《獵人》到《20世紀少年》應有盡有，安達充全集更是毫不掩飾地擺了兩套。小美從裡面抽出了《好逑双物語》，彷彿觸摸什麼寶物般地小心翻著。

「這是好久以前的漫畫了。」卡拉揚站在小美身後說道。

「對啊，好懷念噢。我還記得以前每一次出單行本，你都會買回來借我看。」

「嗯，不過最後常常會不知道借到哪裡。」卡拉揚笑著說。

當年沒有很多零用錢的卡拉揚，其實只是想成為第一個和小美討論最新劇情的男孩，才把每本單行本都買回家。從那之後，卡拉揚沒有再買過半本漫畫。而那一整套七零八落的《好逑双物語》，在卡拉揚搬去鄉下的時候，被詹姆士當作垃圾丟掉了。卡拉揚還因爲這件事，和父親大吵一架，離家出走了一個晚上。

他們在角落的一張桌子坐了下來。卡拉揚點了一杯愛爾蘭咖啡，小美則點了巧克力牛奶。飲料上來前，兩人胡亂聊著。卡拉揚問了很多關於練球的事，小美都隨意帶過，興趣缺缺的樣子。

「不要再聊練球啦，說些你的事吧，我都不太知道你發生什麼事。」小美托著下巴，兩肘擱在桌上，一副卡拉揚不說就絕不罷休的樣子。

「喔好啦，我最近——」

「我要你從小學離開的時候開始說。」小美打斷卡拉揚，表情堅定，兩隻眼睛像是最清澈的寶石。卡拉揚看得出神，過了半晌才好不容易吐出兩個字，「喔，好。」

卡拉揚從搬去鄉下的時候開始講起。那裡悠閒的日子，滿山遍地的農田，自己如何和大家格格不入，只好每天念書的生活。以及終於考上野球高中，在這裡重新遇到了小學好友蛋塔，加入了棒球社，還有和東哥相遇的神奇經過。

這一個小時裡，卡拉揚講得口沫橫飛，小美則從頭到尾都靜靜聽著。最後結束時，兩人都感覺到了一些什麼，一些可以彌補過去錯過時光的什麼東西，溫柔地流進心頭。

「講完了。」卡拉揚喝下最後一口咖啡。

「嗯。」小美滿意地點頭，露出笑容。那瞬間，卡拉揚心頭彷彿被急駛的火車撞上，瞬間一陣暈眩。那是他絕不會忘記的笑容，是多年前小美在彩虹大橋時臉上的笑容。

這個笑容讓卡拉揚突然想起一件事，他把手伸進口袋裡，確認信紙的存在。被折成心形的信紙，裡面有著卡拉揚昨天熬夜寫出來的，或許可以稱之爲情書的東西。

上個禮拜，卡拉揚和蛋塔在一家泡沫紅茶店裡討論告白作戰的計畫。

「告白，總之就是找一個浪漫的地點，講出一句浪漫的話。」蛋塔歪著頭思考了一陣子，「像是……讓我每天早上都爲妳做起司蛋餅吧，之類的話。」

「那如果她不喜歡吃起司蛋餅呢？」

「這不是重點好嗎，重點就是要講一句讓女孩子想當場嫁給你的話。」

「可是……我講不出口。」

「不行，一定要講啊，不然怎麼叫告白。」

「我辦不到欸。」卡拉揚連想像自己對小美說出喜歡妳三個字都沒有辦法。

「那……好吧，第二方案，但有時這比告白還要感動人心啊。」蛋塔坐直了身子，臉上的表情莊嚴又神聖，「那就是情，書。」

「情，書？」

「沒錯，你把你無法說出口的愛慕跟思念，轉化成文字寫在紙上，有時候情書的威力甚至遠大於告白的震撼啊，端看寫情書的人的誠意和文筆而定。你作文好嗎？」

「嗯，還可以。」

「還可以就OK啦，不要太爛就好了，重點是讓女孩感覺到你信裡的心意啊心意。」蛋塔越說越激動，整個人從座位上站了起來。

就這樣，卡拉揚花了好幾天構思，最後終於把他的心情寫成兩張信紙，折成曖昧的愛心形狀，準備看電影那天拿給小美。

現在，情書就躺在卡拉揚手心，他頓時感覺口乾舌燥，整個人熱了起來。小美此刻帶著彩虹大橋的微笑，坐在他面前。氣氛如此美好，似乎連空氣也要醉了。

現在嗎？現在把情書交給小美嗎？卡拉揚拿不定主意，手在口袋裡遲遲無法拔出來。

這個時刻眞的對嗎？那接下來呢？拿給她之後要幹嘛？卡拉揚想得越多，手就越往口袋裡頭擺。

突然，小美的手機響起。

「喂。」小美臉上的彩虹大橋微笑消失無蹤，只剩下講電話時的簡單表情，「嗯，嗯好。」掛掉電話後，小美一臉抱歉地說：「對不起欸，我爸說今晚的家族聚餐改在桃園的姑姑家，所以他現在要過來接我。」

「喔是喔。」卡拉揚的手終於拿了出來，只是心形信紙仍留在口袋裡。「那我們去結帳吧。」

「嗯。」

和小美在車站分別後，不知爲何，卡拉揚竟然有鬆了一口氣的感覺。雖然沒有拿出情書，但卡拉揚覺得今天的約會已經十分成功。他們像從前那樣聊著，小美也露出了好久不見的那種笑容。以後一定還有機會的，不用急著今天，卡拉揚心想，沒錯，一定是這樣。

回家的路上，卡拉揚走沒幾步就跳起來歡呼一番，像個白痴般一直咧嘴傻笑著。

□

回到家裡，心情大好的卡拉揚反常地和坐在客廳的父親大聲打招呼，「嘿爸，我回來了。」

「喔……好。」詹姆士似乎被嚇了一跳，但很快又把注意力轉回電視上的棒球轉播。桌上放著幾瓶還沒開的啤酒，詹姆士似乎尚未開始今日的酒精旅程。

「爸你在看啥啊？」

「嗯，螃蟹啤酒對風衣大盜。」寶島職棒聯賽目前排名第一和第二的對決，裡面甚至有幾名球員是詹姆士從前的隊友。

「哇塞，那一定很精采。」卡拉揚突然想到一件事，衝回房裡。很快地，他拿著一瓶洋酒跑了出來。「嘿爸，你看這是啥？」

詹姆士接過酒來仔細端詳，過了一會兒他露出驚訝的神色抬起頭來，「這酒不便宜欸，你怎麼會有？」

「呃，一個長輩給我的。欸爸，我們來喝吧。」卡拉揚不等詹姆士答話，就衝進廚房拿了兩個酒杯。詹姆士看他這樣，也沒有阻止，默默地打開了酒瓶。

接下來的一個半小時，詹姆士父子就這樣喝著酒看棒球轉播。這中間卡拉揚對父親隨口講著自己最近的生活，關於棒球的，關於女孩以及朋友的。雖然詹姆士仍然像平常一樣，沒有展現出多大興趣。但可能是因為卡拉揚心情太好了，也可能是因為他根本就醉了，他只顧一直講一直喝，一直喝一直講。

等到他回過神來，轉播早已結束了，而他正把內心隱藏了十五年的話，一股腦的說出來。

「嘿爸，你每次罵我和媽媽的時候，我都好難過好難過，好幾次都躲在棉被裡哭，一直哭到累了才睡著你知道嗎？」

詹姆士沒有答話，他看著兒子，臉上有股奇異的表情。酒精讓卡拉揚的頭好暈好重，但他體內卻有股無法控制的力量，促使他一直說下去。

「我也想和其他同學一樣，假日跟爸爸一起去看球賽，但你都只是喝酒……」

卡拉揚開始哽咽。

「家長會的時候，所有人裡面只有我是爺爺來……校慶也是，我都要去別人爸爸的相機裡找我的照片，你從來都不出現……」

詹姆士抿著唇，看著卡拉揚。此刻顯得如此瘦小的他的孩子，因為哭泣而斷斷續續地說著，過去他沒有盡到的父親的責任。

靠在沙發上的卡拉揚，聲音漸漸越來越小，最後只剩下微微的啜泣聲，和粗重的呼吸鼻音。

詹姆士抱起他的孩子，進到房間裡，替卡拉揚脫下襪子，蓋上棉被。他看著卡拉揚的睡臉，赫然發現他已經和記憶中的男孩十分不同了，彷彿一夕之間長大了。剛剛卡拉揚酒醉的囈語，讓他想起長年來他故意忽視的另一個生命。他看著自己放在床緣的手，夜燈下乾黃的指掌微微顫抖，那是上千公升的酒水賜予他的。但除了這個，他又從那無止盡的頹醉夜晚得到什麼。什麼也沒有。

而男孩始終把他當成父親。

他用微顫的雙手把棉被拉到男孩脖子上，又站了一會兒，然後關門出去。

那天，詹姆士和其他夜晚一樣失眠，但不同的是，他十幾年來第一次沒有想要喝酒灌醉自己。

卡拉揚則做了一個夢。

夢中，父親帶著他和小美一起到遊樂園玩。夢裡他們還好小好小，小到覺得自己彷彿永遠都不會長大那麼小。卡拉揚和小美衝向最喜歡玩的旋轉木馬，詹姆士在外面微笑看著他們，拿著一台相機，喀嚓喀嚓拍了好多照片。

卡拉揚坐上一匹最華麗的大木馬，他費了一番功夫才爬上去，坐好後他覺得自己是個騎士或是王子。小美則在裡頭繞啊繞的，尋找她最中意的一匹木馬。尋找的時間是那麼久，久到卡拉揚不禁擔心會不會小美還沒找到，音樂就開始播放，木馬就這麼啟動了。不過好險，小美總算在最後一刻找到了她的木馬。

那是一匹很舊的棕色小木馬，上面甚至連假的馬鞍都沒有，但木馬的額上卻頂著一根漂亮的小角。夢中的卡拉揚，花了好一段時間才意識到，那其實是一匹獨角獸。

小美爬上獨角獸後綻開笑容，興奮地揮舞兩隻小小的手，大聲叫著卡拉揚的名字。

卡拉揚在這一刻醒來。

在黑暗中，他感覺眼角濕濕的，就這麼在床上躺了好久。他依稀記得今晚的一些片段，自己強烈的情緒，雜亂的話語。但那全都帶有一種模糊的輪廓，並不十分真實，反而是那場夢似乎更像現實。氣味，聲音，木馬的觸感，吹上臉龐的微風，都逼眞得幾乎讓人掉淚。而隨著卡拉揚的回憶，夢境越來越鮮明。到最後他甚至無法確定，那是不是他某段遺落在時間迴廊裡的童年時光。

然後，巨大的沉睡感再次來襲，卡拉揚不知不覺睡去，沒有再做任何一個夢。

11

隔天，卡拉揚睡到九點半才猛然驚醒。換好衣服要衝出家門時，卻被在客廳看報紙的父親叫住。

「那個，桌上有便當，你帶去蒸吧。」

卡拉揚起先訝異於父親的早起，接著他看到餐桌上的便當。那是一個嶄新的不鏽鋼便當盒，上面的標籤貼紙甚至還沒有撕掉。

卡拉揚愣了兩秒，然後拿起便當，沉甸甸的，「這個嗎？」

「嗯，快出門吧，你遲到了。」說完，父親又把頭埋進報紙裡。

卡拉揚隨手拿了一個塑膠袋，裝著便當出門了。他感覺自己提著一個非常名貴的東西，小心翼翼。這是他這輩子第一次帶便當到學校去蒸。走到半路時，他偷偷把便當打開來看，裡頭裝著他從沒有見過的菜色，不是爺爺煮的。他想起早晨坐在客廳的父親，頓時心跳得厲害。過了好久，他才把便當重新蓋上。

那晚回到家，父親稀奇的沒有出去喝酒，反而在廚房煮著晚飯。爺爺則在餐桌擺上碗筷，大聲叫卡拉揚準備吃飯，看起來特別開心。

卡拉揚回到房間放下書包，把便當盒拿去廚房洗。廚房有著濃濃的菜香，高溫下爆炒的聲音充斥整個空間。卡拉揚不發一語洗著便當盒，詹姆士頭也沒抬，專注地擺弄手中的鐵鑊。就在卡拉揚洗完了便當盒，想出去幫忙爺爺時，詹姆士叫住了他，「揚揚，那個，今天的便當……可以嗎？」

「嗯，很好吃。」

詹姆士的表情幾乎沒有改變，只微微點了個頭，繼續料理手中的魚。

那天在餐桌上詹姆士仍舊寡言安靜，但卡拉揚依稀感覺到，父親的沉默和過去帶有不同的意義，某種尖銳的距離感已觸碰不到了。

「你今天又帶便當啦。」蛋塔說。

「嗯。」卡拉揚提著剛從蒸飯箱拿出來的熱騰騰便當，放在桌上預先墊好的報紙上，「我爸又幫我做便當了。」

「哇塞，很稀奇欸。你以前不都是去福利社買便當嗎？」

「對啊。」卡拉揚露出笑容。打開便當蓋，裡頭是卡拉揚最喜歡吃的雞腿。

「啊你跟葉曉梅後來怎樣了？」上次蛋塔知道卡拉揚沒有遞出情書後，還把他唸了一頓。

「我約她下禮拜天去遊樂園。」卡拉揚露出幸福的笑容，因爲小美，也因爲便當盒裡的大雞腿。

「遊樂園喔，不錯喔，你怎麼想到的啊？」蛋塔似乎爲自己沒想到這約會地點感到有點懊惱。

「就，突然想到的啊。」卡拉揚邊吃雞腿邊說。

「嘖，你現在感覺很厲害囉，不用靠我了嘛。」蛋塔酸溜溜地說，看著自己便當裡的空虛菜色。

「別說屁話了，沒有你我哪行啊。喏，給你。」卡拉揚把雞腿扯下一大片，放到蛋塔的便當裡。

「靠，算你還沒有見色忘友。」蛋塔馬上咂咂吃起來。誇張的吃相，讓人完全無法相信那只是一塊普通的雞腿。

□

「終於有空囉小子。」東哥邊挖鼻孔邊挖苦卡拉揚，用極度骯髒的肢體動作來表達他的不滿，因爲卡拉揚已經一個多禮拜沒有練球了。

剛開始卡拉揚是因爲準備小美的約會，後來則是想回家吃父親做的晚飯。不管是哪個原因，東哥都無法接受。

「休息一天，實力就會退步兩天。」東哥擺著一張臭臉。他不單是因爲卡拉揚沒有來練球，也因爲這幾天少了一個人陪伴而生著悶氣。

「好啦別生氣，我今天會打破兩塊的。」卡拉揚笑笑地說，他最近的心情簡直是無敵到不行。

「兩塊？哼。」東哥不屑地走回公車上，拿起最新入手的色情雜誌隨意翻閱，絲毫沒有把許久不見卡拉揚的內心雀躍表現在臉上。

卡拉揚一邊哼歌一邊拉筋，花比平常多上兩倍的時間進行紮實的暖身。雖然嘴巴上哼著歌，但他心裡其實隱隱有些擔心。會不會真的像東哥講的，休息一天實力就退步兩天。這樣算法，他實力大概退了有二十天，這可不是個小數目。

卡拉揚暖身完畢，戴上皮手套，拿起不知道被他丟過幾百次的硬式棒球。一股熟悉的感覺突然攫住全身，有如回家一般舒適自在，他深吸一口氣，感覺雙手充滿了力量。

好，先試投一球看看。卡拉揚心想。

有如呼吸一般的抬腿揮臂動作，卡拉揚今天做來感覺更是輕鬆寫意。在出手的那一刻，他似乎覺得板子好像比平常近了些，九宮格的框框也比平常大上一點。

鏘！

第一球，砸到了隔開五、六號板子的鐵條，鐵架微微晃動，發出清脆的聲響。

稍微偏了一點，不過感覺還不錯。卡拉揚轉轉手臂，從袋中拿出另一顆球，把手指仔細地壓在紅色縫線上。

這次卡拉揚花了較久的時間準備，把全部的集中力都用來瞄準五號板子。出手前，他感覺眼睛好像錯亂了，五號板子竟然出奇的大，簡直有一台汽車那麼大。

好瞄得不得了。

但接下來的事，更讓卡拉揚感覺不可置信。

他第一次如此清晰地感受到從腳底大腿腰部肩膀上臂前臂手指傳來的陣陣力量，那力量源源不絕且強大無比，經由指尖一點一滴完完全全地貫注在小白球上。

離開手指的小白球，有如加滿油又踩滿油門的頂級跑車，承載了卡拉揚的全身力量，朝數字五轟然飛去。

在球擊中板子的前一刻，卡拉揚腦中突然浮現四個字——無堅不摧！

磅！

板子以看不清的速度向後飛去，砸散在後面的水泥牆上。

東哥摔下椅子。

卡拉揚整個人嚇呆了。

這是他第一次用低於一百的球數把板子打掉。但若只看打中五號板子的球數，卡拉揚實際上只用了，一球。

絕對無敵的一球。

不知何時，東哥已走到卡拉揚身旁，腳步巍巍顫顫，嘴巴還閉不起來。

「再、再投一次。」東哥說。

卡拉揚點點頭，拿起另一顆球，做出準備動作。

這次，七號板子變成和大象一樣大。

卡拉揚感覺全身的關節肌肉有如上過新油重新調校的機器，所有齒輪都嵌合得恰到好處，足以發揮出百分之一百的力量。

磅！

「再一次。」東哥摘下墨鏡。

卡拉揚看著九宮格上的兩個大洞，整個身體熱了起來，前所未有的感覺正一步步扭轉他至今對棒球的所有認知。

磅！

八號板子魂飛魄散。

還不等東哥開口，卡拉揚就拿起了球。他要確定剛剛那三球並非偶然。

磅！

二號板子被轟得四分五裂。

磅！

四號板子碎得不能再碎。

磅！磅！磅！磅！

卡拉揚喘著氣，看著眼前的景象。

被打得乾乾淨淨的九宮格，只剩下橫豎幾根漆黑的鐵條，這是卡拉揚做夢都夢不到的壯觀場面。

一個恐怖的完全制霸。

「果然……沒錯。」東哥睜大著眼，胸膛劇烈上下起伏。他看著卡拉揚，眼底又驚又喜。

「媽的卡拉揚，你是黑球投手啊！」

□

東哥用果汁把卡拉揚的杯子盛滿，自己則叫了三罐寶島啤酒。

半小時前，卡拉揚把板子全部打爛，東哥於是宣布練習結束，帶卡拉揚到他最常去的黑輪路邊攤慶功。

「來黑球投手，乾！」東哥十分興奮，拿手中的酒瓶用力敲擊卡拉揚的塑膠杯。

「到底什麼是黑球投手啊？」半個小時內，卡拉揚已經聽到不下十遍的黑球投手。但身在棒球世家的他，聽過金球黃球紅球綠球藍波球，卻從來沒有聽過寶島有出現過什麼黑球投手。

「黑球投手喔，就是受詛咒的投手啦，來，乾杯！」東哥好像心情大好，一口氣就乾掉一瓶寶島啤酒。甚至還大聲宣布，要請在場所有人每人一瓶，大家聽到都鼓掌歡呼叫好。

「受詛咒的投手？」卡拉揚懷疑自己是不是聽錯了。他想要再多問一點，東哥卻只顧著點東西吃，以及和可愛的酒促小姐聊天打屁，完全不理會卡拉揚。

好不容易等到東哥吃飽喝足，卡拉揚終於逮到機會問了困擾他一整晚的問題，「到底黑球投手是什麼？是可以投出超重伸卡球嗎？還是快速指叉球？」

「黑球投手以前又叫做……」東哥把充滿酒臭味的嘴湊到卡拉揚臉旁，卡拉揚下意識想要閃開，卻發現東哥的手早已扣住他肩膀，讓他動彈不得，「暴力投手。」

「知道爲什麼嗎？」東哥顯然已經醉了，露出酒醉中年男子憤世嫉俗的笑容，「因爲他們球太快，但是控球不好，沒事就丟人砸人，所以被叫做暴力投手。」

「暴力投手……」

「去他媽的暴力投手，他們懂個屁！」東哥突然大聲嚷嚷，揮舞著雙手，要老闆再來一瓶啤酒，「他們懂個他媽的屁！」

只喝了柳橙汁的卡拉揚此刻清醒得像北極的冰，他趁東哥放開他肩膀時很快地換到對面的座位，繼續問，「所以，黑球投手一點也不暴力？」

「哈，不暴力？」東哥彷彿聽到這輩子最好笑的笑話，笑得全身肥肉不停抖動，「黑球就代表絕對的暴力，那暴力可以毀掉一切，所有的一切啊媽的。」

卡拉揚越聽越疑惑，不知道黑球究竟是代表暴力還是和平。正當他想要繼續問下去的時候，卻發現黑輪老闆不知何時已走到東哥身旁。

黑輪老闆有著滿頭白髮，年紀看似六十出頭。只見他輕柔地拍拍東哥，在東哥耳邊說了些什麼。東哥聽完邊搖頭邊搖手的，似乎不太喜歡，但黑輪老闆也不以為意，雙手一拉把東哥扶了起來。

「小朋友，你可以送他到轉角的旅館嗎？他今天醉得太厲害了，再喝下去不好。」黑輪老闆對卡拉揚說。卡拉揚注意到他眼角的皺紋和爺爺好像，頓時有股親切的感覺。

「嗯好。」卡拉揚攙扶住東哥。

「對了，你可能有很多問題想問，但等他明天醒了再問吧。」黑輪老闆彷彿看穿卡拉揚的心思。他嚇了一跳，張嘴正想問些什麼，黑輪老闆又再度開口，「不要問我，問阿東吧，沒人比他更了解黑球投手了。」

說完，黑輪老闆頭也不回地離開，去招呼新來的一批客人，留下卡拉揚和一個爛醉如泥的胖子。

□

卡拉揚安頓好不省人事的東哥後，在旅館大廳打了通電話回家。

「喂。」詹姆士的聲音。

「喂爸，我今天可能不回去了，住同學家。」

電話那頭靜默了幾秒鐘。

「嗯，自己注意安全。」詹姆士輕聲說。

「我知道，」卡拉揚說，「那爸晚安。」

「晚安。」

卡拉揚回到房裡，東哥的打呼聲像戰鼓一樣。不過讓卡拉揚睡不著的眞正原因，還是那四散分飛的九塊板子，還有東哥所說的黑球投手。

想著想著，卡拉揚在東哥磅礴的打呼聲下漸漸進入夢鄉。

第二天一大早，卡拉揚就被東哥搖醒。

「起來吧。」東哥說。

卡拉揚揉揉惺忪的雙眼，不解爲何東哥要這麼早叫他。

「謝謝你昨天送我來旅館。」東哥頭髮凌亂，眼皮浮腫，身上還微微透著酒臭味。可是他的雙眼卻清澈無比，只是眼瞳深處似乎帶著點哀傷。

「喔沒什麼啦。」

「你想知道黑球的事吧，我現在就跟你說。」東哥神情嚴肅，卡拉揚看了也清醒了大半，馬上坐起身來。

「我是個黑球投手。」東哥說得很快，卡拉揚卻聽得清楚無比。

「你是……黑球投手？」

「沒錯，不只是我，你也是。」東哥的表情從來沒有像現在這麼認眞。接著，他開始說起黑球的歷史。

大約五百年前，寶島人民首度發現抓週和未來的密切相關性。那時黑球仍是十分熱門的項目，每次抓週都會放在嬰兒的最前方。人們相信純黑的球一定有某種魔力，抓到的孩子將來勢必會成爲不得了的偉大投手。

只可惜幾百年過去了，從來沒有人抓到黑球過。

就在大家認爲黑球投手可能只是個不切實際的妄想時，卻突然蹦出了好幾個黑球嬰兒。他們受到最深的關切，承受最高的期望，而他們長大後，也的確不負衆望投出不得了的快速球。球不僅快得可怕，球質更是剛猛絕倫，在當時可以說是無人能敵。

但人們不久後漸漸發現，這些黑球投手們有個難以彌補的先天缺陷，那是極爲嚴重且不可原諒的。

「什麼缺陷？」卡拉揚緊張地問。

「他們只要一緊張，或是情緒產生波動，控球力就會馬上消失，甚至比沒有摸過棒球的家庭主婦還要爛。」

隨著黑球投手上場的增加，大家開始注意到他們投出觸身球的次數明顯高於一般投手。尤其到了關鍵時刻，他們的觸身球比率甚至高達百分之四十，幾乎是兩個人裡面就會砸中一人。儘管他們平常可以投出數不清的三振出局，但每到關鍵時刻就出狀況，根本沒有辦法成爲値得依靠的王牌投手。

甚至到了最後，他們連站上投手丘都有困難。

每個父母都不希望自己的孩子遇上黑球投手，因爲沒有人知道下一個被砸的會是誰。於是黑球投手逐漸受到歧視和排擠，一開始只發生在他們的童年及校園生活，最後連職業棒球也不歡迎如此不穩定的暴力投手。

而這時彷彿上帝顯靈彌補自己犯下的錯，金球投手噹啷一聲出現在寶島人民面前，幾乎一樣快一樣猛的球，卻仍保有無時無刻都精準無比的控球力。簡直可以說是最完美的投手，上帝賜給寶島的禮物。

而「上帝的禮物」金球投手出現後，「上帝的失誤」黑球投手就逐漸被大家所遺忘。最後，沒有人再拿黑球來抓週，黑球投手於是無聲地隱沒在歷史的洪流之中。

「所以，黑球投手注定不能成爲一個好投手？」卡拉揚眉頭深鎖，似乎發現自己是個黑球投手並不是一個好消息。

「不對。」東哥搖頭，「黑球投手只要可以克服控球的問題，絕對會是一個很棒的投手。而且，黑球投手還有比威猛速球更重要的武器。這點幾乎沒有人知道，就連大部分的黑球投手也不清楚。畢竟，他們已經可以投出最快的球了，誰還管那麼多呢。」

「比最快的球還厲害……那是什麼？」卡拉揚腦中出現好幾種變化球，但在最快速球的面前，他們只能算是陪襯的配菜。

「是慢速球。」東哥看著卡拉揚，眼裡沒有一絲笑意。「慢速球，才是黑球投手眞正的武器。」不給卡拉揚發問的時間，東哥馬上接口說：「你知道我爲什麼有天突然出現在你面前，要教你投球嗎？」

這個問題卡拉揚早已想過好多遍，卻從來都沒有問出口。此刻他安靜地等待答案。

「有天下班後，我像平常一樣去學校看人打球。那天很特別，我看到了一場五對九的精采比賽。就是那時候，我注意到了你，也注意到你身上黑球投手的潛質，明顯得不得了。你知道我從哪裡看出來的嗎？」

卡拉揚想了一會兒，然後驚訝地抬起頭，「你是說我最後丟向他們投手的那一球？」

「那只是讓我更加確定的證明而已。」東哥笑了一下，「反而是你從頭到尾的投球，每球都透露出你是個不折不扣的黑球投手。」

卡拉揚露出疑惑的神情，他記得自己那天投得還算不差，但跟黑球投手似乎完全沾不上邊。

東哥看出卡拉揚的不解，開口答道：「是慢速球。你的每一球都是專屬於黑球投手的慢速球。你有沒有覺得自己好像用盡了全力，球卻仍然奇慢無比？」

卡拉揚點頭不止。不要說那場比賽，他至今的整個人生幾乎都在體驗這種感覺。

「這就是了。黑球投手在青少年以前表現出來的就只有這種特徵的慢速球，等到過了一個時間點後，才逐漸能投出威力強大的快速直球。這也是爲什麼你不像其他摸到狗屁紅黃藍球的投手，從小就展現出與生俱來的棒球能力。」

「那種慢球哪有什麼屁用？」卡拉揚突然莫名憤怒了起來。沒有遺傳到金球的能力就已經夠慘了，此刻他整個人生都被嘲笑的棒球，竟然被說是黑球投手的秘密武器，他完全不能接受。

「只投慢速球當然沒什麼作用。頂多是你的快速揮臂動作讓打者產生球可能會很快的錯覺，導致他們看到慢球時抓不準最佳的擊球時機……」

卡拉揚突然想起那天比賽鐵男學長曾經說過，接自己的球有種很奇怪的感覺，難道就是這個原因。

「但加上快速球一起搭配後，就是另一種境界了。你想想看，同樣的動作卻可以投出一百六十公里和一百二十公里的球，打擊者一定會很難打，光要猜是快球還是慢球就讓他們想破腦袋，更何況他們還不知道你會投到哪裡。」

卡拉揚想著這畫面，覺得東哥的話似乎挺有道理。但還是有個不對勁的念頭，像怎麼攪拌都溶化不了的奶粉渣讓他渾身不對勁，「……可是……可是如果他從頭到尾都在等慢速球怎麼辦？只要被他等到，一定會被打成全壘打的。這樣一來，什麼快慢交替根本就沒有用啦，我還是一樣只能投快速球啊。」

東哥嗤了一聲，「你簡直比我阿嬤還蠢，誰說我們要投慢速球給他打的，我們可以投慢速壞球啊。那些球只是爲了混淆他的視覺神經和腦袋，重點是，在你一連投出兩三顆一百二十公里的慢球後，打者的眼睛會被迫習慣較慢的球速，這時候你全力砸出一百六十公里的速球，在他們眼中，這顆球看起來就像……」東哥停頓了一秒，眼睛閃出差不多五萬流明的亮光，「就像他媽的一百七十公里啊，那是連詹姆士也投不出來的球速啊。」

卡拉揚聽到父親的名字，渾身震了一下。比父親還要快的速球，多麼誘人啊。

「而且，如果你一開始丟的慢速球都是壞球，快速球都是好球，到最後你投一顆正中的慢球，打者還以爲是快速球要來了咧，保證球還沒到一半他棒子就揮完了。總之，這有千百萬種變化啦，不是你那豬腦想的那麼簡單。」

「所以，只要克服控球不穩的問題，我就可以變得很強很強囉？」終於搞懂黑球威力的卡拉揚，兩天來第一次如此開心。彷彿見到烏雲散去曙光洩地，卡拉揚頓時覺得未來希望無窮。

「哈，或許吧……」東哥露出曾經出現過的自嘲笑容。只是數秒後，微笑還在，他的眼神卻暗了下去，比最深最濃的黑暗還要黑。

接著，東哥緩緩說起自己的過去。

東哥出生在極爲少數的黑球世家，且誕生在黑球時代消失的最後幾年。他從小就知道自己是一名黑球投手，也知道黑球投手的辛酸歷史。只是，他不像那個年代多數自怨自艾的黑球少年，隱瞞起自己摸到黑球的事實。他不怕別人異樣的眼光，也不怕周遭朋友的排擠。相反地，他以此爲榮，且發誓要重新把黑球帶回最光榮的時刻，儘管黑球投手自始至終幾乎都沒有眞正光榮過。

熟知黑球投手缺陷的東哥，在少年時期就比別人多花了好幾倍的苦功在控球上。到了後來，若只看他在場上的表現，根本無法知道他竟是惡名昭彰的黑球投手。

東哥靠著與生俱來的威猛速球，還有後天苦練的控球力，終於如願以償進入當時著名的棒球強校聯合高中。雖然有了個好的開始，但東哥有更遠大的抱負。他決心要重新帶起黑球的風潮，讓大家知道，黑球不是詛咒，只要苦練，也可以幹掉金球投手。

「就是幹掉金球投手這個念頭，讓我踏入地獄。」東哥表情痛苦，被回憶侵襲。

當年最強的金球投手是高中畢業即踏入職業戰場的詹姆士，他得天獨厚有如天之驕子，看在東哥眼裡十分不是滋味。於是他誓言要在球場上，用自己的黑色速球擊敗詹姆士，討回屬於黑球應得的尊重。

但要對上詹姆士，首先得加入職業球團，而要加入職業球團，則需要在高中棒壇有出類拔萃的表現。

自我要求嚴苛的東哥，對出類拔萃的定義也十分驚人，那就是三年內帶領聯合高中達成睽違近十年的全，國，制，霸。

兩年多不間斷的努力和汗水，終於讓東哥在三年級的夏天，帶領學校進入最後四強。只要再贏兩場，就可以稱霸全國，並進軍他夢寐以求的職業球壇。

四強準決賽當天，太陽熱辣的燙，空中沒有一片雲。聯合高中的對手是本屆的最大黑馬，從來沒有進過前八強的欣國高校。他們靠著少見的蝴蝶球王牌投手，一路過關斬將殺到準決賽。

「那場比賽是名符其實的投手戰，打到九局下半我們只以一比零領先。對方剩下最後兩個人，我本來以爲勝券在握了……」東哥講到這裡停了下來，人生中的懊悔在這一刻殘酷地讓他說不出話來。過了許久，東哥才再度開口，「但因爲隊友的失誤，讓對方站上了二壘的壘包。就在那時候，我遇到了陳文豪……」

陳文豪，上了高中才因爲優越的運動能力打起棒球。守備能力卓越是他進入先發的原因，但從來沒有人想到他可以和東哥纏鬥這麼久。

「九球，整整九球，都被他打成了界外……」東哥緊閉雙眼，上唇微微抖動，「只差那麼一點……就那麼一球……」

東哥把頭垂得低低的，彷彿頓時失去了支撐身體的力氣，整個人像洩氣皮球般垮下。

「最後一球……我特別用力……以爲這樣他就打不到了……」

怎麼知道，東哥卻沒有把球控好，一百五十二公里硬如鐵塊的棒球，就這麼砸在陳文豪頭上。頭盔都被打裂了，人則像斷線風箏倒在地上。

陳文豪在加護病房待了三天三夜，東哥則在病房外的走廊跪了三天三夜。第四天，陳文豪被推出加護病房。一個禮拜後，他的喪禮在老家悄悄舉行。

東哥的夢就這麼被他自己親手結束了，也同時結束了另一個年輕的夢想。生命如此諷刺，最努力的人卻造成最遺憾的悲劇。那一天起，東哥離開棒球，沒有再回來過。

「我沒有一天忘記他的臉……」東哥拿起床頭櫃上的飛官墨鏡仔細擦拭，一遍一遍重複擦著早已乾淨透明的鏡片。下一秒，一滴淚珠掉在鏡片上，東哥停止了動作，「他其實想要成爲一個飛行員……打棒球只是他的興趣……」

東哥聲音哽咽，卡拉揚別過頭去。

太陽出來了，從窗戶灑進滿滿的溫熱光線。東哥坐在床尾，背影染成了金黃色。滿室迴盪著他的哭聲，如此尖銳，如此讓人不忍。

卡拉揚拉上窗簾，看了東哥最後一眼，安靜地走出房間。

走廊上東哥的哭聲細微許多，而隨著卡拉揚的遠離，那聲音也漸漸聽不見了。但其中所擁有的悲傷，仍亦步亦趨跟著他，濃厚緊密宛如新生影子。他第一次體會到，每個人或多或少都背負極為沉重的東西活著。東哥是這樣，父親何嘗不是。

雖然如此，我們依舊要在每天早晨努力睜開眼皮，掀掉棉被，認眞面對鏡中的自己。只要這樣，就會有值得微笑的事發生吧。

如今的卡拉揚，這麼相信著。

□

隔天下午，卡拉揚接到東哥的電話，約他傍晚練球。一開始卡拉揚還有些擔心，不過東哥的聲音聽起來和平常一樣，甚至比平常還要平常。

「欸小王八蛋，今天五點半，別遲到了。」東哥說完就掛掉電話。

卡拉揚到了的時候，東哥正手忙腳亂地把一個幾乎與他同高的包裹搬上公車，卡拉揚見狀連忙上去幫忙。搬妥後，東哥一語不發地載卡拉揚到平常練球的地點，兩人又七手八腳地把重物扛下公車。

「這到底是什麼啊？」卡拉揚滿頭大汗，不解地問。

「這個啊……」東哥隨手撥弄那早已定型五百年的旁分瀏海，接著，他唰一聲扯掉裹在重物外的防水布巾，「是你最新的練球夥伴！」

只見一個全新的直立鐵架，上頭有著密密麻麻三十六個小格子，每個格子內都嵌上一片厚紙板，厚度一樣不多不少三公分。

但對卡拉揚來說，這已非從前遙不可及的三公分。

「這啥？」

「我說過了，你最新的訓練夥伴。」東哥似乎很驕傲，單手靠在鐵架上，擺出自認最帥氣不羈的站姿。

「原來那個不好嗎？」卡拉揚突然懷念起原本已經生鏽斑駁的鐵架，那上面有他曾經戰鬥過的證明。但卡拉揚很快就注意到，這不是唯一讓他懷念的東西。

「等一下，這什麼鬼？」卡拉揚拿出一顆棒球，在三十幾個格子中隨機選了一格比了一比。格子只略略大於棒球一點點，幾乎無法用眼睛分辨的一點點。

「我訂做的，厲害吧，稍微投歪一點就沒啦。」東哥挪動了一下重心腳，似乎這才是他最滿意的pose，「你不是可以把格子看成大象嗎？等到你可以把這麼小的格子看成東興港貨櫃的時候，你就他媽的無敵了。」

「這太誇張了吧？」卡拉揚嚇得球脫手墜地。

「這一點也不誇張，誇張的是我新訂的規則。你現在已經可以隨心所欲投出足以打破板子的剛猛速球了，剩下的問題就是，你是否能在排山倒海的壓力下依舊投出又快又準的球。爲了訓練這個能力，我幫你想了一個新規定。」東哥笑了，像當年那個追逐夢想的男孩一般地笑了，「一個小時打完這三十六張，不然就去跑陽明山。不是跑完就沒了，跑完再回來投，沒投完再繼續跑，直到……」

「直到我可以一個小時打完三十六張？」卡拉揚接口，心跳莫名加速了起來。

「沒那麼變態啦……」東哥摸摸鼻子笑得更開了，感覺自己似乎又回到過去咬牙苦練的那段歲月，「直到你完全站不起來就可以了。」

卡拉揚愣了兩秒，低頭發現自己手心出了汗。

但他抬起頭來的那一刻，雙拳已牢牢握緊。

「一小時會不會太久了，半小時吧？」有史以來最熱血的笑容綻放在卡拉揚臉上。

有如白紙兩端的黑點在對折後重逢，一個跨越二十年的夢想就這麼奇蹟的重生了。

12

連續三天都路跑到半夜三點，卡拉揚上課的心神不寧很快就被蛋塔注意到了。於是一次午休時間，卡拉揚找蛋塔去頂樓吃便當，然後花十分鐘告訴蛋塔發生在他身上的事。

「你是黑球投手？」蛋塔吃驚地說，手上的炸雞就這麼懸在空中。

「怎麼？你聽過黑球投手？」卡拉揚也十分吃驚，沒夾好的鰻魚又掉回便當裡。

「嗯，我爸都有留著他年輕時買的棒球雜誌。我記得有一期是黑球投手特刊，封面的標題我現在還記得很清楚……」蛋塔停了一下，看了卡拉揚一眼，「寫著『撒旦降臨投手丘』。」

「撒旦啊……」卡拉揚想起東哥的故事，對那夢想飛上青空的男孩來說，黑球投手的確是惡魔一般的存在。

「可是，你怎麼會是黑球投手呢？我記得黑球投手幾乎全是遺傳的，說你是金球投手還比較合理？」

「東哥也覺得很奇怪，不過他說還是有可能突然出現的，不然最早的黑球投手怎麼來的。」卡拉揚一直都沒有告訴東哥他與生俱來的金球血統，而在知道東哥年輕時的願望是要打倒金球投手後，卡拉揚只能把這秘密埋藏得更深了。

「也是啦。」蛋塔反覆咀嚼蒸爛的白菜，不知道在想些什麼，過了一會兒他開口，「所以說，你現在很強囉？」

「嗯，應該吧。」卡拉揚靠在欄杆上，看著只有幾絲雲朵裝飾的湛藍天空。這幾天的練投，他的球越來越猛，甚至把鐵架打凹了好幾個缺口，讓花了上萬元訂做的東哥不知道該開心還是難過。但突然成爲黑球投手這件事，並沒有在卡拉揚的生活中投下石子激起漣漪，他還是像平常一樣繼續做著日復一日的練習。若要說眞有變化，那就是他每天睡前會拿麥克筆在月曆上畫一個叉叉，然後看著漸漸到來的約會日期，露出幸福的傻笑。

「希望那天也是晴天……」卡拉揚喃喃自語。

「什麼？」蛋塔問，一臉呆樣。

「沒事啦。」強光讓卡拉揚瞇起眼睛，他露出微笑。一架飛機悠哉地劃過天空，留下長長的白色尾巴。

沒有烏雲的美好晴空不會永遠持續，這道理誰都懂。但在注視透明藍天的時候，卻還是無法想像，它有天也會堆滿黑雲，然後降下暴雨吹起狂風。

□

禮拜六的棒球社練習，因爲小豹盃的即將到來而充滿一股肅殺的氣氛。大家都加緊備戰，被視爲投手重點戰力之一的卡拉揚也不例外。體能練習結束後，他和其他幾名學長去牛棚進行特別練投。

只是經過前幾天的惡魔特訓，卡拉揚的體力已耗損不少。而東哥又禁止他在別人面前全力丟球，導致他投起來有氣沒力，人也顯得無精打采。

「暫停一下。」接球的鐵男學長站起來，招手要卡拉揚過去，「你今天怎麼了，球軟弱無力就算了，控球也不準，你眞的有心想練習嗎？」

卡拉揚低著頭，沒有答話。

「比賽就要到了，認眞一點知道嗎，不要讓我們失望，很多學長都很看好你。」

「嗯。」卡拉揚勉強應了一聲。昨天的三趟路跑讓他現在全身痠痛，手臂好似掛了三個啞鈴般沉重無比，今天早上還差點爬不起來。他自忖平常的練習分量就是隊中最多的，現在卻因爲額外的練習被鐵男學長唸了一頓，卡拉揚感覺心裡酸酸的，整個人難過了起來。

鐵男學長把球交給卡拉揚，「對了，爲了準備比賽，明天也要練習，早上十點不要遲到了。」

明天也要練習？卡拉揚腦中一片空白。禮拜天是他和小美的遊樂園約會，卡拉揚已經期待了整整一個禮拜，月曆上的叉叉也終於畫到最後一天了，怎麼卻臨時發生這種事？

「明天……十點？」卡拉揚希望自己聽錯了。

「沒錯。快開始吧，別發呆了。」鐵男學長催促卡拉揚走回去，自己則在本壘後蹲了下來。

卡拉揚慢慢走回投手丘，腦中想的都是小美。

爲什麼？爲什麼偏偏是這一天？我每天練習難道還不夠嗎？爲什麼連我最期待的日子也要剝奪？

卡拉揚想到小美平常都和沈大維一起練球，自己卻因爲練球不能和小美見面，一股混合著嫉妒和憤怒的強大情緒突然襲捲而來，像陣颶風在卡拉揚身邊狂烈打轉。

「怎麼了?快點投啊。」鐵男學長的話鑽過風陣，擠壓成另一種語言，喚醒卡拉揚方才的委屈。憤怒的紅色風暴瞬間增強了兩級，漫天飛沙遮蔽了卡拉揚的理智，也捲走了東哥的警告，此刻他眼裡只看得到一樣東西，那就是鐵男學長的手套。

卡拉揚下意識把球握得很緊很緊。

磅！

一百五十幾公里的速球砸進真皮手套的爆響迴盪在空氣中，鐵男學長向後跌坐在地上，看著手套裡的棒球，不敢置信。

卡拉揚回過神來，看到鐵男學長驚訝的神情，知道有些事情已經無法再隱瞞了。

十五分鐘後，鐵男學長帶著卡拉揚去找隊長大熊。

「你說你是什麼?」大熊詫異地問。

「呃，黑球，我好像算是黑球投手的樣子。」卡拉揚說。他在十五分鐘前也告訴鐵男學長同樣的話，而一再的說些沒有人聽過的東西，讓他感覺自己很愚蠢。但更讓他無法理解的是鐵男學長聽完的反應，悶悶不樂又若有所思，和他原本預想的完全不同。

「你有聽過黑球投手嗎?」大熊轉頭問鐵男學長，鐵男學長搖搖頭。

「不過我至少知道，他和我們的水準已經不一樣了。」鐵男學長默默地說。

「真的嗎？」大熊半信半疑。鐵男學長於是拿了一顆球給卡拉揚，自己到遠方蹲了下來。

卡拉揚石破天驚的第一球，把大熊的帽子嚇歪了一邊。但隨著卡拉揚投得越多，大熊的臉色就越來越凝重。十幾球結束後，他把鐵男學長叫到一旁，兩人交頭接耳談了好久，鐵男學長頻頻搖頭，似乎不認同大熊的看法。在遠方看著的卡拉揚，隱隱覺得事情不太對勁。最後，學長們終於結束談話，大熊把卡拉揚叫了過去。

「卡拉揚，我不知道你怎麼突然變這麼厲害，也不知道你是不是什麼黑球投手。但我知道，你的程度已經和野測生不相上下了，恭喜你。」大熊說這些話的時候，臉上的表情十分複雜。他看了看鐵男學長，鐵男學長把頭垂下，迴避大熊的視線。大熊嘆了一口氣，然後緩緩開口。

「只是，你已經不能參加小豹盃了，其他的比賽可能也沒辦法。因爲我們社團是給……你知道的，那些沒有棒球天分的人參加的。」大熊停頓了一秒，似乎在思考接下來要怎麼說，「以後還是很歡迎你來找我們，跟我們一起練球……只是，關於比賽……」

大熊的聲音越來越小，難堪的沉默在三人中間形成。

卡拉揚的臉上看不出情緒。過了許久，他小聲說了句我知道了。大熊一直說他還是可以留下來練習，但卡拉揚連一秒都待不下去，他甚至沒有跟正在練球的蛋塔說上一句話，就匆匆地離開了。

回家的路上，卡拉揚沒有憤怒的大吼，也沒有亂踹路旁的什麼，他就只是低著頭默默地走，盯著自己的釘鞋，盯著上頭交錯的鞋帶，內外內內外，那是阿肥學長傳授的幸運鞋帶穿法。他不明白爲什麼變強的代價，竟然是奪走原本的快樂和夥伴。這一切不應該是這樣的啊。只是卡拉揚孤獨的背影，卻怎麼也找不到答案。

卡拉揚不記得他是怎麼到家的。

他只記得自己鑽進棉被，切斷所有思緒。

□

第二天，卡拉揚睡到快十一點才醒來。他望著天花板，感覺腦袋昏昏沉沉，思緒有如覆了層膜般模糊不清。記憶中似乎發生了一件很難過的事，但卻怎麼也想不起來。

過了一會兒，他終於想起來了，就像刻在石碑上那麼清楚，他已不再是棒球社的一員。

卡拉揚發出絕望的呻吟。昨天種種所帶來的衝擊在這一刻才終於襲來，讓他幾乎窒息。

我已不能再和蛋塔一起打球了。我已不能再和大家一起打球了。卡拉揚腦中不斷出現這兩個念頭，他感覺世界末日。他想試著責怪誰，卻發現沒有人可以責怪。

全身都失去了力氣，即使眼睛看到光線心卻仍是黑暗，靈魂浸泡在痛苦的汁液中，卡拉揚覺得自己似乎可以就這麼死去。

他一動也不動地躺在床上。時而清醒，時而睡著，時而混亂，時而啜泣。一直到了下午兩點，卡拉揚才終於因爲口乾舌燥起床倒了杯水。

就是在這個時候，卡拉揚看到了餐桌上的手機，因此想起了另一件事，一件彷彿已被他遺忘整個冬天的事。

他和小美的約會。

卡拉揚眼前一黑，他和小美原本相約早上十點在公車站集合，要一起坐車去遊樂園。現在已經是下午兩點二十三分。

大地在腳下轟隆裂開，他跌了進去，伴隨永無止盡的墜落感，還有無邊無際的絕望。怎麼辦？怎麼辦？卡拉揚腦中浮現許多畫面，小美焦急的模樣，小美生氣的臉，小美在火車站一個人的身影。突然，一個恐怖的念頭掠過腦海：我會不會再也看不到小美的笑容？

卡拉揚拿起手機，手微微發抖。螢幕上顯示八通未接來電，有五通是小美，另外三通是蛋塔。

還有一封未讀簡訊，來自小美的手機。

卡拉揚瞪著螢幕上一閃一閃的簡訊圖案，感覺通體發寒。他強迫自己不要去想最壞的結局，深吸一口氣後按下開啓鍵。

只是簡訊的內容竟出乎意料。

我都聽蛋塔說了，希望你能趕快痊癒，之後我們再一起去遊樂園吧。還有，我一點都不介意早上等了一個小時噢，所以你不用請我喝飲料沒關係的，哈：）

卡拉揚看了兩遍簡訊，然後癱坐在椅子上，吁了一口重重的氣，在心底和蛋塔道謝一百萬遍。

離開棒球社的難過，忘記小美約會的自責，在這一封簡訊下，突然都蒸散無蹤。小美的簡訊就像一陣清爽微風，把卡拉揚面前的霧靄陰影全部吹散。卡拉揚彷彿大夢初醒。我要做點什麼，不能再這樣下去了。於是他走進浴室，把冰涼冷水猛力拍在臉上。

洗完臉後，卡拉揚回到房裡，再看了一次簡訊。看著那一個個黑字的同時，他似乎也看見小美說這些話的神情，還有摯友爲他說謊的緊張模樣。卡拉揚知道，不管發生什麼事，蛋塔始終都會站在自己身旁，瞇著眼笑說絕對挺你到底。

雖然離開球隊仍舊讓卡拉揚感到遺憾，心中某處也還是隱隱刺痛，但他已不像早上那般傷心欲絕。不只是因爲蛋塔及這封簡訊，也是因爲他想起小美許久前說過的一句話，那句伴隨著砸破玻璃的棒球一起砸進他心房裡的話，讓他想起自己對棒球的態度，從來就不是取決於別人對自己的態度。

想到整個早上的自怨自艾，卡拉揚不禁感到噁心，這不是一個男人該有的樣子，他拿出手套和球，決定出門找回從前那個自己。他知道從今以後又回到一個人打棒球的時光，但一切和過去有個最大的不同，那就是他已不再寂寞。

只是卡拉揚沒有發現另一個事實，那就是小美在他心中的地位，早已遠遠勝過那顆縫著紅線的小白球，勝得一場糊塗。

□

「謝謝你欸。」

「謝屁啊。」蛋塔彷彿什麼事都沒有發生，繼續寫他的數學習題。過了一會兒，他才小聲地說：「我跟她說你是超嚴重腸胃炎，別說錯了。」
「喔，謝謝。」
「嘖。」蛋塔似乎不喜歡有人打擾他算數學，但也可能只是他不習慣聽到有人和他道謝。
放學後，卡拉揚陪蛋塔一起搭車去球場練球。
「不用啦，我自己去就好了。」蛋塔擔心卡拉揚又觸景傷情。
「沒關係，我也想和大家好好說再見，上次感覺好像我逃走了。」
「也是啦，不跟我說一聲就走了，超沒義氣。後來還是我一直問大熊，他才跟我說的。」
「對不起啦。」
蛋塔別過臉去，他似乎也不太習慣有人跟他道歉。
到了球場，大家仍像平常一樣和卡拉揚打招呼，只有少數人問他上次怎麼提早走了，似乎大熊和鐵男學長並沒有把卡拉揚的事情告訴其他隊員。
在卡拉揚的要求下，大熊在練習前把大家集合起來。
「……因爲這樣，所以我今後可能無法和大家一起作戰了。但我仍覺得自己是野中棒球社的一份子，這念頭永遠不會改變。希望大家這次小豹盃可以有很棒的表現，謝謝大家，再見。」
卡拉揚講完後，好幾個隊員都上來和他擁抱，鐵男學長也上前拍拍他的肩，告訴卡拉揚他是個很棒的投手。之後卡拉揚又待了一個小時才離去。這段時間裡，他努力把大家的練習模樣與笑聲記在腦海裡，也在幾個人的要求下，投了三顆超過一百五十公里的快速直球。
一個小時後，東哥開著公車到球場接他，繼續他自己的練習。

「今天想要跑到幾點?」東哥打趣地說,其實是顧慮到卡拉揚的心情故意搞笑。

「誰跟你說我今天要跑的?一次就把你的板子全部打爛。」卡拉揚踏上公車。

「眞的假的?我好害怕。」東哥假裝發著抖,肥肉也著實抖得厲害。

「嚇死你。」卡拉揚笑說,轉頭看窗外的復古球場最後一眼。雖然只有幾個月的時光,卻是他這輩子最美妙的棒球歲月。東哥注意到卡拉揚的眼神,緩緩開車繞球場最後一圈。

「這麼想打棒球嗎?」離開球場後,東哥問卡拉揚。

「廢話。」卡拉揚繼續看著早已消失在視線遠方的球場。

「這樣啊……那,你乾脆去跟野測生一起打好了。」東哥加速超過一台法拉利,壓了兩下喇叭嗆聲。

「什麼?」卡拉揚懷疑自己是不是聽錯了。

「我說,他們太弱不讓你打,你就去跟野測生打就好啦。」

卡拉揚從座位上跳了起來,衝到駕駛座旁邊,「野測生?我可以跟他們一起打球嗎?」這已經不算是夢想了,因爲卡拉揚這輩子從來沒有想過這件事。

「當然可以,你也算是被棒球之神選中的男人啊。」

「不是惡魔嗎?」卡拉揚問。

「只要你把控球練起來,就他媽的不是了。」東哥豪邁地轉動巨大方向盤,公車在東哥的操縱下靈活地在車陣中穿梭,任何一個車手看了都要吐血。

「怎麼樣算是練好控球?」黑球投手那不知何時會失控的速球,就好像身體內埋藏著未知的癌細胞，想到便讓卡拉揚渾身不自在。

「終極九宮格！」東哥大喊，右腳把油門催到極致，公車像隻發狂的野獸突然在市區裡狂飆起來。

卡拉揚用力抓住把手，但身體還是無法控制的左搖右晃，「什麼是終極九宮格？」卡拉揚也大喊。

「九九八十一格，就是終極九宮格。」東哥大吼，公車在紅燈前一秒，壓過象徵安全的斑馬線，衝進十字路口。

「嗚哇哇哇哇哇哇哇啊啊啊啊啊啊！」卡拉揚看著左右暴衝而出的摩托車群，不禁害怕得叫出聲音。

「男子漢沒有在怕的啦！」東哥好似以色列人驚險地穿越闔起的紅海，前方如果有摩西的話，應該會被他的公車狠狠撞倒在地。

□

很快地，最後一次段考即將來臨，這也代表美好的暑假就在前方不遠處閃著亮光。

今年暑假，又或者是今年夏天，和前幾年不太一樣。今年的太陽好像特別炙熱，風也似乎吹得充滿活力，這一切都是因爲五個字：國家冠軍盃。

五年一度的國家冠軍盃即將在八月二十號開打，十天舉行五場比賽，先勝三場即爲王者。看是拿回自治權，抑或繼續被統治，國家的命運就交由代表隊的二十五人來決定。他們是現代的戰士，用球棒和手套在扇形戰場上浴血戰鬥。

雖然寶島已經連續輸了三屆，但希望永遠存在。隨著日子接近，全國上下都越來越亢奮，關於國家冠軍盃的報導也越來越多。就連總統也三不五時把棒球掛在嘴邊，期望可以重新升起許久不見的金黃老鷹大旗。

這段時間，街上的西科聯邦秩序警察也少了許多。雖然反聯邦的聲浪在這時刻到達前所未有的高峰，但正面和平民起衝突只會造成事端擴大，並非聯邦所願。所以聯邦警察在比賽前往往會不動聲色，等到比賽結束聯邦獲勝後，再大舉掃蕩之前對聯邦不滿的異端份子。

因此每次輸掉比賽過後的九月，都被稱為「血腥九月」。

今年為了讓「血腥九月」不再重演，國家教練團花了整整三個月縝密籌劃，終於選出了最後的名單，背負全國人民希望的二十五名棒球高手。今天的頭版，沒有別的字，就只有這二十五位戰士的名字，大大的塞滿了整張報紙。

「哇塞，『不動明王』馮凱輝加上『禪指』黃溫翔，今年贏定了啦。」蛋塔看著報紙大吼大叫。

「上次不也是有『無間巨砲』和『蝴蝶公主』，甚至還有我最喜歡的『指叉人』，還不是從頭到尾只贏一場。」卡拉揚悻悻然地說，但還是仔細地瀏覽今年國家隊的名單。

「也是啦。」被卡拉揚這麼一講，蛋塔也覺得今年的陣容似乎還沒有上次來得厲害，「對了，你之前跟我說的終極九宮格，現在練得怎麼樣了？」

「現在噢，才到了四十九格而已，難投得要死。」卡拉揚在兩個禮拜前，終於全破了三十六格。現在每天都投著東哥新訂做的四十九格鐵架，格子的大小沒有改變多少，但要在半個小時內打光全部四十九張板子的壓力，還是非同小可。卡拉揚光是投完一遍四十九球，就要十幾分鐘，看來要到九九八十一格，還有一段不短的路要走。

「你投完八十一格後，眞的可以和野測生一起練習嗎？」

「我也不知道，東哥說他有認識學校的人，會幫我喬喬看。」卡拉揚想著，到時是否就要和蛋塔分班了呢？這個念頭讓他心情突然又憂鬱了起來。一開始是棒球社，難道最後連和蛋塔一起吃午餐的時光都要被奪走嗎？

蛋塔似乎沒有想這麼多，他只是鬼鬼祟祟地笑了起來，「嘿，說不定，你根本不用等到東哥幫你喬噢？」

「爲什麼？」

「你知道外面那些人在幹嘛嗎？」蛋塔把眼神瞥向教室外面，卡拉揚隨著他的視線望過去，只見教室外零零落落站了七、八個人，而他們竟也都看向卡拉揚這邊。

「不知道欸，他們什麼時候出現的啊？他們是隔壁班的嗎？」

「有些是，有些不是，你看左邊那幾個又黑又壯的……」蛋塔把頭附到卡拉揚耳旁，「……他們是野測生。」

「野測生？他們來這裡幹嘛？」卡拉揚看了那些黑壯男孩一眼，他們竊竊私語不知道在討論什麼，有人還盯著卡拉揚露出輕蔑的笑容。

「他們是來看你的，你是黑球投手的事情好像已經傳出去了。」

「眞的假的？」卡拉揚臉色一變，他想到東哥叫他不要在別人面前全力投球，這件事要是給東哥知道，他一定會很不爽，「怎麼傳出去的啊？」

「你還問我咧，你上次不是把大家集合起來宣布嗎？你又沒說不能講出去，大家回去一定傳開的啊。」

卡拉揚嘖了一聲，發現自己好像太過衝動，不過木已成舟，事到如今也無法改變了。他們只是看個熱鬧吧，沒幾天人就會消失了，卡拉揚心想。

但他大錯特錯。

很快地，教室外面聚集越來越多人。人越多，消息就傳得越快越遠，而消息又吸引更多的人過來。等到下午快放學的時候，教室外已經擠滿了人，走廊上看不到一點空隙。大家都攢頭攢腦，想要看看傳說中沒聽過的黑球投手到底長什麼樣子。

人群裡互不相識的人們開始對話起來。

「欸誰是黑球投手啊？」

「好像是叫什麼卡拉的。」

「到底是哪個啊？」

「呃，好像是那邊那個，靠窗的。」

「矮矮的那個？」

「不是，他旁邊比較帥的那個。」

「哇，蠻帥的耶。」

「對啊對啊。」

「欸我們替他成立後援會好不好？」

「好哇好哇。」

世界各地不論走到哪裡，都有會爲帥哥痴狂的迷妹們。

「你們吵死了。」某個男的大喊。

總算有正義之士出來發聲。

「對啊，你們連黑球投手是什麼都不知道，還想成立什麼後援會。」一名宅男也發出不平的怒吼。

「我們不知道，你又知道噢？」剛成立的後援會會長帶頭嗆聲。

「對啊，你知道嗎？知道的話就快告訴我們啊。」好幾名隊員也附和起來。

「呃……就是……」宅男緊張了起來。

「你不知道就講話小聲點，回家去吧小宅宅。」後援會會長露出高傲的笑容。

「誰說我不知道，就是……就是他們投的球會捲起黑色的旋風。」小宅宅被激得隨口亂掰。

「是嗎？我怎麼聽說他們可以投觸身球不被裁判發現。」旁邊又出現另一個反對的聲音。

「你們都亂講，黑球就是魔球啦，沒人知道球會往哪兒走，就連投手自己也一樣。」

「什麼魔球，你說的明明就是蝴蝶球啊。」

「對啊對啊，少唬弄我們。」

教室外的人們開始爭吵起來，正在上課的氣質國文老師難得的對窗外大叫安靜。

「哇塞，會不會太誇張了，他們都不用上課嗎？」蛋塔看著外面，小眼睛睜得又大又圓。教室裡其他學生此刻也騷動起來，他們都想知道發生什麼事，每個人的眼睛都瞟向卡拉揚。

卡拉揚感覺坐立難安，但他最害怕的還不是現在。很快地，下課鐘響了。

「欸，下課了欸，他要出來了。」

「哇，收書包的樣子也好帥喔。」迷妹們興奮地尖叫起來。

「閉嘴！」數名小宅宅同時發出怒吼。

「欸，怎麼辦？」蛋塔看著外面久久不散的人們，露出擔心的表情。

「……不知道。」卡拉揚說。外邊傳來迷妹呼喚他的聲音，卡拉揚頭也不抬假裝沒聽見。

幸好卡拉揚走向門口的時候，人群自動讓出一條路。雖然如此，還是有人擠到他身旁。不是看熱鬧的傢伙，而是穿著棒球服的野測生。

「欸，我聽人家說，你的球很猛。」一個跟卡拉揚差不多高，長相卻幾乎和他相反的平頭男說道。

「還……還好。」卡拉揚想從小頭男身旁走過，卻被另一個痘痘男擋住他的去路。

「讓我們見識一下吧。」平頭男說，痘痘男似乎是他的小弟，在一旁拚命點頭。

「投幾球來看看啊。」平頭男繼續說著。周遭的人聽到平頭男的建議，也都大聲附和叫好，要求卡拉揚投球的聲音頓時不絕於耳。

卡拉揚站在人群中，進退維谷。他想到東哥的話，於是緊抿雙唇。

「怎樣？怕囉？」平頭男露出譏笑的表情，從背後拿出一根球棒。

「你想幹嘛？」蛋塔見狀衝了出來，和卡拉揚站在一起。

「沒幹嘛啊，只是要這位黑球投手投幾顆給我，讓我嘗嘗黑球的威力。大家也都同意吧？」又是一陣鼓掌叫好聲，有人甚至打起手機，召集各路好友來看這場好戲。

「怎樣？不要龜龜毛毛的啊？」平頭男大聲吆喝，一張嘴裡滿是爛牙。卡拉揚注意到四周有三、四個野測生模樣的男子，雙手抱胸等著接下來的發展。

「懶得跟你們玩，讓開啦。」蛋塔似乎讀出卡拉揚的心意，往前走去要替好友擠出一條路。

「死矮子，沒人在問你。」平頭男手一揮，便把蛋塔推到一旁。蛋塔重心不穩倒在人群中，一聲尖叫傳出，不知道誰的飲料就這麼潑灑在蛋塔身上，白襯衫瞬間染成茶色。

卡拉揚把蛋塔扶起來，雖然狼狽，但蛋塔的眼神始終都沒有離開過平頭男。

「沒事吧。」

「沒，只是冷了點。」

兩人眼神交會，笑了出來。此刻已經沒有人可以阻止他們了，棒球殘廢兄弟，終於要用棒球討回自己的尊嚴。

「來吧。」卡拉揚說。

群眾爆出歡呼。迷妹們齊聲尖叫。

平頭男冷冷笑著，「好哇，要去哪一座球場？」

「不用，在中庭就可以了。」卡拉揚微笑。

「中庭？你開玩笑吧？」

「沒有。」

「沒有？我可不知道會把球打到哪裡，打壞東西你要賠嗎？」

「等你打出去再問我吧。」卡拉揚連嘴角都自信無比，他已不是當年從球場逃開的那個小男孩了。

「好，看你的球有多猛。」平頭男惡狠狠地瞪著卡拉揚。

扣除掉一些毫無意義的髒話，這是平頭男今天說的最後一句話。

十八顆球，十八次揮棒落空。

在場的人全嚇翻了，除了一群野測生，他們默不作聲的站在一旁，爲自己看到的東西感到震驚不已。

第二天，黑球投手卡拉揚的名字在校園內人盡皆知。所有人都在打聽這傢伙怎麼來的，野球高中教練團更是臉上無光，因爲他們竟然讓一個如此厲害的投手，跟指考生一起念了快一年的書。

特別行政命令三天後下來了，上頭同意卡拉揚可以免試直接加入球隊，從二軍開始打起。

卡拉揚在教務處待了二十分鐘，去之前的路上他就已想好自己的答案。他要把這學期念完，和蛋塔一起，也和班上其他四十三名同學一起。

而老師和教練們最後也同意，他可以二年級再轉去球隊。就這樣，卡拉揚成爲野球高中有史以來第一個從指考生變成野測生的人。

□

平頭男事件後的頭兩個禮拜，卡拉揚幾乎沒有一刻可以安靜下來。不是被大家圍觀指指點點，就是有自稱後援會會員的少女們獻上情書和數不清的巧克力。甚至還曾經出現過想要採訪的新聞記者，不過被學校以不適當爲由，強硬地擋了下來。

這樣紛擾的時間裡，光陰的腳步總是特別詭異，讓人無法察覺它是如何從身邊溜走。很快地，離段考只剩下一個禮拜，到卡拉揚教室外看熱鬧的人也越來越少，最後終於一個也沒有了。大家都在準備考試，不管是指考生的段考，或是野測生的校隊期末評比，所有人都得公平地經歷一個學期裡最痛苦的時光。

就連貴爲校園人氣王的卡拉揚也不例外。

那天中午，他一邊吃午餐一邊猛K英文，值日生蛋塔則被叫去倒垃圾。就在這時候，教室外出現了一個人影。

「卡拉揚，外面有人找你噢。」衛生股長怡君拍拍他的肩膀。

「喔。」卡拉揚始終都記得，他在看向窗外前背的最後一個單字，Destiny，命中注定。

然後，他抬起頭。逆光下，他看到一頭捲髮，還有一個大大的笑容，笑容的主人對他揮著手。

是沈大維。

過了兩秒，卡拉揚才意識到，是情敵沈大維。

□

卡拉揚和沈大維面對面站在走廊上，沒多久，這消息就傳遍了全校。而在消息還沒炸開之前，他們有了一段對話。

「嗨卡拉揚。」沈大維打招呼的態度，好像他們是認識很久的朋友。這種裝熟時刻多半會讓人有點噁心，但沈大維卻不會給他此種感覺。

「呃……你找我有事嗎？」卡拉揚看著面前的沈大維，腦中卻無法控制的想到小美。那次放小美鴿子之後，他們通過幾次電話，並約好暑假再一起去遊樂園。照理說，卡拉揚應該不用擔心沈大維才是，但他卻無法不在意面前這個陽光無比的男孩。

光是看著沈大維，卡拉揚就感受到驚人的壓力。那是來自於本能，害怕摯愛會被搶走的壓力。

「我聽說你是黑球投手，好酷喔。」沈大維笑得很輕，那是任何人看了都會有好感的舒服笑容。卡拉揚不禁想到，當沈大維用這笑容對小美說出喜歡妳的時候，小美的心跳是否會加快呢？

「嗯，謝謝。」

下一秒，出乎卡拉揚預料，沈大維用雙手把他的手牢牢握住。

「嘿卡拉揚，你可以投球給我打嗎？」沈大維的眼神像一個小男孩，一個哀求玩具的小男孩。

「拜託你，我想看看你投的球。」

「呃……」卡拉揚慢慢把手抽回來，不知如何以對。這時旁邊已聚集了三、四名學生，停下腳步好奇的觀看起來。

「拜託，我真的好想打打看你的球，就算被三振一百遍也沒關係。」沈大維的眼睛閃閃發光，那裡面有種熱情，讓人很難拒絕。

卡拉揚盯著他，很多回憶在一秒內閃過腦海。他想起第一次在場邊看沈大維打球，想起那支讓許伯超顏面無光的全壘打，想到固力果和蛋塔說著沈大維如何喜歡上他的小美，想起那個校園傳說和那場電影。最後，他想到東哥曾經說過的話：很難，但不是沒有可能。

一個念頭在卡拉揚心底成形。

很快地，這念頭就佔據了卡拉揚全部心思。他感覺口乾舌燥，心噗通噗通地跳。花了一段時間，他終於鼓起勇氣開口。

「那不然……我們來比賽好了……」

沈大維聽完愣了一下，但很快就咧開嘴嗯了一聲，還用力點了好幾下頭，蓬鬆的捲髮也跟著上下晃動。只要可以打看看卡拉揚的球，形式是比賽還是其他什麼，對沈大維來說一點也不重要。

沈大維躍躍欲試的模樣，把卡拉揚剩餘的猶豫都一掃而空。他從來沒有想過自己會對任何人講出這句話，但他還是說了。

「輸的人，就不能再喜歡葉曉梅。」

沈大維的笑容依然掛著，卻失去了之前的力量。他的眼神充滿疑惑，直直盯著卡拉揚，想在卡拉揚臉上找出這句話的答案。卡拉揚被看得渾身不自在，不禁把頭別過。

周圍開始嘈雜起來，不知何時已聚集了十幾名圍觀者。然後，某個人噓了一聲，頓時所有人靜了下來。一片寂靜中，大家都在等待沈大維的答案，卡拉揚也是。

但越大的安靜，卡拉揚腦袋裡的聲音就越明顯。

這樣對嗎？沈大維會接受嗎？我真的可以贏過他嗎？如果輸了怎麼辦？數不清的念頭伴隨怦怦的心臟撞擊，在卡拉揚內心時進時出，互相拉扯著。

卡拉揚最後注意到的，是沈大維苦笑的臉。那張臉一閃即逝，讓人幾乎要懷疑它是否真的曾經存在過。

最後，又是那沒有一絲陰影的招牌笑容，沈大維說：「好啊，輸了就不能再喜歡葉曉梅。」

□

吳景天球場，是野球高中五座小球場之一，又被暱稱為貓球場，因為球場裡總是可以看到許多慵懶的貓咪在做日光浴。貓球場沒有看台，所以此刻所有人都聚集在一壘白線和三壘白線旁，等著看這場世紀之戰。

經過上次的平頭男事件，大家的聯絡網似乎被訓練得更加完整。不到十五分鐘，球場已經聚集了將近四百個人。而其中最引人注目的，就是兩人的非正式後援會，聲勢驚人且陣容龐大，正用難以估算的分貝替自己的偶像集氣加油。

場外熱鬧非凡，場內卻彷如沒有一絲波紋的水面，任何情緒都被隱藏起來。

三個人站在球場裡。卡拉揚、沈大維，以及沈大維從球隊裡找來的捕手。

「我叫格列。」小個子捕手自我介紹，黝黑的臉龐藏不住興奮，因為可以接到傳說中的黑球而興奮。

「裁判怎麼辦？」沈大維問卡拉揚，他的笑容此時像冬眠的熊暫時退回洞穴裡，取而代之的是認眞無比的表情。

「裁判……」剛剛走到球場的路上，卡拉揚就在煩惱這個問題，他很難把自己與女孩的命運，交給一個不認識的人來決定。但是，如果是不認識的一群人呢？

「……就讓這群觀衆當裁判吧。」卡拉揚知道這可能是一個很大的賭注，但他願意冒險。

「讓觀衆當裁判？」沈大維嘴角揚起笑容。他從沒聽過這麼瘋狂的事，但他願意接受，就像他願意去挑戰從來沒看過的黑球一樣。「沒問題。」

四周的群衆幾乎同時響起足以震碎一千片玻璃的歡呼聲。每個人對於自己可以在這場世紀決戰中扮演一個角色，都感到興奮莫名。

「那要怎麼分勝負？」沈大維問。

「很簡單。」卡拉揚的雙手在沈大維看不見的地方，輕輕握了起來，「你打出全壘打，或是我三振你，比賽就結束了。」

「好。」沈大維又笑了。

「開始吧。」卡拉揚沒有多說什麼，轉身往投手丘走去。他感覺自己正前往一個神聖的戰場，而小美就是自己背後的勝利女神。

□

卡拉揚從來沒有過這種感覺。

從比賽開始的第一秒起，每個毛細孔都包覆在濃烈的緊張感裡，用力吸氣甚至可以聞到腎上腺素的味道。汗流得極快，時間卻過得極慢。凸起的投手丘成了怒海中的孤島，站在上面的卡拉揚，感覺全世界只剩下自己和自己的心跳呼吸聲。

這就是壓力。

卡拉揚從沒有經歷過的巨大壓力，此刻在面臨野中最強打者的同時，毫不保留地竄上他的頸項手指大腿腰脊，蠻橫地考驗他的動作意志及心靈。

但即使是這麼龐大的壓力，卡拉揚的每一球仍精準得像軌道上的鋼珠，進到了好球帶最難打的死角，絲毫沒有偏差。

可以說，遇上強敵的卡拉揚，發揮出他自己都不曾想像過的恐怖實力。

只是，比賽卻遲遲無法結束。

鏘！

界外球，又是界外球。

第十五個界外球。

球數還是兩好球沒有壞球。

如果這世界上有打擊之神的話，沈大維絕對是他墮入凡間的私生子。強如卡拉揚此刻的控球和速球，也沒辦法爽快地三振沈大維。一股詭異的氣氛在球場中間瀰漫開來，在場的人或多或少都感覺到了，這是做夢一輩子也夢不到的高水準比賽。

整座球場靜默無聲，只剩下六百多顆心跳，等著迎接歷史的一刻。

沈大維退出打擊區，拿起止滑噴劑噴著球棒握柄。與面對許伯超時完全不同，他的臉上看不見笑容。因爲沈大維知道，只要稍稍鬆懈一秒，自己就輸定了。

經過十幾球的交手，沈大維只有一個心得，這心得像座山般巨大無比矗立在眼前：這傢伙的球霹靂無敵快！

雖然如此，沈大維卻不覺得自己會輸。他感覺雙眼已經逐漸適應卡拉揚的暴力球速。或許再過五球，自己就可以把卡拉揚的球轟出去了。不，是一定可以轟出去，沈大維對自己說。

彷彿呼應沈大維的決心，一陣風捲過，黃沙四起。

風沙中，卡拉揚一動也不動，只專注調整自己的呼吸。汗水順著眉角滴下，瞬間被泥土吸入地底。卡拉揚直直盯著捕手左膝上方，一刻也沒有移開視線，等著把一顆沈大維碰不到的快速直球塞到那裡。

十五顆的界外球，讓卡拉揚學到一件事，他的球還不夠快，不夠快到可以三振面前的天才。即使如此，卡拉揚卻不覺得自己會輸。因爲他知道自己尚未到達極限，手中的球還可以催得更快，快到讓沈大維無法招架。

下一球，就用下一球決勝負。

終於，沈大維再度踏進打擊區，擺好架勢，幾乎毫無破綻的完美架勢。

卡拉揚低吼一聲，他要用自己的球砸出一道破綻。他前腳跨步用力踩在紅土上，踏出沉重的悶響。下一秒，球像弓箭般破風射出，轉眼就到達沈大維膝前。這是至今最快的一球，沈大維瞳孔瞬間放大，半秒遲疑的時間都沒有，本能地扭腰出棒。

結束了？

幾乎聽不見的擦棒聲，球向後飛去。

又是界外球。

四周發出短暫的惋惜讚嘆聲。

卡拉揚喘著氣，原本自信的表情，像烈日下的巧克力城堡，開始產生了細微的變化，而無法接受的錯愕，正毫不留情地迎面衝擊他。他知道那是自己今天投出的最快一球，原本以為可以就此結束比賽，卻還是讓沈大維碰成了界外。挫折感像爬出墓地的鬼，開始一點一滴逐漸佔滿卡拉揚心中。

儘管隔了十八公尺，打擊區的沈大維仍舊注意到投手丘上氣氛的轉變。於是他知道剛剛那差點三振他的刁鑽速球，是卡拉揚今大的顛峰之作，不會再有超越那球的東西了。一旦知道了這點，沈大維也就看到了比賽的結果。

強大的自信像團看不見的火焰，在沈大維身旁猛烈燃燒著。他在打擊區裡擺出了準備姿勢，等著卡拉揚，等著將他擊倒。

卡拉揚額頭上冒出豆大的汗珠，眼前的沈大維突然帶給他無比巨大的壓迫感。捕手手套似乎後退了幾十公尺，瞬間變得好小好小。卡拉揚不知爲何就是知道，自己已經沒辦法投出比剛才更快的球了。而一樣的球速，讓沈大維看到第二遍，只會有一個下場，那就是比賽結束。

卡拉揚突然感覺手臂沉重，明明才投了十八球，卻比投上三小時還要疲累。這是恐懼的力量，面對勝過自己的敵人，身體產生逃避的本能反應。

卡拉揚咬牙，他想要對抗身體的叛變，卻徒勞無功。他不知道，身由心而來，此刻他徬徨猶豫的心，已無法再給身體繼續作戰下去的理由。

一滴汗流進卡拉揚眼裡，刺痛他的眼睛，卡拉揚伸手抹去。再度睜開眼，沈大維還是維持原來的動作站在打擊區，像個永不消失的恐怖夢魘。

卡拉揚知道現在後悔已經太遲了，他默唸小美的名字，一股哀傷瞬間攫住全身，卡拉揚閉上眼睛把球投出。

「卡拉揚！」

鏘。

完全擊中球心的聲音，有時候卻是最輕的。

卡拉揚不用睜開眼睛，就知道一切結束了。棒球場響起六百多人的歡呼，聲聲刺著他的心。卡拉揚早預測到了這結局，他只是不知道，剛剛出手前，爲何會聽到最熟悉的聲音。

「卡拉揚！」

卡拉揚張開眼睛，沒有聽錯，小美就站在他面前。女孩喘著大氣，好像剛跑了很長的一段路。臉頰還紅通通的，可愛得不得了。

只是女孩臉上有著複雜的表情。

「你在幹嘛？」小美瞪著他。

「我……」卡拉揚看向打擊區，沈大維站在那裡，看著他們兩人，表情似乎有點哀傷。

「你是不是跟沈大維打賭？」小美說得很快，全身微微發抖。

我是不是跟沈大維打賭？是啊，而且還賭輸了。

卡拉揚勉強擠出一個笑容，「對不起，我輸了，我不能再喜歡妳了。」

這句話說完，卡拉揚感覺世界幾乎都要崩裂。他很訝異自己竟然還可以看著小美，沒有因爲傷心而瞬間死去。

「你……」小美欲言又止，雙手舉起來想要打卡拉揚，最後卻停在空中。她緊咬著嘴唇，似乎都快要咬出血來。

「你到底懂不懂啊！」小美放下雙手，對著卡拉揚大吼，然後掩面轉身跑走。卡拉揚想要追上去，卻發現自己動不了。

卡拉揚看著女孩的背影消失在人群裡，任由心自己撕裂。

不知道過了多久，有人拍上卡拉揚的肩，是沈大維。

「很精采的比賽，你的球是我遇過最厲害的，眞的。」沈大維說。卡拉揚卻高興不起來，他想要沈大維消失在這世界上，這樣一切或許就不會發生。

「你不用難過，反正我和曉梅，本來就沒有可能。」沈大維輕輕說著，「其實我很羨慕你……」說完，他轉身離去。

離去前，卡拉揚看到沈大維的笑容。

那是和稍早一模一樣的苦笑。

一個禮拜後，沈大維從野球高中消失了。

沒有人知道他去了哪裡。

13

沈大維離開野球高中的各式傳聞甚囂塵上，卻沒有人敢說哪一個才是事實。而隨著暑假的來臨，八卦在無人的校園裡也漸漸消失了。

卡拉揚曾經打過幾次電話給小美，卻都轉到語音信箱。小美最後說的話，像是壞掉的錄音機，三不五時就在卡拉揚腦裡播放。

你到底懂不懂啊！

卡拉揚想了好久好久，這輩子第一次這麼認眞思考關於小美的事，卻還是不知道該怎麼做。沒有了女孩，也離開了棒球社的他，只好把全部精力都用來挑戰東哥的特製鐵架。

花了兩個禮拜，從四十九格投到六十四格，也跑了上百公里的山路，最後終於讓東哥拿出特製的八十一格鐵架，終極九宮格。

「你沒投完這個，我不會承認你是黑球投手的。」自從卡拉揚是黑球投手的消息傳開之後，東哥一直是這句台詞，「不管你加入野中校隊還是成爲校隊王牌，我都不會承認你的。」

「好啦，我知道啦，很愛記恨欸。」卡拉揚說，用力往終極九宮格投出第一球，五十三號板子應聲飛開。

卡拉揚知道東哥要他承諾不隨便在人前投球，是因爲東哥想挽回黑球投手的臭名，所以一出手就要以完美姿態讓大家閉嘴。而這也是卡拉揚兩個禮拜來，幾乎毫無休息苦練的原因。不只是爲了破壞約定而投，也是爲了他們共同的夢想而投。

兩個禮拜的練習下來，水泡和繭長滿了卡拉揚的手指。每一次出手，都伴隨一定程度的痛苦。即使如此，他卻沒有任何抱怨，只是從袋中拿出球，默想一個號碼，然後出手將它擊潰。

手指的痛和剩餘的板子，讓卡拉揚沒有心思去想別的東西，也就可以不去注意到心裡的那個大洞，此刻正發出嗚咽的悲鳴。那是塞進一萬顆球也塡補不滿的心的傷口，卡拉揚比誰都了解，也比誰都無力。

鈴。鈴。

半個小時到了，卡拉揚數一數，還有十三張。

「上車吧。」東哥對他招手。卡拉揚也不廢話，上車倒頭就睡，這是他唯一可以休息的時間。東哥故意繞了點路才來到山腳下，讓卡拉揚可以睡久一點。

「嘿，起床了，我在老地方等你。」東哥把卡拉揚弄下車，迷迷糊糊的卡拉揚就這麼開始跑起來。

四十分鐘後，他再度踏上停在涼亭外的公車，補充水分打個小盹，準備再次挑戰不可能的任務。

一天的練習就在四、五趟來回下結束，卡拉揚回到家連小便的力氣都沒有了。這正是他的目的，讓自己沒有多餘精力再想關於小美的事。

的。」

第三個禮拜，東哥終於看不下去了，「欸，明天休息一天吧。每天這樣搞，身體會搞壞

「我不要。」卡拉揚感覺身體四肢都不是自己的，但他仍死命逞強著。

「笨蛋，這樣練習，女孩也不會回來的。滾下車吧，明天我要約美眉去看電影。每天跟你泡在一起，我都快變成gay了。」

東哥留下卡拉揚，開著公車呼嘯地走了。

第二天卡拉揚醒來，想起今天不用練球，一股空虛感猛然襲來。然後，他開始無法控制的想到小美。

卡拉揚像瘋子般翻找著抽屜，最後終於找到了好久以前小美送他的幸運帶。那條藍白小繩曾經載有卡拉揚的夢想，他許下可以一輩子待在小美身旁的簡單願望。

不久前，他幾乎就站在自己的願望裡了。他們看了第一部電影，有了一次安靜簡單的溫馨約會，一切彷彿都照著劇本往美好結局靠近。但此刻，卡拉揚看著當初在彩虹大橋小美送給他的禮物，卻只有脹滿胸腔的無限心酸——他和小美的距離比過去任何一個時刻都還要遙遠。

卡拉揚衝出家門，試圖讓夏日的陽光，趕走他心底的沉重陰霾。

走了好久，卡拉揚才發現自己手中仍緊緊握著那條幸運帶。然後，彷彿呼應他的心思，他來到了熟悉的岔路口，前往小美家的岔路口。

怎麼辦？要去找小美嗎？

卡拉揚在這條路上曾經提起過勇氣，但每次都只換來苦澀的失望。而他現在只有更加猶豫。

輸的人，就不能再喜歡葉曉梅。

這句從他口中說出的話，此刻壓得他動彈不得。烈日曬得卡拉揚全身大汗，他看著遠方似乎冒出熱氣的柏油路，始終無法踏出第一步。

不知道過了多久，卡拉揚終於做出決定。他把幸運帶小心地塞進口袋，然後轉身離開。他比誰都想要看到小美，比誰都想要和小美說話，但小美的那句話，還有跟另一個男人的約定，讓卡拉揚無法輕鬆地向前走去。

「小揚？」

卡拉揚轉過身來，訝異誰會這麼叫自己。

一個好相似的笑容，小美的媽媽，女皇葉涵菁。

「小揚，眞的是你欸。」女皇驚喜的叫出聲來，「好久不見。」

「阿姨好。」卡拉揚微微點頭，他已經有三年多沒見到小美的媽媽，阿姨卻和以前一樣幾乎沒變。

「你怎麼會在這裡啊？放暑假了吧？」

「嗯，對啊，剛好路過。」

「我之前聽曉梅說你回來了，一直都想叫她約你來家裡坐坐呢。」女皇露出溫暖的笑容，卡拉揚卻只想到小美已經不可能再約自己了。

「要不是曉梅出去練球了，不然你就可以來跟我們一起吃午飯了。」

「她中午不會回來嗎？」

「不會欸，他們去山上集訓了，好像要兩個禮拜噢。」

「是喔。」不知道為什麼，卡拉揚突然有種鬆了口氣的感覺，似乎他的煩惱也跟著小美去到不知名的深山裡了。只不過才兩分鐘，此刻前往小美家的路竟然變得驚人的簡單，剛剛的掙扎彷彿像假的一般。

「你爸爸最近過得好嗎？」女皇的眉間顯露出一絲擔心。

「嗯，很好，他最近很少喝酒了。」

「嗯，那就好，幫我跟你爸問好。我還有事要先走囉，等曉梅回來，你一定要來我們家玩喔。」女皇揮手和卡拉揚道別，連背影都好溫暖，很難讓人聯想到當年在場上霸氣縱橫的王牌捕手。

女皇離開後，卡拉揚的腳步輕鬆許多。還有兩個禮拜，一定可以的，一定可以想出一個完美的方法，把所有的誤會一次解開，然後像小時候玩傳接球一樣，讓自己的心意確實地傳達給小美。卡拉揚這麼對自己說。

只是，還有另外一個問題。

「東哥，你覺得我該怎麼辦？」隔天練球的時候，卡拉揚把心中的矛盾告訴東哥，分別是男人的約定與一生的幸福。

「你都輸了，還能怎麼辦。」東哥在駕駛座上頭也沒抬，快速翻著雜誌，似乎在尋找哪個AV女優。

「也是……」卡拉揚咬著下唇，說好輸的人就不能再喜歡小美，男子漢說到做到，只是不甘心的感覺卻沒有稍稍減少。

「不過，沒人說你不能再挑戰一次。」東哥說。

「可以再挑戰一次嗎？」

「當然可以，只要沈大維同意就可以。」東哥嘆了一聲氣，似乎沒有找著。

「是喔……」卡拉揚也嘆了一口氣。現在要找到沈大維，可能比三振他還要困難。

「嘆個屁氣，你這種三腳貓的軟蛋球，想找人家挑戰，人家還不屑跟你玩咧。練球吧你。」

東哥搖搖頭，不知道在感嘆卡拉揚的球技，還是手中兩百五十元的雜誌。

卡拉揚走下公車，看著面前數不清的格子，每一格似乎都有沈大維的笑臉，也似乎都藏著小美最後的表情。握緊手中的球，卡拉揚望著遠方的天空，烏雲像倒在空中的厚重柏油，暗示著即將來臨的壞天氣。卡拉揚知道怎麼想都沒有用，自己目前唯一能做的，只有不斷的投球，然後許下願望。

希望雨後能夠看見彩虹。

□

「欸，醒醒。」卡拉揚拍拍東哥的臉頰。

東哥揉揉眼睛，剛剛看雜誌看到睡著，此刻耳邊似乎傳來很大的噪音。兩秒後，他才意識到那是大雨打在車頂的聲音。東哥坐起身子。天已黑了，車外面一片黑暗，只有幾盞微弱的路燈，和車頭燈照出的一塊發亮泥土地。面前的卡拉揚全身濕透，頭髮衣服都在滴著水，臉上卻帶著笑容。

「怎麼了？我睡多久了？」東哥問。

卡拉揚沒有回答，只是咧嘴傻笑。

「笑屁啊？」東哥說。

卡拉揚伸出手指向窗外，東哥循著方向看出去。大雨滂沱下，能見度低得可以，東哥瞇起眼睛，下一秒，他猛然站起，推開卡拉揚跑下公車，一點也不在乎雨勢可以在三秒內濕透他的內褲。

在他面前是一個擁有八十一個小洞的鐵架，地上則滿是數不清的殘骸碎片，像夏天傍晚路燈下的飛蛾屍體。

「二十九分四十六秒。」東哥回頭，卡拉揚手中拿著馬錶，正大聲讀出上面的數字。

大雨傾盆下，東哥瞪大眼睛看著馬錶，也望著卡拉揚，接著他大步朝卡拉揚走去，緊緊抱住他，沒有未來的那種抱法，雨在這一刻似乎停止了一秒。下一瞬間，東哥放開卡拉揚，舉起雙臂大聲嘶吼。

「他媽的，你辦到了，你辦到了哈哈哈哈！」

卡拉揚也興奮歡呼，把帽子用力甩向夜空。

「喔喔喔喔喔喔喔再也不用跑山路啦！」

「哈哈哈哈哈哈你說得沒錯，再也不用跑山路啦。」東哥用力拍著卡拉揚的頭，卡拉揚雖然吃痛，仍舊笑得像個傻子。

「好，我們去慶祝，大吃大喝一番。」

「喔不醉不歸。」卡拉揚振臂高呼。

「靠腰你未成年，不醉不歸三小。」東哥一隻肥掌又朝卡拉揚的後腦轟下，「不過你已經是個男人了，今天就讓你喝一杯吧哈哈哈哈哈！」

「喔喔喔喔喔喔喔喔喔好！」

兩個男人就這麼在雨中鬼吼鬼叫，一人拚命打頭，一人拚命傻笑。

五分鐘後，公車擺尾離開，留下曠地裡空蕩蕩的鐵架，在雨中兀自飄零。

它是不會言語的見證者，見證了一名強者的誕生。

一個史上最強的黑球投手。

□

「這樣一來，我就可以打敗沈大維了吧？」卡拉揚舉起酒杯，手一點也沒有搖晃。這已經是他喝的第五瓶啤酒了，卡拉揚的酒量似乎不像金球天分，反而遺傳得十分完整。

「絕對可以。」東哥拿酒瓶大聲撞擊卡拉揚的酒杯，「乾！」

一聲令下，兩人馬上仰頭咕嚕咕嚕地灌，不到五秒，手中的杯子又空了。

「但是，你不能跟他硬幹。」東哥抹抹嘴，夾起一塊新鮮的生魚片，沾滿哇沙米和醬油後大口吞下去，「你球快，他棒子也不慢。」

「那怎麼辦？」卡拉揚還以爲用無敵到不行的精準速球就夠了。

「我說過了……」東哥很快又夾起一塊鮪魚肚，沾了醬就往嘴裡送，「用慢球對付他。」

「慢球？眞的行嗎？」卡拉揚半信半疑。沈大維的棒子可以打中快到爆炸的速球，難道會怕一般人都打得出去的見鬼慢速球？

「行，一定行。」美食當前，東哥似乎不想和卡拉揚多說，隨手抄起剛上桌的手捲，兩三口就吃得乾乾淨淨。

卡拉揚看著面前的花壽司沉思，他想到東哥之前的速差混淆理論，但這對天才打者沈大維眞的有用嗎？沒有答案的卡拉揚越想越煩，索性又開了一罐啤酒，大口喝了起來。

由於東哥喝得太多，最後只好把公車留在路邊，兩人迎著夜風走路回家。一路上，東哥心情大好地高聲唱歌，引得不少路人側目。

「不要再叫了，叫我什麼姐姐~」東哥邊走邊扭腰擺臀，剛剛的兩手啤酒都沒有讓卡拉揚像此刻這麼想吐。

「三民主義，吾黨所宗。」卡拉揚趕緊唱一些雄壯點的歌，想要轉移東哥的情緒。東哥在聽到寶島國歌後，果然馬上站得挺直，但他卻不肯再往前走了。

「你幹嘛不動啊？」

「唱國歌啦，要立正。」東哥說話聲音時大時小，明顯已經醉了。

「沒有啦，國歌已經結束了，我們走吧。」

「誰說結束的，明明就還有。」說完東哥開始從頭大聲唱起國歌，卡拉揚拿他沒辦法，只好站在一旁等他唱完。

一段走到車站圓環十分鐘的路程，兩人卻花了快一個小時才走完。卡拉揚暗自發誓，下次要是慶功還是什麼的，絕對不要再讓東哥喝酒了。

「嘿，我家在這方向，你一個人走回去可以嗎？」到了圓環，卡拉揚對東哥說。

「行，一個人吃飯旅行到處走走停停。」東哥唱起很久前風行一時的〈葉子〉，卡拉揚突然發現，那些酒精讓東哥今晚擁有無限可能性，跟一個無比巨大的必然性。那就是他有可能睡在任何地方，就是不可能睡在他的床上。

「你家在哪啊，不如我先陪你回去好了。」卡拉揚看看錶，十點半，就算先陪東哥回去，應該也可以在十二點前到家。

「嗯不要，我們去你家好了，借住一晚沒關係吧。」東哥說完，便邁步往卡拉揚家走去。卡拉揚想到東哥看見老爸不知道會作何感想，趕緊把他擋下。

「下次再去好了，今天很晚了，我家人都睡了，你還是回家吧。」

「我不會吵醒他們的，走吧。」

「還是改天吧，今天不太方便。」

「不要囉哩叭唆，我想睡覺了，你家比較近。」東哥沒有要停下來的意思，自顧自地往前走著。

卡拉揚想要試著拉住東哥，東哥卻像一台開動了的裝甲卡車，完全無法停下。卡拉揚開始著急起來，就算東哥不介意他父親是金球投手，但第一次見面就爛醉如泥的東哥，實在很難讓父親和爺爺留下好印象。

卡拉揚拿出錢包，計算著叫計程車送東哥回去的可能性。但已轉進巷子裡的東哥和卡拉揚，根本等不到一台計程車開過。

卡拉揚滿頭大汗，只能暗自希望父親和爺爺都睡了，然後爛醉的東哥不會白目到吵醒他們。

就在卡拉揚完全放棄要送東哥回家的時候，前方出現了一道人影。就算逆著街燈看不清男人的臉，卡拉揚仍清楚知道那就是他的父親，詹姆士。他因此愣在原地，東哥則繼續東搖西擺地往前走，嘴裡哼哼唧唧。

下一秒，詹姆士也看見了卡拉揚，舉手朝他揮了一下。他完全沒注意到醉鬼東哥，繞過他氣喘吁吁地停在卡拉揚面前。

「終於找到你了……」詹姆士看著卡拉揚，臉上的表情有如剛經歷一場戰役，「爺爺回家的時候跌倒了，現在在醫院治療，你的手機都沒有接……」

「什麼？」爺爺和醫院兩字瞬間電了卡拉揚一下，「怎麼會跌倒的？」

「好像是因爲下雨地太滑。」詹姆士說得很急，卡拉揚從沒看過父親這樣慌張，「叔叔已經先去醫院了，你趕快收一下東西，我們坐計程車過去。」

「喔好。」卡拉揚正想跑回家，卻注意到前方蹣跚前進的東哥。他在心裡暗罵一聲，怎麼一切事情都這麼不巧地衝在一起。

「呃爸……有一個朋友，之前我跟你提過，教我投球的那個。他有點喝醉了，今天可以睡在我們家嗎？」卡拉揚轉身對父親說。詹姆士一開始不太了解他的意思，眼露不解之色，最後他才看到了前方渾身酒氣的男子。

「欸東哥，你停一下，我跟你介紹我爸。」卡拉揚抓住東哥，好不容易才讓他轉身，「這是我爸詹姆士。」

東哥直直盯著前方，卡拉揚懷疑他是否聽懂自己說的話。卡拉揚轉頭想幫東哥介紹，卻看到父親一張慘白的臉。

「嘿爸，你怎麼了，還好嗎？這是教我投球的東哥。」卡拉揚往父親走去，卻發現他完全看不見自己，眼裡只有東哥。

「是你？」詹姆士說，聲音冷到極點。

「……詹姆士？」東哥似乎酒醒了大半，一臉驚慌失措地看向卡拉揚，「詹姆士是你父親？」

不等卡拉揚答話，詹姆士就開口了，「你怎麼會跟我兒子在一起？」

東哥半張著嘴無法言語，他還沒從震驚中恢復過來。詹姆士繼續逼問，聲音微微發抖，「你搶走我老婆還不夠嗎？現在還想來搶走我兒子？」

「你在說什麼？」東哥好不容易才勉強擠出幾個字。

「我在說什麼？」詹姆士握緊拳頭咬牙切齒。卡拉揚第一次見到父親如此憤怒。到底發生什麼事了？他感覺父親的話裡有某種訊息，和他的生命有關，但他一時間卻無法理解。

「你怎麼還有臉出現在我兒子面前。」

「你知道我？」東哥似乎越來越驚訝。

「我怎麼會忘記？」詹姆士眼睛都快要噴出火來，「我警告你，限你三秒鐘內馬上消失，然後永遠不要出現在我們父子面前。」

「等、等一下，你是不是有什麼誤會？」

詹姆士沒有開口，路燈下他的嘴角肌肉微微抽顫。他左右轉頭，似乎在尋找什麼。下一秒他跑進左側的防火巷，出來的時候，手上多了一根生鏽鋼管。

「爸，你要幹嘛？」卡拉揚嚇了一跳，不懂父親為何要拿著一根鋼管。東哥本能地後退。

「你要不要走？」詹姆士的瞳孔黑不見底，裡頭沒有任何感情。

「不走是不是？沒關係，我來慢慢跟你算帳。」

「你冷靜點。」東哥說。

「我他媽夠冷靜了！」詹姆士大吼，用力揮動手中的鋼管，暗夜裡風壓聲清脆無情。

有人已經瀕臨瘋狂。

東哥知道他只剩下一個選擇，那就是馬上離開。但他卻放不下卡拉揚，這個同樣被詹姆士嚇到的男孩。一分鐘前，他知道了這個相處快一年的男孩，竟是康晴茵的孩子。從那刻起，他對卡拉揚又多了一份特殊的情感。而他從來沒有體會過的熟悉和溫暖，如今也在注視著男孩的同時神奇地傳遍全身。

詹姆士又向前幾步，手中的鋼管反射月光。

東哥看向卡拉揚，男孩眼裡透出擔心和不解。東哥躊躇了一下，欲言又止，兩秒後他轉身離開，不一會兒就沒了蹤影。

東哥離去後，詹姆士重重跌坐在路旁，花了好一段時間才鬆開緊握的手指，放下鋼管。

卡拉揚站在一旁，看著父親把頭埋入手中，遲遲不敢靠近一步。詹姆士剛才有如殺人般的眼神，像是另一個他完全不認識的陌生人。

過了好久，卡拉揚才終於鼓起勇氣，喊了一聲爸。詹姆士抬頭望向卡拉揚，卡拉揚瞬間就明白了，這始終還是他的父親。

月光下，詹姆士幾乎是哭喪著臉。

卡拉揚扶起父親，沒有說一句話。今天晚上已經夠了。不需要再去刺探任何人心裡的傷口了。

父子倆懷抱著各自的心情，一同前往醫院。

對所有人來說，今晚都是最漫長的黑夜。

□

詹強有中度的腦震盪，四肢挫傷，還意外地診斷出糖尿病。

詹姆士每天都住在醫院，不是和醫生護士討論詹強的病情，就是上下樓張羅三餐，其他時間則靠在椅子上打盹。

詹姆士沒有提過那晚的事，也看不出有受到任何影響。他把詹強照顧得很好，可靠得無可挑剔。最近本就少喝的酒，住院期間更是一滴也沒沾了。來探病的親戚們都嚇了一跳，大家都說浪子回頭。但只有卡拉揚看見，夜晚爺爺入睡之後，父親在躺椅上那張木然的臉。

第五天，爺爺終於可以下床走動，醫生說再兩天就可以出院了。

卡拉揚每天都來探望爺爺，和爺爺聊著即將到來的國家冠軍盃。爺爺總會回憶起那早已說過好幾遍的陳年往事，說著說著累了就睡著了。

卡拉揚第一次強烈地感受到爺爺真的老了。病床上的身軀似乎比平常小了一圈，整個人皺縮起來，皮膚又乾又脆。過去那撐起整棟屋子的洪亮嗓門也弱了許多。就連一杯白開水，詹強也常要花上好幾分鐘來喝，手還微微顫抖，教人看了心疼不已。

爺爺出院那天，好多人都來了。大家一起回到家裡，讓平常只有三個人的屋子，頓時熱鬧許多。世邦叔叔和怡慧阿姨還帶了他們五歲的小女兒，她的童言童語讓爺爺笑得合不攏嘴。

卡拉揚被叔叔拉去介紹給許多沒見過的舅公嬸婆，其中一個老奶奶，卡拉揚特別眼熟，卻想不起來在那裡看過。世邦熱情地對幾乎看不見的老奶奶說：「奶媽，這是揚揚啦。」

「喔，是揚揚啊，都長這麼大啦。」奶媽伸出手來摸著卡拉揚的臉頰，粗糙的手掌傳來一股熟悉的味道，卡拉揚頓時記起自己小時候光著身子讓奶媽洗澡，一邊調皮玩水的情景。看著如今失去視力，已無法一個人生活的奶媽，卡拉揚眼眶不禁熱了起來。

「有沒有乖啊？」奶媽摸摸他的肩膀。

「有。」卡拉揚拚命點頭，奶媽卻無法看見。

到了晚上六點，最後留下來幫忙的世邦夫妻也離開了。詹姆士累倒在沙發上，詹強則早已進去房內休息。

卡拉揚把碗盤放入洗碗機裡，正想要上樓回房，卻被父親叫住。

「揚揚，過來一下。」

卡拉揚在沙發上坐了下來。他看著詹姆士，發現才過了幾天，父親似乎已老了許多。

「揚揚我問你……那個人，你是怎麼認識的？」這麼多天來，父親第一次提起這個話題，卡拉揚的心跳瞬間加快了。

他一五一十地告訴父親所有的事情，從怎麼認識東哥，到他們開始練球，還有那天去慶功的原因。

詹姆士整整十分鐘都沒有開口，只是靜靜聽著。卡拉揚注意到，第一次提到黑球的時候，父親整個人震了一下，從那之後，他都僵著一張臉。最後，詹姆士站起身來，往門外走去。卡拉揚想要跟上，卻被父親阻止。

「我出去走一走，你先睡吧，不用等我了。」

卡拉揚那晚失眠了，他無法忘記父親最後看向他的那一眼。裡頭充滿了無止盡的哀傷。

□

從醫院回來後，詹姆士沒有再喝過一滴酒。他為了爺爺每天下廚做飯，還偶爾講些冷笑話逗他開心。爺爺的食慾越來越好，說話也開始大聲起來，雖然步伐仍教人有些擔心，但已逐漸變回卡拉揚過去熟悉的模樣。

爺爺可以自己下床後，他們又開始回到餐桌上吃飯。大家隨口談著棒球、政治、天氣、鄰居、新的笑話與世邦的小女兒。餐桌上的氣氛輕鬆美好，幾乎可以說是幸福。但卡拉揚總覺得有股看不見的暗流，在他腳踝邊醞釀沖擾，慢慢將他捲入帶走。父親和他說話的嗓音比過去都要輕柔，但那和之前是不一樣的，卡拉揚無法明確地指出哪裡不同，只是已經沒有了父親幫他帶便當時那種嘗試接近的溫暖感覺。

卡拉揚知道這一切都和東哥有關，他曾根據那晚父親和東哥的對話，描繪出過去的輪廓，但他不願去相信。他想裝作一切都沒發生，試著把時間拉回到他們見面以前，但他發現那幾乎是不可能的。父親彷彿下定決心，停留在一個適當的距離——禮貌溫和但是冷漠——不再往他靠近一步。

卡拉揚又再度經歷那熟悉的無力感，而且比過去任何一次都要難過絕望。沒有酒精了，父親看起來完全清醒，這更顯出事實的冷酷模樣。但卡拉揚不知道的是，詹姆士和他一樣難受，他陷在一個錯亂的漩渦，他不知道該怎麼辦。他清楚看見男孩欲往他親近的眼神，而他也曾努力做出回應，那些早起的便當就是最好的證明。但如今他開始在男孩的眼眸深處窺見東哥的面貌，然後是一對緊靠彼此的男女。於是他停住了，他又回到那節車廂的窗戶後面，他沒辦法再多做些什麼了。

男孩曾經想要找東哥談談，他想要證明自己的推測只是個荒唐的笑話。他想要知道自己對東哥的親切感覺，並非來自不被允許的血緣關係，而是真真正正的友誼。

但卡拉揚卻找不到東哥。

東哥的手機從那天起就打不通了。

「您撥的電話未開機，請在嗶聲之後留言，嗶——」

卡拉揚掛掉電話，這已經是兩個禮拜來的第十五通了。他決定出門去找東哥。

卡拉揚來到他第一次遇到東哥的公車站牌。五十八號公車，一整天下來，一定會有一台是東哥駕駛的吧。

八月初的午後，太陽無聲地炙烤大地，任何一陣微風都是最奢侈的禮物。卡拉揚擦了擦汗，他已經等了八台公車，站了一個多小時，卻怎麼都沒有看到熟悉的肥佬，揮舞亂七八糟的雜誌叫他趕快滾上車。

卡拉揚的口越來越渴，他漸漸覺得，或許在這兒等上一輩子，也不會遇到東哥了。

就在這時候，有件事情吸引了卡拉揚的目光。

中午還門可羅雀的對街小吃店，卻在逼近下午三點的此刻，不尋常的擠滿了人。他們或站或坐各不相同，但都有一個共通點，那就是全部抬頭看著店裡唯一一台小電視。

到底在看些什麼呢？卡拉揚不禁納悶。

接著，他聽到四周傳來手機鈴聲。

美妙的和弦響鈴。某首歌曲的副歌段落。惡搞的來電錄音。各式各樣的手機鈴聲紛紛響起。

卡拉揚左右張望，他很快就發現，整條街道上的人，幾乎有一半都接起了手機，然後，所有人都露出最驚訝的表情，甚至有人尖叫出聲。

下一秒，無聲的震動出現在卡拉揚的口袋裡。

「喂。」卡拉揚接起手機。不知道爲什麼，他有很不好的預感。

「你看到了嗎？」蛋塔的聲音無比驚慌。

「看到什麼？」

「墜機啊！」蛋塔大吼，電話那頭嘈雜無比，好像是新聞主播的急促聲音。

「什麼墜機？」卡拉揚毫無頭緒。

「國家隊從集訓地回來的途中墜機了，沒有半個人生還。」

14

當天晚上六點，總統正式宣布，把八月三號定爲國殤日。

不論是新聞台體育台還是綜藝節目電視購物，所有頻道一律在報導這件撼動全國的消息。電視上輪流播放著每名選手過去的影像，並訪問他們的家人好友及球迷，每一個人都哭到痛不欲生。所有球場全部降半旗示哀，著名棒球評論員更發出寶島國球在一天中退步十年的感嘆。

西科聯邦在八點捎來致意訊息，外交官員則開始交涉將國家冠軍盃延後一年，並先還予寶島自治權的可能。到了十點，西科聯邦發言人在電視上發表聲明，短短五分鐘的言論，激起了寶島國有史以來最同仇敵愾的愛國心。

「……國家冠軍盃延後一個月，這是我們最大的讓步。」西裝筆挺的黃頭髮老外在電視上說著，表情機歪到了極點。台下的寶島記者不顧秩序警察站崗，全部一擁而上痛毆他。

新聞播出後一個小時內，全國各地的聯邦代表處都被砸爛，許多秩序警察也被不明人士偷襲。反對西科的各種活動，在寶島國內頭一次到達沒有人想像過的高峰。就連其他國家，也在媒體上聲援寶島，共同譴責西科聯邦的落井下石。

隔天凌晨，西科聯邦宣布寶島進入戒嚴時期。街上的警力增加五倍，十二點後不能在外逗留，所有的恐懼和所有的暴力在寶島境內像初秋大火無止盡的延燒。即使如此，偷襲秩序警察的情形還是層出不窮，寶島人民已經沒有害怕的理由，一切反彈情緒都因爲那場空難而爆發了。

西科聯邦眼見勢頭不對，召集高層徹夜開會。最後他們決議先撤出百分之八十的警力，讓寶島暴民自嗨一陣子。等到最後在球場上相逢，再一舉用棒球打垮寶島，讓他們被自己愛國心激發出的過剩自信殘酷地羞辱。

撤出警力的同一天，西科聯邦又開了一場新聞發表會，是關於延後至九月二十號的國家冠軍盃。

「顧慮到本聯邦附屬寶島國最近艱難的處境，這次比賽由五場濃縮爲一場。」黃頭髮的發言人這次不敢太囂張，他兩眼的黑輪還沒完全消失。幾乎所有記者在台下同聲發出歡呼，只有少數幾個資深記者嗅出不對的味道。

他們的第六感完全正確，這是西科聯邦親手捏製的甜蜜毒藥，讓所有寶島人民看見希望之光，轉移他們的注意力至棒球上，也把他們哄騙上一條不歸路，盡頭將是前所未見的巨大失望。

「我們獲勝的機率是百分之九十九點九九九九九九。」西科聯邦的棒球智囊團根據手中的所有資料做出判斷，沒有人懷疑這個數據的眞實性，除了已被愛國心蒙蔽看不清面前風景的一億兩千萬寶島人民。

果然如同西科聯邦所料，撤出警力三天後，暴力事件便下降了九成。所有人民現在最關心的，是如何在比賽中用棒球復仇，每個人口中談論的都是棒球，政府也緊急成立棒球專案小組，負責選出和訓練最新一批國家隊員。

很快地，第一批預備隊員出爐了。多半是第一次沒有選上的職業選手，還有少數幾名業餘好手。但寶島人民對這結果無法滿足，就算再熱血的人，也看得出來這樣出征必死無疑。於是多家八卦雜誌社，皆開闢特別專欄，在全國各地尋找擁有高超棒球實力的無名好手。

雖然這其實只是八卦雜誌賺愛國錢的噱頭，但每一期的封面人物，還是帶給大家無限的希望和想像空間。「新．戰神」、「光明左手」、「守護者」，每一個名稱似乎都響亮到熠熠生輝，好似可以憑一己之力奇蹟扳倒流著口水的西科惡獸。但在棒球專案小組找上他們後發現，這些人物多是虛有其表，甚至還比不上在職業球壇打轉多年的二流選手。

雖然如此，還是有篇小小的報導吸引了某些人的注意。

「你看了這期的『寶島大嘴』沒？」蛋塔打給卡拉揚。

「你說封面是什麼『鑽石智多星』的那本嗎？」卡拉揚昨天在書店稍微翻了一下，這次封面是一個中年的鄉下捕手，傳說他帶領一支弱小的球隊四處征戰，卻從來沒有輸超過一分。

「對，不過跟那捕手沒啥關係。今天已經有週刊爆料，他們只和弱到不行的球隊打，當然從來不會輸超過一分。」

「是喔，那你要說什麼？」

「裡面有一篇好像是在講沈大維。」

「沈大維？」

「嗯，你快去看看吧，標題是消失的天才打者。」

卡拉揚掛掉電話，馬上衝到街角的便利商店買了一本週刊。翻了許久他才找到，一篇短短的文章，裡頭提到沈大維在校隊甄選的傳奇事蹟，還有一張側拍的照片。除此之外沒有其他報導，也沒有說沈大維消失去了哪裡。

「沈大維……」卡拉揚不禁想到，要是沈大維上場的話，說不定眞的可以轟垮西科聯邦的投手們。雖然不想承認，但他的確是最強的情敵。

從便利商店回家的路上，卡拉揚又經過前往小美家的路口。卡拉揚知道小美早就從集訓回來，但他卻始終沒有像自己之前所想的，計畫出一個完美的方法。東哥和父親佔據了他的所有心神，讓他幾乎無力思考任何事情。

此刻卡拉揚站在岔路口，驕陽融化地面，熱氣騰騰的街角，彷彿下一秒就可以看到小美走出來的身影。

卡拉揚握著雜誌的手汗濕了。他不知道跟自己說過多少遍，一定要再和小美好好面對面聊一次，但那句「你到底懂不懂啊」，卻像一隻無形的巨大黑手，從背後緊緊抓著他，讓他無法向前邁進。

最後，卡拉揚選擇了不需要勇氣的那條路，也是一條沒有任何可能的路。

□

時間沒有爲任何人停下腳步，一轉眼，距離決戰只剩下三十天。

寶島的人民慢慢開始發現大事不妙了。

沒有一個充滿霸氣的王牌先發投手，也沒有足以打垮對方的恐怖打線，所有的一切都像穿過樹葉的光影，雜亂無章。

即使如此，卻沒有人有任何辦法。所有人只能眼睜睜看著這個狀況，像團漿糊黏滯在那裡，同時在心裡祈禱會有奇蹟發生。

爺爺康復得很好，每天醒來第一件事就是拿起報紙打開電視，關心國內棒球的最新發展。詹姆士也會坐下來和他討論，不過這對父子多半的時間都在感嘆一代不如一代，感嘆過往的美好時光。

卡拉揚待在家裡的時間則越來越少。詹姆士那像是主人對待客人般，不帶多餘感情的關懷，讓卡拉揚無所適從。他感覺所有人都背向他轉過身去了。父親、東哥，以及小美。於是他讓自己沉溺於唯一不會背叛他的棒球。每天一起床他就出門坐上公車，來到一個遠離人煙的地方，一個只有自己和棒球的秘密基地。只是一個人的練習，彷彿少了些什麼。有時候他甚至會產生錯覺，覺得自己一回頭，就會看到一個蹺著二郎腿的胖子，倒在駕駛座上呼呼大睡。但這畫面卻始終沒有出現，一次都沒有。

我的爸爸是誰已經不重要了，只要有個人願意像個父親一樣愛我就可以了。這是卡拉揚最後最卑微的願望。

卻沒有任何人聽到他的祈禱。

上帝已閉上眼睛。

取而代之的是，棒球之神露出捉弄的笑容伸出了手。

□

禮拜四的早晨，卡拉揚喝了兩杯柳橙汁，來到玄關綁著鞋帶，準備出門練球。

隔著厚重的玫瑰木大門，幾乎不可能聽到外面的任何聲響，但卡拉揚卻隱隱覺得，門後有著說不出來的騷動。

開門。

喀嚓。

無數台相機對準了卡拉揚的臉猛拍，門外全是記者，數十名名全副武裝的記者。十幾支毛茸茸的收音麥克風穿過人群，在卡拉揚頭上交疊著，幾乎遮蔽陽光。

「請問你對自己被指名爲寶島第一投手有何看法？」

「聽說你到高中才展露出棒球才華，這是眞的嗎？」

「有人說你的球比剛因空難去世的『光速雄』還要快，你同意嗎？」

「聽說你自己決定把名字改成卡拉揚，請問有什麼原因嗎？」

無數問題像一大群蜂擁上岸的沼澤蟹瞬間爬滿整片沙灘，令卡拉揚不知所措。最後終於有個記者看不下去，大聲要所有人給這孩子一點時間喘口氣。

片刻的安寧過後，一位女記者再度開口，搶先問了第一個問題。

「請問你知道西科聯邦的打者說你是寶島第一投手嗎？」

這問題卡拉揚聽得清清楚楚，但他卻無法在裡頭掌握到任何現實。卡拉揚試著搖頭，但在數十名記者面前，就連簡單的搖頭動作也變得困難無比。

卡拉揚聽到有記者小聲地說，看來他還不知道。下一秒場面又混亂起來，大家都在想要怎麼問才能讓卡拉揚進入狀況。這時候有個好心的記者開口了，他替卡拉揚解釋今天凌晨，也就是西科聯邦時間的晚上八點，所播出最新記者會的內容。

「今天凌晨西科聯邦的總教練伍德，在電視上首度介紹他們從未露面的第四棒。而這第四棒提到了你的名字，他說你是寶島最強的投手。」

怎麼可能。一定是弄錯了吧。

卡拉揚繼續搖著頭。某支頭頂的收音麥克風動了一下，刺眼陽光射入卡拉揚眼裡，令他睜不開眼。暈眩白光中，他聽到了最不可能的答案。

「可是他說他認識你欸，你真的不知道他嗎？他叫David，還有個中文名字叫沈大維。」

沈大維？

夏日晴朗的早晨，卡拉揚卻感覺有股冷意從背脊傳遍全身。

沈大維在西科聯邦……打第四棒？

那個一頭捲髮，擁有燦爛笑容的沈大維？

記者們發覺到卡拉揚錯愕的神情，馬上爭先恐後又問了一大堆問題。所有人都把手中的麥克風伸得老長，彼此互相推擠，化身成一群搶食的餓鯊。

突然，一隻巨掌繞過卡拉揚的肩頭，把他向後擁入懷中。所有人瞬間安靜了下來，那是恐懼也是尊敬，對寶島國有史以來最偉大投手的敬畏之心。

詹強昂首挺立在眾記者面前，對於看過無數大場面的他來說，這點陣仗連讓他把睡衣換掉都不配。

「夠了吧？」中氣十足的嗓音向四面八方轟出，每個人都下意識的立正站好。

「他或許有天會變成寶島最強的投手，值得你們每晚睡在我家門外等著採訪他。但他現在只是我的孫子，而任何人想要打擾我的孫子，就得先過問我詹強同不同意。」

一片靜默，全場啞然無聲。

砰！

玫瑰木大門用力關上。

過了十秒鐘，才終於有人吐出第一口氣。接著，周遭爆起最熱烈的討論。

許久不見的詹強也露面了，這讓記者們幾近瘋狂。這篇新聞說不定是寶島的轉機，每個人或多或少都在心裡這麼覺得。

看似必敗無疑的一場比賽，因爲西科聯邦第四棒的一句話，有了風起雲湧的改變。

□

誰是沈大維？誰是卡拉揚？這是當天全國每個民衆的疑問。

新聞台、報紙和無數八卦雜誌都傾巢而出，這是他們存在的用意，把每個人都想知道的事實毫無保留地展開，甚至連那些最不堪的過去，也會從漆黑潮濕的洞穴中被拖拉出來，壓得平平整整攤在陽光下。

首先是卡拉揚。

父親詹姆士，爺爺詹強，這樣的家世背景很快就吸引了所有人的興趣，幾乎每個人都以爲金球投手終於又要重出江湖，在國家冠軍盃大顯身手。

但很快就有人發現不對。越來越多的八卦消息都指出，卡拉揚不是個金球投手，而是有如絕種動物般的黑球投手。

一時間，黑球投手四個字蔚爲風潮。所有人都想知道到底什麼是黑球投手。許多從來都沒聽過的黑球投手也在節目上陸續出現，大談自己身爲黑球投手的人生。

而最讓大家無法理解的還是，金球世家的卡拉揚爲何會是個黑球投手。每一個談話節目都在討論這個話題，自稱棒球遺傳專家的人物充斥在電視上，高談基因突變的可能性。還有專門扒糞的八卦雜誌，繪聲繪影的爆料卡拉揚並非詹姆士親生，領養說外遇說紛紛出籠，甚至有出版社推出詹姆士其實根本就是黑球投手的專刊，準備用胡說八道大撈一筆。

這些不入流的小道流言，幾乎沒有人認眞當一回事，除了眞正活在其中的人。

詹姆士的脾氣開始陰晴不定，他受不了每天聚在門外的一批記者，也受不了到哪裡都要被問到黑球投手的事情。他又開始喝酒，常常喝到半夜三更才回家，有次甚至和門口的記者發生衝突，扭打的畫面都上了隔天的早報。

卡拉揚常常會在家裡發現關於自己身世的八卦雜誌，只是數天後，它們都會變成碎片躺在垃圾桶裡。

卡拉揚從來不去看那些報導，他只需要要從父親的轉變，就可以知道什麼是事實。雖然不願意相信，但自己的親生父親可能不是詹姆士的念頭，已經無法控制地佔滿了他的全部思緒。

卡拉揚想要再見東哥一面的心情從來沒有這麼強烈過。一定可以從東哥那得到解答的吧，他想。

只是東哥卻像人間蒸發般消失了。

於是卡拉揚開始頻繁地想起母親，那個只從照片上看過的女人。他痛苦地發現自己有時會像父親一樣，在心底埋怨起母親，埋怨那導致一切的可能背叛，甚至是責怪她的死，彷彿是她選擇遺棄他一樣。他常因胸中不斷膨脹的妄想念頭，渾身顫慄起來，久久不止。他不知道自己究竟該相信什麼，保護什麼。媽，究竟誰是我的父親？妳告訴我好不好？好不好？

而答案就像永夜之地的曙光，永遠不可能出現。

黑球投手的新聞喧騰得沸沸揚揚，但同樣讓人好奇的沈大維，卻始終蒙在面紗裡。原因無他，西科聯邦不願提供和沈大維有關的新聞，也不願開放任何採訪。

不過寶島出產的扒糞狗仔，並沒有讓民眾等待太久。

在卡拉揚是黑球投手的消息爆出後一個禮拜，沈大維的面紗終於揭下，卻也讓全國人民震驚不已。

首先，是沈大維在野球高中念書的始末。傳是西科聯邦向寶島政府施壓，讓沈大維用轉學生的方式進入野球高中，目的是讓他體驗寶島未來棒球好手的水準。但很快又有另一則傳聞出現。沈大維的母親其實是寶島人，所以他才會在寶島念書打球。只是不管是哪一個傳言，西科聯邦的第四棒在野球高中念書，這是政府和野中上上下下都難辭其咎的事實。

起了個頭後，各種是是非非的傳聞像天上的星星，開始閃啊閃，怎麼也數不清。

沈大維的過去有太多版本，幾乎讓人沒辦法想像這是在報導同一個人。有人說他是貧民窟出生的天才，有人說他的打擊實力是打地下賭博棒球訓練出來的。也有人說他的母親是寶島政界的名人，只要名字一公布出來，勢必引起全國震驚，甚至可能造成總統必須辭職下台的結果。

然後，彷彿是受不了這些紛亂的臆測，西科聯邦首度開了關於沈大維的新聞記者會，與會記者僅限於寶島三家最大的平面媒體和一家電視台。

那天走出會場，所有人都瘋了。他們什麼都不記得，只記得一句話。

「沈大維是費迪南和寶島女子生下的孩子。」發言人手中拿著一張出生證明，還有一張全家福照片。

照片中費迪南親暱地摟著一名黑髮女子，女子手中抱著一個嬰孩，孩子的頭髮好捲好捲。

當晚全國的報紙頭條都打出了相同的四個字：

世紀大戰。

□

九月的第二個禮拜六，卡拉揚來到濱海的國家棒球基地。

國家棒球基地是寶島棒球的根據地，寶島棒球的司令台。每一場對外大大小小的戰役，都在這裡擬定戰略商討敵情，並把四面八方聚來的選手凝聚成一個真正的團隊。這裡也有全寶島最豪華的室內棒球場，暱稱為布丁盒的寶島巨蛋。

這座無可撼動的基地，最高決策的中樞，在記者會結束過後，徹徹底底的搖動了好大一下。費迪南這三個字，是他們少數的失敗，是他們的致命傷和弱點。而如今，有一個繼承費迪南血統的男孩，天神般降落到敵方的第四棒，這的確令人感到洩氣。

不過寶島很快就重振起來，無論是棒球和人民都一樣，把牙齒和吃驚都吞了下去站了起來。棒球不是一個人的運動，更不是比誰第四棒厲害的運動，最重要的是，實在沒道理害怕一個十六歲的小鬼，即使他有一個那麼可怕的老爸。

況且，我們也有一個擁有可怕老爸的小鬼，他甚至還有一個超人爺爺呢。全寶島的人民都這麼想著。

但在國家棒球基地，卻始終沒見到這個十六歲小鬼的身影。

其實卡拉揚早就接到了參與集訓的邀請，或是命令。但他卻遲遲沒有動身，因為他很擔心父親。

沈大維和費迪南的關係帶給卡拉揚的衝擊，其實還比不上他第一次聽到沈大維是西科聯邦第四棒時的錯愕，而此刻所有事情和父親相比，都渺小遙遠得像北國明信片裡的雪花。詹姆士的狀況前所未有的糟糕，那些是事實不是事實的報導，每分每秒如影隨形糾纏著他。他變得暴躁易怒，甚至不可理喻。

有次卡拉揚試著叫父親出來吃晚飯。他才喊了一聲爸，詹姆士就衝到餐廳大吼大叫，把他剛買回來的食物全都掃到地上。卡拉揚嚇壞了。詹姆士粗暴地拉著他，要卡拉揚出去對外面的記者說究竟誰才是他的爸爸，他叫卡拉揚想說什麼就說什麼，「反正現在全國的人都知道了。」爺爺難得的生氣異常，兩個人激烈爭吵。最後詹姆士衝出家門，整整好幾天沒有回來。

這件事和其他所有事情一樣，給卡拉揚帶來無法消弭排解的悲傷情緒。他曾經試著想要和父親說，無論怎樣，你還是我的爸爸，永遠都是我的爸爸。只是，他根本沒有機會開口。因爲詹姆士已成爲暴風雨中的小島，任何人都無法接近。

國家棒球專案小組的人越來越常打電話來，他們希望卡拉揚可以儘快參與集訓。他隨口掰些理由拖延著，只是那些理由連他自己都無法相信。

卡拉揚甚至連自己每日的練習也取消了。那些蒼蠅般緊跟在旁的記者和發光鏡頭總教他無比煩躁。他成天都待在家裡。打掃房間，替大家準備三餐，早睡早起。他不知道這麼做有什麼幫助，只覺得自己如果好好過生活，所有人似乎也可以回到過去。但他每天面對的仍是痛苦狂躁的父親，絲毫沒有改變。就連爺爺，這幾個月下來也彷彿筋疲力竭了。他待在沙發上的時間越來越長，常常一整個下午都坐著動也不動，滿臉的皺紋和疲憊的眼神讓他看起來好累好老。

卡拉揚從來沒有離開過寶島，但他突然可以體會身在北極的感覺，遙遠寒冷而且孤獨無比。溫暖的家，彷彿只是夢想國度裡的糖果屋，永遠不可能出現在他的生命中。

一個下午，卡拉揚清洗完浴室後累得睡著了。睡夢中，他遇到年輕時的父親，才華洋溢的天之驕子，開朗熱情而且熱愛生命。他看到一個沒有臉的溫柔女人，懷中有個嬰兒。他們三個人散發出好幸福的味道，好像擁有了全世界，也像是沒有全世界也完全沒關係。

然後，他就醒來了。因爲他聽到父親咆哮的聲音。

父親和另一個男人的聲音從樓下傳來，卡拉揚很快地跑下樓，接著，一個沒有想像過的畫面映入眼底，東哥站在門口。

「你出去！」詹姆士手指著門外，另一手抓著餐廳拿來的椅子。但他卻始終無法把椅子舉起來，沒日沒夜的酗酒已讓他的體力大不如前。

「等一下，詹姆士你聽我說……」東哥的臉因爲緊張而流汗。卡拉揚第一次看到他穿上襯衫，滿臉的鬍碴也修得乾乾淨淨。

「沒有什麼好說的！」詹姆士大吼，然後他注意到了身後的卡拉揚，這讓他的聲音變得機械般冰冷不帶情感，「怎樣？終於要攤牌了嗎？」他指著門口，甚至沒有看卡拉揚一眼，「有人來接你了，你現在可以滾了，然後再也不要回來。」

「詹姆士！」東哥怒吼，衝向前一拳打在詹姆士臉上，詹姆士整個人摔倒在地，撞出好大一聲，手中的椅子也飛個老遠。「你知不知道你在說什麼？」東哥喘著粗氣，緊握雙拳瞪著詹姆士。

詹姆士倒在地上，嘴角有著鮮血。這突如其來的一拳不只把他打倒，也瓦解扯破了他多年來用酒精築起的裝甲。地上的詹姆士和先前的憤怒男子彷彿判若兩人，眼神空洞迷離，沒有一點焦距，那張臉好似放棄了整個世界。

目睹這一幕的卡拉揚，感覺周遭四壁瞬間旋轉了起來，方才的撞擊聲在耳道裡不斷轟響。完全失控了。

他想大叫。

再也回不到過去了……

下一秒，一個細小的呢喃穿透巨大耳鳴進到他的意識裡。房間忽地安靜下來，停止搖晃。他聽見父親在說話。

「……晴茵她……她後來幾乎都在睡覺，最後一天也是……」詹姆士的嘴唇汩汩冒著血，但他似乎完全沒有感覺。他繼續說，聲音淡漠飄渺，臉上漾著一股難以言喻的神情。彷彿他此刻並不在這裡，而在另一個遙遠的地方，「她睡了好幾個小時，然後突然醒來，問我明天禮拜幾，我說禮拜天，接著她就笑了，像小孩子一樣笑了，眼睛閃著光。她說那我們明天一起帶揚揚和蹦蹦去公園野餐吧，難得他不用上課，好久沒有帶他出去玩了……蹦蹦是我們說好要養的狗，我們說好等到兒子五歲的時候開始養……

「那時候她已經不行了……她以爲揚揚長大了，她以爲我們已經養了那條狗，然後她問我，表情平靜溫柔，毫無痛苦，她問我說，你幸福嗎……

「我說我從來沒有這麼幸福過，妳趕快好起來，我們還會更幸福，比誰都要幸福……她聽完又笑了，然後很滿足似的閉上眼睛，不久後她就彌留了……那是我最後一次看到她的笑容……我只是想要一直看到那個笑容而已啊……我只是想要給她幸福……爲什麼……爲什麼那麼難……不是說好要一起去公園的嗎，不是要一起幸福嗎……爲什麼留下我……」

詹姆士的聲音越來越不清楚，漸漸地，含糊的說話聲轉變爲嗚咽，詹姆士哭了起來。

沒有人講一句話。

卡拉揚看著父親，想要做些什麼，卻不知道該怎麼辦。他往前一步，停住，然後發現自己不知何時已經淚流滿面。

房內傳來另一個男人的哭聲，卡拉揚過了一會兒才知道是東哥。他也哭了。

「我知道啊……我也想給她幸福啊……」東哥轉過身去，手在臉上抹啊抹的，卻抹不去聲音裡的哭聲。他不知道是在對詹姆士說話，還是對自己說，「這就是爲什麼我不能出現在你面前啊……不能讓你們知道她有黑球的血緣，她是這麼愛你，愛到拜託我不要出現……啊啊啊啊……你知道爲了怕你不跟她結婚……我們做了多麼大的犧牲嗎……就連她結婚那天，我也只能躲起來偷看……」東哥哭到說不下去，大口大口的吸氣，「爲了她的幸福，要我做什麼我都願意啊……爲什麼……爲什麼……爲什麼最後還是……」

詹姆士撐著身體爬了起來，他完全無法理解面前這個男人口中說出的話，「你說什麼……你到底在說什麼……」

東哥轉過身來，眼淚鼻涕流滿了臉。

「康晴茵是我的姊姊啊……我唯一的姊姊啊……」

□

那天晚上，卡拉揚全家人一起吃晚飯。

有父親、爺爺，還有他已經認識很久，卻第一次知道其實該喊他舅舅的東哥。

大家都沒有說太多話，安安靜靜地共享爺爺和父親一起下廚做的晚餐。卡拉揚吃著好久沒吃到的紅燒獅子頭及豆豉排骨，整頓晚餐都被一種好安心的感覺包圍。

詹姆士反常的夾了很多菜到卡拉揚碗裡，他想和爸爸說聲謝謝，但到最後還是沒有開口。卡拉揚知道一切都過去了，爸爸已經不再是無法靠岸的小島了，雖然天空還陰陰的，但放晴的日子一定很快就會來了。

吃完飯，所有人都來到客廳。爺爺開了一瓶二十三年的威士忌，拿了四個杯子。沒有人開口要卡拉揚改喝果汁。

東哥開始述說他和姊姊的故事。爺爺舒服的靠陷在沙發裡。詹姆士傾身向前，眼神如溫柔河流，專注清澈。但沒有人比卡拉揚還要認眞聆聽，他不漏過任何一個換氣，仔細聽著關於他來不及一起生活的母親的過往。這一晚，彷彿終於尋獲遺失許久的那塊拼圖，卡拉揚感覺自己的人生第一次完整了。

東哥本名叫做康向東，是康家的第二個小孩。從小他就知道自己是一個黑球投手，但黑球投手在那個年代的棒壇已經沒有任何未來，東哥的父母也都希望他忘了棒球走上律師或醫生的路。雖然如此，有個人始終都沒有放棄他，那就是他的姊姊康晴茵。

康晴茵比任何人都相信自己的弟弟一定可以有一番作爲，可以成爲一個好投手。東哥也從來沒有辜負過姊姊，他每天努力練習，都是爲了這世界上唯一相信自己的姊姊。他要證明姊姊沒有錯，他要證明黑球沒有錯。但不知道是幸或不幸，康晴茵遇到了詹姆士，他們陷入了最瘋狂的熱戀。很快地，他們進展到沒有人想像過的階段，他們互許終身，決定要結婚了。

此時一個問題浮現了，殘酷的浮現了。

詹姆士對康晴茵的愛，究竟能不能容忍他寶貴的金球血統染上黑球的污點。沒有人知道，就連和詹姆士朝夕相處的康晴茵也不敢確定。而就算詹姆士真的毫不介意，但詹強會同意嗎？全國人民會同意嗎？他們可以接受金球英雄生下萬惡無用的黑球嬰兒嗎？這場愛情真的值得賠上幾乎可以稱爲寶島國寶的金球世家嗎？

一旦讓整個國家的命運介入他們的愛情，原本篤定的美麗未來似乎就將化作一場泡沫夢影。但康晴茵是如此渴望幸福，以至於她下了一個重大的決定，她要隱瞞一切，隱瞞一切有可能破壞她幸福的東西。於是，康家成了一個普通的家庭，沒有黑球，甚至沒有棒球。父親是公務員，母親是超商主管，一切都這麼平凡而無害，除了一個人，那就是爲了姊姊每天努力練球的東哥。他的執著和不放棄，此刻看起來竟是如此可笑且諷刺，因爲他成了最愛的姊姊幸福的絆腳石。

最後，爲了姊姊的幸福，東哥提出一個最簡單也最困難的辦法，他要消失在姊姊的生命中。他要姊姊幸福，這件事比什麼都還要重要。那天晚上，姊弟倆在房間裡相擁痛哭。等到隔天詹姆士第一次到康晴茵家裡拜訪的時候，康家就只剩下三個人了。

爲了不被詹姆士發現，東哥和康晴茵的聯絡能少則少。即使如此，東哥仍舊沒有忘記姊姊對他的支持，他想要成爲一個偉大黑球投手的心願只有越來越強烈。他如願成爲棒球名校的王牌投手，率領球隊過關斬將，等待在他面前的是一只職業球團的合約和光亮耀眼的前途。一切都如此完美，直到那一球出現。

那一球，毀了兩個生命，陳文豪的以及東哥自己的。

他曾經試圖振作，告訴自己一切還沒有結束，還可以再努力，直到他發現他再也沒辦法對任何人投球了。他患了觸身球恐懼症，只要有人站在打擊區，陳文豪頭盔破裂倒地的畫面就像跳針的唱片不斷出現在眼前，他甚至沒辦法把球握緊。毫無疑問的，他失去當一個投手最基本的資格。

最後，他連自己的心也失去了。

他開始自暴自棄，把自己的生活搞得一團亂，人生中所有稍微散發光明的東西，在這段時間裡全被他破壞殆盡。就是在這個時候，擔心他的姊姊又重新進入東哥的生命裡。姊姊就像過去一樣，給東哥最溫暖的支持。因爲有姊姊，東哥才終於慢慢回到正軌，回到正常的生活，儘管那裡面已經不再有棒球了。

「那時候，我們都約在一個火車站見面……你知道嗎？」

詹姆士愣了一下，然後微微點頭。

「果然……那是姊姊結婚後我們唯一見過面的地點……」東哥淡淡地說，「那天晚上我知道你是卡拉揚的父親時，我簡直沒有辦法相信。但我更訝異的是你的態度，你那無法解釋的盛怒敵意……我意識到其中一定有什麼誤會，但當時我並不清楚那是什麼……後來我才想到，你可能知道或甚至看過我和姊姊碰面……」

東哥沒有繼續說下去，他和詹姆士此刻同時掉進回憶的巨大縫隙裡，那月台那安慰那溫柔的姊姊那多年的誤會，好多情緒同時湧上心房，久久沒有人開口。

一會兒後，詹姆士打破沉默，「那……後來……你怎麼不來找我們呢？事情都過去了……」

他們都知道這後來代表什麼，時光中凝結的哀傷此刻像擁有重量般壓著在場所有人。

「我不知道……姊姊過世的時候，我覺得世界都變成黑白的了……所有人都不再重要，當然你們也是……」

詹姆士沒有開口，他比任何人都知道東哥的意思，世界全部失去了色彩的模樣，他也曾經經歷過。

卡拉揚在一旁靜靜聽著，不知道爲什麼，他可以感覺到媽媽似乎就在這個空間裡。每一句對話，每一個沉思表情和若有似無的微笑，似乎都隱藏著母親的身影和氣味。卡拉揚突然好難過，又好嫉妒。他嫉妒這個房間裡的所有人，爲何只有他沒有接受過媽媽的愛，爲何只有他被排擠在這懷念感傷又無比幸福的回憶圈子外。

於是卡拉揚無法控制地開始幻想，原本應當屬於自己的童年風景。裡面有世界上最善良溫柔的媽媽，最厲害的爸爸，最有趣的舅舅以及精力過剩的爺爺。每當假日他們會一起去公園野餐和打棒球，蹦蹦會在草地上瘋狂亂跑，卡拉揚可以學習鋼琴和畫畫，沒有人會介意他有沒有棒球天分，因爲他永遠是所有人心中的寶貝……

這想像是那麼樣的逼眞美好，以至於卡拉揚差點要掉下眼淚。他低下頭揉揉眼角，就在這時，他發現東哥正提到他。

「……我一直知道自己有一個外甥，只是我完全沒有想到他竟然就是卡拉揚，就連後來我確認了卡拉揚是黑球投手後，也從來沒有想過這個可能性……但我很高興，眞的，我很高興知道卡拉揚其實是姊姊的孩子……」東哥看了卡拉揚一眼，臉上帶著淡淡的微笑。接著他又望回詹姆士，「不過，我卻沒有想到卡拉揚會出現在報紙上，還伴隨那麼多不是事實的八卦報導，有些內容員的是……我知道，我知道你一定承受不了，我很想趕快告訴你一切，也想趕快告訴卡拉揚我是他的舅舅……只是你們家外面太多記者了，我不敢貿然上門，所以，才會拖了這麼久……」

東哥說完輕輕拿起酒杯，將剩下的威士忌飲盡。沒有人說話，沉默降臨橘黃色的溫暖空間，威士忌已經喝完了，玻璃杯底的澄黃汁液反射細碎光芒。走廊上的圓木老式立鐘突然響起來，緩慢悠長的沉穩聲響，彷彿在對誰傾訴什麼。鐘擺輕輕盪了九下，接著又再度歸於靜寂。

沙發移動的聲音。東哥站了起來。

「那……不早了，我也該走了。」

「我送你。」詹姆士說。

詹強也站起來。這個漫長的夜晚似乎讓他有些疲憊，他的腳步較白日已慢了許多。他和東哥握手，又輕輕拍了他的肩膀。

詹姆士陪東哥走向門口，卡拉揚跟在後頭。東哥在門口停下來，微笑對卡拉揚說，「嘿，你以後就要叫我舅舅了。」

卡拉揚看著東哥，他曾經有好多話想對這個男人說，但這一刻他竟吐不出任何言語。於是他只點點頭。

東哥轉身跨入街頭的夜色裡，詹姆士跟著出去。寶島的夏夜十分舒服，微風愜意涼爽，四周不見記者的影子。

兩人走下門前的階梯站在人行道上，相視而立。接著東哥和詹姆士同時開口，又同時因爲對方說話而停了下來。

東哥微微笑了一下。「陪我走一段路吧。」

他們轉出巷口，外面是一條四線大道。兩旁的櫥窗都已暗滅，只有幾個霓虹招牌不甘被遺忘般兀自亮著。

「你剛剛想說什麼？」經過第一個紅綠燈時詹姆士說。

東哥沉默了一下才開口，「我想說卡拉揚的事。」他直望著前方，詹姆士也一樣，兩人都沒有停下腳步。

「我沒有要責怪你的意思，我只是想跟你說，他很愛你。」

「……我知道……」詹姆士的聲音很小。

「他是一個好孩子……而且他很努力，眞的，比誰都要拚命，非常棒。」

一台垃圾車超過他們，伴隨熟悉的音樂聲，在前方停了下來，許多人已經提著垃圾袋等在那裡。

「我不是一個好爸爸……」

「這不能怪你……」

詹姆士搖搖頭。

「我沒有盡到父親的責任，一點也沒有，我有什麼臉面對晴茵……她把揚揚留給我……」他的嗓音粗糙起來。

東哥沒有開口。他們一起走過垃圾車旁，人們帶著滿足又疲累的神情沿著來時的路四散離開，回到某個人身邊，或是某個寂寞空間。

「你覺得……」詹姆士再度開口，「……晴茵她會原諒我嗎……她會原諒我不相信她，原諒我懷疑她給我的愛，原諒我這幾年做的一切嗎……不會吧，對不對，她不可能會原諒我的，我真的好差勁，說什麼全世界最愛她，說什麼死生契闊，與子成說……可是一直到最後，我都沒有真的相信她啊……她到最後都還想要我幸福，我卻連相信她這麼簡單的事都辦不到……」詹姆士說得斷斷續續，不能自已。

「不會的，」東哥柔聲地說，隱隱藏著鼻音，「你是她最深愛的人，只有這一點，我比誰都清楚……那不是你的錯，只是老天對姊姊太殘酷了，對我們都太殘酷了……」

垃圾車又再一次從他們身旁經過，優美的樂聲瞬間蓋過一切，世界在那一刻彷彿沒有一點哀傷，所有錯過的事都可以重來，簡單而美好。但那旋律還是慢慢遠去，越來越小聲，最後終於聽不見了。

房間裡的男孩躺在床上，睜眼聽著樓下的聲響，等待父親回來的聲音。但他終究是還沒等到便已睡去了。他沒有做任何一個夢，或許是已經不再需要了。現實永遠沒有美夢香甜，但這一晚的確有些事情改變了，像終於解開纏繞打結的繩索，所有人或多或少都放下清出了一些什麼，雖然騰出的空間可能只有拇指般微小，但已足夠讓他們裝上勇氣繼續前進。

15

隔天卡拉揚被一雙大手搖醒，是屬於爸爸的大手。

詹姆士看起來神采奕奕，卡拉揚從來沒有看過這樣的父親，詹姆士此刻像聖誕節早晨迫不及待起來拆禮物的孩子。有那麼一瞬間，卡拉揚以為自己仍在夢裡頭。「嘿，趕快起床，我帶你去一個地方。」詹姆士說。

爺爺在門口對他們微笑揮手，像過去目送小卡拉揚每天上學那樣的微笑揮手。陽光很大，或許太刺眼了也說不定，卡拉揚笑著揉揉眼睛。

車子開了好久。一路上，他和父親幾乎沒有交談。他曾經問父親他們到底要去哪裡，詹姆士只是露出淡淡微笑說你待會兒就知道了。

就在卡拉揚幾乎要睡著的時候，他們到了。天空湛藍無比，草地上四散著枝葉繁茂的大樹，詹姆士領著卡拉揚朝遠方的白色尖頂建築物走去。他們在裡頭拐拐彎彎，最後來到一個頗大的中庭，修剪過的草坪上立著高矮形狀不一的白色片狀石塊。卡拉揚突然意識到，這裡是一座墓園。

「我們詹家世世代代都葬在這裡。」詹姆士說話的聲音變得好輕。他走下階梯踏上石徑，手輕撫過一塊塊白色大理石墓碑，上面的名字卡拉揚一個都不認識，但他卻可以感覺到這裡有種寧靜，這是他的祖先沉睡的地方。

詹姆士在一塊造型簡單的純白墓碑前停下來，他似乎忘了卡拉揚就在身旁，就這麼單膝跪下，額頭貼著石碑，閉著雙眼喃喃自語。陽光灑落在父親背上，卡拉揚用心記住這一幕，這裡面有詹姆士幾乎不曾提過的，他對妻子的愛。

過了好久，詹姆士終於站起來，他回頭對卡拉揚微笑，眼睛像戶外游泳池一樣反射陽光，「來，跟媽媽說說話。」

卡拉揚也跪了下來，試著想要把那許多孤獨夜晚的話語傾訴出來，但看著墓碑上母親的名字，他突然有種好不真實的感覺，他覺得媽媽似乎並不在這裡。直到他看到下方的一排小字，他才突然明瞭，這裡是母親所愛的人和深愛母親的人懷念她的地方，至於媽媽，則一直都在所有人心裡，從沒有離開過。

「最好的伴侶　最好的朋友　最好的靈魂——詹姆士」

□

回程的路上，卡拉揚曾經想要問爸爸，為什麼以前都沒有帶他來過，但他最後還是沒有開口。他們到家的時候，天已經黑了，大門口停了一輛黑色轎車，開這車來的人正在屋裡等著他們。

客廳裡站著兩位西裝筆挺的國家棒球基地幹員，他們向詹姆士自我介紹，希望卡拉揚可以馬上動身參與國家隊的集訓。詹姆士要卡拉揚先去吃晚餐，自己則和爺爺跟兩名基地幹員在客廳聊了起來。他們從墜機後的應變策略談到目前的基地負責人，最後甚至聊起了不為人知的球界八卦。客廳不時傳來誇張的呵呵大笑，那是卡拉揚許久沒聽到的父親笑聲。雖然飯菜早已涼了，但配著笑聲吃飯的卡拉揚卻覺得無比溫暖。

等到客廳的男人們聊得差不多了，詹姆士把卡拉揚叫到一旁。十幾年來第一次，他把手放在兒子肩上，但似乎是不習慣或是有些彆扭，很快他又把手移開。

「揚揚我先問你，你想去打國家隊嗎？」詹姆士此刻的眼神，和棒球無關，完全是一個爸爸的眼神。

雖然之前一直拖延著去集訓的時間，但可以和電視上的偶像們一起打棒球，就算只是撿球打雜，也絕對是卡拉揚畢生的夢想之一。卡拉揚用力點頭。

詹姆士的臉漾出笑意，「好，既然去了，就要好好努力。雖然……我沒有看過你投球……」分不清是心虛或內疚的歉意讓詹姆士停頓了一秒，「……但我知道，我也相信，你一定可以的。加油。」

卡拉揚嗯了一聲。雖然此刻他和父親中間仍隔著一道透明的障壁，那是十幾年的疏離所默默建築起來的心牆，但他依然可以感受到父親的努力和關懷，一點一滴穿透縫隙滲進他的心中。

離開前，爺爺用力和卡拉揚握手。他粗糙的大手異常溫暖。爺爺要卡拉揚好好學習，「不要怕失敗，不要怕丟臉。」爺爺的手勁卡拉揚一輩子都不會忘記。

沿途車窗外的景物像繁星般閃逝，卡拉揚覺得既疲累又興奮，所有事物都超乎他的想像，沒有半點現實感。墜機的事，沈大維的事，爸爸和東哥的事，媽媽的事，成爲國家隊的事，一切的一切都像一場隔著毛玻璃觀賞的夢境，如此模糊遙遠。

但這場夢，如今因爲一個女孩，重新清晰了起來。

小美就在那裡，跟固力果一起。

卡拉揚一下車就看到了他們。他們似乎也剛到不久，手上還提著大包小包的行李，跟一個穿著基地制服的男子不知道在說些什麼。卡拉揚其實早有預感會看到小美及固力果。自從世紀大戰拍板定案後，所有的一切似乎都朝復古看齊，除了經典對決的複製外，鐵三角的重現也是每個人最期待的事情。

於是在新聞的強力報導下，以小美、固力果以及卡拉揚當作封面的週刊，一個禮拜就有十本之多。「新鐵三角」名號一出，幾乎每個人都覺得勝利就在眼前，那是對過去美好時光的懷念及信心。

就在卡拉揚還在想著要如何和小美打招呼時，一旁的基地幹員就把他推向走廊，帶他去見基地的負責人，也是棒球專案小組的總召集人，國家隊的現任總教練，許永松。

總教練的辦公室大得可怕，裡面擺滿了獎盃和照片，還有一面現在已無法在街上輕易看到的寶島國旗，大大地懸掛在許永松背後，金色老鷹睥睨一切的展翅著。

「我和你爺爺一起打了十五年的國家隊。」即使許永松的頭髮已徹底灰白，他卻完全沒有老好好先生的樣子，眼神中依舊充滿了熱情的幹勁。「我也帶過你爸爸，差不多十年。」許永松的眼神就像一隻鷹，他在卡拉揚身上尋找著他要的東西。

「但我不會給你特別待遇。人家說你很行，我不相信。你沒有東西給我看到，我就不會讓你上場，管他全國人民怎麼想。」

卡拉揚直挺挺地站著。他覺得這人和爺爺好像，值得用盡全身力氣去尊敬。

「就這樣，先去休息吧。」

總教練講完，又埋頭在一堆文件裡，眼神清澈透明。

「請問……」卡拉揚出聲打斷他，許永松抬起頭來，直勾勾地盯著卡拉揚。「這場比賽……我們有機會嗎？」

那一瞬間，許永松的眼神似乎透出了猶豫和淡淡的哀傷，但隨即消失無蹤。

「我只相信，沒有打不倒的敵人。」

一股熱血竄流全身，金色老鷹映在卡拉揚眼底。

卡拉揚在那一刻突然深切的體認到，自己是來作戰的，背負全國人民的希望作戰。

□

幾乎沒有時間多休息，卡拉揚很快就被帶去室內體能訓練場。

「聽說你沒有受過正式的訓練……」體格高大穿著polo衫的訓練員皺著眉頭說，「這樣就麻煩了，我們只剩下十天……」

「我們先來看看你哪裡需要加強吧。」訓練員摸摸下巴說。

卡拉揚做了一連串的測試，包括心肺測驗，最大氧攝取量，肌力，動力，耐力及柔軟度。一個小時過後，訓練員拿著報告驚奇地說：「你之前眞的沒有接受過任何訓練嗎？」

卡拉揚想了一下，「呃……跑步算嗎？」

「跑步算嗎？」訓練員睜大著眼，「你開玩笑嗎？跑步是最重要的，超越一切的基礎體力都是從跑步而來。」說完，訓練員又埋頭看著報告，「可是除了心肺和肌耐力外，你其他的數據也都接近完美，這樣的數字二十年來我只看過一次……」訓練員抬起頭，對卡拉揚露出笑容，「那就是你爸詹姆士的報告。」接著，訓練員伸出大大的手，用力和卡拉揚握手，「歡迎你小子，我等一下就去跟總教練報告，你的體能狀態完全沒問題，明天就可以開始參與練習了。」

卡拉揚回到宿舍，已經十點多了。國家棒球基地的宿舍接近完美，乾淨整齊附有個人衛浴，還有一張可讓運動員絕對休息的高級大床。只是躺在床上的卡拉揚，卻怎麼也無法入睡。

他想到小美。

明天的練習一定會遇到小美的，搞不好他們還會讓小美和我搭檔，怎麼辦呢？自從那天過後，還沒有和小美說過半句話，她會不會還在生我的氣？

卡拉揚越想越煩躁，在床上翻來覆去，卻怎麼也想不出個好辦法來。過了一會兒，他聽到有人敲門的聲音。

「誰？」

「是我。」固力果的聲音。

卡拉揚馬上跳下床，門一開，熟悉的笑容出現在眼前。

「我剛才聽說你住在這邊，想說過來看看。」固力果手中拿著一袋水果，「這是我媽出門前塞給我的，你拿去吧，我那邊還有很多。」

「喔好，謝謝。」卡拉揚收下一整袋的蓮霧和芭樂，「對了，我剛到的時候有看到你們欸，你跟小美。」

「喔喔，小美住在女生宿舍那邊，我本來問她要不要一起來，她說她累了。」固力果說完，臉上露出擔憂的神色。

「喔是喔。」卡拉揚看著手中的水果，一陣沉默。

「你們還好嗎？」固力果開口。

「嗯還好。」卡拉揚露出一個虛弱的微笑。

固力果憂心地望著他的好友。

「嘿沒事啦。」卡拉揚伸手拍拍固力果，「不用替我擔心，真的。」

「嗯。」固力果微微點頭，「那你早點休息，明天會很累。」

「嗯我知道。」

「那晚安了。」

「晚安。」

送走固力果後，卡拉揚重新回到床上。煩惱還是一樣沒有解決，但看著桌上的那袋水果，卡拉揚突然覺得心頭舒服不少。牆上的國家隊海報讓他想到明天的集訓，這有如天方夜譚一般的童話，如今卻眞實地發生了。夾雜巨人期待和些微的害怕緊張，卡拉揚幽幽睡去。

□

隔天一整天，卡拉揚都沒有見到小美和固力果。

他和其他幾名在電視上看過沒在電視上看過的投手們，一起在室內場地練投。接球的則是專屬的接球捕手，他們並不會讓正式捕手花一整天就只是接球，太浪費時間了。

光是卡拉揚一天看到的投手教練就有八個之多，個個大有來頭，有人甚至是名人堂的兩百勝投手。卡拉揚看著他們，下巴都差點要掉下來。但卡拉揚很快就發現到，他不是來觀光的，他必須要展現自己的實力。

一開始，所有人對他的態度都客氣得可怕，似乎他們認爲他只是輿論壓力下的產物，一個陪練的小鬼，沒有人認眞把他當一回事。

直到卡拉揚投出第一球。

很快地，卡拉揚身後就站了好幾名投手和教練。他們在後頭指指點點，等卡拉揚五十球練投結束後，「飛刀」徐紅甚至還上前和他握手，「太精采了。」

卡拉揚很快就發現，自己受到的注目越來越多。接近中午的時候，總教練許永松甚至特別來看他投球。才看了五球，總教練就點點頭離去了，投手教練在遠方給了卡拉揚一個大拇指，他知道自己表現得還不賴。

下午的訓練是體能練習，還有一堂敵情課程。

「這是西科聯邦的頭號打者，山姆。」戴著墨鏡的講師放出山姆的影片給大家看，逐一分析他的弱點，「他職業生涯的打擊率沒有一年低於三成三過。但是你們可以看到，他對內角低球十分不在行，十五球裡面只有一支軟弱的德州安打。還有，他特別愛打變速球，所以變速壞球是引誘他出棒的最佳球種……

「……這是他們今年的全壘打王，泰坦。我們從這張統計圖可以知道，直球對他來說幾乎沒有死角，他可以把好球帶任何角落的直球都掃出牆外，關鍵時刻只能用變化球對付他，最好是用滑球或曲球……

「……瑞蒙，西科聯邦單季安打的紀錄保持人。他很少敲出全壘打，但打擊技巧十分全面，腳程也快，如果只比安打的壘包數加總，西科聯邦三十年來沒有人能贏過他。他也是三壘的金手套獎得主。我們來看看這段影片……」

兩個小時的課結束前，珍珠灰豹隊的當家投手杜嘉明問了一個大家都想知道的問題，「請問怎麼沒有第四棒沈大維的介紹？」

「對啊對啊。」一時間每個人都群起附和，講師推了推墨鏡，臉上帶著難堪的表情。

「因爲……我們沒有他的任何資料。」

此話一出，台下馬上窸窸窣窣騷動起來。國家棒球基地竟然沒有沈大維的資料，這太誇張了。

「我們唯一的資訊，只有來自野球高中棒球隊曾經和他練過球的隊友，只是他們的說詞都沒有任何建設性。」

「沒關係啊，聽聽看也好。」

「對啊對啊，至少比沒有好。」

講師又推推墨鏡，慢慢地說：「如果你們眞的要聽的話也是可以啦，像是很強啦，強到爆炸啦，從小到大沒見過這麼厲害的打者啦之類的，嗯……還有一句，他根本不是人，是個怪物。」

所有人突然安靜下來，大家都不約而同想起十幾年前的那頭怪物，費迪南。那是每個投手的夢魘，沒有人想在投手丘上遇到他。他看投手的眼神像是盯著一頭無路可逃的獵物，而他就是那不敗的獵人。

「對了……」太陽冰箱隊的終結者牛暄中開口，他轉頭看向卡拉揚，「我看八卦雜誌上寫，你曾經和沈大維對決過一次，要不要跟我們說說那經驗。」

卡拉揚感覺到周遭傳來的視線，像是看不見的加熱光束讓他渾身躁熱了起來。所有人都安靜不語，連講師也是，黑色墨鏡隱藏不住他滿臉的好奇神情。

「呃……我最後被他打出了全壘打。」有人倒吸一口氣，也有人完全沒有反應，似乎已在雜誌上看過了報導。

「他就像……」卡拉揚試著回想那一天的所有感覺，「我也不知道怎麼說，只是……你就會覺得，不管你投到哪裡，投什麼球，都只會有一個下場……」

牛暄中沒有繼續問下去，他已經知道卡拉揚的意思。每個投手一生中幾乎都經歷過此種惡夢。有時候是自己狀況不好，有時候則是對手太強，強到你完全不想投出手中的球，因爲那只會造成一個結局，一個你不想承認的失敗結局。

白天的練習到五點，結束後大家都往餐廳走去。路上牛暄中過來問卡拉揚要不要跟他們一起吃，卡拉揚瞥見牛暄中身旁的不耐眼神，於是他禮貌地說了聲謝謝。國中三年的自閉生活，讓卡拉揚十分習慣一個人吃飯，只是他卻始終都無法習慣那些不帶善意的視線。

卡拉揚知道自己在這裡，是個不受歡迎的存在。沒有人會喜歡這套彷彿救世主降臨的劇本，這讓他們不爽，對自己和隊友不被全國人民信任感到無比不爽。卡拉揚知道這點，所以他只是一個人默默地吃飯。雖然如此，他還是很開心，對自己可以和這麼多厲害的人物一起練球，打從心底真正感到開心。

卡拉揚吃完起身的時候，看到了遠處的固力果和小美。他們背對著卡拉揚，一邊吃東西一邊愉快地交談。卡拉揚盯著他們的背影好久，然後像逃離什麼一般的離開了。

第二天的練習，仍舊沒有看到小美，於是卡拉揚問了一個看似親切的教練員。

「葉曉梅？你說那個女捕手啊，她這幾天都在練習打擊的樣子，聽說上面對她的守備評價很高，才小小年紀也真是厲害啊，不愧是女皇的女兒。」

那劉士維呢？

「喔喔，劉國威的兒子啊，聽說他才來一天，就讓打擊教練們印象深刻，還有可能排進先發名單裡，眞是長江後浪推前浪啊。」

聽到好友們的狀態，卡拉揚突然發覺自己也必須要更加油才行。於是投球練習時，卡拉揚用盡全力，使得整間練習場都充斥著他爆炸般的砸球聲。只是才投了十球，卡拉揚就被投手教練找了過去。

「你不會變化球對不對？」被大家稱爲吳董的大肚子投手教練問卡拉揚。

「嗯。」卡拉揚點點頭，像是尿床被抓到的小孩般不好意思。他知道不會投變化球的人，全隊只有他一個。

吳董默默思考了一陣子，煩惱地自言自語，「雖然你的控球很好，球速也很夠，但全都是直球也太……」

教練的一番話，讓卡拉揚想起了和沈大維的對決。那支全壘打讓卡拉揚學到了一件事，球速並不是唯一。再怎麼快的球，一直投下去，也一定有被抓到的一天。突然，一個聲音閃進腦海，卡拉揚全身頓了一下，他緩緩開口，「嗯教練，那，慢速球可以嗎？」

「慢速球？你是說變速球嗎？」

「呃，我也不知道。」

「那你來投投看。」

卡拉揚走上投手丘，他其實沒有把握，只是他想到東哥和他說的，慢速球才是黑球投手眞正的武器，那自己應該沒有投不出來的道理。握著手中的球，卡拉揚閉上眼睛進入時光隧道，那個再怎麼用力丟，球還是一樣慢的笨拙男孩模糊地出現在他眼前。

好懷念啊。

接著，一樣的動作，甚至一樣快的揮臂出手。

只是，卻有著截然不同的速度。

啪，球進到捕手的手套。

吳董不敢置信，看著手中的測速槍，上面顯示的球速才剛破一百二，「姿勢完全一模一樣，你……你怎麼辦到的？」

「我也不知道。」卡拉揚摸摸頭，他也不知道自己怎麼可以用一樣的動作，投出速差三十公里以上的球。只覺得一切都如此熟悉，彷彿回到過去。

吳董要卡拉揚再多投幾球，甚至要卡拉揚把快速球和慢速球間隔的投。整整十五分鐘裡，忽大忽小的接球聲交錯出現。啪。磅！啪。磅！所有人都被吸引過來，看到底是怎麼一回事。

等到卡拉揚注意到的時候，整個練習場幾乎全部的人都聚集到他身後，盯著這有如魔術一般的表演。

最後，吳董走上前來，興奮地拍拍他的肩。

「非常好，今天就到這裡吧。」

卡拉揚離開前，四周還響起零落的掌聲。有些事情慢慢轉變了，大家漸漸開始認同這個孩子，和他具有的不可思議實力。

□

接下來的幾天，吳董要卡拉揚繼續練習快慢速球，他們還特別研發了一套暗號，一套只有兩個結果卻無比複雜的暗號。「如果暗號只有兩個，難保他們不會派探子用望遠鏡觀察，再用手勢傳回場內。」吳董這麼說。

而除了單純的投球和守備練習外，卡拉揚也上場投了許多模擬賽，增加自己的實戰經驗。這天，他總共遭遇了六名上季平均打擊率都超過三成的寶島強棒，半個小時下來，他感覺自己像是投了三年球般疲累。

「怎樣，投比賽比較刺激吧？」吳董在一旁雙手扠腰，剛剛卡拉揚的表現讓他十分滿意，六個打席，只被打出一支安打。

「嗯。」卡拉揚滿頭大汗，累得說不出話來。

「下午讓你投一場比較輕鬆的，對了，裡面還有你們那個什麼鐵三角的另外兩人。」

這句話說完，卡拉揚馬上跳了起來。

我要投給固力果，還有……小美？

「怎麼了？」吳董問。

「沒……沒事。」

吃過午飯後，卡拉揚頂著豔陽踏進三號球場，他看到一群不認識的年輕球員，裡面有小美及固力果。卡拉揚想著要先去和他們打聲招呼，還是直接走上投手丘。只是卡拉揚並沒有考慮太久，因爲他看到一旁的訓練員揮手催促著他。卡拉揚向投手丘走去。

第一個打者，就是小美。

小美站上打擊區，頭髮全都綁在腦後，擺出一個卡拉揚再熟悉不過的打擊姿勢。卡拉揚想要試著從小美的表情裡讀出些什麼，卻發現只是徒勞無功。打擊區裡的小美不是平常的小美了，此刻她身體內的棒球血液正沸騰燃燒著，她的眼神沒有一絲情感，只傳達出一個訊息，放馬過來吧。

好吧，卡拉揚在心中對女孩說，這是我的實力，和以前完全不一樣囉，看清楚吧小美。

卡拉揚投出他來到基地最快的三球。

如果說投手和打者眞的可以經由手中的球對話，那這三球就是集訓十天裡，卡拉揚唯一與小美說到的話。

最後幾天，忙碌的練習讓卡拉揚已經不太想到小美的事情。他越來越專注在棒球上，越來越專注在即將到來的比賽。

他知道這是一場最重要的比賽，可能比他和小美及其他任何人都還要重要一萬倍。

很快地，九月二十到了。

16

九月二十這天，天氣出奇的好，沒有一絲白雲的炙熱藍天，預告了投手最嚴酷的體能考驗。今年的比賽由寶島主辦，場地是可以容納三萬人的寶島國家棒球場。一大早就有空軍特技表演和盛大的園遊會，整個球場外圍可以說是熱鬧非凡。

昨天傍晚，總教練集合了整個團隊，公布明天的先發陣容。

「首先我要說，我從來沒有在這麼短的時間訓練過一批球員。你們在所有人心中，或許只是不被期待的二軍，但我對你們有信心。」許永松鷹眼一掃，不能辜負總教練期望的熱血在所有人體內瞬間炸開，「我們已經輸太久了，尤其在發生今年的這場悲劇後，我們需要一場勝利，一場不容置疑的勝利。」

全場同時吼了一聲，那是壓抑許久的一聲吼叫，代表寶島人民長期的憤怒和不滿。

「這不是一場比賽，這是一場戰爭，國與國的戰爭。我們代表全寶島一億兩千萬人民，為失去的自由而戰，為被踐踏的權利而戰。」

許永松舉起拳頭，所有人也跟著舉起拳頭，整個房間一片拳海，「你們是戰士，在戰場上不是生就是死。」

吼！

「但不論是生是死……」

吼！

「我們都要贏！」

吼！

史上最熱血的愛國吼聲在房內久久不散，所有人看著寶島棒球史上最傳奇的教頭，感覺勝利近在咫尺唾手可得。

「好，現在公布先發名單。先發投手，魏國致。」許永松雙手放後背，用絕對的自信唸出他心目中的第一王牌。

所有人繼續高吼，綽號「總裁」的老大哥魏國致無疑是最適當的人選。連續三屆防禦率王，生涯三振次數超過兩千次，也是之前國家隊的最大遺珠。讓這樣具有安定力量的前輩帶領大家，每個人都可以發揮出百分之一百二十的實力。

接著，許永松朗聲唸出一到九棒的名字。讓卡拉揚意外的是，他的童年玩伴都在先發名單裡，小美排在第八棒，固力果則埋伏在第九棒。全場的歡呼在葉曉梅的名字出現後到達一個高潮，儘管不是所有人都認同新鐵三角，但不可否認的是，每個人都喜歡這個聰明的女孩。

小美笑得很開心，卡拉揚從來沒看過那種笑容，那是和棒球有關的滿足笑容，是從前的卡拉揚幾乎無緣看見的笑容。

等到歡呼告一段落，許永松親自把這次的戰袍，也就是胸前繡著寶島兩字的白金配色國家隊

服，一件件發給大家。他和每一個人握手，用充滿靈魂的眼神看進每一個人心裡，替他們把勇氣加滿，讓他們覺得自己無所不能。有人說，許永松眞正厲害的不是球場上的攻略，而是掌握球員心理的能力，這句話此刻看來完全正確。

隊服發完後，許永松在一片感覺無敵的氣氛中宣布解散。小美走得很快，卡拉揚仍舊來不及鼓起勇氣攔下她，最後只能和固力果一起走回男生宿舍。

「明天加油！」卡拉揚對固力果說。

「嗯。」固力果用力點頭，手中的隊服幾乎快要被他捏爛。卡拉揚可以感覺到固力果的興奮和緊張，但他知道固力果一定沒問題的。

「你也是，無論如何，都要做好上場的準備。」固力果說。

「嗯，我知道。」

兩個即將步上戰場的男孩，在最後一晚給了彼此最大的祝福。他們都知道，明天已經不是關於自己，或是關於任何人，而是整個國家。

他們要爲整個國家打贏這一場比賽。

一定要。

□

下午兩點半，離比賽開始還有一個小時。

卡拉揚站在本壘板後方，看著整座球場。

現在是兩隊練習間的空白時刻，寶島剛結束了練習，等會兒要換西科聯邦。球場上只零星站了幾個聊天的球員，還有整理場地的工作人員。看台上陸續出現開始進場的球迷。

草地像潑了綠色油漆般鮮豔，不需費力就可聞到泥土的氣味，手往地上一摸，還會濕了指尖，那是早晨留下的幾滴露水。

卡拉揚感受著這一刻，他至今仍不敢相信自己真的置身其中。國家冠軍盃，多麼偉大的戰場啊，所有寶島球員夢寐以求的舞台。每一位投手都願意用人生中的所有勝利，換取國家冠軍盃的一場勝投。

卡拉揚把手放在額前遮住強光，遠眺大得可怕的五層看台。爺爺會來嗎？爸爸會來嗎？東哥，不，舅舅會來嗎？

卡拉揚放下手，想看看天空，卻被陽光刺得睜不開眼。媽媽呢？她會在天上看著我嗎？卡拉揚閉上眼，默默在心裡祈禱，祈禱已經變成天使的媽媽，可以給他的隊友最需要的一切。

突然，一隻手輕輕拍著卡拉揚。

卡拉揚轉過身來，是沈大維。就算和夏日驕陽相比，他的笑容也毫不遜色。

「嗨。」沈大維。

「嗯，你好。」卡拉揚不知道要用什麼態度面對沈大維，這位昔日的情敵，今日的西科聯邦第四棒。

「我在威里看到很多你的報導。」威里是西科聯邦的首都，面積是整個寶島的一半，「我發覺其實我們很相像。你從小沒有母親，我也沒有父親，而且我們還喜歡上了同一個女孩。」沈大維的表情很輕鬆，好像今天只是個普通的假日，而他們正好在購物廣場裡遇到了。

卡拉揚不知道要說什麼，西科聯邦的球員們慢慢走出來了，大家都用好奇的眼神打量他們。

「要是我們在同一個國家裡，一定會是好朋友吧。」沈大維笑著說。卡拉揚訝異地發現，沈大維的無敵笑臉裡竟然也可以看到惋惜。下一秒，沈大維伸出了手。陽光下，他的手腕看起來如此纖細，讓人無法把這和天才打者做任何聯想。

卡拉揚遲疑了兩秒，然後，有個聲音從腦袋深處冒了出來，管他媽的。

卡拉揚也伸出手。

逆光下，兩道黑影就這麼連在一起。

「你知道嗎？我有預感我們會變成史上最經典的對戰組合。」沈大維笑著說。

「然後每次都是我贏。」卡拉揚也笑了。

「你先三振我再說吧。」沈大維說，卡拉揚感覺到他的手勁增加了，「對了，如果你今天三振我的話，上次那個賭注就讓你收回去。」

「喔。」卡拉揚也使勁握回去。

「只是，光靠三振別人是追不到女孩的噢。」午後的大太陽，讓卡拉揚看得清清楚楚，沈大維臉上的那個苦笑。

這是他們今天的最後一句對話。

西科聯邦在全場的噓聲下開始了他們的練習，沈大維好像要證明什麼似的，從餵球投手手中打出一支又一支的全壘打。

卡拉揚走回更衣室的時候，在走廊上遇到了小美。小美原本沒有要停下腳步，直到卡拉揚出聲。

「嘿。」卡拉揚。

「嗯，有事嗎？」小美的表情語氣甚至笑容，都禮貌得可怕。

「呃……」卡拉揚像是被逼到角落的流浪狗，滿臉滿心的慌張。

「沒事我先走了，我要去——」

「小美。」卡拉揚趕緊打斷小美，他什麼都沒想就把手放到了小美肩上，那個小小暖暖的肩膀，「加油喔。」

小美的表情像是內心有什麼堅硬的東西瞬間被擊碎了，她低下頭挪了一下肩膀，從卡拉揚的手中滑出，「謝謝……」

然後，小美轉身跑走。走廊滿滿是她漸遠的腳步聲，卡拉揚看著小美的背影，直到最後一刻。

不知道過了多久，小美消失的走廊盡頭傳來觀眾的歡呼聲。

比賽開始了。

□

卡拉揚進到一壘旁的球員休息區。

沒有人注意到他，所有人只專注盯著場上，魏國致即將出手的第一顆球。

球場上的一切似乎都凍結了，停格畫面一般。投手沒有動，打擊者沒有動，裁判沒有動，捕手沒有動，休息區沒有人動，觀眾席沒有人動，似乎連雲都靜止了那麼一秒鐘。

接著，魏國致把手抬至頭頂，像個暗號也像有人彈個手指，一切又活了過來。球場悠悠甦醒，人們開始呼吸，在一切恢復生機的同時，魏國致把球投出。

彷彿幾萬英哩遠傳來的一聲，啪。

裁判在空中閃電比出一指，好球。

現場三萬人歡聲雷動，這是累積了十五年能量的歡聲雷動。

這不只是一個好球，這是一個象徵，一個指標，一個預告。就連總教練也稍微放鬆了僵硬的背脊。一定可以獲勝的，這念頭像塊逐漸凝結的浮油，在整座球場的意識高湯表面越擴越大。

卡拉揚也不例外，雖然只是一個好球，卻帶給他星期六早晨加上暑假第一天般的美好心情。他選了一個角落的位置，從前方兩個後腦勺中間望出去，正好可以看到打擊者，以及蹲在那裡，全身罩滿了捕手護具的小美。

魏國致的投球節奏很快，轉眼就兩好一壞了。

啪。

第三個好球。

打者揮棒落空。

三振。

小美站起來把球傳向一壘，讓好幾球沒事幹的野手們活動活動。那動作是如此俐落熟練，好像她已經是個身經百戰的老捕手了。就連坐在卡拉揚左前方的資深捕手范方樑也默默點頭。他在最後一刻被小美取代，沒當上先發捕手，但他卻沒有任何怨言，反而傾囊傳授多年的經驗給小美。

她的第六感太可怕了。據說這是范方樑聽到先發名單時說的話。

加油啊。

卡拉揚在心底吶喊。

一定要加油啊。

□

一局上半就有個完美的開始，三上三下。

一個三振。一個高飛球出局。一個滾地球出局。

漂亮的三上三下。

換場的時候，全場仍是止不住的掌聲。每個人都扯著喉嚨喊著寶島兩字。

這裡是我們的主場，這裡是我們的土地。

在條約束縛下不被允許擁有軍事力量的寶島，卻在國家棒球場架起有史以來最強悍的加油火砲，毫不留情地開轟。

魏國致進到休息區的時候，有幾名隊友想上前和他擊掌，卻被他拒絕了。「比賽才剛開始。」魏國致滿頭大汗，他的確是拚了老命在投，「一點也不能鬆懈。」

許永松雙手叉在胸前，在心底點了個頭，他知道他的選擇一點也沒錯。魏國致可以帶領大家，可以帶領寶島，拿回那面屬於我們的大旗。但總教練不能理解的是，為何對面的西科聯邦休息區裡，氣氛如此詭異。

不對勁。

多年的經驗告訴他，休息區裡的氣氛和比賽走向完全相關。有時你只要分別看兩隊的休息區，就可以知道哪一方正在領先，準確率幾乎是百分之百。但如今在客場作戰的西科聯邦，才剛三上三下的西科聯邦，卻沒有反映出相對的氛圍。

非常非常，不對勁。

有如行過山間草叢，美好風景和清新空氣爽朗你的精神，腳跟卻冷不防被蛇咬了一口，還是最毒最毒的那種方頭大蛇。這種經驗許永松經歷過太多次了，最後的結果都是戰局瞬間扭轉的悲劇。

他知道這絕對不能發生，絕對不能發生在今天。

他想從對方總教練伍德的臉上找到這股感覺的答案，卻無法從漆黑墨鏡裡讀出些什麼。鋪天蓋地的加油聲，幾乎完美的三上三下，為什麼，為什麼不對勁的詭異感覺始終如影隨形。

西科聯邦的球員們陸續跑上球場，準備開始一局下半的防守。伍德注意到了許永松的目光，微微點頭示意，臉上依舊毫無表情。他們已經交手過六次了，四次以教練的身分，兩次則是球員。三十年的對戰經驗，許永松自負對伍德瞭若指掌，卻怎樣都無法解釋目前縈繞於心的煩躁感覺。

有如出了門卻想不起瓦斯究竟關了沒，許永松坐立難安。

主審把手舉起，切斷他的思緒，一局下半開始，寶島進攻。上萬支加油棒反覆敲擊的聲音，像是合成出來的聲響般不眞實到了極點。

許永松搖搖頭把一切甩開，現在是我們進攻的時候。專心。給他們迎頭痛擊。專心。

寶島的第一棒在加油海嘯中豪邁站上打擊區。

「神偷」廖家弘，生涯平均打擊率二成九五，四屆盜壘王。他跑一壘的速度甚至比之前墜機喪生的任何一名球員都還要快。上次選拔他因爲禁藥疑雲沒有選上，一個月前的報告終於還他清白，現在是他把滿腔怒火發洩出來的時候了。

兩好兩壞之後，一個穿越內野的強勁滾地球，廖家弘上到了一壘。

像沒有音量限制的電視機，歡呼聲浪越來越大。

第二棒「寶爺」彭寶華，之前都是柴夫藝妓隊不動的第一棒，高上壘率是他這次入選的原因。六顆球過去後，彭寶華靠著四壞球保送上到了一壘，廖家弘則被擠上了二壘。

比賽才開始了二十分鐘，觀衆席上的每個人幾乎都要瘋了。

投手丘上的金髮投手擦了擦汗，用右腳刨著投手板旁的土。金髮投手有一個光輝榮譽的名字：皮卡，這在西科語裡代表光明的金色巨人，是貴族的名字。在殖民地隊員過半的西科國家隊裡，他是少數血統純正的西科人。「西科金星」皮卡並非因爲種族才成爲這場比賽的先發投手，他的實力絕對是無庸置疑，特別是他的招牌曲球，那巨幅角度只能用邪惡來形容。只是現場三萬人的吼叫噪音，和頭頂曝熾的灼熱強光，似乎弄得他有些不耐。

一、二壘有人，沒人出局，大好的得分機會。許永松和身旁幾名教練討論了一下，最後決定讓第三棒「旋風偉」蔡彥偉自己發揮，不使用保守的觸擊推進策略。

「旋風偉！全壘打！旋風偉！全壘打！旋風偉！全壘打！旋風偉！全壘打！旋風偉！全壘打！旋風偉！全壘打！旋風偉！全壘打！旋風偉！全壘打！旋風偉！全壘打！旋風偉！全壘打！」

一百九十公分，一百公斤的旋風偉，霸氣昂然站在打擊區。他是一個魯莽的巨人，是一頭有獠牙的餓鬼，手持木棒要來摧毀任何阻擋他前進的東西。

皮卡像是要甩掉無止盡的加油聲般憤怒出手。飄移的小白點出現在眼前，旋風偉在零點三秒內做出了決定，快到看不清楚的銳利揮棒，紮實的擊球聲，小白球瞬間化為一顆流星飛射出去。

接下來發生的事，短於一秒。

啪。

球直接飛進二壘手的手套，沒有任何遲疑，他踩二壘壘包，然後快速傳向一壘。

彭寶華跟廖家弘完全來不及回壘。

像直接關掉的電視機，全場觀眾的加油聲似乎都被吸到某個星雲的黑洞裡，只剩場上西科聯邦球員小聲的擊掌歡呼聲。

三殺。

一秒過後，彷彿終於意識到並接受了這個事實，整個球場像被魚叉刺中的鯨魚發出一聲又長又重的哀鳴。只是嘆息的尾聲還沒結束，吶喊著寶島的加油聲浪又瘋狂襲來。三殺只是運氣不好，除此之外，我們打得到他們的球，他們打不到我們的球，一切都很順利，甚至比想像中還要順利。這是所有寶島人民心中的想法，包括三萬名的現場觀眾，還有電視機前的一億兩千萬人民，就連往常謹慎的總教練許永松也第一次冒出「今天應該可以贏吧」的念頭。

直到不對勁的感覺再度出現。

有如漲潮退潮，奇形怪狀的黝黑岩石依舊惡兆般留在原地。許永松第一次遇到這種狀況，一切都幾乎完美，爲什麼冷汗卻不停地從背脊滑下。

身旁的子弟兵們站了起來，準備上場守備，他們互相打氣，似乎還傳來魏國致鼓勵大家的聲音。這些充滿希望的團隊氣氛卻完全無法感染許永松，他像失足墜落冰湖的孩子，在寒冷刺骨的水中掙扎尋找可以浮出水面的空隙。

到底是什麼。到底是什麼。

終於，他找到了。

應該說，他看到了。

一切的不對勁都來自於那個走向打擊區的男人。

不，是走向打擊區的捲髮男孩。

以他爲圓心，不協調的氛圍擴展到西科聯邦的所有球員。每個人望向他的視線都充滿了信任希望和其他所有含有光芒的東西。許永松的每一根神經，每一個預感都在告訴他，這個男孩就是答案。

因為他，整個西科聯邦休息區的氣氛才會如此詭異。

輕鬆得好詭異。

男孩在打擊區外隨意地揮了兩下球棒，然後踏進打擊區。兩隻不甚粗壯的蒼白手臂，輕輕把球棒扶著，放在他的右眼旁。一切姿態是如此隨性，如此的沒有威脅感。

卻毫無破綻。

在有空調的國家棒球場休息區裡，許永松的額頭上冒出大大小小不一的汗珠。這個打擊姿勢他一輩子都不會忘記，那是無數個夜晚他從惡夢中驚醒前看到的打擊姿勢，「怪物」費迪南獨有的打擊姿勢。

許永松喉頭有什麼東西梗著，他的肌肉僵硬而緊張。他想要開口說些什麼，他想要向身旁的投手教練傳達一些訊息，他想要站起來大聲揮手吶喊，讓比賽暫停在這一瞬間，好讓自己可以稍微喘息，獲得一秒足以思考的奢侈空白。

但已經來不及了。

魏國致出手了。用他最自信的伸卡球，投往小美手套指定的角落。

鏘。

完全擊中球心的聲音，有時候卻是最輕的。

三萬多人仰頭看著這一球。

藍色天空中，小白球異常的清楚。它像切開奶油般輕輕劃過天空，沒有人呼吸，沒有人眨眼，小白球承受所有人的視線，卻依舊不帶壓力的往前飛去。

噗通。

小白球落進了湖裡，球場外圍的一座人造湖，裡面有綠頭鴨和肥錦鯉的人造湖。

這是一支特大號的全壘打，一支連棒球之神也會屏息讚嘆的完美全壘打。

西科聯邦的球員都衝出了休息區，在本壘旁列隊等著沈大維，等著和他擊掌。沈大維一個人面無表情繞內野跑著，場上的寶島球員則低著頭扠腰動也不動。全場觀眾都嘴巴微張愣住了，懷疑眼前的這一切是不是一場夢。

不是。許永松完全了解。這不是夢，這是最像惡夢的現實，而且這只是開頭。十五年前詹姆士崩盤的回憶歷歷在目，許永松的上衣已經濕透。

沈大維跑回本壘時，和小美四目相接。小美的眼神充滿驚訝，沈大維的打擊實力遠超過她的想像。她不知道接下來除了故意四壞球保送，還有什麼可以用來對付沈大維。

「嗨。」

沈大維輕聲和小美打招呼，臉上沒有全壘打的喜悅，只有一絲苦笑。

二局上半，沒人出局。

一比零。

□

先發捕手葉曉梅此刻正從面罩後看著壘包上的跑者，努力維持冷靜的思考。方才沈大維的全壘打的確給她不小的震撼，但那始終是支陽春全壘打，一分的損害他們還承受得起。雖然如此，她的心跳卻絲毫沒有慢下來，因為她發現這場比賽的天平，由於那支特大號的全壘打，正一點一滴往西科聯邦加速傾去。

現在仍是二局上半，沒人出局。一、二壘有人。三比零。

投手丘上是剛換上來的第三任投手楊又浩。

十五分鐘前，被沈大維打出全壘打的魏國致，又被下一棒山姆敲出掠過一壘邊線的三壘安打。許永松毫不遲疑，馬上出來換了投手。那是正確的決定，小美心想，但正確不代表任何事情。原本預期五局後才會上場的後援投手，第二局就被叫了上來，又在壓力如此沉重的場合，身體和心理都很難完全準備好。而運氣也沒有站在寶島這邊，「飛刀」徐紅才投了九球，就被打出兩支安打，還保送了一個人，馬上又換了下去。

小美接住楊又浩投過來的滑球，她的心跳逐漸緩和下來，球的橫移角度十分銳利，這一局還有希望。主審在她身後說練球時間到了，比賽要再度開始。小美站起來，小跑步上到投手丘。

楊又浩雖然在職棒已經打了四個球季，但仍十分年輕，才二十四歲。他第一年差四票就可以拿下新人王，去年他的中繼點是三十六隊裡頭第二高的，僅次於空難去世的「滅神」管六。今年他稍稍退步到第四，因此沒有被選進第一次的國家隊。此刻二十四歲的少年雙眼炯亮，他想成為英雄。

楊又浩表情自信地看著朝他跑來的小美。在他眼中，今天的捕手不過是個家世顯赫的小女孩，他還用不著她來教他投球。他想到自己拿下的中繼點可能比她蹲過的比賽還要多，不禁覺得莞爾。

小美踏上投手丘，抬頭望著高她一個頭的年輕投手說：「學長，你今天的滑球很棒。」

楊又浩輕輕點頭，在心底笑了一下。

「但我們等一下一個滑球也不投。」

「什麼？」

「全部都用直球。」

楊又浩眉頭皺了起來，他今天的滑球狀況可以說是顛峰的好，這小女孩知不知道她在說什麼。

「或許我蹲過的比賽還沒有學長拿下的中繼點多，」楊又浩心中一驚，小美看著他繼續說，眼神堅定認真，「但今天請學長相信我，相信我的配球，拜託，我不會讓你丟掉任何一分的。」

小美說完便跑回本壘。

楊又浩簡直不敢相信。這捕手竟然要他封印起他最強的武器，她一定是瘋了。他看向休息區，試圖用眼神傳達他的疑惑給教練團，但他只是更加氣餒，投手教練朝他比著明確的暗號：照捕手的配球投。

算了，直球就直球吧。楊又浩壓下心中詫異不平的情緒。他彎腰抓起止滑粉包，讓五隻手指均勻染上白灰，接著拋下粉包，用食指和中指從左到右摸過帽簷，這是他投球前的習慣動作，幫助他清除心中的雜念。而他帽簷前端留下的半圈白粉，也成了他綽號「勾月」的由來。

本壘板後的女捕手對他打出俐落的暗號，外角直球。他看著捕手移動身體，把手套亮出來，手套陷凹的中心成了一個微小的黑洞。楊又浩的思緒逐漸消失在這世界上的任何地方，他眼裡只有那個黑洞。

啪。小美的手套動都沒動。很好，小美心想。主審大聲喊出好球。

她把球傳回去，對投手微微點頭。楊又浩沒有反應，只是重複做著他的習慣動作。彎腰，沾粉，摸帽，看暗號，出手。

很快就兩好兩壞了。

楊又浩盯著打擊區上的對手，他知道這是關鍵的一球。他面前叫做威爾寇特的男人有著船艦般的下巴和一個小圓鼻子，不是西科聯邦的長相，可能是哪個殖民地找來的。他的肩膀像是兩塊肉團一樣高高聳起，貼緊身體的球衣繃出他粗壯的大腿，兩條手臂也是筋肉糾結，球棒在他手中像是牙籤般細小。

楊又浩移開眼神，彎腰拾起止滑粉包，開始做起他一貫的準備動作。在他摸過帽簷時，他注意到威爾寇特正在瞪他，掄著牙籤球棒死瞪著他，那是準備要把他吃下肚的貪婪眼神。

楊又浩的手停住了，他身體內的規律節拍被那眼神打亂，他感覺到一股火。他眼前出現威爾寇特揮空他致命滑球的驚駭表情。他把手伸進手套，緊緊夾著球。下一秒，面前的畫面卻讓他結實的愣住了。

女捕手似乎是要舒展她僵硬的身體，她扭動身軀，兩個膝蓋陸續放倒在地，從原本的蹲姿變成跪姿，右手握拳啪一聲塞進左手手套，頭微微點了一下，似乎是要給所有人打氣。片刻過後，她又回復成正常的捕手姿勢，右手也移到胯間打出暗號。

楊又浩爲自己看見的畫面感到震驚。多年的投球經驗，已讓他學會從各種微小動作讀出捕手欲傳達的話語，那是一種最高級的默契，甚至可以說是心電感應。搭配越久的捕手越容易發生此種現象。而就在剛剛那一刹那，小美的肢體動作也傳達了某種東西給他。他彷彿看見小美半跪在地，雙手合在胸前低頭對他拜託。

拜託他不要投滑球。

他不敢相信自己讀到的東西，但那無從解釋的心電感應，過去卻從來沒有出錯過。那女孩的確是在向我拜託，她請求我不要投滑球。她知道我想要投滑球。

楊又浩吸了一口氣，移出投手板。他再度拿起止滑粉包，重複做著他早已做過上萬遍的動作。本壘後的女孩，在面罩後方露出沒有人察覺的笑容。

楊又浩準確投出一顆內角偏高的直球，威爾寇特猛力揮棒，一個不帶威脅的滾地球進到二壘手的手套，然後是順暢無比的雙殺。整座球場的歡呼聲灌進楊又浩耳裡，他看著女捕手站起來比出兩人出局的手勢。

葉曉梅此刻在他眼中已不是個小女孩了，她成爲一個足以用生命信賴的捕手。

因爲，他剛剛在威爾寇特揮棒的瞬間，看到他臉上毫無掩飾的驚駭神情。

□

下一個打者揮出高飛球，被右外野手輕鬆接殺。勾月少年果然成了英雄，沒有再丟分。場邊的喇叭像大砲一樣轟炸地加油，所有觀眾都等不及下個半局的反攻。

走回休息區時，楊又浩追上小美。

「曉梅我問妳，爲什麼不能投滑球？我今天滑球的狀況很好。」

小美朝他笑了一笑，「學長你今天的滑球眞的很棒，角度超級漂亮，不過不只是我知道，大家都看到了，所以關鍵時刻他們都在等你的滑球，投出來就糟了。」

楊又浩沒有接口。

「不過下個半局就可以投了，還要一直投，讓他們不知道關鍵球究竟是要丟滑球還是直球。」

「那關鍵時刻究竟要投什麼？」

「變速球啊，學長你今天的變速球也很棒喔。」小美俏皮的眨了個眼，楊又浩瞬間看呆了，嘴巴微開一時閉不起來。小美留下學長逕自踏進休息區，她的眼神下意識把休息區掃了一遍。就連她自己也沒有發現，她在尋找一個男孩，比她與生俱來的第六感還要可以帶給她安定力量的男孩。但卡拉揚此時已不在休息區內，魏國致下場的時候，他就移到牛棚待命了。

落後三分的寶島休息區，氣氛已和第一局截然不同。沒有人開口說笑，大家的表情都嚴肅認眞。雖然落後了三分，但一局上半的氣勢仍留在這群寶島戰士的體溫裡——金髮投手不是我們的對手——打擊者帶著白樺木球棒和高昂的決心踏進打擊區。

可惜的是，皮卡已適應了這座咆哮球場和炙熱的南國氣溫，他的曲球開始發威起來，就連摸到球皮也突然變得誇張困難。單季全壘打紀錄保持人，第四棒「野獸」潘豪的球棒依舊揮得賁張駭人，但球卻沒有如往常飛得老遠，而是被游擊手輕鬆接殺。五棒和六棒則都揮空三振了。三上三下。二局下半就結束在全場觀眾的嘆息聲裡，上個半局的強烈攻勢好像假的一樣。

換場時小美第一個走了出來，她知道現在有比嘆氣更重要的事情要做，如果不擋下這局將上場的沈大維，這場比賽就要分出勝負了。

她看著投手丘上的楊又浩，知道自己已經得到他的完全信任，可以毫無顧忌的配球了。重點是前兩名打者，二棒瑞蒙和三棒泰坦，絕對不能讓他們上壘。

面對第一個打者她配了四顆滑球，最後一球瑞蒙勉強揮棒，在一壘前被封殺出局。泰坦則把楊又浩的變速球打成見高不見遠的外野沖天炮，進到彭寶華的手套裡。接著，沈大維今天第二度走進打擊區。

「嘿，我們教練很稱讚妳呢，他說妳的配球就像魔法一樣。」沈大維盯著前方小聲地說，小美從下往上看著他的側臉。她想起過去一同練球的時光，沈大維身邊總是圍繞著笑聲，他自己和其他人的。在他離開之後，球隊似乎安靜了許多。小美把回憶悄悄放下，站起身來，做出故意四壞的指示。

「不讓我打啊……」沈大維露出苦笑。

一分鐘後他站上一壘壘包。

楊又浩面對第五棒投到了兩好三壞。最後山姆把楊又浩一顆剃刀般的滑球擊射向內野的缺口，游擊手廖家弘奇蹟般地撲身抓了下來，驚險的結束了這個半局。小美暗自吁了一口氣。下場時她和楊又浩擊掌。年輕投手兀自開心著，完全沒有發現身旁捕手的思緒。不知道還能撐多久呢？小美心想，靠學長要對付西科的打線還是太勉強了。

小美一進到休息室便把固力果拉到一旁。

「怎麼了？」固力果問。

「這一局我們就要把那個投手弄下來，不然這場比賽就輸定了。」小美的語氣急促。固力果的神情霎時轉變，過去和小美一起打的那些比賽，讓他知道小美說的話絕對不可忽視，儘管現在才三局下半也一樣。

「現在已經三比零了，又浩學長也快被看穿了，下一局不知道會不會丟分，一定要趕快把他們的先發投手打下去，不然氣勢會再也追不回來。」

「那……要怎麼做？」

小美很快地說了一遍，固力果張大眼睛，無法置信。

他看著小美，她的眼神清澈篤定，沒有絲毫動搖。

四周突然傳來整齊的惋惜聲。第七棒賴彥安揮出一個強勁的平飛球，被三壘手美技接殺。

小美拿著球棒走上球場，固力果望著她的背影，震耳的歡呼聲中，她的最後一句話依然清晰地留在他耳裡。

就靠你了，固力果。

17

「葉曉梅！」

整座球場都在震動。

年輕的高中少女站上國家冠軍盃的打擊區，過去從來沒有發生過。場邊的閃光燈此起彼落，二樓的記者包廂已經有人開始撰寫她的專題。皮卡今天第一次露出笑容，他感覺一整天的緊張氣氛在這一刻突然可愛起來。但他馬上就收起笑容，因爲他窺見頭盔下少女的眼神，專注銳利，和方才第四棒的眼神相比也毫不遜色。

「我一定會上壘。」

固力果想著剛才小美對他說的話。

「然後，就靠你了，固力果。」

他看著眼前的對決。皮卡的球速對小美來說還是太快了。她幾乎是用盡全力才可以勉強把球碰到界外，避免被三振的命運。但換個說法，皮卡即使用盡全力也無法三振她。他已經投了十顆球了。

第十一顆球，小美用扭曲的揮擊姿勢在最後一刻擦到了球，但人也跌倒了，打擊區頓時揚起一片塵土。看台傳來好幾聲驚呼。兩秒後小美站了起來，拍拍身上的紅土，球場的大螢幕特寫她的兩隻手肘，都擦傷流血了。但她的表情卻絲毫未變，第十二次，她踏入打擊區。

觀眾席上的每一個人都站了起來，所有人心底都因爲這場對決產生了前所未有的激烈情感。在視覺上小美的身材和性別都是絕對的弱，但這也讓她拚命努力不被三振的姿態更加巨大耀眼。每個人心中都有塊地方轟轟燒了起來，火種則是積壓了十五年的愛國心。葉曉梅一個女孩子都這麼努力，我們還在做什麼？不只是觀眾席上的寶島國民嘶啞著喉嚨加油，休息區裡的每一個國家隊成員，都緊緊握住了拳頭，期望趕快輪到自己上場打擊建功。

不是出於故意的，小美第一次操控了比賽以外的事情，她不知不覺牽動了全國一億兩千萬人民的心。

皮卡的臉上已經沒有了表情。場上遮雲蔽日的加油聲讓他無法忽略，也無法忍受。他要一切結束在下一球，他在手套裡調整球的握法，他決定不再投直球了。

來了！始終緊盯著投手的小美突然意識到，他要投曲球了。

她微微搖了兩下棒頭，固力果看見這個暗號，瞬間屏息睜大眼睛。

下一秒，清脆的擊球聲，一道白光穿越二、三壘之間，一支漂亮的一壘安打。

所有人像是打出逆轉全壘打一樣熱烈地歡呼，電視機前的每個人都互相擁抱擊掌。小美站在一壘上笑了。

幹得好！固力果在內心喝采，小美做到了。

他從打擊準備區站了起來，敲掉球棒上練習揮棒的加重環，往打擊區緩步走去。有陣風忽地繞過固力果耳邊，帶著泥土的濃烈氣味，他感覺好熟悉。他想起自己第一次上場比賽，那個簡陋的兒童球場，也有如此清楚的新鮮土味，從此那個味道就住在他身體裡。現在他感覺自己回到家了。

固力果在打擊區的白線外停下腳步，深深對打擊區行了一個禮，然後踏入地上的長方形方框，他的矩形戰場。他像是進到了異次元空間，只不過差了一條白線，一切全都不同了。他耳邊安靜寂然，沒有一點聲響，場上的風景都朦朧淡去，他眼裡只有高大的金髮投手，以及他手中的小白球。

他把兩腳穩穩地踩入土裡，感受地面的紮實，他的力量將從這裡而來，從大地到腳踝，從腳踝到大腿，再到腰臀，最後上到他的雙臂。他將把這股力量送進白球裡，把球擊到天堂般遠的地方。他輕輕做了一個揮棒動作，感受這股連貫的自然力量，然後收起球棒在耳旁，停住，雕像般動也不動。只剩眼睛還活著，灼熱地看著面前的敵人。

皮卡像是呼應他的靜止一樣，開始動作。他孤鷹展翅般舉起雙臂，右手快速掠下，白色的亮點用不可能的速度來到眼前。固力果沒有出棒。好球。

固力果退出打擊區，有如浮出水面，各種聲音又進到他耳裡。他什麼也沒有想，幾秒之後，他吸了一口氣，進入打擊區，動也不動。

第二球一樣凌厲駭人，光速般衝進本壘。固力果仍舊沒有出棒，並不是球太快，他曾把更快的球打到Sony廣告牆的後方，只是還不到出棒的時機。

兩好球了。

「你還記得開學那天你和李文凱的對決嗎?」五分鐘前小美對他說。

「記得啊……可是這、這不一樣吧,情況不同啊,現在不是玩這個的時候吧?」

「不對,現在正是時候,不趁現在摧毀他,一切就太遲了。」

「……可是,那個時候有三個打席,可以慢慢等他的曲球,現在怎麼辦?他可能還沒投曲球我就被三振了。」

「沒錯,所以你要揮棒破壞掉直球。」

所以你要揮棒破壞掉直球。

第三球比前兩球還要快,往好球帶的下緣衝去。固力果迅速扭腰,本壘上方出現一道稍縱即逝的褐色殘影,白球飛入一壘看台。

「要擊潰他,只靠你一個還不夠,所以我也會把他的曲球打出去,我對打變化球還有點信心。」小美說。

「可是……妳不太會打快速球啊?如果他一直不投曲球怎麼辦?」

小美沉默了一秒。

「沒問題的,我會讓他投曲球的。」

小美剛剛就是在對付這種速球嗎?固力果雙手震麻,緊咬著牙,他知道自己一定不能讓小美的努力白費。

第四球的速度慢了許多,固力果全身肌肉本能收縮,但他在最後一刻忍了下來,是一顆變速壞球。

固力果的額頭上都是冷汗。他知道他只有一個機會，他只能把木棒揮到碩大好球帶裡的一個小微點，時間還必須分秒不差，那就是他的任務。

「你要打全壘打，固力果，要把他的曲球打成超大全壘打，不能輸給沈大維的那種。」皮卡對一壘跑者做了一個牽制。

固力果盯著面前的異國男人。方才小美的安打對他造成的影響，現在已經完全看不出來了，壘上的跑者也似乎沒有給他任何壓力。他的確是西科聯邦的第一王牌。

固力果帶著尊敬的心擺出打擊姿勢。第五球來了。

一個閃晃的光點，白球似乎中途加速了。糟糕！固力果心中大驚。前一顆慢球此刻發生了影響，他的視線和身體都跟丟了球，現在出棒已經遲了。

啪！

球進到手套，捕手站起來要把球傳向一壘，但他沒有丟出去，因爲裁判沒有出聲。是一顆壞球，稍微低了那麼一點點。

固力果的心臟怦怦怦劇烈跳動。差一點，差一點我就要被三振了。他暗罵自己的不專心，愚蠢！他凝視著球棒前端，調整自己的呼吸。手中的球棒傷痕累累，每個刻痕都是一次與球的接觸，裡面有逆轉全壘打，也有無力的滾地球。木棒了解他的脆弱和傷心，他的喜悅與驕傲，那些黑夜裡上萬次的無人揮棒時刻，只有木棒知道。它陪著他，是他最忠實的朋友。固力果的心跳不知不覺回復正常，他握緊球棒，感受那熟悉的親密觸感，踏進打擊區。

皮卡對捕手搖了兩次頭，最後才點頭確定了暗號。這之間，固力果都站在打擊區，擺出打擊姿勢，沒有移動半分。他眼底此刻已沒有投手，沒有任何人，只剩他和他的球棒。眼前的球場遼闊寬廣，天空蔚藍得驚人，風舒暢溫柔，他又聞到泥土的味道。

那顆曲球過來的時候，固力果想到他的十歲生日，那是他收過最棒的生日禮物。他那時對爸爸說了一句什麼，那句話他已經好幾年都不曾記起，終於在今天又想了起來。

「我要用這根球棒在國家冠軍盃上打出全壘打。」

那是一種很奇妙的感覺。好像沒有擊中任何東西，一切都順暢自然，就像呼吸一般輕巧，花謝花開，瓜熟蒂落，所有的力量都和白球一起，飛去天堂。

今天第二次，綠頭鴨和肥錦鯉又被落進池中的砲彈似物體嚇著了。

皮卡站在投手丘上，望著外野，雙肩下垂，眼神完全崩垮。

固力果繞過一壘，全場的歡聲雷動中，他只看見兩個人。小美跑過三壘，對他比出一個大拇指，以及外野邊線的牛棚，一個熱烈激動的身影。

固力果跑過二壘時，舉起他握拳的右手。

□

皮卡在固力果之後，又接連被打出兩支二壘安打，黯然退場了。小美和固力果在休息區裡悄悄擊掌。換上來的壯碩投手肯恩沒有如小美預期的一路崩盤，只因彭寶華的盜壘和一支高飛犧牲打掉了一分。

但不管如何，比賽的確已徹底翻轉了好大一圈。三局打完，四比三，寶島反以一分領先。

許永松在休息區裡霸然坐著，他知道剛才海潮般的攻勢都是兩個人帶起來的。他們兩人將來一定會成爲頂天立地的王牌，寶島棒球的未來就在他們身上。總教練突然想到另外一個男孩，他也會和他們一同撐起這片天空嗎？他突然對這問題的答案感到十分好奇。

四局時寶島又換了一個新的中繼投手，他一上場就被打者敲出二壘安打踏上得點圈。但小美再度施展她的奇幻魔法，讓西科留下兩個殘壘，沒有得到任何分數。

只有一分領先的比賽，教每個人都十分緊繃，小美也不例外。上緊發條的天才捕手，告訴自己千萬不能犯錯，但才十六歲的女孩，終於還是在五局上時，做錯了一件小事。這個錯誤並不明顯，某方面來說，甚至無法苛責她。但只有小美知道，這毫無疑問是她造成的致命失誤。

「加油學長，沈大維上來打擊之前，我們絕對不能讓任何人上到壘包。」小美在上場前對投手翁承翰說。但一直要到她在本壘後蹲下來的剎那，她才意識到自己犯下了何種錯誤，可是已經太遲了。

二十二歲的「指叉王子」翁承翰，因爲她的那句話，整個人從頭至腳僵硬了起來。他在每個打者身後都看到沈大維的影子。他的投球和上一局相比，簡直像兩個不同的人。瑞蒙和泰坦都把他的指叉球敲了出去。沒有人出局，一、二壘有人，輪到第四棒沈大維。這簡直像是爲他量身準備的舞台一樣。

妳這大笨蛋，怎麼會在投球前給投手不必要的壓力呢？和翁承翰一起站在投手丘上的小美深深懊惱著，想著她要是沒有說那句話就好了。

許永松面色凝重的走出休息區，他手上的牛棚名單裡有許多人選，有強力左投「紅牛」劉俊宏、經驗老道的智慧型投手施哥，也有兩名可以提早上場的終結者。但他不知為何就是知道，沒有人可以躲過沈大維的棒子，就像沒有人可以躲過費迪南一樣。畢竟，連詹姆士的金球都輸了啊。

過去那些惡夢般的畫面化作幽靈，纏滯拖遲他的步伐。再一次的，他不知道要怎麼辦，就像十五年前的那場系列賽，換誰上來，都只有一個結果。

許永松終於還是踏上了投手丘，他從翁承翰手裡接過棒球。指叉投手看起來快哭了。許永松輕輕拍他的肩，稱讚他投得不差。翁承翰下去後，投手丘上剩下他和小美。他轉著手中的堅硬小球，小美單手扠腰站著看他。那姿勢突然讓他生出一股好懷念的感覺，彷彿時空錯亂，他正和「女皇」一起站在投手丘上，討論接下來的策略。但那錯覺很快就消失了，他聽見稚嫩的女孩嗓音。

「要跟他硬拚嗎？」小美說。

「妳覺得呢？」

女孩聳聳肩，「他還會一直上來。」

許永松點點頭。他看著小美明亮的眼睛，和她母親幾乎一模一樣，他想起那三王鼎立的光輝歲月，稍早的疑問此刻閃進他腦裡。

許永松沉吟了半晌。

或許這就是命運吧，他想。

他向休息區比了一個數字，吳董拿起電話，幾秒鐘後，牛棚有人跑了出來。

許永松和小美面向外野，望著那朝他們跑來的微小人影。打擊準備區的沈大維瞇細了眼睛，站定動也不動。

三個人各自想著不同的事情。

卡拉揚朝他們跑了過來。

18

沒有人比他還知道，國家冠軍盃的投手丘是多麼遙遠。

卡拉揚跑在鮮綠的草地上，身體因爲抬腿舉步而震動，心臟飛奔似的跳。他輕喘著氣，一切都如此不可思議。他看見自己跑過童年的傷人眼神，跑過那面寂寞的灰牆，跑過體內金色的血。他的釘鞋牢牢地抓緊泥土，他終於踏上了國家冠軍盃的投手丘。

有一個女孩在那裡等著他。

總教練把球交到卡拉揚手裡，拍拍他的屁股，說了句放輕鬆投，便轉身走回休息區。

小美站在他面前。

那一瞬間，卡拉揚突然有個衝動，他想要和小美說話，說一些和棒球完全無關的東西。他內心的想法，十幾年來的感情。但他很快就拋棄了這個念頭，小美的眼神專注認眞，裡頭只有棒球。她移近他身旁，用手套遮著嘴說：「等一下我們先藏起你的王牌，用快速球搶好球數，最後再用慢球解決他。」

卡拉揚點點頭。

「待會兒有三分鐘練投時間，不要全力丟，用七分力就好。」

「嗯。」

「好。」小美放下手套，主審催促他們的聲音從遠方傳來。小美扭頭看了一眼，一陣風撫過卡拉揚，帶著某種不屬於球場的香味。突然一切像是掉入夢境般，朦朧模糊透著淡淡白光。然後，卡拉揚聽到來自天堂的聲音，耳語呢喃般細又微小，但卡拉揚確實聽到了。

「加油。」

卡拉揚還來不及答話，小美已小跑步回到本壘後蹲了下來。

他驚訝的發現，儘管投手丘和本壘板隔了十八公尺遠，小美在面罩後的眼睛，仍舊像夜空中的兩顆星星，那麼燦亮，彷彿可以帶他到任何地方。

卡拉揚呆了好一陣子，才記起自己要開始練投。

三分鐘後，一道黑影覆在小美身上，那是沈大維走進打擊區。

卡拉揚倒吸了一口氣，過往的陰影突然抓住他的手腳，他又看見那支他無能爲力的全壘打。有那麼一秒，他無法呼吸，恐懼徹頭至尾佔領了他。他的右手重到難以想像，他無法對這個男人投球，一球都沒辦法。

然後，他看到了女孩。

即使小美全身都籠罩在陰影下，星星還在那裡，依然閃爍不停。

沒問題的。他彷彿聽到小美對自己說。

你一定可以的，卡拉揚。

他握緊手中的球，腿高高的抬了起來。沈大維的好球帶黑暗無比，是片邪惡大陸，但卡拉揚的星星正在那裡溫柔的發光。

他投出了人生至今最快的一球。

沈大維揮棒落空。

兩旁休息區的球員不知何時都走了出來。沒有人敲加油棒了，也聽不見震耳鬧心的喇叭聲響，大家都停了下來，握緊拳頭睜大雙眼，不願錯過任何一個瞬間。

卡拉揚看完了暗號，弓箭般拉張身體，把球射成一道銀白光束。

沈大維表情猙獰，比前次還要急速的犀利揮棒，幾乎要劈開空氣，風嘯音傳到了外野。

球安穩地躺在小美的手套裡。

沈大維連球皮都沒擦到。

沒有爆炸歡呼，球場出乎意料的沉默。此刻就像無安打比賽的最後一球，沒有人敢出聲，就怕破壞了這奇蹟的一刻。只有吞口水的聲音，在看台上暗號般悄悄傳遞蔓延。

全地球的注視下，卡拉揚舉起了手，投出第三球。

對沈大維來說，他經歷了一場不可思議的魔幻體驗。時間彷彿靜止，紅線白球凝在半空中，一切都如此緩慢溫柔。只有自己的揮棒，跟這世界格格不入似的，快速扭甩出一個半圓。

根據場邊攝影師的高速照相，沈大維做完揮棒動作時，球甚至還在他身前五十公分，他揮得太早太早太早了。

那是一顆九十八公里的慢球，和上一顆球的速差是驚人誇張的六十二公里。

多年後，在《怪物父子：費迪南與沈大維》這本半官方傳記裡頭指出，這是沈大維生平的第一個揮空三振出局。

而根據另一個非正式的紀錄表示，當時國家棒球場的歡呼分貝，足夠擊落任何飛經球場上空的人造飛行器。

□

主審那聲高音的strike-out，扯斷了沈大維胸口裡的什麼東西。他第一次嘗到了挫敗的滋味。他沒有把球棒插回蜂巢狀的收納格裡，沒有把頭盔放回帽櫃，他甚至沒有踏進休息區。他在本壘左後方的紅土上蹲了下來，球棒拄著地，雙眼從頭盔下直直盯著投手丘上的男人，以及他那不可思議的投球。

沈大維一動也不動，很少眨眼，近似貪婪的瞅著每一球。他讓卡拉揚的球砸進他的瞳孔，撞穿水晶體，在視網膜底留下一道道清晰冒煙的焚痕。他這輩子沒有經歷過這種充滿羞辱的痛苦——難堪的揮空三振——但同時他又感受到強烈難耐的興奮，他覺得矛盾極了，就像他的雜混血緣，讓他無所適從。

他對棒球的第一個記憶，是晚餐時刻收音機裡的球賽轉播。

由於家裡沒有電視，每天晚上六點，沈大維的媽媽就會打開收音機，一邊收聽棒球轉播一邊做飯。媽媽總差不多在三局打完時完成晚餐，母子會在方形餐桌前相對而坐，收音機就放在沒人那側的桌緣，像是第三個吃飯的人，絮聒不停地滔滔說話。

沈大維對棒球的認識就是從收音機裡那兩個不同的嗓音來的。年紀較大的聲音是球評大叔，他的聲線渾厚溫和，總讓沈大維想到自己那盒彩色筆裡的咖啡色，他都用那支筆塗滿大地和白紙上自己的頭髮。

沈大維最喜歡比賽途中球評大叔隨口說的棒球趣聞。大叔有點健忘，有時他會重複提起一模一樣的故事，但沈大維一點也不介意。光是漁人球場的由來，他就聽了二十三遍，依然樂此不疲。

納布立海濱有一個貧窮的老漁夫。某天他在沒有幾條魚的可憐小網裡發現了一顆棒球，球上有金色縫線，那是聯邦冠軍盃的決賽用球。他把球拿去聯邦棒球基金會，根據球上的編號，那是已故的「英雄」葛高斯基生涯的第一顆全壘打球，已消失多年，估計價值最少兩百億聯邦幣。

老漁夫把球留下，沒有索取任何報償，便離開了。西科聯邦在各大電視台都播出這則新聞，希望大家幫忙尋找好心的老漁夫。兩個月後，他們終於在一家醫院找著了。老漁夫因爲劇烈咳血來看醫生，才知道自己已是癌症末期。他躺在病床上，意識已經模糊，記者不抱期望地問他爲什麼留下球卻不留名字。老漁夫笑著說，聲音很淡很輕，「要把球打得越遠越好，最好遠到撿不回來。」之後他便陷入彌留，那句話成了他的遺言。

老漁夫的故事透過聯邦新聞網傳了出去，感動了上千萬人。大家都想爲老漁夫做些什麼，過去無人問津的棒球基金會突然湧進好幾億的捐款，最後這筆錢被用來在納布立市蓋了一座球場。曾有人提議要在球場大門前建一座老漁夫撒網的銅像，但納布立市民群起連署反對，他們說這將背叛他的精神。最後這座球場只立起一塊石碑，上面寫著：「要把球打得越遠越好，最好遠到撿不回來。」

這則故事某種意義上成了沈大維對棒球的想望，而這想望的現實模樣，則在另一個年輕的主播大哥嘴裡成形。「這球打出去了！很高！很遠！外野手一直後退，一直後退！球還在飛，還在飛！啊——出去啦！莎喲娜啦再會掰掰啦！這是一支特大號的全壘打！」

沈大維在七歲時，第一次看到真正的棒球，那是在他家旁的一塊狹小空地上，五個國小四、五年級的男孩們打著人數不足的球賽。他十分訝異他們竟然沒有像廣播裡說的，把球打得遠到撿不回來。在七歲的沈大維眼裡，那看起來是極其簡單的事情。

等沈大維大了一點後，他開始和同年齡的男孩們一同打球。只是他的與眾不同卻讓他看起來像個怪胎異類。他不只可以輕易的把球打進天空融進太陽，在所有人都選擇要當寶島歷代強棒強投的時候，他卻扮演起大家聽都沒聽過的西科聯邦傳奇球星。他們不知道的是，那是他的童年，是他的棒球世界。他的收音機裡永遠只有西科聯邦的球賽，而他最常聽到的英雄名字便是他未曾謀面也不曾知悉的父親：費迪南。

某天沈大維回家時，媽媽的房裡傳來他無法理解的可怖聲音，像是受傷動物的嚎嗚。那聲音深深割進他的肉和骨裡，割出看不見的血。他被嚇呆了。那天開始，媽媽不再聽棒球轉播，他也沒有再聽見那兩位熟悉老友的嗓音。

十一歲時，家裡來了兩個客人，他們自稱是聯邦政府的特派員。那天，媽媽第一次告訴他關於爸爸的事，然後他們一起搭上飛機，到達未曾聽過的遙遠土地，住在比原先大上許多的房子裡，成了另一個國家的子民。但沈大維的異色眼珠異色皮膚，依舊讓他被排除在這國家的外圍。同伴不讓他扮演西科的英雄，反而要他假裝是詹姆士和劉國威，若他打出撿不著的球，他們便毫不客氣的痛揍他。

某種程度上來說，他跑去念野球高中，是一種變相的逃亡。在野球高中，他不會因爲全壘打而挨揍，他可以全力揮擊，像魔術師般把每顆球都變不見。再也沒有人阻止他的笑容。他甚至第一次有了心動的感覺，有個女孩和他一樣熱愛棒球，笑聲絢爛如閃藍大海。但他卻痛苦的知道，無論是這個國家的棒球或戀情，他都完全沒有可能，面前一點未來也沒有。合約寫得清楚明白，他必須替西科聯邦打球，直到他生命終結的那一天。

他爲了留下記憶，和女孩打賭一場電影。他贏了，但卻弄錯了放映時間，兩人撲了個空，最後他們改在鬆餅店度過一個下午。那天他第一次從女孩口中得知一個名字，不久之後，這名字和黑球連到一起，再度引起他的興趣。打敗卡拉揚的那天，他沒有勝利的歡騰感覺，只有複雜衝突的激烈矛盾。

他意識到哪裡都沒有眞正屬於他的打擊區，他踩不著自己的土地，他的全壘打也不帶有任何意義。對他來說，棒球是一場三歲小孩的簡單遊戲，但同時又是弄錯時間的電影，他永遠無法獲得勝利，也永遠無法回到本壘。於是他離開了野球高中。

但就在他放棄一切的此刻，在這場沒有歸屬的球賽裡，有人又把他拉了回來。一壘或三壘側的休息區，身上的制服，瞳孔的顏色，都被那顆紅線慢球給三振瓦解，不再有任何意義了。他終於明白了老漁夫的話，重點不在於把球揮得多遠，從來都不是。

——而是拋開一切揮擊的快樂。

沈大維靜靜蹲著，兩名隊友接連被卡拉揚交替的快慢球三振。他站起身，準備回休息區換手套上場防守。此刻他的肌肉柔軟又富有彈性，他往右外野跑去的雙腳節奏輕快，他呼吸空氣裡換場時刻獨有的緊張氣氛。

沈大維第一次體會到了棒球的樂趣。

□

沒有人想到要在壘上沒人的時候，閃躲對方的第九棒。

西科聯邦的總教頭伍德沒有想到，但如果交換立場，許永松也絕對不會做出故意四壞球保送的指示。

上一次有人在國家冠軍盃打出單場兩支全壘打，已經是十五年前的事情了。那場比賽費迪南敲出三支全壘打，劉國威則是兩支。

十五年後，劉國威的兒子率先追平他爸的紀錄。五局下半，固力果在壘上沒人兩人出局的情況下，打出了中外野的深遠全壘打。這球沒有掉進人造湖裡，而是打中湖上的一艘小船，被一對幸運的父子撿走了。人造湖早在上一局開始，就充塞了大大小小的出租船，像是連綿的彩色浮萍。所有人都想撿到國家冠軍盃的全壘打球，那幾乎就等於撿到一台房車或是別墅。

寶島的休息區裡，雖然沒有人看得出來，但總教練許永松的心情正少見的亢奮激動。卡拉揚三振沈大維的畫面，以及方才固力果的第二支全壘打，都讓他制服底下的每一吋肌肉無法控制地輕輕打抖。原因無他，他看見三個耀眼的星芒，在漆黑了十五年的夜空中，連成一個熟悉的三角。

他知道比賽可以在瞬間扭轉，但在兩分的領先下，他還是無法壓抑腦中潛藏了十五年的熱烈幻想：金黃色老鷹大旗在國家棒球場的中外野棋杆上冉冉升起。他望向對面的休息區，伍德沉著一張臉，左手支在臉龐，身旁的紅髮教練不知道在和他說什麼，神色緊張。

「他們三人就是劉國威、葉涵菁和詹姆士的孩子，這點我們早就知道了，但他們本來連第一次的國家隊都入選不了，所以……所以情搜科沒有把重點放在他們身上，沒有太多他們的情報……」紅髮教練說，拚命翻著手中的作戰情資冊。

伍德沒有開口。

「我們知道卡拉揚是黑球投手，至於這方面的資訊，除了沈大維上次說的之外……」

紅髮教練的嘴巴張在那裡，眼珠盯著紙頁快速移動，卻再也說不出一個字，他手中的資料已經到底了。

伍德這時開口，他的聲音沉穩非常，讓人聯想到黃昏時駛入海港的霧黑大船，「調他們父母的資料過來。」

「您是說——」

「快！」伍德沉聲一吼。

「呃是，遵命！」紅髮教練很快下去了。

伍德把視線移到場上。這一局又要結束了，他想。從沈大維被三振開始，就沒有人可以碰到那個投手的球，現在已經是第六個人了。

果然，不到一分鐘，主審揮動表示三振的大手，六局上半結束，換邊攻擊。

伍德的心又往下沉了一哩。下一局一定要想辦法找出一道突破口。他望向蹲在外頭正站起身的捲髮男孩，不禁想起男孩的父親。費迪南有連續揮空三球過嗎？只是他怎麼都想不起這個答案。紅髮教練這時拿著一疊資料跑回來了。伍德快速穩定地翻閱紙張，眼神始終沒有明亮起來，最後他放棄了。他把資料擺在一旁。他知道現在只剩下一個辦法。

六局下半很快就結束了。新換上場的投手克里斯賓雖然投出一個保送，但他馬上就讓下一棒敲出雙殺打，接著是一個高飛接殺球，前後只花了十分鐘。

換場時刻，伍德難得把所有打者集合起來，開了一場三十秒的戰術指導。他所說的話，讓卡拉揚面對七局上的第一個打者時，徹底愣了好大一下。

壘上一個跑者都沒有，一棒恩尼斯特卻擺出短打姿勢。

在搞什麼？卡拉揚心想。

他照著小美的指示投出快速的外角低球。眼看恩尼斯特就要觸到球了，卻在最後一刻敏捷地收起棒子。

好球，主審大喊。

球場開始響起噓聲，大家都對這種小動作感到不滿。

卡拉揚並沒有聽見那些聲音。他摘下帽子，揉了揉雙眼。他總覺得看暗號時本壘上空有片陰影，讓他看不清晰。那是魁梧打者的手臂和球棒。恩尼斯特雙膝微低，兩手輕捏木棒，不客氣的橫置在好球帶中央，彷彿平交道禁止通行的標誌杆。

卡拉揚眉頭微皺，咬了牙往好球帶丟。

恩尼斯特又在最後一秒收回球棒。

兩好球。

到底在搞什麼？卡拉揚看著面前的觸擊姿勢，越來越難以理解。最後一球小美要卡拉揚用速球對付他。面對一百六十公里的勁球，要打出成功的短打一樣十分困難。果然，恩尼斯特把球觸到了界外，直接出局。[3]

接著上場的瑞蒙彷彿恩尼斯特的影分身，一模一樣的短打預備姿勢。卡拉揚似乎覺得自己眼花了。

兩好球後，瑞蒙把球點到卡拉揚面前，他跑下投手丘，輕鬆地接起球傳到一壘，兩人出局。

第三名打者是好幾屆的全壘打王泰坦，他也同樣教人跌破眼鏡，一上來就極盡可能的蹲低，似乎故意要壓縮好球帶的空間。而他手中的球棒，依然橫擺出來，還上下左右在好球帶游移滑動，彷彿在宣示他的領土。

許永松將雙手叉在胸前，把視線從泰坦身上移開，蹙眉望向對面的伍德。果然是老狐狸，他心想，但我們這邊也不是可以隨便唬弄的。他看見小美跑上投手丘。

「卡拉揚，不要在意他們的舉動。」小美說，「他們打不到你的球，只好用這招來擾亂你。」

3 根據棒球規則，兩好球後把球觸擊到界外，即為出局。

「嗯，可是……這樣投球的感覺真的很差……」卡拉揚從來都是毫無顧忌對著無人牆壁練投，現在卻有根棒子像小蟲般擾動他望向捕手的視線，彷彿芒刺在背，教他渾身不對勁。

「我知道，沒關係的，我們一球一球投，你只要把球丟到我指定的位置就可以了，他們如果一直用短打我們反而輕鬆，就讓他點沒關係。」

「嗯。」卡拉揚點點頭。

「然後，他們可能會故意點到你面前，做好心理準備就沒問題了。」

「嗯好。」卡拉揚再度點頭。小美的聲音有種魔力，他感覺自己毛躁的心情瞬間被撫平了。

卡拉揚做投球動作時，泰坦不斷誇張地移動球棒，干擾卡拉揚的目的十分明顯。整座球場的噓聲屋頂般轟然壓下，泰坦卻像是失聰般無動於衷，繼續舞弄他手中的小棍。卡拉揚照著小美的指示一球一球丟，並快速處理滾到面前的球，完成了第三個出局數。

還剩下兩局，六個人，沒問題的，小美心想。她知道對方的觸擊戰略，除了擾亂卡拉揚的心理之外，還要逼他下丘防守，消耗他的體力，同時期待經驗不多的卡拉揚發生失誤。但她有信心卡拉揚可以解決接下來的六個人，那不是多麼困難的防守，卡拉揚的精神和體能也沒有這麼脆弱，只是她怎麼樣都無法忽略方才左後方傳來的視線。整個半局沈大維都蹲在那裡，沒有挪動半分，只有眼眸隨著白球快速掠動，彷彿老鷹盯著牠的獵物。

他等一下也會觸擊嗎？

小美的問題很快就得到了解答。七局下半，寶島三上三下。八局上半的第一個打者，便是沈大維。

沈大維踏進打擊區，把棒子垂直握著，沒有要用短打。

卡拉揚望向毫無阻礙的捕手手套，突然感覺輕鬆不少。小美的手指精靈般舞出暗號，內角快速直球，卡拉揚點了點頭。開始投球動作之前，他望向打擊區裡的男孩，他訝異的發現，男孩頭盔下的雙眼也像星星一般閃閃發亮。他想起比賽前他們交握的雙手，一股奇妙的感覺油然而生。

他緩緩把雙手高舉至頭頂。

朋友，看好了，這就是我全部的力量。

他把全身都擲到球上，感覺自己也飛了出去。

沈大維穿著釘鞋的雙腳緊緊扭進土裡，鋒利無比的揮擊。

磅！

小美的眞皮手套夾躺著一個白亮硬物，依稀還冒著煙。

沈大維再度揮空。

這是今天最快的一球，一百六十一公里。

小美在轟天雷動的歡呼聲中把球傳回給卡拉揚。他的球讓她無比驚喜，她從沒有接過這麼快的球，那簡直不是人類可以投出來的。但她卻隱約感到腦袋裡有處地方重重鈍鈍的，像半凝固的水泥。她剛似乎發現了一樣很重要的東西，此刻卻怎麼也想不起來。

她輕輕搖頭，甩開那沒有理由的無名煩躁感。卡拉揚現在的球很棒，完全不用擔心。她比出暗號，快速外角低球。

下一秒，她的思緒完全被眼前的景象切斷消滅了。卡拉揚的投球動作在消暗下來的日光中失去了形體，蒼蒼茫茫看不真切。取而代之的是一段燦美的旋律，從雲間縫隙伴隨天光一起降下。那音律撫淨一切塵埃，所有事物染上聖潔白光，人間也成了天堂。

小美眨眨眼，耳旁的聖歌消失了，然後像是上帝傳來訊息，球再度撞進她的手套。

沈大維的棒子凝在揮棒結束的瞬間。

電視牆的畫面啪嚓閃了一下，彷彿即將展示什麼神蹟，接著三個數字跳了出來，全世界都看到了。

164 km/hr

□

兩球之間，天快速的暗了。漸層的天空中可以看見不知何時移動過來的灰色積雲，堆在球場上方有如巨大的過期棉花糖。

球場大燈陸續亮起，像有生命的發光巨人悠悠醒轉。比賽暫停，所有人安靜等待。

小美站在本壘板後，回憶著剛剛發生的一切。那像是一場夢境，她感覺自己被催眠了。她無法詳細描述她經歷的種種，她的體驗已超越主觀，那是精神上的純粹感知，是一片光，一抹聲響，破碎片斷，卻又極震撼真實。她想起那些自稱領受過上帝顯靈的信徒。他們是怎麼說的？聖靈充滿。沒錯，就是這種感覺。她此刻已成了他們的一份子。不同之處在於，她的上帝要狹隘得多，也壯美得多，她遇見的是人類歷史上最偉大的幾名神祇之一。

棒球之神。

球場上空浮起一層雲似的白光，燈全都亮開了。人造的白天清楚了所有事物。毫無死角的照明，場中的球員連影子都不復存在。

「Play－！」主審宣布比賽重新開始。

小美蹲了下來。方才投手丘上支配一切的投手，此刻在強烈白熾燈群的包圍照耀下，竟看起來如此瘦小。剎那間，她好像看到當年為了她倔強跑去外野的男孩。男孩也看著她，眼神沒有移動過一秒。他嘴角稍稍牽動，一個朦朧的短暫笑容。她彷彿聽見男孩的嗓音，跨越好幾年的光陰，悠悠遠遠的傳來：跟緊我噢，這裡人好多喔。

你這個大笨蛋……

小美的眼角皺了起來。她發現自己早就已經原諒卡拉揚了，原諒他那次愚蠢的打賭，原諒他一聲不響的離開，原諒他始終都不懂她真正的心情。

她比出慢球的暗號，把手套移到她要的位置，男孩對她點了點頭，好像在說：沒問題，這次我知道了。

卡拉揚用她熟悉不過的姿勢把雙手繞過頭頂。

然後，小美觸電般全身震了一下。

「暫停！」她幾乎是尖叫出聲。

主審從蹲姿赫然站起，舉起手同意她的要求。沈大維放下球棒，無聲地退出打擊區。

小美和主審咕噥了句謝謝，很快跑上投手丘。卡拉揚雙手已放了下來，不解地看著她。

「怎麼了？」

「對不起，我剛剛突然想起來，我們等待開燈的時間太久了，之前速球帶給他眼睛的影響已經消失許多，現在投慢球的效果會大大打折，太危險了，我們改投快速球。」小美停了一秒，「你現在的球速，地球上沒有人可以打得到。」

卡拉揚輕輕點頭。

小美轉身走回本壘板。她發現打擊區外的沈大維正盯著她，他的表情讓她突然覺得，他似乎可以聽見他們剛才的談話，但她很快就嘲笑自己這荒謬的想法。怎麼可能，不可能的。

她蹲了下來，重新戴上面罩，打了一個新的暗號。

直到卡拉揚第二次繞臂的時候，小美才想起那件她始終不記得的小事。

她從腳底一路發顫到頭頂。

她終於記起前面兩球都有的微妙感覺，球進入手套的位置皆比她原本預測的低了一點。只差了幾公釐，幾乎無法察覺，只有極度敏銳的捕手可以隔著厚達好幾公分的皮手套捕捉到那微妙的差異。

那是連聲音都聽不見的擦棒所造成的路徑改變。

沈大維前面兩球都沒有揮空，他都碰到球的上緣了。

而第二球改變的幅度，甚至比第一球大了一點。這代表一個恐怖的事實，沈大維面對時速一六四公里的速球，竟然打得比一六一公里那顆還要準，還要接近球心。他的眼睛已經慢慢適應了。

不要！小美的聲音悶在嘴裡，雙眼大睜，球已經離開卡拉揚的手指。

小美幾乎不敢看。

千分之一秒後，她感覺到手中的結實震動。沈大維沒有揮棒，球穩穩地停在手套裡。

而主審也沒有出聲。

是一顆壞球。

瞬間放鬆的小美差點坐倒在地。她這輩子從來沒有這麼喜歡過一顆壞球，這顆壞球救了他們的命。

如果卡拉揚把球再丟上來一點，就不會進到她的手套了，而會在全壘打牆後的某個地方。小美的第六感沒有像此刻如此確定過一件事實。她的球衣黏附在濕透的背上，她的膝蓋微微顫抖。打擊區裡已不是她過去認識的男孩了，那是撒旦派來對付上帝的魔鬼。

但她知道沈大維唯一的機會已經消失了。

小美比出慢球的暗號，還比了兩次，只爲了確認卡拉揚眞的接收到了。剛剛的速球已烙印在沈大維的視網膜上，無論他的揮棒和眼睛多麼快，都無法敵過接下來的這顆球。

雖然你很強，但這場仗是我們贏了。

卡拉揚彷彿爲了強調那反差，更迅捷流暢地把球投出。

小美望著球緩緩飄飄離開卡拉揚的手，感覺周圍的一切都凝滯了。時間停止前進，空氣不再流動，就連那顆發光白球，也似乎拒絕再往前靠近半分。

這時，比球場上空的人造光暈更高的陰黑天空裡，閃迸出一道巨大強光。像是有人拿台超大閃光照相機，由上往下朝球場喀嚓拍下去，場中的所有顏色在這強勢曝閃下都消失了，只剩下眩眼的白。

下個瞬刻，整片天空彷彿劇烈咳嗽一聲，響起巨大雷鳴。所有人都被雷聲給震撼住了，一時間忘了身在何方，心在何處。

小美也給結實的震了好大一下，她眨了眨眼，緩緩站起身來，弄不清楚發生了什麼事。

球消失了。

就在那巨響的瞬間，某件超乎想像的事發生了。

小美告訴自己這是不可能的。但她的眼神仍舊望向遠方燈柱照出的濛濛白霧，在裡頭不斷搜尋。

她什麼也沒看見。

球呢？球到哪裡去了？

像是答覆她的疑問般，一個微小的聲音進到她耳裡。那聲音讓她聯想到好萊塢電影裡的結婚場景，新娘用雙手提起蓬美的紗裙，隔著白色餐巾用力把高腳杯踩碎的畫面。

她抬起頭，一下就看到了。右外野燈柱上的八乘六光陣裡，明顯的黑了一個洞，像被打落的門牙，只剩四十七盞燈依舊放射光明。

攝影大哥第一時間捕捉到那異常的黑暗空間，大螢幕上嬰孩頭顱般大小的破碎鹵素燈裡，塞卡著一顆紅線白球。

第一滴雨這時落在小美的額頭上，啪嗒一聲，彷彿想要告訴她什麼事情。她沒有抹去，她甚至沒有感覺。此刻她耳旁嗡嗡嗚響，遠方大螢幕上那顆放大幾百倍的紅線棒球，看起來立體眞實又邪惡無比。她全身的毛孔都被深沉的無力感侵略佔滿了，她的第六感第一次背叛了她，沈大維的實力已超越她可以理解的範圍。她望向投手丘上的卡拉揚，男孩和她一樣抬頭看著那盞失去光芒的燈，小美看不見他的表情。雨滴此時順著她尖巧的鼻尖滑落地上，轉瞬就滲進土裡。

沈大維跑回本壘的時候，整座球場已經陷落在一片雨海裡。

這是唯一一場比賽，沒有因雨延賽，沒有暫停。

八局上半，五比四。

無人出局。

19

方才閃電之時，伍德是少數看清一切的人。

他看見男孩緊接在白光後的揮棒。那顆慢球和上一顆球的速差，似乎完全沒有影響到他。他立在打擊區等了幾乎有一個世紀那麼久，然後揮出完美的一擊。

那支全壘打差點讓伍德流下兩行老淚。他憶起已去世的好友。他想起聖誕節早晨，費迪南到他家拜訪的凍紅臉頰，以及他手中的聖誕禮物，一支沒有包裝的釣竿。之後的三個夏天，他們在達芬柯溪擁有了幾段美好的回憶。他想起那次他們在更衣室慶功，費迪南用香檳偷襲他滿頭滿臉，噴到他鼻孔都流出酒水。那段時光就像琥珀色的勞爾霍夫香檳，金黃甜美。伍德用雙手摩擦臉面，沒有允許自己沉溺在感傷裡太久，他知道自己此刻唯一能爲老友做的事，就是打贏這場比賽。

伍德結束原先的短打戰術，指示下一棒山姆自由攻擊。他知道投手丘上的男孩現在脆弱無比，全壘打轟散了他的信心，雨水淋濕了他的手指，現在是打垮他的最好時機。只要把球不斷不斷的打出去，他就會像斷線木偶般自己倒下。

但伍德卻徹底錯了。

五球過去，山姆吞下三振黯然離場。

伍德的右手牢牢抓上休息區的欄杆，他無法相信眼前發生的一切，那支全壘打好像是打在另外一個投手身上一般，沒有對男孩造成任何影響。這完全沒有道理啊，伍德在心中吶喊，抓握欄杆的手指因用力而刮落幾道漆粉。他只是一個十六歲的高中生啊！

紛落的水珠從捕手面罩上方不斷滴下來，小美在一片迷茫的視線中看著卡拉揚，她心中的訝異完全不下於伍德，她的第六感第二次錯了。卡拉揚無視於沈大維不可能的全壘打，依舊把球丟進她指定的角落，分毫不差，精準得像學校新買的那台餵球機，差別只在於，他投的球比機器還快。

卡拉揚沒有再投超過一百六十四公里的速球了，但他也沒有任何一球低於一百六十公里。他每投完一球，大螢幕上秀出的球速總讓全場響起一聲驚嘆，但那聲音漸漸也越來越小。人們不再大驚小怪，他們已經認可並且接受，那男孩的確是一個貨眞價實的天才。

轉播室裡兩名球評的興趣也從一開始對球速的討論，逐漸轉移至少年的心理素質。他們調出過去幾十年國家冠軍盃的資料，發現從沒有投手可以在接受全壘打的震撼洗禮後，馬上回神三振下一棒的打者，從來沒有。他們試著從少年的家族裡找出答案，較年長的球評道出少年可能遺傳自詹強的魔鬼抗壓性，他開始熱情地講述自己親眼所見的詹強傳奇故事。在這同時卡拉揚再度用慢球製造了一個三振，這讓故事說到一半的球評閉上了嘴，再也沒有提起任何關於過去的紀錄和傳說。他腦中所有的棒球知識此刻已完全無法說明任何事情，他唯一透徹理解的只有一件事：自己正在見證有可能是史上最偉大的一段棒球歷史。

他睜大雙眼看著卡拉揚三振了這局的最後一個打者。

沒有人可以解釋卡拉揚此刻的神奇表現，除了一個男人，他正坐在本壘後方三層樓高的寶島貴賓室裡。東哥知道方才的三個三振不是偶然，那些比球大不了多少的格子，不可能的時間限制，山路鍛鍊出來的體力，以及卡拉揚整個童年風雨無阻的孤獨練習，使他在任何狀態下都可以把球丟進他要的任何位置。那已超越心理和精神，成爲一種肉體的反射動作，是沒有弱點的，完全無法擊敗的，無敵控球。

黑球不是一無是處的，東哥看著走下投手丘的男孩喃喃說著，眼裡已噙滿淚水。

東哥在不被身旁兩名男人發現的狀態下悄悄抹去眼淚。而坐在他左邊的男孩父親和爺爺，此刻心中的澎湃激情絲毫不下東哥。他們從沒有想過卡拉揚有天可以站在他們都曾站過的地方，投出一個又一個的三振。

「這是我第一次看揚揚投球……」詹姆士的聲音幾乎聽不見，「……我是不是眞的……」詹強什麼話也沒有說，只把手輕輕放在兒子的手臂上。

三個男人陷入各自的情緒裡，貴賓室裡冷氣無聲的運轉，落地窗外暴雨傾盆，球場上開始出現大大小小的水窪，戰鬥依然持續著。

八局下半，對領先的寶島和全國一億兩千萬人民來說，這都是最後一次的進攻。於是固力果上場的時候，整座球場響起英雄般的沖天歡呼。只是振奮的吶喊很快轉爲不齒的噓聲，西科的投手用故意四壞球保送固力果，不給他創造歷史的機會。

伍德也發覺了嗎？許永松在心底暗暗佩服。固力果昨天的實力的確是排在第九棒，只勝過第八棒的小美，但此刻他已毫無疑問是寶島名符其實的第四棒了。要是伍德沒有察覺這一點，寶島現在就已經贏了。許永松不禁覺得有點可惜。

固力果雖然站上一壘，但後續的打者沒有繼續揮出安打。固力果待在二壘直到這局結束。

然後，九局上半來臨了。

彷彿呼應什麼似的，雨勢瞬間大了起來。小指大小的雨滴前仆後繼狂落下來，像是千軍萬馬的自殺飛機。加油聲也誇張的放大了，所有力氣都毫不保留地化作分貝。沒有人懷疑，這是最後一個半局了。

許永松把小美叫到身邊。

「接下來配速球要絕對小心，他們都是地球上最厲害的打者，只要多看幾次，他們連子彈都打得到。」

小美點點頭。上一個半局雖然卡拉揚丟出了三個三振，但她可以感覺到所有人的揮棒已漸漸往正確的地方靠攏，只是時間的問題罷了。但我不會給你們任何時間的，我會讓一切結束在這一局。小美拎著面罩走入雨中。

穿過一片茫茫雨霧，許永松注意到對面的伍德已經摘下墨鏡，不顧吹打在臉上的雨珠，站到休息區的最前端。

要一決勝負了嗎？許永松心想，收緊下顎。這次不會再讓你們笑著回去了。

第一位打者在伍德的指示下，再度擺出短打姿勢。上一局的三個三振讓伍德知道，除了沈大維的球棒，他們只剩下這個戰術了。

狂風暴雨中，就連短打也充滿變數。小美指揮所有內野球員趨前防守。

卡拉揚站在投手丘上，感覺有人往他頭上不斷倒水，渾身冷得不得了。好似剛從游泳池爬出來，連內褲都濕透了。視線模糊不清，眼前一切都灰濛濛的，球甚至比平常重了一點。但他沒有一絲不安的感覺，沒有人比他更熟悉這一切，他已經歷過無數次了。他的棒球從來都不是舒適明亮的，適合卡拉揚的棒球是孤寂寒冷帶著沒有明天的絕望味道。

他彷彿是爲此刻而生。

卡拉揚的球速絲毫沒有改變。白球撞開瀑布般的大雨，砸出一道筆直的眞空路徑，帶著足以扳倒大自然的野性力量竄進手套。壓力此刻已全部轉移到打者身上。

前兩球打者都觸到了界外，最後一球擦棒被捕，直接出局。

一出局了。

小美站起來，高舉右手比出一根食指。

看台上沒有人再撐傘了，已經不需要了，所有人全都站了起來，一齊奮力拍手嘶喊著加油口號。

伍德此時已走出休息區，雙手環胸站在大雨之中。他上了油的旁分頭髮，被亂雨打得七零八落，但他的眼神沒有絲毫動搖。西科的球員也全部走了出來，所有人肩搭著肩，在他們總教練身後立成一排。擁有船艦下巴的第九棒踏入積水的打擊區，擺出一模一樣的短打姿勢。

威爾寇特觸到了卡拉揚的第二顆球。小白球朝三壘一路滾去，眼看就要落進手套，球卻在三壘手前一步停住了，陷在一個水窪裡。三壘手箭步上前，單手抓起球勁傳一壘，但仍晚了一秒，威爾寇特已經踩上壘包。

整場比賽幾乎沒展露過情緒的伍德，此時舉起拳頭大吼了一聲，他身後的球員也一起振臂歡呼。

雨繼續落下。西科聯邦換上他們腳程最快的球員代跑。一個年輕的高大黑人，四肢像豹般健美修長。他在一壘壘包上伸展肢體，蠢蠢欲動。

卡拉揚依照小美的指示，連丟了兩個牽制。但卡拉揚不熟練的笨拙動作，沒有產生任何威脅，他離壘的距離依舊十分驚人。

就在這時，發生了一件連卡拉揚自己也沒有想到的事。

由於顧慮著壘上的跑者，他沒有確實的把手指壓在縫線上，而雨水又大大減低了球面的摩擦力。於是在出手的瞬間，他感覺手中的球好似自己跑了位置，力量整個偏去了。一百五十八公里的速球，就這麼結實的砸在恩尼斯特的大腿上。成了一顆觸身球。

恩尼斯特一拐一拐的上到了一壘，很快便被另一名快腿代跑者換了下去。

希望之光霎時在每一個西科聯邦球員眼底亮了起來：代表追平分的跑者已經站上得點圈了，比賽還沒有結束。反之寶島的觀眾則更加賣力地扯開嗓子吶喊，彷彿這樣就可以把跑者凍結在壘包上，挺著一分的差距結束比賽。

兩位球評的聲音此時也急促起來，不只是因爲緊繃的戰況，還因爲剛才的那顆觸身球。關於黑球投手暴走的討論一瞬間又冒了出來，球評們猜測著那是否爲卡拉揚崩潰的前兆，更換投手的議題第一次在轉播室出現，大家都等著許永松的下一步。

貴賓室裡東哥感覺自己的心跳瞬間加速了。那顆球讓他的下腹部整個僵冷起來，像一顆結凍的大冰塊。直到他看見牆上電視裡的重播畫面，才可以再次正常呼吸——那一球的確是雨天的失投，並非黑球投手專屬的暴力失控。東哥把這消息告訴詹姆士和詹強，他們默默點頭，三個人繼續盯著下方的球場。

總教練許永松看著場上的戰況，沒有下達任何指令，他已經把這場比賽託付給兩名年輕選手了。小美用手勢指揮野手排成雙殺陣形。她沒有走上投手丘，一如許永松信任他們，她則信任卡拉揚。

所有人的希望像滂沱大雨一樣降在卡拉揚身上，他卻渾然未覺。他眼裡只有小美的手套，他不再理會壘上的跑者了，他把手指緊緊扣住縫線，朝擺出短打姿勢的瑞蒙猛力擲出手中的球。

卡拉揚的球甫一出手，瑞蒙就把球棒收了回來，眼睛死盯著球準備揮擊。壘上的跑者此時箭般雙雙衝了出去，這是一次打帶跑戰術。

伍德之前的觸擊作戰在這一刻發生了效果。除了干擾投手以及期待失誤外，短打還有兩個隱藏的優點。第一個是擺出短打姿勢，幾乎可以百分之百確定卡拉揚會投較難觸擊的速球，打者便不用分心猜測球種。另一個則是爲了之後的打擊埋下伏筆。短打那完全放棄揮擊的純粹等待，反而可以用心把球盯著更清楚完全。而上一個打席仔細看了三球的瑞蒙，此刻面對逼近眼前的超級速球，已經徹底做好準備了。

他把收回的球棒在耳旁點了一下，朝小白點閃電揮甩出去。

雖然瑞蒙多少適應了球速，但一百六十二公里的速球仍是極難對付的。瑞蒙並沒有抓到完美的擊球點，他打中了球的下緣，小白球歪歪扭扭往上飛了出去，慢慢越過了內野。

方才先偷跑的兩名跑者，此時已停了下來，不知道是否會被接殺的飛球，讓他們倆不得不先回到原來的壘包。

所有人都抬頭望著那顆白球。

中外野手拚命往前跑，一顆頭顱朝天高仰，帽子都落在身後。游擊手和二壘手也都高舉雙手往後急奔。雨滴直直射入他們眼裡，在眼眶積滿水後流下來，沒有人眨眼，三個人往同一個地點快速靠攏。

小白球像是說好了一樣，在他們三人到達的前一刻，輕輕落在草地上。是一支三不管的德州安打。

方才在一、二壘上的跑者，像是同時聽到一記無聲的哨音，銳不可當的破風衝了出去。外野手把球接起來，快速傳向最有可能封殺的二壘。本該激起一陣塵土的俐落滑壘，此時卻只濺出兩道水牆，最後一滴水沫落下的時候，二壘審雙手往外倏地平舉。

「Safe－」

整座球場安靜無聲。

三壘上暗膚色的跑者舉起了拳頭露出笑容。瑞蒙則親吻手上的婚戒，在胸前比了個十字感謝上帝。

所有在現場以及電視機前的寶島國民此刻都進行著相同的活動，在心底默默咀嚼眼前最新的事實，一面試著接受，一面又不可置信的發出質疑：怎麼會這樣？怎麼會這樣？

九局上半。滿壘。只有一人出局。

先前的一分領先此刻看起來是如此渺小，必勝的感覺不知何時已消失無蹤。看台上的觀眾第一次感覺到雨水的徹骨寒冷，身體不由自主開始顫抖。

此時西科聯邦的休息區走出來兩個男人。走在前頭的高大巨人泰坦朝打擊區邁去，球棒架在他碩大的肩頭上，看起來威風凜凜。但大家的視線都集中在他身後小一號的男孩身上。男孩握著球棒的手細如樹枝，身形在風雨中瘦削飄零。他緩步走進圓形的打擊準備區，在一片雨海中蹲了下來。恐懼有如核爆瞬間向外炸開，一秒之內就擴散到全島。

氣壓霎時轉變了。

如果泰坦沒有敲出雙殺打，沈大維這一局毫無疑問會站上打擊區。這結果就連最沒有想像力的人，也會爲自己腦中跳出的畫面感到顫慄不已。

看台上不知道是誰先喊出了第一聲雙殺，接著越來越多人加入，聲音越疊越厚，越來越響，最後所有人都齊聲喊著這兩個字。而他們喊得越用力，恐懼的味道就諷刺的越是清晰。

休息區裡許永松的手心已經濕透了，他看向遠處昂然挺立在雨中的伍德，他知道此時有一個絕對卑鄙的戰術，卑鄙但是無敵——那就是不要揮棒。只要不揮棒，就不會有雙殺，無論結果是三振或保送，沈大維都會在滿壘的時刻上來，卡拉揚將會被逼著與他對決。

許永松顫巍巍地站了起來。他感覺有些頭暈，他待眼前晃動的景象穩定下來後，才跨出第一步。他走到休息區外頭，第一次感受到今晚猛烈的雨勢，才兩秒鐘，他身上已經沒有一塊乾爽的地方了。暴雨子彈般打在他的身體和靈魂上，把他砸出千瘡百孔。

他恍如在海水中前進，眉毛眼睛睫毛鼻孔都濕涼一片，每吋皮膚都浸泡在水裡。他上到投手丘，小美和卡拉揚已經在那裡等他了。他訝異於他們的眼神，堅毅沒有絲毫懷疑，眼眸深處的光芒透過雨柱依然清亮。大雨打濕了他們的球衣和頭髮，但除此之外，他們絲毫無損。

有那麼一瞬間，他幾乎要推翻自己上來前想好的戰略。但他很快便壓抑下胸中甫燃起的旺盛勇氣，確實的理智冷靜下來。他對自己即將說出口的話感到厭惡，他要他最強的投捕搭檔逃跑，命令他們像輸家一樣閃躲。但他別無選擇，他必須爲整個國家負責。沈大維已經證明過一次了，他是今天比賽的主宰。許永松低下頭。

「不管他們等一下有沒有要打我們的球，用盡全力對付泰坦，三振他也沒關係，然後保送沈大維，最後解決山姆。我們九局下再把分數拿回來。」

小美看著許永松，緊咬下唇，輕輕點頭。卡拉揚不知何時已移開眼神，他注視著遠方在棚下躲雨的一個球童女孩，女孩正低頭拍落防水外套上的水珠。

一會兒後，卡拉揚將視線轉回來，輕聲說：「我知道了。」

許永松定定看著男孩，嗓音柔和，「卡拉揚，你已經表現得很棒了，眞的，遠超過我們的期待，只是沈大——」

「我知道，」卡拉揚低下了頭，「我現在是贏不了他的。」

一股難受的情緒幾乎要脹裂小美的胸口。卡拉揚的表情是那麼淡漠，看起來一點也不在意。但她知道沈大維是他最想要超越的人，遠勝過一切。

一時間，三人都沒有開口。雨落在他們周遭，彷彿帶有溶解什麼的強烈意志，沒有間斷過一秒。

「交給你們了。」許永松把球放進男孩的手套。小美看了卡拉揚一眼，也跟在總教練身後走下投手丘。

卡拉揚孤身一人，站在無人可以接近的高聳土丘上，望著小美漸漸遠去的背影。他有股衝動想追上去，牽住她的手，把女孩拉回來。他想告訴女孩他需要她，他沒有他們所想的那麼堅強。但他沒有任何動作，他只是凝在雨中，視線越過小美的肩膀，看到了蹲在地上的沈大維。

前一個打席的感受猛烈襲來，幾乎要把他從胸骨後撕裂成兩半。那顆差點被揮出去的壞球，並不是幸運的結果。卡拉揚在出手的瞬間，強烈感受到初次對決時的那股必敗絕望感，出於動物的逃避本能，他把肩膀硬是多轉了十度，讓球在最後一刻竄出好球帶，才躲過了沈大維的棒子。

無論是速球還是慢球，我都贏不了這個男人。

卡拉揚在雨霧中露出沒人看見的苦笑。

□

泰坦出乎所有人意料的擺出強迫取分的短打姿勢。但他並沒有眞的觸擊，總是在球進壘的前一刻收起棒子，弄得內野手疲於奔命，忽前忽後的跑。

一下就兩好球了。

解決這傢伙，然後保送沈大維嗎？卡拉揚接住小美丟過來的球，瞥了蹲在準備區的男孩一眼。沈大維頭盔下的臉龐隱沒在陰影裡，看不見他的表情。

卡拉揚把頭上的帽子拿起來重新戴好。頗有厚度的帽簷吸滿了水，觸感像一塊放潮的消化餅，彷彿用力一捏就會軟爛出水。他壓低帽簷，重新把注意力轉回打擊區。魁梧的泰坦依舊擺著半蹲的短打姿勢，在雨中看起來像一團巨大的深色黏土。

卡拉揚對著黏土怪物投出一道白光。

下一秒，休息區裡的許永松驚呼出聲，眼前打者的動作完全出乎他的意料。只見泰坦臉孔霎時扭曲，齒間擠出一聲悶哼，把球棒急速拉回，身體也向後扭轉半圈，然後像是放掉橡皮筋一般，他手中的球棒快速彈出，雨瀑被劈成兩半。

黑色球棒狠狠削過一百六十三公里的白球上緣，棒球夾帶泰坦渾身的蠻力，衝落在他腳前兩公尺的地方，打出一個小小的凹洞，幾滴泥水激了起來。接著，球像火箭升空般迅速彈起，沒入糊著照明白光的黑夜裡。

壘上所有人開始衝刺。看台上的吼聲響亮無比。

「雙殺！」

卡拉揚什麼也聽不見，他望著灰色的天空，雙手虛舉著，搜尋著那顆高彈跳球。雨滴像是阻礙他似的，不斷從虛空中的某一點射下來，擊打在他的臉頰上額頭上鼻孔內側眼瞳深處，他感覺眼淚都被打了出來，呼吸溺水般困難。但他終於找到了那顆球，在千萬支交錯的黑色雨箭背後，華美的紅線白球依稀閃現。他注意到球開始落下。

小美的聲音這時傳進他耳裡。

「來不及雙殺了，接到球就傳回本壘！」

這句話讓他的心跳徹底停了。

他撐仰著頭，球似乎也因爲小美的話停住了，仍在好遠好遠的地方，遲遲不肯落下。

快啊！他在心中大吼。快啊！

這不到一秒的時光，對卡拉揚來說卻像是一年。

他瞪著那顆緩慢墜落的球，無法克制的想著衝回本壘的跑者。

他跑到哪裡了？來得及嗎？來得及吧！一定要來得及啊！快啊！快點掉下來啊！

彷彿呼應他的呼喚似的，白球加快了墜落的速度。卡拉揚大張著手套，彷彿一個皮製的嘴，他的雙腳在下方微微移動，尋找最適當的接球地點。

啪一聲，像是天上的某人傳來一球，卡拉揚牢牢將球接住。

千分之一秒中，他幾乎同時完成兩個動作。他將右手伸進手套，把球牢牢抓穩，脖頸則快扭下來，將臉面朝本壘，準備傳球。

出現在他眼前的是一幅幾近絕望的景象。

坦克般飛衝的黑膚跑者，已經離本壘不到三公尺了。

小美蹲跨在本壘板前，毫不畏懼的用身體擋住跑者通往本壘的大半路徑，朝卡拉揚亮出一個清楚明確的手套。

傳過來吧，卡拉揚。

卡拉揚在那一瞬間看進了小美乾淨清澈的眼底，看到了他們過去傳的每一顆球，以及小美在那些球後的笑容和淚水。

「啊啊！」

毫無準備動作的卡拉揚，丟出他今天最快的一球。

一道堅硬白光射向小美的手套。

就在這同時，跑者雙腿一蹬，帶著從三壘一路奔回來的強大衝力，砲彈般撞進小美用身體守護的聖域。

卡拉揚雙眼大張，感覺眼前的一切似曾相識，所有動作都慢了下來。他可以數出每一滴落在肌膚上的雨珠。可以看見跑者釘鞋帶起的小泥塊散飛在空中。可以聞到濕透的眞皮手套散發出混合著雨味和皮味的氣息。他看見跑者暗褐色的瞳孔。他看見他手臂上因用力而凸起的墨黑靜脈。他看見跑者和小美撞擊時小美眼瞳內震撼的情緒。他看見小美失去平衡的身體往一側無法挽回的傾倒。他看見小美頭上的黑色罩盔緩緩朝相反方向飛落。他看見自己丟出的強勁硬球，往原本小美手套的地方急速衝去。而那裡此刻已沒有任何手套。卡拉揚雙眼大張。他無比清晰細微地目睹所有事物。如果他想要，他可以放慢抑或加快，就像他手中握著一個完美的遙控器。但他唯一無法做的，便是倒轉重來。他看見小美的身體無止盡向下滑落。她的雙眼因爲痛苦緊緊閉了起來。卡拉揚無法和她接觸了。他只能眼睜睜看著自己丟出的棒球砸在小美左眼外側的黑髮上，那瞬間小美的頭猛烈一震。小美的身體繼續向下滑落。

小美倒在地上，一動也不動了。

卡拉揚手中的遙控器消失了，世界再度用他熟悉的速度動了起來。主審比出安全觸壘的手勢。西科的跑者站起來，高舉著雙手跑向迎接他的隊友們。小美仍然沒有起來。主審對著一壘側的寶島球員們快速揮手。有人跑了過來。揹著醫藥箱的救護員也衝出來。三、四個人圍著小美，接著人越來越多，很快卡拉揚就看不到小美的身影。人群裡有人舉起手對外大吼著什麼，卡拉揚卻聽不見。他感覺身體陡然陷落了一尺。他沒有意識到自己走下了投手丘。

他緩緩朝本壘走去，走得很慢。有人看到他過來，讓開了一條路。狹窄的視野裡，他看見小美胸前的護具和下面覆蓋著的身軀。一旁的深黑泥土上，一隻白色小手輕輕擱著，一動也不動。手套不知何時已脫落滾到一旁。

他再往裡頭走得更深些，視野開了。他看見小美的雙腳，有人在幫忙脫去上面的護具。這時胸前的護具也已經脫掉了，卡拉揚的注意力又移了上來，他注意到小美胸前的寶島兩字，十分乾淨，沒有沾上任何泥土，不像她側腹的球衣，上面全是骯髒的泥水。

他已經走到小美身旁。他蹲了下來。他看見小美的臉，他的心幾乎要碎開。小美閉著雙眼，表情十分安詳，就像睡著一樣，但左耳前方連到下巴和脖子的肌膚，卻漫著整片紅色鮮血。她左邊太陽穴的頭髮，亂糟糟的，黏糊的髮絲糾成一團。卡拉揚感覺一口氣吸不上來。他試著呼喚小美的名字，卻發不出聲音。

人群忽地散開了，小美的臉亮了起來。卡拉揚抬起頭，發現球場的醫護人員抬著擔架過來。有人把他從腋下拉起來，往後拖了幾步，卡拉揚沒有發現那是牛暄中。小美被移到了擔架上頭。醫護人員一前一後往本壘右後方的出口移動，那裡此刻站著兩名球場工作人員，他們剛推出一架附有輪子的小床。

卡拉揚掙脫挾在腋下的手，夢遊般跟在小美身後走著。有人出聲叫他的名字，但他沒有聽見。小美被放到了床上，醫護人員拿出筆形手電筒，翻開小美的眼皮很快照了照。卡拉揚在這時候終於聽見了聲音，他聽到拿著手電筒的男子急促地唸完一段句子：「瞳孔對光沒有反應。」接著兩個醫護人員將她推進出口，一下子就消失在燈光微弱的走道裡。

卡拉揚跑了起來，衝進敞開的出口。綠色走道前方傳來輪子咔啦咔啦的聲音，卡拉揚追了上去。他跟在床邊跑著，醫護人員朝他揮手，叫他不用跟來，說他們會好好處理。卡拉揚沒有理會。他終於發出聲音，他幾乎是在尖叫。

「小美！」

擔架上的女孩沒有反應，依舊睡著一般，她頭下的白布逐漸染紅，範圍慢慢擴大。跑在後方的醫護人員不知何時拿出手機，大聲說著：「傷者血壓微弱，心跳過快，瞳孔反射消失，左太陽穴的傷口持續出血，麻煩聯絡神經外科，準備緊急手術……」前方的醫護人員這時拿出氧氣罩，單手壓在小美臉上，另一隻手將床頭的氧氣瓶快速轉開。

卡拉揚無法理解他們在做什麼，但他卻感到一股前所未有的恐懼。他不知道該怎麼辦。他伸出手抓著小美的左腕，拚命拉著搖晃，小美的身軀也被弄得輕輕晃動。有人伸手推他，對他大吼，但他沒有放開。他不斷喃喃說著，小美，起來啊，我好害怕，妳不要這樣，起來啊，睜開眼睛啊，小美……

突然，卡拉揚意識到有人抓上他的手腕。

是小美的右手。

「小美！」淚水瞬間溢滿卡拉揚的眼眶。

小美沒有睜開眼睛，只有臉部的肌肉微微掙扎抽動。卡拉揚興奮的心情很快消失了，他發現小美正用力將自己抓著她的手拉開，一吋吋慢慢地往後拉走。

「小美……」

終於，卡拉揚的手被完全扯離了小美的手腕。

抓著他的小美右手這時也失去了力量，緩緩滑落下來。

卡拉揚的眼前模糊一片。他聽到一個幾乎不可能聽見的聲音。

「……沈……維……」

卡拉揚停住了。

小床咔啦咔啦繼續往前衝去。

卡拉揚站在走道中央，臉上已全是淚水。眼前的走道和燈光和架床和男人都漫成一團晃動的色彩，女孩正快速地遠離他。

下一秒，他扯開喉嚨，用盡全力大吼。

「小美！我答應妳，我會打敗沈大維的，我們會贏的，所以妳也不可以輸，知道嗎？我們約好了，我一定會贏的，所以妳一定要醒過來！聽到沒有？一定要！」

小床很快消失在轉角，輪子的聲音越來越小，越來越小，最後終於聽不見了。

只留下走道裡泣不成聲的男孩。

□

全國的人民都陷入絕望。

王牌捕手受傷，王牌投手也不見了。只見總教練許永松和教練團在休息區拚命討論，投手丘目前仍是空無一人。外野的電視牆反覆播放著小美受傷的畫面。看台的群眾幾乎要暴動，不斷有各種物品和垃圾被丟下來，西科的球員怕被砸傷，都躲在休息區裡不敢出來。

雖然葉曉梅因此而受傷，但那的確是正當的衝撞行爲，球評在轉播室裡無奈的說，同時呼籲觀眾冷靜下來，提醒大家比賽還沒有結束，寶島還沒有輸。只是他們的語氣卻騙不了人，他們自己也已失去希望。

一人出局，滿壘，五比五平手。輪到沈大維打擊。

主審走向寶島的休息區，催促許永松儘快做出決定，不然就要判寶島故意拖延時間。

貴賓室裡的冷氣似乎更強了。所有人都縮著身體，臉色木然，半小時前的必勝氣氛已像是上個週末的事。

「揚揚究竟跑去哪裡了，這種時候……」詹強喃喃地說，心焦全寫在臉上。一旁的詹姆士陷在沙發裡，看著下方空曠的投手丘，不發一語。東哥則完全坐不住，在貴賓室裡來回走著，幾乎要把棕色地毯踏破。

「出來了！」貴賓室裡突然有人大喊。

所有人向下望去，頓時驚呼聲四起。看台上響起連串的爆炸歡呼。一個男孩從本壘後的出口衝了出來，一路跑上投手丘。

「揚揚……」

此時卡拉揚最親的三個男人都移到落地窗前，目不轉睛地盯著下方。許永松此時也從休息區跑了出來，奔上投手丘。電視轉播裡無法聽見他們說了什麼，但他和男孩似乎有些爭執，許永松的表情十分嚴肅，男孩似乎也不肯讓步。

東哥看著電視裡卡拉揚的特寫，感覺那張臉似曾相識。大雨持續下著，男孩臉上的雨水讓東哥忽然記起某些回憶，他爲自己的發現感到驚訝，他知道男孩剛剛大哭了一場。

兩分鐘後，總教練終於放棄了，他把球交給男孩，轉身走下去。全場觀眾都瘋狂鼓掌，掌聲持續了好幾分鐘。加油喇叭聲也再度響起，所有人都因爲王牌回來而活了過來。十幾名球場工作人員此刻瘋狂在場中繞跑，把剛剛觀眾丟下來的物品一一撿起。比賽馬上就要重新開始。

卡拉揚的雙手垂在兩側，頭微微低著，站在投手丘上一動也不動。沈大維則站在打擊區外，球棒擱在肩膀，等著主審宣布比賽重新開始。

電視畫面裡，攝影機特寫上卡拉揚的表情。他帽簷下的眼睛看不清楚，只能瞧見他的嘴唇輕輕動著，似乎在說些什麼。攝影機向下帶到他握球的右手，可以看見指甲因用力而泛白了，手甚至微微抖著。

東哥看著這一幕，全身突然一陣發冷，他的意識被某種東西狠狠撞了一下，腦中霎時空白。

主審把右手倏地舉起，高聲宣布比賽繼續。

「不行！」

東哥對著落地窗下的卡拉揚大吼。他雙手握拳，身上的軟肉因為用力而顫動。「不能出手！」隔著三公分厚的強化玻璃，他的聲音甚至沒有進到外頭的雨聲裡。

他的舉動讓貴賓室騷動起來。詹強和詹姆士也不解的看著他。

「怎麼了？」詹姆士問。

他緩緩後退，喃喃說著：「不行，不能讓他投球，會出事的……」接著他便頭也不回的衝出貴賓室。他腦中此時只有一個念頭，他要去阻止卡拉揚，男孩已經失去控制了，他不能讓悲劇重演。他跑得飛快，肥胖的雙腳交替重踏在樓梯上，他的胸腔上下起伏，下腹部撕裂劇痛，心跳已快到無法去數。

突然，他的行進被某種巨大的聲響打斷了。無法分辨的可觀噪音瞬間充滿這座建築物，在裡頭迴盪撞擊，彷彿是球場在低吟。

那是看台上三萬人集體發出的聲音。

完了……

他站住了。

還是慢了一步……

他從樓梯移到過道，盯著眼前那扇通往二樓看台的藍色鐵門，感覺手腳冰冷。門後彷彿有一具不斷運轉的龐大引擎，持續發出教人難受的噪音。東哥走向鐵門，緩緩把門推開。人造白光瞬間弄瞎了他的雙眼，突然暴增的音量使他耳鳴。幾秒之後，開始有影像從一片亮白中浮了出來。東哥辨認出那是一個個高舉雙手的背影。他面前的內野看台，上千個人全都站了起來，舉起雙手，口中發出極規律的吼聲。

東哥發覺整座球場都喊著相同的句子。

他終於聽明白了他們在吼些什麼。

「卡拉揚！」

他撥開人群，終於看到了下方的扇形球場。沈大維仍好好的站在本壘旁，沒有被球擊中倒地。他看向遠方的電子計分板，上面顯示著目前的球數。

一好球。

發生什麼事了？

東哥耳旁全是呼喊卡拉揚的聲音，他繼續往下走，想要看得更清楚。雨不知何時已經停了，彷彿連神都在屏息以待。沒有人呼吸。卡拉揚緩緩舉起雙手，投出第二球。

東哥停在階梯上，動彈不得。

他身體裡的血液瞬間凝結，又瞬間沸騰了。

他沒有看過這麼漂亮快速的揮棒，彷彿不帶任何意圖，只爲了達成完美而做出的揮棒動作。

但那藝術般的揮棒和那一道金黃光芒相比，根本就不算什麼。

球仍然在捕手手套裡。

「神啊……」東哥喃喃低語，全身顫抖不止。

而貴賓室裡的男人，早已淚流滿面。

「晴茵，妳看到了沒有……」詹姆士的臉上都是閃亮的淚水鼻水，他跪在地上，「妳看到了沒有，那是我們的兒子啊……」

此刻投手丘到本壘板之間，離地一段距離的空中，浮著一道亮燦燦的筆直金線，在雨後的球場裡，驚人的炫亮耀眼。

那是曾被譽爲上帝神蹟的壯麗景觀，人類所能達致的最美傑作。地球上已經有整整十五年沒有人親眼見過了。而如今，它就浮在那裡，在一個男孩面前。那幻美的景象幾乎要讓人覺得金線是從男孩胸膛射出去的，是從他心中生出來的。

相比起來，大螢幕上顯示的一百六十六公里球速，就不是那麼引人驚嘆了。

「看來是我輸了呢……」沈大維看著逐漸消失在空中的金黃尾線，露出一絲苦笑。他不知道爲何卡拉揚瞬間進化了，像是突然完成變形的終極金剛。而他也無法理解，已經獲勝的卡拉揚，此刻臉上的哀傷表情。

卡拉揚第三次出手的時候，一滴淚珠從眼角迸飛出來。和金黃尾線一起閃爍發光。

20

卡拉揚結束早晨的作業，從國家復健中心的灰色大樓走出來。

夏日雖然已到尾聲，但外頭的陽光依然燦爛無比。一條街被照得亮晃晃的，看久了腦子都要白成一片。他在尚未出汗前進到了捷運站。

卡拉揚每天早上都來國家復健中心報到，已經連續一個月了。紅外線，水療，電療，熱療，指力訓練，肌力重建，旋轉肌運動，每一樣都枯燥無聊。而幾乎看不出改善的復原進度，更讓人提不起勁。物理治療師黃大哥今天幫卡拉揚拉展肩關節時，他仍像過去四個禮拜一般感覺刺痛。

「今天有比較不痛嗎？」黃大哥問他，手中的力道沒有絲毫減小。

「好像有吧。」卡拉揚咬著牙笑說。

卡拉揚總是這麼回答，儘管他從來就無法眞的確定。但只有一件事他篤定無比，那就是不論重來多少次，他都會投下去，就算一輩子右手廢掉也無所謂。

從卡拉揚第一顆帶有金黃尾線的速球開始，比賽就停止了，沒有人可以碰到他的球，就連沈大維也不例外。所有人都在等待，看是卡拉揚先倒下去，還是西科聯邦引以爲傲的牛棚會先丟分。

那場比賽是寶島棒球史上數一數二的慘烈戰役。隔天甚至有位記者在報紙上寫道，他瞧見幾絲金血從卡拉揚揮甩的肘關節噴出。

卡拉揚投了十五局，超過一百六十顆球。

他整場比賽的平均球速為一六三公里每小時，但評論家都一致同意，實際上的數字應該稍大於此。沈大維揮空了十五次，只有兩顆好球沈大維沒有出棒，那兩球賽後根據沈大維的描述是：「快到無法出棒，我根本沒辦法分辨那是好球壞球投向哪裡。」而那兩球的球速至今仍是一個謎，電子看板顯示的數字為三個零。許多棒球專家都大膽推測，那兩球已經超過了一百七十公里，是人類歷史上最快的球。

不過卡拉揚超人的神奇表現，卻沒有將寶島順利帶往勝利，反而激起西科投手群的火焰鬥志。每位救援投手都發揮出百分之兩百的實力，將寶島的打線壓制得發不出一點聲響。只是每當遇到固力果時，伍德都下達四壞保送的指示，不給他一點機會。

卡拉揚的金黃尾線在第九局出現，第十三局開始那光芒漸漸黯淡下去，到第十五局時終於消失不見。任何人都看得出來，卡拉揚的體力已經到底了。球的轉速下降，再也旋不出那奇異的尾巴。球速也變低了。許永松就是在這一局踏上了投手丘。

「幹得好，接下來就交給牛暄中吧。」

卡拉揚喘著氣，整張臉都是汗水，肩膀因為長時間出力而顫抖疼痛。他只有一個問題要問總教練。

「葉曉梅怎麼樣了？」

「曉梅……」許永松愣了一下，「我不知道……我們沒有接到消息……」

「我不會讓他們碰到球的。」卡拉揚說話的同時，三顆汗珠陸續從他下巴和鼻頭滴落。他的喘氣聲粗糙明顯。空氣被脹起的胸腔蠻橫地拖進肺中，又暴力的吐擠出來。

「卡拉揚，可以了，交給我們吧。」

「我不會讓他們碰到球的。」卡拉揚直直盯著總教練的雙眼。

幾秒鐘後，許永松轉身下去了。他第一次看見有人在國家冠軍盃的投手丘上流下眼淚，而他也是第一次知道，流淚不代表軟弱，一點也不，正好相反。

第十六局開始，金黃尾線又回來了。據說第一夫人在現場看到這一幕時，當場哭了出來。這也是那個記者寫下他目睹金血噴出的那一刻。卡拉揚每投完一球，雙手都撐在膝蓋上，低頭大口喘氣。高速鏡頭重播下，他的表情在出手瞬間看起來極度痛苦。同一時間，整個寶島都開始喊起一個名字。在每一條街道，每一個巷口，每個屋頂，每片星空，就連某家醫學中心正在進行手術的開刀房裡，冷白的手術燈下都隱隱震盪著這三個字，和護士遞器械的聲音，醫師指示助手的嗓音融在一起，彷彿那個人也在一旁，守護著什麼。

許永松知道男孩已經越過那條禁忌之線了。他現在投的每一球，都在毀滅他的未來。一個盡責有遠見的教練在這時就要把投手換下來，不僅是爲了男孩，也是爲了寶島棒球的明天。但他辦不到，他沒辦法望著男孩賭上一切的眼神，要他把球交出來。而最令他痛苦的是，他知道男孩會徹底遵守他的承諾——沒有人可以碰到他的球——直到他倒下爲止。

許永松不是唯一一個被卡拉揚折磨的人。換場的時候，固力果走到卡拉揚身旁。

「爲什麼不下去休息？」固力果的聲音透著憤怒，他無法忍受卡拉揚這樣把自己弄垮。

卡拉揚抬頭對他露出虛弱的微笑。

「你不相信其他投手？你不相信我們是不是？」

「……約好了……」

「什麼？」

「我跟小美約好了……」卡拉揚說，「一定要贏哪，固力果。」

十六局下半，固力果走進打擊區時，捕手再度站了起來，指示投手故意四壞。

固力果低著頭，臉上毫無表情。他對著根本不可能打中的壞球，或者是說，他對著空無一物的好球帶空氣，憤怒地猛烈揮棒，三振下場。

全場瞬間譁然。轉播室裡球評幾乎是跳起來指責他的愚蠢和血氣方剛，罵他浪費了一個上壘的好機會。甚至連總教練也一起罵進去，說他帶兵不力，連一個小男孩也管不了。

固力果走回休息區的時候，許永松沒有說一句話。

卡拉揚在角落低著頭微笑，用沒人聽見的音量輕聲說著：「小美妳看見了嗎？固力果眞是個笨蛋……」

十七局投完後，卡拉揚走進工具間，嘔吐在水槽裡。

十八局的時候，卡拉揚投出整場比賽的第一顆暴投，也因爲大腿肌肉抽筋叫了兩次暫停。儘管如此，他還是砸出了三個三振。

十九局上半，卡拉揚在第四球出手後，突然膝蓋一彎跪坐下來，整整花了二十秒才再度站起身。他的意志力和身體都已經到極限了。他投出兩次保送，用了二十四球才結束這一局，金黃尾線淡得幾乎瞧不見了。

但沒有人碰到他的球，連擦棒都沒有。

十九局下半，西科的救援投手依舊對固力果丟出離他兩公尺遠的超級壞球，固力果再度沒有遲疑的快速揮棒。

球評愣住了，他們沒想到固力果會一錯再錯。

第二球，固力果甚至閉上眼睛，對著看不見也打不到的壞球做出漂亮的空揮。

球評開始痛罵起來，說固力果個人的英雄主義，將會導致寶島的落敗，而不加制止的總教練到時也難辭其咎。

許永松的眉頭連動都沒動一下。

西科聯邦的休息區卻在此時騷動起來，只見伍德靠在牆邊，電話筒貼在耳上，臉色難看至極。

過了一會兒，捕手從準備接壞球的站姿蹲了下來。

西科聯邦不再閃躲固力果了。

捕手蹲回來後，投手丟的第一顆球是過分偏低的內角壞球，依然十分閃躲。但固力果還是出棒了，他已經等太久太久了。

那一年的新聞攝影金獎頒給自由攝影工作者萬軒齊。當大家全都精細捕捉固力果的球棒和那顆壞球接觸的瞬間時，他卻從側面拍下固力果揮棒時幾乎貼觸在地的膝蓋，以及固力果身後的西科休息室裡，一對對驚慌失措的眼神。

「今天的劉士維只需要一球就夠了，甚至不用是好球，」許永松賽後說，「我們寶島全體人民都很感謝洛克斐勒三世。」

那通電話是西科現任君主洛克斐勒三世越洋打來的，他痛罵伍德，直接下令他不准再用如此丟臉的戰術閃躲一個十六歲的男孩。比賽過後，伍德多次澄清那通電話是牛棚的投手教練打來的，和英明睿智的君主一點關係也沒有，而決定不再故意四壞也是他的指示，他該爲整場比賽的結果負全部責任。但記者們卻不太買單，所有人都選擇相信當時坐在西科休息區裡的翻譯高振源的說法。

固力果的再見全壘打，讓金黃老鷹大旗在國家棒球場重新升了起來。國歌播出的時候，整座海島都在震動，歌聲在好幾海里外依然清晰可聞。半小時後，街上已經見不到半個秩序警察，所有人都來到街頭慶祝，用力吸著睽違十五年的自由空氣。

但這場比賽的另一個英雄卡拉揚並沒有看見那隻在風中翻飛的老鷹，比賽確定結束的瞬間，他就被帶上救護車送往醫院，針對他手臂的治療和評估幾乎沒有延遲一秒。在救護車上卡拉揚不斷詢問小美的情況。「她仍在手術中。」某個醫護員這麼說。卡拉揚堅持要去告訴小美他們贏了，不然他就不讓他們繼續幫他治療。

卡拉揚不是開玩笑的，救護車裡的人很快就意識到這點。於是他們打電話到醫院，五分鐘後，醫院派人拿著手機進到手術室裡，把手機放在麻醉昏迷的小美耳旁。電話掛上後，卡拉揚幾乎是瞬間就失去了意識，他身上的疲累和痛苦早就超過極限了。

卡拉揚昏過去後一個小時，小美的手術結束了。

她的頭上打了兩個洞，腦內的積血都清掉了，手術成功，但術後仍需要仔細觀察，遭受撞擊的腦組織有可能持續腫脹，升高腦壓造成危險。

卡拉揚在醫院住了兩天，一出院他就立刻去探望小美，但他並沒有看見她。醫院門口被記者和熱情的民眾團團包圍了，祝福小美康復的卡片和禮物不斷湧進醫院，很快就堆滿了一間空病房。卡拉揚一下車就被認出來，扛著攝影機的男人犀牛般衝向他，叫著他名字的歡呼聲幾乎要把他弄聾，他馬上就被陪同的基地幹員壓回車裡，連醫院都沒有踏進一步。

小美恢復得很好，但她仍繼續住院，等待下次手術將頭殼上的洞補起來。

卡拉揚有天在復健中心的餐廳吃午餐時，看見牆上的電視播出小美錄給全國民眾的影像。她穿著粉紅色醫院病服坐在床上，頭上纏著繃帶，臉色略微蒼白，但她的眼神仍像過去一般靈活，說話也十分有元氣。小美對著鏡頭感謝大家的關心和祝福，說自己現在都沒事了，只剩下頭上的兩個小洞。她開玩笑地拜託她的粉絲不要去襲擊卡拉揚，然後稱讚他的球眞的很快，下次國家冠軍盃大家可以不用擔心。「因爲我已經實際領教過了。」卡拉揚感覺電視裡小美的笑容彷彿已經好幾年沒有看見。

小美在第二次手術後的一個禮拜出院了。

卡拉揚沒有去她家找她。他每天都在新聞裡看見小美家的鐵門。那條熟悉的小巷擠滿了記者，有時候還可以看到女皇接受訪問，她笑著說小美復原得極好。他知道他過去只會造成混亂，就像那時在醫院外頭一樣。

昨天晚上他鼓起勇氣傳了一封簡訊給小美，然後他失眠了。此刻他在捷運的冷氣車廂裡，看著底下的路人頂著烈陽移動身體，緩慢得像笨重野牛，突然感覺過去這一個月都像夢遊一樣。他至今仍不敢相信自己曾投出帶有金黃尾線的快速球，他想起父親來到醫院時眼睛紅腫，東哥和爺爺也都一樣。

卡拉揚住院期間，父親和東哥輪流住在病房照顧他。由於病房的嚴格管制，只有家人才能進入，但在卡拉揚的要求下，蛋塔被允許探病一次。他帶來的兩盒蛋塔，半小時就被卡拉揚和東哥吃完了。蛋塔告訴卡拉揚，他在小豹盃上場代打了兩次，敲出一支安打。

「我現在的打擊率可是五成喔！」蛋塔的小眼睛笑得更小了。

卡拉揚回過神，到站的廣播響起，他踏出車門時突然注意到一件事，西科語站名廣播已經消失了，取而代之的是字正腔圓的寶島語。他突然有點懷念，當年那場冒險充斥著一連串聽不懂的西科語廣播，他牽著一個女孩，努力辨識那些繞口的發音，像騎士帶著公主在魔音森林裡闖蕩。

他刷卡走出車站，往目的地走去。踏上草地的時候，陽光似乎突然變大了，刺得他雙眼昏花，有股暈眩感覺。他順著草坡往下走，沒多久便停住了。一切都那麼熟悉，好像回到過去。一個女孩坐在草坡上，戴著一頂棒球帽，太陽將無數金粉灑在她身上，輪廓像是用金黃蠟筆描出來的一般。女孩雙手環抱膝蓋，凝視著遠方，嘴角安靜溫柔。卡拉揚靜靜站在那裡，注視著她眼眸裡跳動的光芒，感覺世界停止運轉。

女孩發覺有人，輕輕轉過頭來，接著繁花簇放，女孩笑了，「嘿。」

「嗨小美。」卡拉揚頓了一下，然後才走到小美身旁，坐了下來。濃濃的泥土草味中，依稀可以聞到一股熟悉香味。他看著前方波光粼粼的河，以及河面上的彩虹大橋。他深深吸了一口氣。

「好久不見。」卡拉揚說。

「對啊，」小美說完短暫地停了一下，「不過我有在電視上看到你。」

「妳說復健中心那個噢？」

「對啊，一整個特輯欸。你的傷勢啦，你復原的進度到哪裡啦，未來的目標啊，看來大家都很關心你的手喔。」

「還好啦，妳的新聞比較多吧。」

小美笑了一下，「他們都賴在我家外頭不走了，車子像移動旅館一樣，大家都睡在裡面，感覺也蠻可憐。」

「阿姨還是一樣漂亮，都沒變呢。」

「欸你幹嘛突然拍我媽馬屁啊，她最愛聽這種話了，都歐巴桑了還會因爲別人隨口的一句話高興一整天，眞受不了她。」

「這點妳跟妳媽很像。」

「哪裡像啊？」小美突然大叫轉過頭來。

「很像啊，妳國小的時候不是最喜歡拿比賽隔天的報紙來給我看嗎？什麼葉曉梅是寶島未來十年最教人期待的捕手啦，葉曉梅的配球能力堪比當年的『神童』張廷瑞啦，我看妳那時候蠻開心的嘛。」

「哪、哪有啊。」小美把視線重新移到前方，陽光將她臉頰上浮出的紅暈照得美不勝收，光線反射在她眼瞳裡，不可思議地閃閃爍爍。卡拉揚就這麼盯著看了好久，一時間忘記身在何方。

不知道過了多久，小美突然轉過來用力瞪著他，「幹嘛啦！」

卡拉揚趕緊撇過臉去。他的心臟劇烈跳動，身體熱熱脹脹的，他發現自己剛剛看傻了，就像當年一樣。然後他注意到小美生氣的表情也很可愛。

好一陣子沒有人講話。

幾分鐘後，小美打破沉默。

「你……你的手還好嗎？什麼時候可以再投球？」

「不知道，醫生說只有百分之五十的機率可以再打棒球。」

小美動了一下。

「只有一半？」她的聲音快要聽不見。

「嗯。」

小美的頭低了下去，雙手抱著膝蓋，好長一段時間沒有開口。

「欸欸，妳不用擔心啦，沒辦法再打棒球也不會死啊，我已經想好之後要做什麼了，我要去教小朋友棒球，教那些沒有天分的小朋友，而且我想，有一天我一定要使寶島放棄抓週這個制度，我知道這很難，但我一定要努力使它成真，我要把棒球的樂趣還給這國家的每一個人。」卡拉揚瞥了小美一眼，「唉呦，沒什麼大不了的啦，妳看，我有這麼多事要做，很忙的，不能再打棒球也沒關係啊，真的。」

小美的頭沒有抬起來，兩秒後，卡拉揚聽到一句小聲的對不起。

「妳幹嘛道歉啊？」

「固力果跟我說，你會一直投，是因爲我跟你約定好了……」小美說，「可是……可是我卻不記得有什麼約定，一點也想不起來了……」

卡拉揚安靜下來，他看著小美的側臉，女孩苦笑了一下。

「一定是因爲頭被打到的關係吧，怎麼也想不起來，我覺得好像背叛了你，感覺很難受……你可以跟我說約定的內容嗎？」

卡拉揚移開視線，望著眼前的發光河流，他抓抓頭，「也沒什麼啦，不是很重要，眞的，現在想一想，說不定一開始就是我聽錯了。」

「是嗎？」

「嗯。」

一陣風吹過，帶來河水的味道，一群孩子追逐著什麼跑過他們眼前，笑聲散在風裡。卡拉揚注意到小美伸手抓玩著身旁的草。一會兒後，女孩彷彿下定決心般開口說。

「你知道嗎？我發現人有時候會聽到不存在的聲音，像我在手術的時候就是這樣。那時候我什麼感覺都沒有，只覺得在一片黑暗之中，什麼都看不見，我很害怕，非常非常害怕，然後我就聽到你的聲音。」

卡拉揚愣住了。

「我覺得超白痴的，根本就不可能嘛，可是你的聲音卻那麼清楚。你說了好多話，你說你贏了，要我馬上醒來，不准賴皮，然後，你說你是大笨蛋，眞是笑死我了，你說你不應該跟沈大維打賭，你說你不是故意要不告而別，要我原諒你，你還說我醒來之後你要給我一樣東西，跟我說一件很重要的事。」

小美的聲音彷彿風鈴在響。

「很好笑吧，明明是自己幻想出來的，卻覺得逼眞得不得了。」小美促狹地看著卡拉揚，「嘿，現在我醒來了，你要給我什麼東西啊？」

卡拉揚安靜地看著小美，許久沒有說話。小美的笑容慢慢淡去了。她沒有見過卡拉揚這種表情。她看著卡拉揚把手伸進背包裡，拿出一顆棒球。

卡拉揚低頭看著手中的球，感覺話語都黏在喉頭出不來。他反覆轉玩髒污磨損的小球，紅色縫線在眼前不斷閃過。他抬起頭，女孩的眼睛像海洋一樣，也像夏日的星空。那雙眼睛正在等待。

「以前……棒球對我來說充滿痛苦，痛苦又殘酷，還非常遙遠，怎麼努力都無法靠近一步……所以，我最後選擇放棄，徹徹底底的放棄，決定這輩子再也不要碰棒球了……就在那時候，一個女孩跑到我家樓下，用這顆球砸破我的窗戶，哭著問我到底喜不喜歡棒球……」

卡拉揚直直看著小美的眼睛，小美屏住呼吸。

「好多次我都可以告訴她答案，說出我心裡的話，但最後我都沒有開口。我不知道爲什麼，可能是因爲我很害怕，又或者是我太膽小了……直到女孩上了救護車之後，我才知道，有些事情不說，可能永遠都沒辦法讓對方聽到了……所以……」

卡拉揚將球輕輕握住。

「這是我的答案。」

一個簡單的拋物線，卡拉揚把球拋給小美。球在空中緩慢旋轉，上面依稀可以看見簽字筆寫下的小字，在太陽照耀下染上一層迷人的金黃色彩。

球落在小美手中，好穩好穩。

我喜歡棒球

但我更喜歡妳

小美凝視著手中的球，用手指輕輕撫過上面的每一個字，然後她抬起頭來。下一秒，在灑滿陽光的翠綠草地上，卡拉揚見到了此生最甜最美的一個笑容。

然後是蜂蜜、香草還有甜甜圈的味道。

The End

後記

《野球男孩》是我的第二本小說，但它卻是我有意識朝小說之路邁進的第一個故事。

這個故事的大綱幾乎是在一個下午便爆發似地想完了。那時我剛得知自己拿到一只春天出版社的合約，興奮得幾乎無法安靜站立。我過去的寫作都是散漫且隨性的，但從那個合約起，我好像被開啓了什麼看不見的開關，熱烈激動地想要即刻開始一個新的故事。

而我第一個想到的便是棒球。

我想寫一部和棒球有關的小說，原因無他，棒球在我的生命早期佔了十分重要的一個位置。在我最瘋狂的那幾年，吃飯時總一面收聽棒球轉播（當時不是每場比賽都有電視轉播），出門去任何地方也隨身攜帶那台黑色的小型收音機，不願錯過球賽的任何片段。我拚命買零食只為了蒐集其中的棒球卡。我參加貨眞價實的華興中學棒球夏令營，回家的時候整個人像塊黑炭，頸後的髮根都曬焦了。我國小幾乎沒打過籃球，一有空就在操場上頂著風沙和不認識的小朋友們打棒球。我曾被木棒結實地打中頭，而有次我對著不知哪跑來打球的小混混丟了一顆近身球，還差點被他揍。我和爸爸的假日是去空地玩傳接球，我們全家也曾多次去如今已拆的台北市立棒球場看球。當年的電腦遊戲《中華職棒》對我來說，就像《仙劍奇俠傳》在許多人心中的地位一般，崇高完美又充滿回憶。

而我唯一支持過的球隊是三商虎。

我已不記得三商虎是哪一年解散的了，但對我來說，一切早已結束在台灣大聯盟開始的那一年。球員被挖角，球隊四分五裂，接著便是那始終沒有真正消失過的假球。我個人的棒球光輝歲月，就在那一年黯淡地結束了。

上了國中後，我開始想著怎麼進籃球校隊，每天留下來打的也是籃球。其他時間則沉浸在微甜的煩憂中，想著班上暗戀的女孩。我對於棒球曾經擁有的那片真心，隨著時間轉化變成了漫畫出租店裡的一疊疊棒球漫畫。《好逑双物語》、《捉狂野球隊》和《替身棒球手》是我的最愛，我甚至放了一個極其喜愛的《捉狂野球隊》笑點在故事裡，作爲致敬。

而在我開始要寫第二本小說的時候，一切關於棒球的滿腔熱血又轟轟地回來了。皮手套的氣味，傍晚時分看不清楚的傳球，坐滿的偌大加油席上的塑膠棒敲響。過去那些迷人的黃金時刻，全部都回來了。

於是我寫下這個關於棒球和女孩，發生在寶島的故事。

希望你會喜歡。

東澤

野球男孩

東澤作品
002

野球男孩 / 東澤作. -- 初版. -- 臺北市：
春天出版國際, 2015.05
面； 公分. -- (東澤作品；2)
ISBN 978-986-5706-53-1(平裝)

857.7 104000650

ISBN 978-986-5706-53-1
Printed in Taiwan

作 者 東澤
封面繪圖 61Chi
封面設計 克里斯
總 編 輯 莊宜勳
主 編 鍾靈

出 版 者 春天出版國際文化有限公司
地 址 台北市信義路四段458號3樓
電 話 02-7718-0898
傳 眞 02-7718-2388
E－mail frank.spring@msa.hinet.net
網 址 http://www.bookspring.com.tw
部 落 格 http://blog.pixnet.net/bookspring
郵政帳號 19705538
戶 名 春天出版國際文化有限公司
法律顧問 蕭顯忠律師事務所
出版日期 二〇一五年五月初版
定 價 299元

總 經 銷 楨德圖書事業有限公司
地 址 新北市新店區寶興路45巷6弄6號5樓
電 話 02-8919-3186
傳 眞 02-8914-5524
排 版 三石設計